LES BRUMES DE SAN FRANCISCO

DU MÊME AUTEUR
CHEZ LE MÊME ÉDITEUR

Le Paravent de soie rouge
Le Paravent déchiré
En passant par la Lorraine
L'Inconnue de Saigon
Les Amants du fleuve Rouge
Le Pianiste de La Nouvelle-Orléans

Paul Couturiau

LES BRUMES DE SAN FRANCISCO

Roman

Production Jeannine Balland
Collection Sud Lointain

PRESSES DE LA CITÉ

ISBN 2-258-06815-0

« … il est une île appelée Californie,
toute proche du paradis terrestre… »

Garci Rodríguez de Montalvo
Les Exploits d'Esplandián
Tolède, l'an 1521

PREMIÈRE PARTIE

Formation

1

Ils étaient partis en quête de leur coin de paradis. L'enfer était venu à leur rencontre.

Catherine Tourneur avait les yeux désespérément secs. Elle aurait aimé pleurer, mais la rage le disputait en elle à la souffrance. Elle savait qu'elle aurait besoin de toutes ses forces pour ne pas s'effondrer – or, elle ne pouvait se permettre la moindre défaillance.

Elle serra les poings et poussa un petit cri de douleur. Elle ouvrit subitement la main et laissa échapper l'objet métallique dont les pointes acérées venaient de pénétrer sa chair à la racine de l'index et au creux de sa ligne de vie. Elle contempla les deux gouttes de sang qui y perlaient. Affalé dans son fauteuil, Eugène demeurait sans réaction. Portant sa paume meurtrie à ses lèvres, elle lécha ses blessures et marcha d'un pas lent jusqu'à la table en bois brut pour y relever la mèche de la lampe à pétrole. Elle ne voulait pas courir le risque d'être prise au dépourvu par la tombée de la nuit.

Pour une fois, son mari ne lui ferait pas remarquer qu'il ne fallait pas gaspiller le pétrole.

« On ne sait pas le temps qu'il nous reste à passer ici. Mieux vaut se montrer économes, ma chérie. »

Il avait raison mais, ce soir-là, la réserve de pétrole était le cadet des soucis de Catherine.

Elle retourna vers la fenêtre. Le soleil ne tarderait pas à atteindre la cime des montagnes. Pour l'heure, la neige qui couvrait les sommets de la sierra Nevada scintillait de façon aveuglante et les pins prenaient une teinte presque violette.

La jeune femme frissonna. C'était l'heure qu'elle détestait entre toutes. Bientôt, la vallée serait encerclée de masses sombres et inquiétantes. Les arbres perdraient leur aspect de sentinelles bienveillantes pour se métamorphoser en une armée menaçante prête à fondre sur la cabane de rondins solitaire, comme la forêt de Birnam sur le château de Macbeth.

Dans l'enclos, les chevaux hennissaient et couraient en tous sens, presque aussi nerveux qu'elle.

Elle se détourna et, sur le sol de terre battue, aperçut le petit objet métallique qui l'avait blessée. Elle se baissa et le ramassa. Argenté, il avait la forme d'une étoile à six branches. Elle posa l'éperon sur la table en soupirant. Elle aurait eu besoin qu'Eugène vienne la prendre dans ses bras et la rassure. Il savait si bien trouver les mots qui éloignaient les démons de la nuit. Mais il demeurait imperturbable, affalé dans son fauteuil. Insensible, désormais, au désespoir de sa femme.

Ils s'étaient mariés un peu plus d'un an auparavant et avaient, depuis, passé le plus clair de leur temps en une sorte d'interminable voyage de noces sur les routes de France, sur l'océan et sur les pistes de ce Nouveau Monde porteur de tant de rêves à jamais envolés.

Eugène ne supportait plus de vivre en France. Ardent républicain, il n'éprouvait que haine et mépris pour la monarchie de Juillet. La grande bourgeoisie d'affaires avait pris la place de l'aristocratie et le peuple n'avait guère perçu la différence. Ce militant convaincu ne laissait pas de le clamer haut et fort dans les colonnes de son journal. Il avait reproché à Thiers de ne proposer à l'examen des Chambres que des lois d'affaires, notamment la prorogation du privilège de la Banque de France, qu'il jugeait inique. Il avait accusé Guizot de former un piètre gouvernement de classe moyenne. Quand le duc d'Orléans, Ferdinand-Philippe, héritier de la couronne de Juillet, était mort en ce sinistre 13 juillet 1842, la bourgeoisie n'avait pu masquer son désarroi et le peuple, lui, avait versé des larmes. Eugène ne s'était pas privé de critiquer ces réactions dans un article virulent, affirmant que « aujourd'hui, ce n'est pas un prince qu'on enterre, c'est la notion même de république... ».

Depuis 1843, les conflits sociaux s'étaient épuisés ; il y percevait non pas la preuve d'une amélioration des conditions de vie des travailleurs, comme voulait le faire croire la presse monarchiste, mais le lâche renoncement de tous ceux qui s'étaient posés en défenseurs du peuple.

A force de vitupérer et de dénoncer le pouvoir en place, il avait fini par s'attirer les foudres de la censure. Son journal avait été interdit. C'est alors qu'il avait pris la décision de s'embarquer pour l'Amérique. Lorsqu'il lui avait proposé de l'accompagner, Catherine n'avait pas eu l'ombre d'une hésitation. Eugène avait beau avoir près de vingt ans de plus qu'elle, elle l'aimait.

Si la décision avait été facile à prendre pour la jeune fille, elle n'ignorait pas que sa mise en application risquait de s'avérer beaucoup plus délicate. Ses parents n'avaient jamais vu d'un très bon œil que leur fille fréquentât ce fauteur de trouble. Son père, le baron Degallais, de la noblesse d'Empire, avait su retourner sa veste avec dextérité après la chute de l'Aigle. Il appartenait à cette classe de banquiers, nouvelle aristocratie de la classe bourgeoise, que son cher journaliste méprisait par-dessus tout, ces hommes pour qui l'argent n'avait pas d'odeur. Le baron rêvait d'un beau parti pour sa fille, mais celle-ci n'en avait cure. Elle connaissait l'homme que son père lui destinait. Il était aussi laid que suffisant, et plus âgé encore qu'Eugène Tourneur. Pour rien au monde elle n'aurait accepté de partager son existence.

Catherine Degallais ne connaissait pas grand-chose de ce jeune pays au-delà de l'océan. Mais si l'inconnu lui faisait peur, il l'effrayait moins que la perspective de devenir le bibelot de luxe d'un industriel ennuyeux comme un jour de pluie. Elle avait donc émis le désir d'aller passer une semaine chez sa grand-mère, à Rouen. Le baron Degallais avait accepté avec empressement. Pourquoi Catherine ne resterait-elle pas deux, voire trois semaines chez sa grand-mère ? La vieille dame en serait toute réjouie. Catherine savait ce que son père songeait : pendant ce temps-là au moins, elle ne verrait pas Eugène Tourneur. Ce qu'elle ignorait, en revanche, c'est qu'il entendait mettre cette absence à profit pour régler les détails du mariage de sa fille unique avec monsieur Larcemont.

Le baron Degallais était si heureux de l'initiative opportune de sa fille que cet homme, par ailleurs si prudent, ne songea même pas à la faire accompagner dans son voyage. Ainsi, Catherine se rendit bien à Rouen, mais elle n'y passa qu'une nuit, le temps de serrer une dernière fois dans ses bras cette grand-mère qui lui avait donné tant d'affection tout au long de son enfance, avant de s'exiler dans la vieille propriété familiale. La jeune fille poursuivit ensuite sa route jusqu'au Havre, où Eugène l'avait précédée. Trois jours plus tard, ils s'embarquaient pour New York. C'est pendant la traversée qu'ils se marièrent, grâce à la complaisance vénale du capitaine de bord.

New York ne devait être que la première étape de leur voyage sans retour. Eugène avait lu l'ouvrage du capitaine Lansford Hastings[1], lequel présentait la Californie comme un véritable paradis terrestre. Avant l'embarquement, il s'était procuré des pieds de vigne dans l'intention d'acheter de la terre en ce nouvel Eldorado et d'y installer un vignoble, dont il ne doutait pas que la renommée aurait tôt fait de se répandre dans tous les Etats d'Amérique.

A seize ans, Catherine était encore une enfant et elle raffolait de ces heures, qu'on ne voyait pas filer, pendant lesquelles Eugène lui racontait ce que serait leur vie dans ce pays de cocagne où tout restait à construire.

« Et puis, là-bas, pas de monarchie de Juillet, se plaisait-il à répéter. Une république où les droits de chacun sont garantis par la Constitution. »

Certes, la Californie ne faisait pas encore partie de l'Union, mais Eugène prétendait que ce n'était plus qu'une question de temps. L'influence de l'Espagne et du Mexique sur la région serait bientôt de l'histoire ancienne. De celle que les enfants étudient dans les manuels scolaires.

---

1. *The Emigrant's Guide to Oregon and California in 1845.*

Il faut dire qu'il s'était soigneusement documenté avant de se lancer dans la grande aventure. Un temps, il avait hésité entre l'Oregon et la Californie, mais quelques lignes consacrées à la baie de Yerba Buena[1] avaient suffi à fixer son choix. Le climat y paraissait idéal pour ce qu'il avait en tête. Des terres riches et fertiles, nourries par les pluies et réchauffées par le soleil, avec des vallées magnifiques où les vignes ne demanderaient qu'à produire un vin digne des meilleurs vignobles français.

« C'est, je crois, l'endroit idéal. La région est encore déserte et le sol appartient à celui qui le travaille, mais un jour, je te le dis, ce sera le nouveau monde du Nouveau Monde. Nous y serons heureux, ma Catherine, je te le promets. Tu n'auras pas à regretter la fortune à laquelle tu as renoncé par amour pour moi. Un jour, le vin nous rendra riches, nous aussi. »

La jeune femme se souciait peu d'être riche. Pour autant qu'elle fût heureuse et qu'Eugène l'aimât toujours avec la même passion, elle ne demandait rien de plus à la vie. Par ailleurs, son mari n'était pas vraiment ce qu'on pouvait appeler pauvre. Tant s'en fallait. Pour le taquiner, elle lui avait fait observer que de tels propos la surprenaient dans la bouche d'un républicain convaincu. Seulement, pour Eugène, la richesse n'était nullement incompatible avec les valeurs qui lui étaient chères.

« Défendre les principes de la démocratie, ce n'est pas vouloir l'égalité pour tous dans la misère, mais dans l'abondance. Cela, les Américains l'ont bien compris, crois-moi. »

Catherine avait souri, mais s'était gardée de commenter l'idéalisme un brin naïf de son mari. Eugène avait beau avoir près du double de son âge, il lui faisait parfois l'effet d'un grand enfant. Il avait la tête farcie d'idéaux nobles et généreux. C'était aussi pour cela qu'elle l'aimait. Quand il lui exposait ses ambitions pour eux, mais aussi pour ce jeune pays dont il entendait devenir un citoyen actif, elle fermait les yeux, oubliait le cynisme de son banquier de

1. La « bonne herbe », un nom donné au site par les Mexicains en raison de l'abondance de menthe sauvage dans ses prairies.

père, et se prenait à rêver que le bonheur était simple, somme toute, et qu'il n'attendait qu'eux.

La traversée de l'Atlantique n'avait pas été de tout repos. Un puissant vapeur avait piloté leur bateau jusqu'à la hauteur du cap de la Hève, où se dressaient les phares indiquant l'entrée du port du Havre. Là, la remorque avait abandonné leur navire au gré des flots et des vents capricieux. Ils avaient essuyé plusieurs tempêtes et, même si les marins prétendaient qu'il s'agissait tout au plus de petits grains, Catherine Tourneur avait souvent été importunée par des nausées, mais pas une fois elle ne s'était plainte.

« J'aurais été bien plus malade si j'avais dû épouser monsieur Larcemont », répondait-elle lorsque Eugène s'inquiétait de son état.

L'arrivée à New York, après plus de six mois en mer, l'avait déconcertée. Il y avait une telle animation partout ! Et surtout, Catherine éprouvait le sentiment d'avoir perdu ses repères. Le port n'avait rien qui puisse lui rappeler celui du Havre. Près de quarante navires y accostaient tous les jours. A raison d'un millier de passagers par bateau, cela faisait une belle pagaille à l'arrivée. Sur les quais, des wagons transportaient en tous sens des monceaux de caisses et de malles couvertes d'étiquettes rédigées dans toutes les langues de la vieille Europe.

A peine descendus de la passerelle, ils avaient été happés par une masse compacte de gens venus, comme eux, se lancer à la conquête d'horizons nouveaux. Des marchands de journaux leur hurlaient aux oreilles les grands titres de l'actualité. Des mendiants s'efforçaient de leur accrocher la manche pour attirer leur attention et quêter une obole. Des démarcheurs en costume et cravate d'un vert criard leur vantaient les mérites des pensions de famille qui s'étalaient tout au long de Greenwich Street. Eugène les écartait d'un geste décidé. Il paraissait savoir parfaitement où il allait. Tenant fermement sa femme par la taille, il marchait d'un pas vif, le cou tendu pour tenter de voir par-delà la marée humaine.

Etourdie par tout ce tohu-bohu, Catherine s'accrochait à lui pour ne pas risquer de le perdre au milieu de ce pandémonium.

Lorsqu'ils eurent enfin réussi à s'en extraire, Eugène héla un cab et lui donna l'adresse de l'hôtel Metropolitan, à l'angle de Prince Street et de Broadway, juste à côté du Niblo's Garden. Le journaliste expliqua à sa femme que ce lieu faisait partie d'un ensemble immobilier conçu par un certain William Niblo et comprenait, outre un jardin public, le théâtre le plus en vogue de la ville. A l'écouter parler, Catherine avait l'impression que son mari connaissait tout de cette ville où il n'avait jamais mis les pieds.

Le nez à la fenêtre de leur voiture, la jeune femme était frappée par le nombre de miséreux, visiblement morts de faim, qui dormaient sous les porches des immeubles. New York lui faisait l'effet d'un immense chantier, avec des rues animées mais également de vastes terrains vagues ponctués de bâtisses parfois somptueuses. Sa première impression fut de retrouver, comme à Paris, un fossé infranchissable entre le monde des riches et celui des pauvres. Cette constatation qui l'atterrait ne paraissait pas émouvoir Eugène outre mesure. Il rit même de la naïveté de sa jeune épouse.

« Voyons, Catherine chérie, n'as-tu pas vu ces milliers d'hommes et de femmes qui débarquaient, tout à l'heure, des quatre coins du monde ? Ton observation est juste, c'est certain, et cette situation est désolante, mais elle n'a rien pour me surprendre. »

Selon le journaliste, il suffisait de laisser du temps aux nouveaux arrivants qui, contrairement à eux, fuyaient une existence misérable en Europe. Il ne doutait pas qu'ils auraient bientôt fait fortune à leur tour. La disparité qui s'étalait pour l'heure sous leurs yeux ne tarderait pas à disparaître, ou tout au moins à s'amenuiser de façon considérable. En outre, comme en Californie, rien n'existait encore, chacun se trouverait sur un pied d'égalité.

Catherine avait du mal à voir les choses avec le même optimisme que son mari, mais il est vrai que son analyse était faussée par le cynisme auquel l'avait habituée son père. En outre, elle ne connaissait pas grand-chose à la vie. Ses études ne lui avaient pas dispensé les moyens de comprendre des questions aussi complexes que celles posées par l'économie et les faits de société. Elle se contentait d'appréhender une situation en fonction de ce qu'elle en percevait ; elle se sentait donc incapable de se projeter dans les arcanes d'un monde aussi différent de celui qu'elle avait connu jusque-là.

La jeune femme faisait confiance à Eugène parce qu'elle l'aimait, mais aussi et surtout parce que ses rêves étaient beaucoup plus rassurants que la réalité qui l'entourait. Si ses études ne lui permettaient pas de partager l'analyse politique de son mari, elles lui avaient toutefois procuré une connaissance de l'anglais qui s'avérait fort précieuse dans leur nouvel environnement.

Pendant les jours qui suivirent leur arrivée, Catherine se retrouva souvent seule. Eugène parcourait la ville afin de se renseigner sur le meilleur moyen de gagner la Californie. La jeune femme passait le plus clair de son temps à la terrasse panoramique du Metropolitan à observer les dames bien mises qui déambulaient sur Broadway avec ses salles de spectacles, ses hôtels et ses boutiques chics. Sous ses yeux, un immense kaléidoscope en mouvement perpétuel. Elle observa que la foule de Broadway se modifiait en fonction des heures de la journée. Tôt le matin, c'étaient les employés, les mécaniciens et les ouvriers qui parcouraient la large artère de leur pas lourd et lent ; puis apparaissaient les commerçants et les enfants, lesquels se rendaient à l'école d'un train plus rapide et enjoué. La matinée voyait le défilé des dames et des étrangers qui flânaient ou couraient les boutiques. Quand midi sonnait, les blouses bleues des ouvriers précédaient les blouses grises des commerçants ; venaient ensuite les costumes stricts des hommes d'affaires – les uns fréquentant des restaurants où les autres ne mettaient jamais les pieds.

Ainsi s'écoulait, morne, la journée de Catherine qui éprouvait de plus en plus de mal à se convaincre que la République américaine était un exemple d'équité dont la monarchie de Juillet aurait été sage de s'inspirer. Des conversations qu'elle surprenait aux tables voisines, il ressortait que les possibilités de travail étaient bien réelles, mais c'était toujours de professions bourgeoises qu'il était question.

Un soir, Eugène revint à l'hôtel la mine réjouie. Il avait glané toutes les informations utiles à la poursuite de leur périple. Il expliqua à Catherine que trois voies s'offraient à eux pour gagner la Californie. Après avoir longuement discuté avec des hommes qui paraissaient savoir de quoi il retournait, il en était arrivé à la conclusion que les deux solutions maritimes étaient beaucoup trop dangereuses pour être prises en compte. La première consistait à faire le tour du continent américain par le sud et à rejoindre l'océan Pacifique par le cap Horn.

« Jamais je ne te ferai courir un tel risque, mon amour, déclara-t-il. Le cap Horn est pire que l'enfer. Les vents et les intempéries y sont tels que trop de bateaux y sont envoyés par le fond. »

Même si une mer déchaînée n'envoyait pas le navire se fracasser sur les rochers, les risques étaient terribles en raison d'une humidité et d'un froid sans pareils. Les voyageurs souffraient mille morts – le scorbut n'étant pas la fin la plus réjouissante de toutes celles qui les menaçaient.

L'autre voie maritime emmenait les pionniers jusqu'au Panamá, où ils étaient invités à quitter le navire pour traverser le continent par l'intérieur des terres, à l'endroit où la distance séparant les deux côtes était la plus courte ; ils reprenaient ensuite un autre bateau qui longeait la Californie jusqu'à la Porte d'Or. Mais, en l'occurrence, c'était à terre que les dangers se présentaient. Non seulement le Panamá était infesté de brigands pour qui les voyageurs étaient des proies faciles, mais encore le climat y était des plus malsains.

« Là, ce ne sont pas les vents qui ont raison de la résistance des voyageurs. Ce sont les fièvres. Les gens y succombent comme des mouches. Dans ton état, tu ne tiendrais jamais le coup. »

Catherine avait en effet annoncé à son mari qu'elle était enceinte et Eugène avait déjà commencé à échafauder des plans pour l'orientation à donner à l'éducation de cet enfant qui, il en était certain, serait un fils.

« Dans ma famille, tous les premiers-nés sont des fils », affirmait-il, péremptoire.

Avec une pointe de malice, Catherine lui faisait observer que les femmes de sa famille à elle ne donnaient le jour qu'à des filles, mais rien ne réussissait à ébranler les convictions de son mari.

« Et la troisième voie ? », s'enquit la jeune femme soucieuse de savoir ce qui l'attendait.

La troisième voie, celle qu'avait retenue Eugène, les entraînerait à travers les terres. Un de ses amis de rencontre lui avait fait lire le rapport de Jean-Charles Frémont sur l'exploration des montagnes Rocheuses, publié en 1843. Il en ressortait qu'une telle expédition relevait du voyage d'agrément.

Il convenait toutefois de ne plus perdre de temps, car les chariots partaient d'Independance à la mi-avril afin de franchir les cols de la sierra Nevada avant la venue de l'hiver. Et, précisa Eugène, il n'était pas question de se mettre en route sans une sérieuse préparation. Il entendait que sa femme voyageât dans les meilleures conditions de confort possible.

« Dans son *Guide de l'émigrant*, qui fait autorité en la matière, Hastings a le bon goût de préciser tout ce qu'il convient d'emporter dans cette expédition, et tu vas voir que ce n'est pas rien. »

Le journaliste fit à son épouse l'inventaire de ce qu'ils devraient se procurer : deux cents livres de farine, cent cinquante de lard, dix de café, vingt de sucre, dix de sel, sans oublier quantité de bœuf desséché, de riz, de haricots secs, de fruits secs, de bicarbonate de soude et de tabac.

Par bonheur, il était possible de se procurer tout cela sur place, ainsi que les véhicules et les animaux de trait. Il exhiba fièrement une brochure distribuée à grande échelle par les bons soins de la ville d'Independance, laquelle se faisait fort de répondre aux moindres besoins des émigrants grâce à ses dix-huit ateliers de fabrication de chariots, ses nombreux forgerons et selliers, son stock inépuisable de bœufs, de mulets et de chevaux – sans oublier ses armureries, car il était hors de question de s'aventurer dans des territoires encore habités par les Indiens sans s'être armé en conséquence.

« Et cet attirail est proposé à des prix défiant toute concurrence ! »

En digne fille de banquier, Catherine songeait que si la ville d'Independance possédait le monopole du matériel indispensable aux voyageurs en partance pour l'Ouest, ses commerçants n'avaient vraiment aucune raison de brader leurs produits. Elle se risqua à évoquer une conversation à laquelle elle s'était trouvée mêlée au restaurant du Metropolitan, la veille, à l'occasion du déjeuner. Un commerçant de St Joseph avait encouragé ses compagnons à se méfier de la publicité mensongère distribuée par les gens d'Independance, d'autant que, selon lui, la ville serait victime d'une épidémie de choléra.

« Et St Joseph est située plus à l'ouest, conclut la jeune femme, ce qui nous ferait gagner quatre-vingts miles par rapport à un départ d'Independance. »

Eugène Tourneur écouta sa jeune épouse avec une attention et une gravité nullement feintes. Il pesa avec soin le pour et le contre avant de conclure que l'avis d'un commerçant isolé ne pouvait remettre en question la valeur des informations qu'il avait réussi à glaner auprès de gens venus d'horizons très divers, ainsi que dans les ouvrages les plus fiables.

Catherine réfléchit également à ce qu'il venait d'énoncer et concéda qu'il avait sûrement raison. Elle ne doutait pas qu'il songeait avant tout au bien-être de sa femme et de l'enfant à naître. En outre, il ne lui avait jamais donné la moindre raison de douter de la sûreté de son jugement.

Elle s'inquiéta toutefois des risques que leur ferait courir une éventuelle rencontre avec des Indiens. Là encore, Eugène put se montrer rassurant. Les attaques perpétrées par les Peaux-Rouges étaient rares. Tout au plus pouvait-on craindre qu'ils cherchent à voler du bétail, mais, à ce qu'on racontait, ils s'en prenaient surtout aux bêtes que le voyage avait affaiblies et que les pionniers abandonnaient derrière eux.

A moitié rassurée, la jeune femme voulut savoir quelle était cette Porte d'Or qu'avait mentionnée Eugène. Son mari rit et lui assura qu'elle ne devait pas s'attendre à quelque majestueux arc de triomphe recouvert de feuilles d'or ; en fait, cette porte désignait tout simplement le passage naturel entre l'océan Atlantique et la baie de Yerba Buena. Elle ne faisait nullement référence à des champs aurifères. C'était Jean-Charles Frémont qui avait baptisé le lieu Chrysophylae, ou Porte d'Or, en s'inspirant du port byzantin de Krusokeras, ou Corne d'Or.

Selon les estimations du journaliste, le coût du voyage ne devait pas excéder les huit cents dollars. En réalité, ils dépensèrent largement plus que prévu, car Eugène tenait à se procurer ce qu'il y avait de mieux en tout. Les commerçants d'Independance l'avaient vite compris et n'avaient pas hésité à en faire leur profit. Pour Catherine, son mari avait perdu tout esprit critique depuis qu'ils avaient posé le pied sur le sol de cette République qu'il idéalisait. Pour l'heure, cela ne portait pas trop à conséquence, mais elle se réservait le droit de le rappeler à l'ordre s'il persévérait dans cette voie.

Composé d'une centaine de personnes, le groupe auquel ils furent amenés à se joindre était pour le moins hétéroclite et ne comptait guère plus d'une quinzaine de femmes. Certains de ces émigrants étaient de braves pères de famille désireux de fuir une existence trop éprouvante et d'offrir aux leurs des hivers plus doux, un climat plus sain et des terres plus fertiles. La plupart partaient en éclaireurs, leur famille devant les rejoindre dès qu'ils seraient établis. Quelques jeunes gens étaient curieux de découvrir les mœurs de ces Indiens qui faisaient couler tellement d'encre ; ils comptaient, en outre, profiter de la traversée des plaines pour s'adonner aux plaisirs de la chasse au bison. Eugène ne tarda pas à sympathiser avec Eddie Wallgreen, un adolescent qui entreprenait ce voyage après avoir lu les romans de Cooper et Irving.

Lorsque le convoi s'ébranla, à la mi-avril, Eugène Tourneur en éprouva un vif soulagement. Même s'il ne pouvait se résoudre à l'admettre devant son épouse, depuis son arrivée, il avait eu tout loisir de déchanter quant à la perfection de la République américaine. Il avait eu vent de la grave crise économique qui avait frappé le pays en 1837, entraînant la fermeture des banques et une chute des salaires de trente à cinquante pour cent. Plus de vingt mille chômeurs avaient manifesté à Philadelphie en 1839 et, à New York, deux cent mille personnes s'étaient inquiétées de savoir comment elles réussiraient à passer l'hiver. Le pays semblait ne s'en être jamais tout à fait relevé.

Il se reprocha de ne s'être intéressé qu'aux récits de voyage avant son départ et d'avoir négligé d'examiner la réalité économique et sociale du pays, ce qu'il jugeait impardonnable de la part d'un journaliste.

Catherine percevait le désarroi de son mari et ce fut elle, en définitive, qui le réconforta. Ainsi qu'il l'avait dit, ils se dirigeaient vers une région où tout restait à accomplir et elle était persuadée qu'Eugène saurait jouer un rôle de premier plan dans son développement. Elle se souvenait d'avoir entendu dire que l'ancien président Jefferson était convaincu que l'avenir de son pays se jouerait à l'Ouest. Que les pionniers réunis en petites communautés rurales y introduiraient les valeurs démocratiques de la nation. Même si ces déclarations remontaient au début du siècle, ses successeurs semblaient toujours partager son opinion.

Eugène se prenait à songer qu'il pourrait remonter un organe de presse pour défendre les idées qui lui étaient chères et sa jeune épouse se réjouissait en songeant qu'elle aurait ainsi la chance d'apprendre le métier aux côtés de cet homme qu'elle aimait d'autant plus qu'il se révélait plus fragile qu'elle ne l'avait soupçonné.

L'avenir s'annonçait, selon elle, sous les meilleurs auspices.

Leur expédition elle-même promettait de n'être qu'une partie de plaisir. Leurs compagnons avaient commencé par afficher une certaine défiance à l'égard de ce couple de Français qui voyageaient comme des pachas. Eugène avait en effet installé sa jeune épouse dans un chariot aménagé de telle sorte qu'elle n'eût pas trop à souffrir de l'inconfort du voyage. Mais le journaliste avait bien vite eu raison de la réticence des autres pionniers. Il se montrait d'une telle disponibilité que ses extravagances n'avaient plus suscité que des sourires bienveillants. Eugène était toujours le premier à rendre service et à se charger des corvées, sans jamais rechigner ou chercher à se défiler. En outre, dès que les femmes du groupe eurent appris que Catherine attendait un heureux événement, celle-ci devint la coqueluche du convoi.

Lorsqu'ils arrivèrent à Fort Kearny, après avoir traversé les plaines sous un doux soleil de printemps, l'humeur du groupe était des plus joyeuses. Les seuls obstacles rencontrés avaient été de petits cours d'eau dont le passage n'avait posé aucune difficulté majeure.

La deuxième étape, qui devait les mener à Fort Laramie, s'était révélée nettement plus rude, mais tout à fait supportable. Le soleil de juin avait déjà brûlé l'herbe et la végétation était inexistante. Par bonheur, la vallée était jonchée d'excréments de bisons, lesquels fournissaient un succédané satisfaisant pour pallier l'absence de bois au moment de faire du feu, car si les journées étaient caniculaires, les nuits, elles, devenaient de plus en plus fraîches.

Après quelques heures de repos à Fort Laramie, le voyage se poursuivit dans un pays toujours plus inhospitalier, riche en sources sulfureuses et alcalines, qui précédait la confrontation avec la South Pass, au sommet de laquelle ils arrivèrent à la mi-juillet. Là, les nuits étaient si glaciales que l'eau gelait dans les seaux.

Catherine, dont la grossesse avançait, souffrait de plus en plus, en dépit de la prévenance de son mari, qui maudissait Frémont d'avoir présenté la traversée du continent américain comme un voyage d'agrément. Le soleil était toujours plus torride, le terrain plus accidenté, et c'est au bord de l'épuisement qu'ils arrivèrent sur les berges de la Mary's River[1]. Or, le pire restait à venir. Des animaux commençaient à mourir à la peine. Par bonheur, les Humboldt Meadows leur offrirent une halte bienvenue où chacun put reprendre des forces et remplir les chariots d'herbe pour nourrir le bétail pendant la traversée du désert qui les mènerait à la Truckee River.

Ce fut aux Truckee Meadows, une nouvelle oasis dans leur progression, qu'Eugène décida que l'état de son épouse

1. L'actuelle Humboldt River.

ne leur permettait pas de poursuivre la progression avec le reste du convoi. Leur guide, Mike Webster, avait annoncé qu'ils se trouvaient sur le point d'affronter leur dernier obstacle avant l'arrivée dans les plaines tant attendues de Californie. Hélas ! cette ultime épreuve était la plus terrible de toutes puisqu'il s'agissait de la terrifiante sierra Nevada, avec ses neiges éternelles.

Après avoir longuement parlementé avec Mike, qui déconseillait au couple de s'isoler, le journaliste s'obstina dans sa décision. Il refusait d'imposer à sa jeune épouse des tourments qui risquaient non seulement d'avoir des répercussions fâcheuses pour l'enfant à naître, mais encore de s'avérer fatals pour la mère. Catherine s'affaiblissait beaucoup trop pour endurer un accouchement dont nul ne pouvait prédire la manière dont il se déroulerait.

Mike finit par se rendre aux raisons du journaliste et, le convoi ayant désormais adopté les Français, tous les hommes décidèrent de mettre leur halte à profit pour construire une maison où leurs amis pourraient attendre la fin de l'hiver dans les meilleures conditions possibles.

Catherine fut émerveillée par la vitesse avec laquelle leur habitation provisoire sortait de terre. Il était évident que ces hommes savaient ce qu'ils faisaient et qu'ils n'en étaient pas à leur coup d'essai. Avant de reprendre la route, ils se donnèrent encore la peine de bâtir une clôture pour les chevaux et un abri pour les bœufs.

La cabane n'avait rien de très confortable, mais ils ne devaient guère y passer plus de quelques mois et, après les fatigues et les épreuves du voyage, un hôtel particulier dans le Marais ne leur aurait pas procuré plus de bonheur. D'autant que cet abri était, somme toute, leur premier domicile conjugal.

En définitive, tout le monde se donna rendez-vous en Californie après avoir échangé de franches accolades.

L'enfant naquit une dizaine de jours après le départ du convoi. C'était un garçon, ainsi que l'avait prédit Eugène. Il avait les cheveux sombres, comme son père, et, à en croire ce dernier, ses yeux pétillaient déjà de malice, comme ceux de sa mère. Même la petite tache de naissance en forme de navire sur son épaule gauche suscitait le ravissement de ses parents.

Catherine avait eu le temps de récupérer assez de forces pour que la naissance se déroule sans la moindre difficulté. Le journaliste s'était révélé une sage-femme tout à fait honorable. Une fois l'accouchement terminé, il avait avoué que la perspective d'assister son épouse dans un moment aussi délicat l'avait fait hésiter à se séparer du convoi. Les femmes qui voyageaient avec eux auraient été nettement plus compétentes que lui pour remplir ce rôle.

Catherine avait ri.

« Pas un instant je n'ai douté que tu serais à la hauteur. Désormais, je ne veux plus d'autre sage-femme. »

Le temps passa et la mère retrouvait tout son allant tandis que l'enfant se développait et offrait beaucoup de joie à ses parents. Eugène prétendait même qu'une voile était apparue sur le navire qui décorait l'épaule du petit Thomas.

« Sans doute deviendra-t-il un grand voyageur », suggéra-t-il avec fierté.

Catherine se récria ; elle ne voulait pas d'un fils marin. Les récits qu'elle avait entendus sur le passage du cap Horn la terrifiaient trop.

Cette nouvelle vie en communion avec la nature convenait parfaitement à Eugène.

« Tu vois ces sommets ? se plaisait-il à répéter en désignant les cols enneigés de la sierra Nevada. Ils me rappellent les Alpes au pied desquelles j'ai vu le jour. »

Mais Catherine était née à Paris. C'était une citadine à qui l'animation de la ville commençait à manquer depuis qu'elle avait lu et relu les quelques romans qu'ils avaient emportés dans leurs bagages, ainsi que les récits de voyage qui avaient nourri le projet d'Eugène d'une installation en Californie. Heureusement, il y avait Thomas, qui lui était une source continue de ravissement. Elle aimait lui donner son doigt et sentir la petite poigne du nourrisson le serrer avec force. Jamais elle n'avait été aussi heureuse que lorsqu'il prenait son sein entre ses fines lèvres et tétait avec gourmandise.

Debout à la fenêtre, elle regardait en frissonnant la nuit qui venait de prendre possession de la vallée. La silhouette d'un Indien de la tribu des Paiutes, dressé sur son cheval au sommet d'une colline voisine, avait été la dernière vision qui s'était offerte à elle avant que le soleil s'éteigne derrière les pics menaçants.

Elle savait qu'elle n'avait rien à craindre des Paiutes. Depuis leur installation dans la région, ils s'étaient toujours montrés bienveillants à leur égard. Ils leur avaient souvent procuré de petits poissons qui ressemblaient à des sardines ; ils avaient même montré à Eugène comment les pêcher à l'aide d'ingénieux crochets composés d'un bâtonnet à l'extrémité duquel ils attachaient, presque à angle droit, l'épine dure d'un conifère. Pourtant, ce soir, elle avait l'impression que le danger rôdait tout autour de la maison.

D'un mouvement presque brutal, elle appuya ses poings contre ses yeux avec force. Son être n'était que souffrance, or elle ne parvenait pas à verser la moindre larme. De la peur, de la douleur, c'était encore la fureur qui était la plus forte. Une fureur qui anesthésiait ses glandes lacrymales. Si seulement elle pouvait donner libre cours à ses pleurs... elle en éprouverait un peu de soulagement, elle en était certaine. Oh ! pas grand-chose, bien sûr, c'était impossible, la blessure était trop profonde, mais rien qu'un peu !

Si elle ne réussissait pas à évacuer ne fût-ce qu'une infime partie de cette tension qui la mettait à cran, elle finirait par exploser, et même si elle ne savait pas très bien ce qu'elle entendait par là, elle ne doutait pas que sa raison en viendrait alors à chavirer.

Mais non ! Non ! La fureur l'emportait sur toutes les autres sensations.

La journée avait pourtant bien commencé.

Le matin même, elle s'était rendue dans la forêt pour relever des pièges tandis qu'Eugène, qui s'était foulé la cheville, la veille, en ramassant du bois, s'occupait du petit Thomas. La journée était belle. On sentait l'approche du printemps et elle se réjouissait à l'idée que, dans trois semaines au plus tard, ils pourraient reprendre la route. Elle était si impatiente d'arriver à destination qu'elle en oubliait les rigueurs de leur périple passé et ne voulait pas penser qu'il leur restait à parcourir la partie la plus rude du trajet.

Toute à sa joie, elle avait perdu la notion du temps. L'après-midi touchait à sa fin quand un coup de feu l'avait arrachée à sa rêverie. Elle avait souri. Eugène devait s'inquiéter de son absence prolongée. Elle avait chargé les trois lièvres piégés sur son épaule et avait pris le chemin du retour en songeant au repas qu'elle allait préparer à son homme adoré.

Mais dès qu'elle avait poussé la porte de la cabane, elle avait compris qu'il n'était plus question pour elle de cuisiner. Subitement, une colère dont elle ne se serait jamais crue capable lui fit perdre tout sens commun. N'y tenant plus, elle fit le tour de la table sur laquelle elle jeta l'éperon argenté et alla se planter en face d'Eugène.

— Tu avais juré de nous protéger, Thomas et moi ! hurla-t-elle. Tu nous avais promis une existence heureuse. Tu disais que jamais nous ne nous quitterions. Je t'ai fait confiance. Tu nous as trahis !

Incapable de maîtriser plus longtemps ses nerfs, elle gifla violemment son mari toujours impassible. Sous la violence du choc, la tête du journaliste roula sur son épaule droite, où elle demeura comme figée. La rigidité cadavérique commençait à faire son œuvre.

Submergée, enfin, par les larmes, Catherine se jeta aux pieds d'Eugène et lui enserra les genoux de ses bras.

— Oh ! pardon, mon amour. Pardon ! sanglota-t-elle. Je perds la tête. Pardonne-moi, mon chéri. Pardonne-moi.

Le sang qui avait coulé en abondance de la poitrine d'Eugène rendait poisseux les cheveux de la jeune femme, mais elle n'y prêtait pas attention. Elle se redressa et s'avança vers le berceau vide. Quel être avait pu être assez cruel pour tuer un homme et enlever un nourrisson ? Rien ne pouvait justifier pareil crime.

Le visage maculé par le sang du mort, elle revint vers la table et s'empara à nouveau de l'éperon qu'elle fixa longuement. Les larmes se tarissaient et une lueur farouche s'allumait dans son regard. Elle avait cru, dans un premier temps, que les Indiens étaient responsables du drame. Tant de récits terrifiants couraient sur leur compte ! Mais les Indiens ne portaient pas d'éperons, or celui-ci n'appartenait pas à Eugène.

C'était donc le meurtrier qui l'avait perdu.

Dans l'enclos, elle avait noté la disparition d'un cheval et de deux bœufs. Peut-être aurait-elle dû se lancer à la poursuite du ravisseur de son enfant. Mais quelle direction prendre ? Elle était bien incapable de suivre une piste. Et même si elle avait réussi à rattraper l'homme à l'éperon d'argent, qu'aurait-elle pu faire ? Il n'était peut-être pas seul et, de toute façon, il était sûrement bien meilleur tireur qu'elle. Il lui avait suffi d'une balle pour tuer Eugène, qui n'avait pas eu le temps de dégainer son arme.

Si ce salaud devait la tuer à son tour, que deviendrait Thomas ? Non, elle ne pouvait risquer de mourir elle aussi. Même si elle n'aspirait, pour l'heure, qu'à la mort, elle devait se forcer à vivre ! Elle referma sa main sur l'éperon dont les pointes pénétrèrent à nouveau sa chair mais, cette fois, elle ne le laissa pas tomber. Cette douleur, elle la voulait. Elle y puisait de la force.

D'une brusque volte-face, elle revint vers Eugène et, d'une voix blanche, gronda :

— Mon amour, je jure de te venger et de retrouver notre enfant. Je sais que tu serais incapable de trouver le repos si ce salaud s'en tirait comme ça. Fais-moi confiance, je n'aurai de cesse de lui avoir fait payer son crime et, ce jour-là, crois-moi, je tirerai mieux et plus vite que lui.

Elle eut l'impression que les traits de son mari se détendaient subitement. C'était sans doute une illusion d'optique, mais elle y puisa une nouvelle force.

Le regard sombre, les lèvres déformées par la haine, Catherine Tourneur venait de trouver dans son serment une raison de survivre à l'homme qu'elle avait tant aimé et à la perte de son enfant.

2

John Sutter était, somme toute, un homme heureux. A quarante-quatre ans, lorsqu'il lui arrivait de parcourir à cheval l'immensité de ses terres, il se prenait à songer que Dieu avait été relativement bon avec lui. Cela dit, il avait su forcer sa chance alors que tout le monde le donnait pour un perdant-né. En fait, il avait suivi à la lettre le conseil de La Fontaine[1] : « Aide-toi, le Ciel t'aidera. » Ses jours, en effet, n'avaient pas toujours été roses. Né en 1803, à Kandern, à quelques kilomètres de Baden, de parents suisses, il avait commencé sa vie professionnelle comme apprenti dans une imprimerie. Très vite, il avait compris que son avenir ne se situait pas là. Il avait de beaucoup plus nobles ambitions.

A trente et un ans, cependant, il n'avait pas été loin de partager l'opinion que les gens se faisaient de lui. Sa femme, Annette D'beld, employée chez un drapier et épousée à Burgdorf le 24 octobre 1826, n'était pas la dernière à lui rappeler qu'il était un raté. Il faut dire qu'elle avait bien réussi, elle ! Tout au moins sur le plan de la maternité. Elle lui avait donné quatre enfants ; le premier, un fils, était né le lendemain de leurs noces. Quatre enfants en huit ans, voilà qui n'avait pas contribué à stabiliser une situation financière déjà précaire.

Le jour où ses propres associés s'étaient laissé aller à le rouler dans la farine et où il avait compris que les portes de la prison s'ouvraient devant lui, il avait décidé que le

1. Cf. *Le Charretier embourbé*.

moment était venu de donner une nouvelle orientation à sa vie. Il avait donc confié sa femme et ses enfants à son frère et s'était embarqué pour l'Amérique. Là-bas, il en était certain, il y avait de la place pour des hommes entreprenants comme lui. Là-bas, avec toutes les idées qui germaient en permanence dans son esprit, il serait en mesure de réaliser son rêve : établir un empire agricole dans cet Ouest lointain où ses créanciers ne s'aventureraient jamais pour venir lui réclamer leur dû.

Et il avait réussi !

Après avoir pris la température du pays pendant quelques mois chez un ami qui résidait dans l'Indiana, il s'était remis en route avec la conviction qu'il ne tarderait pas à donner tort à ses détracteurs. C'est à ce moment précis qu'il avait renoncé à son patronyme, Johan Augustus Sutter, au profit du plus prosaïque et plus américain John Sutter. Quand on veut changer le cours de son destin, il convient de ne négliger aucun détail, aussi trivial fût-il.

A vrai dire, ses premières expériences n'avaient guère été concluantes. Commerçant et aubergiste quelque part dans le Missouri, sur la piste de Santa Fe, il avait vite compris qu'il se fourvoyait. On ne bâtit pas un empire en donnant le gîte et le couvert à des gens qui, pour la plupart, fuient la misère. Non, il lui fallait pousser toujours plus à l'ouest. Seulement, la ligne droite n'étant pas forcément le chemin le plus simple entre deux points, il se rendit d'abord à St Louis ; de là, il se lança sur la piste de l'Oregon en compagnie d'une bande de trappeurs qui se révélèrent de bien tristes sires, portés sur des modes d'enrichissement rapides qui faisaient peu de cas de la légalité comme de la vie d'autrui. Il arriva pourtant à sa destination suivante sans s'être fait égorger ni détrousser. De toute évidence, la chance s'était mise à tourner.

Mais pour l'heure, le virage n'était pas encore très prononcé.

Incapable de trouver un navire en partance pour la baie de Yerba Buena, qu'il s'était fixée comme terme de son voyage, il embarqua sur le *Columbia*, dans la baie d'Hudson, lequel mettait voile vers les îles Sandwich[1]. De Honolulu, il gagna la colonie russe de Sitka, en Alaska, pour ensuite redescendre vers le sud et arriver à Yerba Buena le 1er juillet 1839 – un jour qu'il marqua d'une pierre blanche.

Après avoir affrété une goélette, l'*Isabella*, et deux petits navires, il remonta la Sacramento River jusqu'à son confluent avec l'American River. Séduit par l'endroit, il décida d'y établir son campement, lequel se limitait encore à une tente et quelques huttes de branchages. Avec l'aide d'Indiens, il réussit toutefois à faire construire un bâtiment en adobe[2]. Cela ne ressemblait pas encore à un empire, mais les fondements en étaient pour le moins posés.

La Californie était encore territoire mexicain en ce temps-là. Pour y obtenir une concession de terres, il convenait d'être citoyen mexicain ou d'épouser une Mexicaine. Cette seconde solution n'était pas envisageable, sous peine de se retrouver bigame, aussi John Sutter sollicita-t-il la nationalité mexicaine. Il l'obtint le 19 août 1840 et, le 18 juin 1841, il se vit décerner par le gouverneur Alvarado un titre de propriété pour un territoire de près de vingt mille hectares qu'il baptisa Rancho Nueva Helvetia. Ce jour-là, il sut que le vent de la chance avait pleinement tourné en sa faveur.

La Nouvelle-Helvétie venait de voir le jour.

Le perdant né avait donné tort à ses détracteurs et sa bonne fortune aurait fait bien des envieux si John n'avait été un être aussi bienveillant. Homme cultivé, toujours impeccablement vêtu, parlant couramment plusieurs langues, il entretenait une correspondance suivie avec de nombreux personnages éminents. Tout voyageur était sûr de trouver chez lui le gîte et le couvert dans une ambiance franche et chaleureuse, et nul ne repartait sans avoir reçu de son hôte d'amples provisions pour la suite de son périple.

Ainsi, chacun se plaisait à l'écouter évoquer avec brio les exploits militaires du brave capitaine Sutter, cet audacieux garde suisse qui s'était distingué lorsque les troupes autri-

1. Aujourd'hui, Hawaï.
2. Mélange d'argile, de sable et d'eau.

chiennes avaient marché sur la Suisse. Ce qui impressionnait le plus ses auditeurs, qui n'auraient jamais songé à mettre en doute la véracité de ses récits, c'était d'apprendre que Napoléon II lui-même l'avait consulté à plusieurs reprises sur des questions d'ordre militaire et stratégique. Il racontait si bien et avec un tel naturel, ce brave John, que tous ses amis auraient ri au nez de celui qui leur aurait appris qu'en réalité, il n'avait été qu'un obscur sous-lieutenant réserviste – mais attention, un sous-lieutenant de première classe !

Si ses gloires militaires passées relevaient purement de l'imaginaire, celui que tous considéraient désormais comme le héros de la Frontière[1] rêvait de bâtir, sur son territoire, une forteresse qui mettrait ses commensaux à l'abri de tout danger. Là encore, il réussit à faire de son rêve une réalité avec l'érection de Fort Sutter. Gratifié par le gouvernement mexicain du titre d'alcade[2] du district nord, l'ancien apprenti imprimeur de Kandern était devenu l'homme fort de la région. Il employait plus de mille personnes, Indiens et Blancs – cultivateurs, charpentiers, forgerons, ainsi qu'un médecin à demeure. Il possédait plus de trente mille têtes de bétail, une distillerie – dont le *pisco*[3] devait acquérir une solide réputation –, une tannerie, une forge, une scierie ainsi qu'un commerce de fourrures.

En réalité, sa fortune était plus virtuelle que réelle, car ses rêves de grandeur rendaient son empire aussi fragile qu'un château de cartes. Comment s'en serait-il soucié ? Sa bonne réputation lui valait d'obtenir des crédits aussi sûrement que les crues suivaient les premières pluies de printemps.

Lorsqu'en 1844 les relations se tendirent entre le Mexique et les Etats-Unis, le gouverneur Manuel Micheltorena confia à Sutter, citoyen mexicain, la direction de la milice

1. Terme désignant à cette époque, aux Etats-Unis, la limite des terres colonisées.

2. Titre mêlant les fonctions de justice de paix et d'agent du gouvernement.

3. Espèce de brandy de couleur claire.

de Sacramento. Ainsi, ce n'était pas en vain que l'alcade avait fait construire Fort Sutter et que, tous les jours, il avait fait parader sa petite armée en lançant ses ordres dans toutes les langues qu'il maîtrisait. Composées d'Indiens, de Canaques et de montagnards vêtus d'uniforme russes de seconde main qui lui étaient échus lorsqu'il avait acheté l'équipement de Fort Ross, les troupes de Sutter représentaient la plus importante force armée qu'ait connue la Californie depuis plus de trois cents ans.

Hélas ! les choses ne sont jamais aussi simples qu'on se prend à l'espérer et les étoiles les plus brillantes finissent par se ternir. Juan Alvarado, l'ancien gouverneur qui avait concédé ses titres de propriété au capitaine Sutter, se rebella contre Micheltorena et le gouvernement mexicain ; avec ses partisans, il revendiquait l'indépendance de la Californie. Bien qu'il eût clairement affiché sa loyauté aux forces loyalistes, d'aucuns se mirent à soupçonner Sutter de vouloir mettre son armée au service d'ambitions personnelles qui le pousseraient, tôt ou tard, à revendiquer la Californie pour lui-même. Mais il sut faire taire les mauvaises langues.

La guerre civile qui venait de se déclencher fut sans conteste le conflit le plus granguignolesque de l'histoire. Les deux armées en présence prenaient soin de s'éviter afin de n'avoir pas à répandre le sang de frères ou de cousins. Quand une confrontation s'avérait inévitable, les soldats des deux camps s'appliquaient soigneusement à décharger leurs armes très au-dessus de la tête de leurs adversaires. Pour ces hauts faits, Sutter hérita du titre de colonel, ce qui lui permit de parader fièrement à la tête d'une escorte de cavaliers, annoncé par la sonnerie d'un trompette.

« Fièrement » est sans doute un terme quelque peu excessif, car le colonel Sutter était le plus souvent accompagné dans ses déplacements par le gouverneur Micheltorena lui-même. Or, celui-ci souffrait de douloureuses hémorroïdes de sorte que, caracolant sur son destrier, il offrait un spectacle tout à la fois pitoyable et ridicule, bien dans l'esprit de cette guerre.

Défait et capturé par les troupes d'Alvarado, Sutter s'empressa de jurer fidélité au nouveau gouvernement ; cet acte de bravoure lui valut d'être nommé commandant en chef et magistrat du district nord.

Hélas ! le vent de l'histoire n'en avait pas fini de souffler sur cette région, décidément fort troublée. Les Américains profitèrent de la division des Mexicains pour tenter de s'approprier la Californie à moindres frais. Et ils y réussirent ! John Sutter fut donc amené à modifier une nouvelle fois son allégeance en prenant position pour les nouveaux maîtres du pays. Cela ne lui coûta guère, car ses sympathies profondes l'avaient toujours porté vers les Américains.

Cette vérité ne dut pas leur paraître aussi évidente qu'à lui-même, car ils lui retirèrent toute autorité sur son fort, qu'ils se permirent même de rebaptiser Fort Sacramento. Quelle humiliation pour un homme qui avait toujours fait montre d'un si grand courage !

Mais si rien n'est jamais acquis, rien n'est non plus définitivement perdu pour qui a de la suite dans les idées. Or, John Sutter n'en manquait pas. Il redevint donc le maître incontesté de sa chère Nouvelle-Helvétie dès qu'eut pris fin le conflit opposant les Etats-Unis au Mexique. Pourtant, en dépit de ses demandes pressantes, le gouvernement américain n'accepta jamais de lui rembourser ses frais de guerre ; en revanche, il se fit un devoir de le nommer agent officiel auprès des Indiens.

Ainsi, tandis qu'il parcourait son empire, John Sutter s'efforçait d'oublier ses revers pour ne conserver en mémoire que cette vérité : il avait – presque – réalisé son rêve de bâtir un empire agricole dans le Nouveau Monde.

En de tels moments, il lui arrivait de se demander si l'heure n'était pas venue d'écrire à son frère pour lui demander de mettre sa femme et ses enfants dans un navire en partance pour l'Amérique. Il aurait été tellement heureux de pouvoir apprendre à tous ces gens qui l'avaient si ouvertement méprisé qu'il était devenu l'homme le plus important de la Californie !

Mais toujours lui revenaient alors à l'esprit la morgue et l'aigreur de sa chère Annette. Il entendait à nouveau ses interminables récriminations, ses reproches incessants et ses sempiternelles crises de nerfs. Il poussait donc un profond soupir, étouffait un sentiment de culpabilité envers ce frère à qui il avait fait un cadeau empoisonné et concluait qu'il était décidément préférable de remettre à plus tard la rédaction d'une missive aussi lourde de conséquences.

En dépit des aléas que comportaient les voyages entre l'Europe et l'Amérique, on ne pouvait jamais être tout à fait sûr qu'une traversée ne se déroulerait pas sans encombre. Or, la vie était si douce sans les critiques constantes d'une épouse incapable de comprendre les ambitions de son mari !

C'est au retour d'une de ses expéditions sur ses terres que John Sutter allait faire la connaissance d'un nouveau venu dans la région : Frank Bartleby.

3

Dès l'instant où John Sutter posa les yeux sur Frank Bartleby, il sut qu'il avait affaire à un homme taillé dans le même bois que lui. En dépit de vêtements passablement fatigués, le maintien du nouvel arrivant trahissait l'homme de qualité. Sutter ne fut nullement surpris d'apprendre que Bartleby était né en Angleterre et qu'il avait fait ses études à Eton avant d'embrasser la carrière d'avocat.

— Comme mon père avant moi et son père avant lui, précisa-t-il, avec une moue qui donnait à entendre qu'il n'était pas du genre à rester très longtemps enfermé dans le moule où d'autres l'avaient contraint à se couler.

Le maître de la Nouvelle-Helvétie eut un sourire de connivence. Il se reconnaissait dans cet homme. Bartleby avait à peu de chose près l'âge où lui-même s'était décidé à tourner la page sur une existence trop étriquée pour l'image qu'il se faisait de la vie. A vrai dire, il aurait juré que cet Anglais avait essuyé autant de revers que lui, sinon plus. De tels yeux ne trompaient pas. Ils exprimaient une souffrance profonde que Sutter, en fin psychologue, était tenté d'attribuer à un choc récent, traumatisant. Mais, sous les cendres de l'abattement couvaient encore les braises d'un feu puissant. Ce Bartleby n'avait pas renoncé et, de toute évidence, il n'était pas prêt à renoncer.

Lorsque le Suisse était rentré de sa randonnée, il l'avait aperçu, assis sur la barrière de l'enclos. Cela n'avait rien d'exceptionnel. Il n'était pas rare qu'un *vaquero* s'installât ainsi pour fumer une cigarette en regardant s'ébrouer les chevaux. En revanche, la qualité du tweed de la redingote que portait cet homme, elle, n'était pas commune. Sutter, qui attachait toujours beaucoup de prix à ses vêtements, n'avait pas manqué de le remarquer au premier regard. C'est en s'approchant de l'inconnu qu'il avait noté cette manière presque digne qu'il avait de se tenir, même assis sur une barrière.

Perché sur le dos de l'étalon dont il était si fier, Sutter se trouvait pour ainsi dire à la hauteur de l'homme au moment où il l'avait salué. Pourtant, celui-ci avait sauté à terre et s'était découvert pour se présenter de façon cérémonieuse. Sans chercher à en savoir plus sur son compte, le Suisse l'avait invité à venir prendre un *pisco* en sa compagnie.

Bartleby avait paru plus amusé qu'impressionné par la démonstration de respect ostentatoire des soldats au retour de leur commandant. Cette réaction avait touché Sutter dans son amour-propre, mais il n'en avait pas tenu rigueur au nouveau venu. Un personnage de sa qualité devait être habitué à l'ordre impeccable des troupes de Sa Majesté britannique, or le Suisse savait qu'en dépit de tous ses efforts, ses hommes présentaient un bien piètre spectacle en matière de pompe militaire.

— Ce sont des uniformes russes, n'est-ce pas ? observa Bartleby.

Sutter sourit et déclara, avec une fierté feinte :

— Quand vous connaîtrez mieux notre pays, vous verrez qu'on est souvent contraint de s'accommoder de ce qu'on trouve en matière d'équipement... en matière d'hommes également.

Bartleby avait approuvé de la tête. C'est devant un verre de *pisco* que l'Anglais avait raconté son histoire. Il avait quitté son île parce qu'il se faisait une idée de la justice très différente de celle qu'appliquaient les tribunaux de son pays. Sa femme, Emily, n'avait été que trop heureuse de l'accompagner dans son grand périple. Elle avait les bronches fragiles et se réjouissait de quitter les brumes de Londres pour le soleil de cette Californie qu'on disait si réconfortant.

Bien sûr, ni l'un ni l'autre n'avaient anticipé ce qui les attendait au cours de la traversée de ce pays aux paysages somptueux mais impitoyables. Sutter avait eu beau insister, il n'avait pas réussi à en apprendre beaucoup plus sur les conditions dans lesquelles s'était accompli le voyage de son invité. Pendant un long moment, les deux hommes étaient restés silencieux, à fumer et à siroter le brandy dont le maître des lieux était aussi fier que de son étalon, et qu'il consommait sans modération depuis ses déboires avec les Américains.

Si Sutter réussissait à se concentrer sur ses succès quand il considérait son existence en Californie, c'était avant tout parce que l'alcool anesthésiait les soucis liés à ses revers récents et à ses dettes. Mais, plus les jours passaient, plus il devait augmenter le nombre de verres de *pisco* pour arriver à l'oubli.

Au terme de ce long silence, Frank Bartleby murmura :

— Le voyage nous a donné de délicieux jumeaux, mais il nous a pris un fils. Quant à Emily...

Il s'était exprimé d'un ton si bas et d'une voix si faible que Sutter mit un moment avant de réaliser qu'il avait parlé.

C'était comme si l'Anglais avait pensé à voix haute. Avec toute la délicatesse dont il était capable, le Suisse lui exprima sa compassion et lui demanda s'il pouvait l'aider de quelque manière que ce soit. Bartleby se leva et alla regarder par la fenêtre qui ouvrait sur la cour intérieure du fort. Il alluma une cigarette tandis que le Suisse remplissait leurs verres avant de le rejoindre et de lui tendre un nouveau *pisco*. L'Anglais ignora le verre. Il observait un homme qui traversait la cour sur une charrette chargée de provisions et tirée par deux alezans aux flancs faméliques. Il le désigna à son hôte sans prononcer un mot.

— Si vous avez besoin de quoi que ce soit, dit Sutter en se méprenant sur l'intention de son invité, allez voir Samuel Brannan. Il tient une boutique où vous trouverez tout ce qu'il vous faudra.

Bartleby ne sortant toujours pas de son mutisme, Sutter poursuivit :

— Un sacré gaillard, ce Brannan. Il est arrivé à Yerba Buena en juillet 1846, sur le *Brooklyn*, avec plus de deux cents mormons. Ses coreligionnaires et lui avaient quitté

New York, où leurs croyances leur attiraient pas mal d'ennuis. Ils espéraient trouver en Californie un endroit à l'abri du puritanisme américain. Vous l'ignorez sans doute, mais les mormons sont partisans de la polygamie.

Sutter fit une moue et ajouta avec un petit rire :

— Si vous voulez mon opinion, ce n'est pas nécessairement un mal.

Sa remarque ne produisant pas l'effet escompté, il reprit :

— Ils n'ont pas eu de chance. Quand ils sont arrivés, la guerre avec le Mexique venait de s'achever et le drapeau étoilé flottait sur le Presidio[1]. Il paraît qu'en l'apercevant, Brannan se serait exclamé : « Encore ce putain de drapeau ! »

Sutter rit à nouveau. Bartleby avait finalement pris le verre que lui tendait son hôte, mais sans quitter des yeux l'homme qui avait arrêté sa charrette pour discuter avec deux fermiers aux habits couverts de poussière.

— Mais, comme je vous l'ai dit, c'est un sacré gaillard, ce Brannan, poursuivait Sutter. Il a fort bien réussi à s'adapter à la situation. Je lui ai permis d'ouvrir une boutique dans l'enceinte du fort et nous lui devons le premier journal publié dans la région. Vous ne pourrez pas manquer de le lire, à l'occasion : le *California Star*.

— Ainsi, ils s'en sont sortis, murmura Bartleby.

Sutter ne comprit pas tout de suite ce qu'il voulait dire. Il croyait que son visiteur parlait des mormons, mais en suivant son regard, il réalisa qu'il s'intéressait en réalité aux trois hommes qui discutaient dans la cour. Il n'avait probablement même pas entendu ce que son hôte venait de lui raconter au sujet de Brannan.

— Oh ! dit le Suisse. Ils faisaient partie de l'expédition Donner. Bon sang, ils en ont bavé, les malheureux. Ils se sont égarés dans la sierra Nevada et l'hiver les a surpris alors qu'il ne leur restait quasiment plus de provisions. Ils ont vécu un de ces enfers ! Il y en a pas mal qui y sont restés. Les autres...

---

1. Caserne construite en 1776 par les Espagnols pour protéger la Mission établie par les pères franciscains désireux de convertir les Indiens locaux. Elle fut ensuite occupée par les Américains.

Il s'interrompit comme s'il répugnait à prononcer certains mots.

— Près de la moitié sont morts. Dès qu'on a eu connaissance de leur situation, on a envoyé des équipes de secours. Une d'abord, puis deux, jusqu'à quatre ! Ah ! croyez-moi, ils n'étaient pas beaux à voir quand on les a retrouvés. Le froid, la faim, la peur… Oui, ils ont vécu un sacré enfer.

Bartleby détacha son regard des trois hommes et pivota pour se retrouver face à son hôte. Son mouvement n'avait pas été brusque, mais Sutter recula instinctivement d'un pas. Les yeux de l'Anglais brûlaient d'une telle flamme qu'il s'attendait à un éclat de sa part ; pourtant, même s'il y avait une rage incontrôlée dans le regard de Bartleby, ce fut d'une voix parfaitement mesurée qu'il s'exprima :

— La faim, le froid, la peur… non, John, ce n'est pas cela, l'enfer. Croyez-moi !

Sutter fronça les sourcils. Il ouvrit la bouche, mais pas un son n'en sortit. Il se frappa le front avant de réussir à demander :

— Bon sang, Frank, vous en étiez ! C'est ça, n'est-ce pas ? Vous faisiez partie du convoi des Donner ?

Bartleby revint vers la fenêtre.

— Est-ce que Ben Cartwright est au nombre des survivants ?

— Non, répondit Sutter en baissant la tête. Je regrette, Frank. C'était un de vos…

Il n'eut pas l'occasion d'ajouter « amis ». Bartleby l'interrompit et déclara avec un calme imperturbable :

— Bien, cela m'évitera d'avoir à le tuer.

Sutter but une large rasade de *pisco*. Il connaissait les histoires qui couraient sur les membres de l'expédition. Privés de provisions et incapables de se procurer la moindre nourriture, certains avaient été amenés à manger les cadavres de leurs compagnons décédés. Il avait beau avoir entendu cette histoire de la bouche même de plusieurs survivants, le Suisse ne s'était jamais tout à fait résolu à y prêter foi. Pour la première fois, il songea que ces récits, aussi épouvantables qu'ils fussent, correspondaient bel et bien à la réalité.

— Mais, comment se fait-il que les équipes de secours ne vous aient pas trouvés, vous et les vôtres ? demanda-t-il. Comment se fait-il que vous n'arriviez que maintenant ? Cela fait plus de six mois que les derniers survivants ont été retrouvés.

Bartleby quitta la fenêtre et retourna s'installer dans le fauteuil qu'il occupait quelques instants plus tôt. Il était redevenu le parfait gentleman que Sutter avait trouvé assis sur la barrière de l'enclos. Son visage était même plus détendu que lorsqu'il avait sauté de son perchoir pour saluer son hôte. De toute évidence, la mort de Ben Cartwright le soulageait d'un terrible poids.

— A un moment, j'ai jugé utile d'emmener les miens loin du groupe. Nous avons profité de la nuit et Salvador, un Indien qui nous servait de guide, a accepté de se joindre à nous. J'avais surpris deux de nos compagnons qui parlaient de le tuer pour se procurer de quoi manger. Ce n'était qu'un Indien, n'est-ce pas ? Guère plus qu'un animal ! Je ne pouvais pas laisser s'accomplir une telle abomination. J'ignore si Salvador avait eu connaissance du sort que ces types lui réservaient, mais depuis cette nuit, il nous est entièrement dévoué. Je me suis souvent félicité de l'avoir emmené. Les deux premiers jours ont été vraiment terribles. Pire que tout ce que nous avions enduré jusque-là. Emily n'avait presque plus de lait pour nourrir les jumeaux. Elle était épuisée. Je n'avais aucune idée de la direction qu'il nous fallait prendre, mais Salvador, lui, paraissait savoir où il allait. Le troisième jour...

Il s'interrompit, avec un petit sourire triste.

— Je ne vais pas vous infliger le détail de toutes nos épreuves. Sans Salvador, nous ne nous en serions jamais sortis. Aujourd'hui, par la grâce de Dieu, le cauchemar est terminé.

Sutter aurait souhaité que Bartleby poursuive son récit, mais il était évident que c'était à lui-même que l'Anglais voulait épargner l'évocation de moments trop douloureux. Le Suisse lui demanda :

— Où sont donc les vôtres, Frank ? Pourquoi ne vous ont-ils pas accompagné jusqu'ici ? Ils ont peut-être besoin de soins ou...

— Tout va bien pour nous, désormais, le coupa Bartleby. Nous avons installé notre campement à quelques lieues d'ici.

Il marqua un temps avant d'ajouter :

— Il fallait que je vienne d'abord seul... en éclaireur, en quelque sorte.

Sutter comprit qu'il pensait à Ben Cartwright et au sort qu'il lui avait réservé.

Il invita Bartleby à partager son repas, ce que l'Anglais accepta avec beaucoup de civilité. Tout en mangeant, le Suisse lui raconta sa vie. Ses échecs dans son pays d'origine et son ascension fulgurante dans son pays d'adoption, lequel, désormais, était également celui de l'Anglais. Il y avait quelque chose dans la personne de Bartleby qui incitait à se confier sans fard. Sutter lui épargna donc ses fables habituelles. Quand il eut terminé son récit, il se laissa même aller à une confession qu'il osait à peine se faire à lui-même, en général.

— Les hommes qui, comme vous, Frank, font le voyage avec leur famille sont assez rares. Vous verrez, il n'y a pas beaucoup de femmes par ici. Nos pionniers préfèrent le plus souvent venir seuls, histoire de défricher le terrain, pour ainsi dire.

Il marqua un temps avant d'ajouter :

— Je ne veux pas généraliser à partir de mon cas personnel, mais je me suis souvent demandé si c'était vraiment cela qui les motivait à laisser leur épouse au pays. Moi, je peux bien vous l'avouer, mes raisons étaient très différentes. J'étais fatigué des récriminations constantes d'Annette. C'est vrai, au fil des ans, j'avais accumulé les dettes plus sûrement que la laine sur le dos. Vous connaissez la situation économique en Europe. Avec toutes ces guerres, tous ces conflits...

Sutter interrompit son récit pour demander qu'on leur serve le café au salon. Quand ils furent installés dans leurs fauteuils, il reprit :

— Et puis, quand vous êtes marié, vous avez envie que votre femme vous soutienne, n'est-ce pas ? Vous ne voulez pas qu'elle vous enfonce la tête encore un peu plus sous l'eau. C'est pour ça que je n'ai pas encore écrit à Annette de me rejoindre avec les enfants. Je n'arrive pas à me résoudre à entendre à nouveau ses sempiternels reproches.

Bartleby ne fit pas de commentaires, mais son sourire rassura le Suisse. Cet homme le comprenait.

— Assez parlé de moi ! conclut Sutter. Qu'est-ce qui vous amène dans la région, Frank ? Vous savez, les bons juristes sont les bienvenus ici.

L'Anglais fit la moue. Il n'avait pas envie de renouer avec le barreau. Cela dit, si ses compétences pouvaient s'avérer utiles, ce serait toujours avec plaisir qu'il les placerait au service de la communauté. Seulement, son désir était autre. En fait, il caressait des rêves de gentleman-farmer. Il demanda à son hôte s'il lui serait possible d'acheter de bonnes terres où pratiquer l'élevage.

— Je connais assez bien les chevaux, précisa-t-il. Ma famille possédait une belle écurie dans notre propriété du Devon, et j'aimais m'occuper des bêtes pendant mes vacances. Or, il y a de très beaux troupeaux par ici.

Sutter déclara qu'il comprenait tout à fait le désir de son invité. Lui-même avait eu à cœur de posséder son ranch dès son arrivée dans la baie de Yerba Buena, mais c'était l'agriculture qui l'intéressait, pas l'élevage. Bartleby avait donc frappé à la bonne porte. D'autant que, grâce à sa position et à ses relations, le Suisse se faisait fort de procurer des terres de qualité à celui qu'il appelait déjà son « cher ami ».

— Pour une bouchée de pain, précisa-t-il, et avec des titres de propriété parfaitement réguliers. Aujourd'hui, cela paraît superflu, mais croyez-moi, le jour viendra où ceux qui ne pourront pas prouver leurs droits sur leurs terres s'en verront purement et simplement dépossédés. Quand des biens prennent de la valeur, les requins rappliquent.

Bartleby le remercia pour son accueil et sa bienveillance. Puis il annonça qu'il était grand temps pour lui d'aller retrouver les siens s'il voulait arriver au campement avant la nuit. Sutter lui promit de s'occuper de ses affaires sans tarder.

— Et surtout, venez me voir dès votre retour. Je vous ferai préparer des chambres chez moi. Vous serez mes invités, le temps de trouver votre propre toit.

Avant de le laisser partir, Sutter avait adressé Bartleby à Brannan, en l'invitant à se procurer chez le boutiquier tout ce dont il avait besoin.

— Et dites-lui de mettre tout ça sur ma note, ajouta-t-il. Ce sera mon cadeau de bienvenue.

Sur le chemin du retour, Bartleby chevauchait le cœur plus léger qu'à l'aller. Il n'aurait pas à tuer Ben Cartwright. La sierra Nevada s'en était chargée pour lui. En réalité, il n'avait rien d'un tueur, mais il n'aurait jamais supporté de devoir côtoyer ce monstre. Il n'aurait jamais eu l'esprit en paix aussi longtemps que Cartwright aurait respiré le même air que lui.

Le soleil était sur le point de se coucher quand il aperçut le chariot bâché où l'attendaient Emily et les jumeaux. Salvador avait allumé un feu et préparé du café. Lorsque Frank Bartleby descendit de son cheval, l'Indien s'approcha et lui tendit un gobelet fumant. L'Anglais lui montra le sac accroché derrière la selle et lui expliqua qu'il s'agissait de provisions. Sans un mot, Salvador déchargea l'animal avant de lui retirer sa selle et d'aller l'attacher à la branche basse d'un arbre.

Bartleby grimpa dans le chariot. Emily berçait les jumeaux sur ses seins. Elle posa un doigt sur ses lèvres quand elle vit son mari et lui fit signe que les petits dormaient. Il s'approcha et posa un baiser sur le front de la jeune femme, puis il prit les nourrissons, un à un, et alla les coucher dans leurs berceaux improvisés.

— Salvador nous prépare un repas, dit-il en prenant soin de parler à voix basse. J'ai ramené des provisions du fort. Tu devrais profiter que George et Virginia dorment pour venir manger avec nous.

Emily sourit et, faisant voler ses longs cheveux blonds autour de son visage, elle répondit en appuyant un doigt sur ses lèvres :

— Salvador n'est pas là. Il est parti à la recherche de Gregory.

Bartleby ferma les yeux.

— Le pauvre chéri, il a dû, une fois encore, s'éloigner plus que de raison en jouant, et il se sera égaré. Je l'ai entendu pleurer et m'appeler. Mais, ne t'en fais pas, Salvador ne devrait pas tarder à le ramener.

Frank sentit ses yeux se gonfler de larmes et fit un effort pour les refouler. Il ne trouvait plus l'énergie de rappeler à sa femme que Gregory était mort depuis plusieurs mois. Il ne supportait plus le regard qu'Emily posait sur lui dans ces moments-là. Comme si elle insinuait qu'il était cruel d'inventer pareil mensonge.

Il ne lui en voulait pas. Lui aussi entendait parfois l'enfant pleurer au milieu de la nuit, mais à la différence d'Emily, il avait parfaitement conscience qu'il ne s'agissait que d'un mauvais tour que lui jouait son imagination. Il lui arrivait d'envier sa femme qui s'était créé un monde dans lequel Gregory n'avait pas cessé de vivre. Un monde dans lequel il aurait éternellement deux ans et les joues roses.

Jamais Emily ne reverrait, dans la neige rouge, le petit corps déchiqueté de leur fils aîné. Dans l'univers où elle avait dérivé, les enfants riaient, pleuraient, il leur arrivait même de s'égarer, mais en aucun cas ils ne mouraient. Frank Bartleby s'approcha des berceaux et regarda dormir les jumeaux. Il n'avait jamais été très porté sur la religion, mais depuis la mort de son fils, il ne s'était pas passé un soir sans qu'il prie Dieu de veiller sur ses petits. Pour eux, pour lui, mais surtout pour Emily. Sa femme ne résisterait pas à la perte d'un autre enfant.

— Allons, chérie, viens manger. Gregory ne pleure plus. Salvador a dû le coucher.

La jeune femme leva les yeux vers son mari. Depuis que son esprit s'était égaré, elle était plus belle que jamais.

4

Une femme seule avait peu de chances de passer inaperçue à Fort Sutter. Elles étaient denrée si rare. Quand l'une d'elles venait à s'aventurer dans la rue, on voyait aussitôt un groupe d'hommes se précipiter pour lui porter ses paquets ou son ombrelle, lui ouvrir le chemin ou lui proposer quelque service. La personne ainsi entourée n'avait nullement à craindre d'être molestée. Si l'un de ces messieurs s'était permis un geste ou une parole déplacés, ses compagnons lui auraient aussitôt appris à maîtriser les débordements de sa libido. Ces hommes n'étaient sans doute pas meilleurs que d'autres, mais la pénurie de femmes conférait aux téméraires qui avaient eu le courage d'accompagner leur mari dans la région une aura presque sacrée.

Or, en cet après-midi du printemps de 1848, l'arrivée d'une nouvelle venue dans l'enceinte de Fort Sutter passa quasiment inaperçue. La jeune femme avait pourtant de quoi éveiller la curiosité de ces aventuriers qui, pour en avoir vu de toutes les couleurs au cours de leur périple vers la Californie, n'avaient pas dû assister souvent à semblable spectacle.

Elle portait des vêtements d'homme trop grands pour elle et, lui barrant la poitrine en diagonale, une cartouchière qui se terminait, à hauteur de la hanche droite, par un étui d'où dépassait la crosse d'un colt Dragoon. Son accoutrement ne suffisait pourtant pas à expliquer l'indifférence qui accompagna son arrivée, car sur ses épaules flottait une magnifique chevelure auburn qui ne laissait aucun doute sur sa qualité de femme. Et si un seul de ces hommes lui avait accordé la plus petite attention, il aurait constaté que, sous ses vêtements d'homme, la nouvelle venue était sans conteste la plus belle femme à l'ouest des montagnes Rocheuses.

Elle montait un hongre dont la robe isabelle se confondait avec le sable du désert que la sueur avait collé à ses flancs ; au pommeau de sa selle était attachée une longe à l'extrémité de laquelle peinaient deux mulets lourdement chargés. Lorsqu'elle mit pied à terre, elle repoussa son chapeau et s'essuya le front.

La cour du fort était en proie à une frénésie indescriptible. Des hommes couraient dans tous les sens, en se bousculant et en s'invectivant. Les uns sortaient de la boutique de Samuel Brannan, une simple cabane en planches, encombrés d'un matériel hétéroclite dont la jeune femme ne réussissait pas à deviner à quoi il pourrait bien leur servir, puis s'empressaient de charger leur bric-à-brac dans des chariots trop petits pour tout contenir. D'autres se précipitaient à leur tour dans la boutique. Tous fulminaient contre le mormon qui avait augmenté le prix de ses marchandises dans des proportions qu'ils jugeaient scandaleuses, mais aucun ne serait parti sans son précieux butin.

Des chariots traversaient la cour en trombe, les uns dans le sens du départ, d'autres dans celui de l'arrivée.

Un adolescent observait la scène avec une expression effondrée. Ecœuré, il se détourna et aperçut la jeune femme.

— Catherine ? s'exclama-t-il en fronçant les sourcils.

Il lui semblait reconnaître la nouvelle venue, mais il émanait de sa personne un quelque chose d'indéfinissable qui cadrait mal avec la jeune femme dont il gardait le souvenir.

— Catherine Tourneur ? précisa-t-il devant l'expression de surprise de la jeune femme à qui, de toute évidence, le visage de l'adolescent n'évoquait rien.

Il crut s'être mépris et était sur le point de s'en excuser quand elle se décida à hocher la tête.

— Eddie Wallgreen ! reprit l'adolescent. Nous avons voyagé ensemble. Vous êtes restée avec votre mari aux Truckee Meadows tandis que nous poursuivions notre route.

Catherine Tourneur se remémora alors l'adolescent qui s'était lancé dans la traversée des plaines après avoir lu trop de romans de Cooper et d'Irving.

— Vous attendiez un heureux événement, ajouta-t-il. Comment vont Eugène et l'enfant ?

L'épithète « heureux » donna le vertige à la jeune femme, qui dut s'appuyer aux fontes de son cheval pour ne pas perdre l'équilibre. Wallgreen s'avança pour lui offrir son bras, mais elle arrêta son mouvement d'un geste brusque et lui fit signe que tout allait bien. En quelques mots sobres, prononcés d'une voix blanche, elle lui raconta comment son existence avait basculé vers l'horreur dans la maison des Meadows. L'adolescent percevait un profond désarroi chez sa compagne de voyage, ainsi qu'une autre émotion qu'il ne parvenait pas à identifier. Il avait le sentiment que Catherine ne souhaitait pas qu'il commente ce qu'elle venait de lui raconter presque malgré elle.

Il lui demanda si elle avait l'intention de rentrer en France.

— Jamais ! s'exclama-t-elle. Je dois retrouver l'enfant de salaud qui a tué mon mari, lui faire la peau et lui reprendre mon bébé.

Eddie Wallgreen fut décontenancé autant par l'espèce de détermination qui possédait Catherine Tourneur que par son langage qui, il en était sûr, aurait choqué la personne qu'il avait connue quelques mois plus tôt, surtout dans la bouche d'une femme. Il lui demanda ce qu'elle comptait faire. Où envisageait-elle de s'installer ? Ce fut avec une espèce de rage contenue qu'elle lui répondit :

— Yerba Buena ! C'est là qu'Eugène voulait vivre, c'est là que je m'installerai.

Quant à savoir ce qu'elle y ferait... elle laissa sa phrase en suspens. Elle n'avait pas encore eu le temps de s'interroger sur l'orientation à donner à son existence une fois qu'elle aurait tué le monstre qui avait fait d'elle un mort-vivant.

Le jeune homme fit la moue. Yerba Buena n'était vraiment pas un lieu qui offrait des possibilités d'avenir. La ville, si tant est qu'on pût qualifier de la sorte un ramassis de tentes et de constructions en bois, se vidait chaque jour un peu plus.

— Bientôt, ce ne sera plus qu'une ville fantôme.

Catherine haussa les épaules.

— Alors, c'est l'endroit qu'il me faut, déclara-t-elle. Voilà plusieurs mois que je vis avec des fantômes pour seuls compagnons.

Il ne put s'empêcher de faire la grimace.

— Mais où sont passés vos rêves, Eddie ? Les romans de Fenimore Cooper ne vous font donc plus rêver ?

Eddie était troublé par le ton avec lequel s'était exprimée la Française. Pendant le voyage à travers les plaines, il avait déjà été frappé par la gravité qui émanait d'elle – une gravité agréablement compensée par une spontanéité et un humour juvéniles qui leur avaient permis de développer une certaine connivence, une amitié même. Il était plus âgé d'un an ou deux, mais pendant ces derniers mois elle paraissait être devenue de beaucoup son aînée.

Il savait que Catherine n'avait pas voulu le blesser, mais sa question avait été formulée sur un ton presque cassant, qui lui avait fait mal parce qu'elle l'avait touché en un point particulièrement vulnérable depuis son arrivée en Californie. Il songea toutefois au drame qu'elle avait vécu et s'efforça de lui répondre sans rien laisser percer de son amertume.

— Les romans de Fenimore Cooper me font toujours rêver et j'envie plus que jamais son talent de conteur. Malheureusement, la réalité que j'ai trouvée ici est sans rapport avec celle que j'avais imaginée. L'or est en train de tout corrompre.

Si Catherine Tourneur avait connu les coutumes de la région, les derniers mots de l'adolescent auraient suffi à lui faire comprendre pourquoi son arrivée était passée inaperçue, mais il lui restait tout à apprendre sur les mœurs de ce pays. Et puis la réaction des autres, quels qu'ils soient, était bien le cadet de ses soucis.

— L'or ? interrogea-t-elle en songeant aux propos d'Eugène quand elle l'avait interrogé sur cette Porte d'Or qu'il avait prétendue sans rapport avec de quelconques gisements aurifères.

— C'est vrai, dit Eddie, vous venez d'arriver. Vous ne pouvez pas savoir.

Puis, tendant la main en direction d'un homme en uniforme d'officier supérieur de l'armée russe, il ajouta :

— Tenez, voici John Sutter ! C'est l'homme qu'il vous faut, si vous désirez vraiment vous installer dans la région. C'est, en quelque sorte, le maître à bord, ici.

Catherine regarda l'énergumène à moustaches qui traversait la cour en affichant une expression accablée. Il était ridicule sous le panache emplumé qui s'agitait au sommet de son chapeau noir. Pourtant, il paraissait si désemparé qu'il émut la jeune Française.

— Je ne sais pas si le moment est vraiment bien choisi, observa-t-elle.

L'adolescent haussa les épaules.

— Ça le distraira de ses soucis, répondit-il. C'est un homme affable, vous verrez. Il est toujours disposé à rendre service aux nouveaux arrivants.

Catherine n'eut pas l'occasion d'ajouter quoi que ce soit ; Eddie Wallgreen hélait John Sutter d'une manière qui lui parut cavalière. Le panache emplumé se dirigea vers eux sans chercher à masquer sa contrariété.

— Je voulais vous présenter Catherine Tourneur, monsieur Sutter, dit Wallgreen. Nous avons parcouru une partie de la route ensemble. De Providence jusqu'aux Truckee Meadows.

Le Suisse dévisagea la jeune femme dont l'accoutrement et les manières le laissèrent perplexe. Elle avait une façon de s'accrocher à la crosse de son colt qui l'inquiétait presque. Il n'en demeurait pas moins qu'elle était fort jolie avec ses grands yeux noisette, ses lèvres charnues, ses oreilles finement ourlées et la masse ample de ses cheveux auburn qui lui descendaient jusqu'au milieu du dos. Il se fit la réflexion qu'elle était bien jeune pour voyager seule. Pourtant, quelque chose dans le regard de cette « gamine » fit courir un frisson le long de son épine dorsale.

— Ne me dites pas que, vous aussi, vous êtes gagnée par la fièvre de l'or ! lança-t-il sans aménité.

Elle fronça les sourcils, ce qui accentua encore l'espèce de rage qui habitait son regard.

— Je croyais qu'il n'y avait pas d'or dans la région, observa-t-elle. De toute façon, l'or ne m'intéresse pas. Avant toute chose, je dois trouver à me loger à Yerba Buena.

Sutter, qui était toujours aussi bavard et intarissable sur sa nouvelle patrie, sourit.

— Vous savez, les gens viennent ici avec des projets plein la tête, mais ils sont vite gagnés par la fièvre de l'or, qu'ils partent dans les montagnes ou qu'ils restent à San Francisco. Oui, depuis le 17 janvier 1847, Yerba Buena a été rebaptisée. Parmi la trentaine de charpentiers qui vivent là, quatorze étaient avocats, médecins, libraires ou pasteurs avant d'arriver ici, mais l'or...

Sutter lui expliqua aussi que la spéculation sur les terrains atteignait des proportions qui frisaient la démence. L'extension de la ville vers l'intérieur des terres étant compliquée par la présence de nombreuses collines, les gens parlaient déjà de combler une partie de la baie afin de gagner des territoires nouveaux. Les dunes de sable constituaient un matériau idéal pour ce projet, au même titre que la terre des collines, que d'aucuns commençaient à araser.

Mais, pour l'instant, les briques se vendant au prix de un dollar l'unité, plus de trois mille personnes vivaient encore sous la tente, où elles avaient à subir les attaques d'armées de puces, de poux et de rats. Malgré la présence de rares sources, elles devaient le plus souvent se contenter de boire l'eau de puits pas assez profonds pour assurer une ressource vraiment potable. En outre, il n'existait aucun système sanitaire, aussi presque tous les campeurs étaient-ils atteints de dysenterie.

Malgré ces inconvénients, Sutter ne partageait pas les craintes d'Eddie de voir San Francisco se transformer en ville fantôme.

— Elle va, au contraire, prendre une extension de plus en plus grande.

— Ouais, intervint le jeune homme, mais quand les filons aurifères seront épuisés, elle se videra.

Le Suisse haussa les épaules, mais ne releva pas la remarque d'Eddie, qui lui paraissait puérile. Il expliqua en revanche que le développement du port, à la suite de l'installation de docks, d'entrepôts et de magasins, faciliterait le commerce avec le monde entier et permettrait à l'ensemble de la région de se développer.

John Sutter voulut ensuite savoir ce qui amenait la jeune Française dans une région aussi peu accueillante pour les personnes du beau sexe. Catherine lui raconta son histoire depuis sa rencontre avec Eugène. Evoquer son défunt mari lui était tout à la fois doux et douloureux. Elle dit leurs rêves, leur voyage, la naissance de l'enfant, jusqu'au drame vécu dans les Truckee Meadows. Elle conclut sur la fin de son périple, effectué sous la conduite d'un Indien paiute.

— Aujourd'hui, je suis bien décidée à poursuivre seule le rêve de mon époux. M'établir à... San Francisco. Ensuite, je veux mettre la main sur le meurtrier de mon mari et retrouver l'enfant que ce salaud m'a volé.

Sa voix se brisa mais la flamme de ses yeux ne vacilla pas le moins du monde. Sutter resta un long moment sans prononcer un mot. Il était convaincu que cette « gamine » ne voulait pas seulement retrouver l'assassin de son mari. Elle était décidée à lui faire la peau. Il finit par déclarer :

— Je crois que nous devrions avoir une longue discussion, vous et moi, madame Tourneur. Si l'homme qui a tué votre mari et enlevé votre enfant est parmi nous, je vous promets qu'il ne nous échappera pas bien longtemps. Lorsque nous l'aurons trouvé, il passera en jugement, et croyez-moi, la justice n'est pas tendre, dans notre pays, avec ce genre de criminels.

Après un silence qui visait à ménager son effet, il ajouta :

— ... et bientôt, nous vous rendrons votre enfant, soyez-en sûre.

Il y avait une telle assurance dans les paroles et dans le ton de cet homme au chapeau ridicule que Catherine sentit brusquement se dissiper toute la tension qu'elle contenait depuis le soir où elle avait retrouvé son mari mort et le berceau vide. Seulement, c'était précisément cette tension qui lui avait permis de tenir jusqu'à ce jour. Avec sa dissipation, ce fut comme si toute son énergie s'échappait de son corps par chacun de ses pores. L'air lui manqua subitement et si Eddie Wallgreen ne s'était pas précipité, elle serait tombée sur le sol comme un vulgaire sac vide.

Elle tourna son regard vers le jeune homme, voulut esquisser un sourire pour le remercier, mais ses muscles ne lui obéissaient déjà plus. Catherine Tourneur venait de sombrer dans l'inconscience.

5

San Francisco ne méritait pas encore le nom de ville, en ce milieu du XIXe siècle ; tout au plus pouvait-on parler de village. Les premiers habitants de la région avaient la peau sombre et vivaient nus comme au jour de leur naissance. Quand le froid devenait trop vif, ils s'enduisaient la peau de boue. Les Ohlones et les Miwoks étaient des êtres pacifiques à qui la danse et le chant procuraient de grands bonheurs. Vivant pour l'essentiel de pêche, de chasse, de cueillette et se déplaçant au gré des saisons, ils n'imposaient pas à leurs adolescents les rites de passage sanglants des tribus guerrières des Plaines.

La première fois qu'ils eurent l'occasion de voir un Européen, ce fut en 1579, lorsque Francis Drake découvrit le site. Plus de cent cinquante ans allaient encore s'écouler avant que de nouveaux Visages pâles ne songent à s'installer auprès d'eux. Ceux-là seraient russes. En 1741, l'équipage du *Vitus Béring* découvrait dans les eaux de la baie des loutres de mer en grande quantité ; la vente de leurs fourrures en Chine s'avérant des plus rentables, ces commerçants établirent leur campement dans ce lieu que le navigateur anglais avait baptisé Nova Albion.

Les Espagnols installés au Mexique voyaient d'un mauvais œil la progression des Russes vers le sud, aussi décidèrent-ils d'occuper le territoire à partir de 1769. Ce fut par voie de terre que Gaspard de Portola arriva dans la baie avec ses troupes. Les pères franciscains, qui l'accompagnaient dans son expédition, choisirent de s'y installer, avec la ferme intention de convertir les peuplades d'Indiens indécents auxquels il devenait urgent d'enseigner la nécessité de couvrir leur arrogante nudité. Les religieux s'empressèrent de bâtir une Mission dédiée à saint François d'Assise. Soucieux d'assurer leur protection, Gaspard de Portola ordonna la construction d'un *presidio*.

Le 29 juin 1776, alors que, de l'autre côté du continent, Jefferson, Adams et Franklin mettaient le point final à la déclaration d'Indépendance des Etats-Unis, les missionnaires espagnols célébraient une messe qui peut être considérée comme l'acte fondateur du nouveau village rebaptisé Yerba Buena. Près de dix ans allaient s'écouler avant l'arrivée des premiers colons.

Le 5 août 1775, le *San Carlos*, commandé par Juan Manuel de Ayala, fut le premier bateau à s'engager dans la baie que les brouillards avaient, jusque-là, dissimulée à ses prédécesseurs. Pour tous ceux qui s'aventuraient sur ces terres, cette baie était sans conteste la plus belle du monde.

Le site n'était pourtant pas des plus accueillants, de prime abord. Les criques n'étaient guère que d'insalubres marécages ; les dunes, qui s'élevaient parfois jusqu'à trente mètres, bordaient toute la côte de la péninsule et ne permettaient à la lande ainsi qu'à une végétation arbustive de ne s'y développer que très chichement. En revanche, les collines étaient couvertes de prairies où abondait une espèce de menthe sauvage, la *yerba buena* des Espagnols.

En définitive, ce fut un Américain, William Richardson, qui, en 1835, allait construire la première habitation de la baie. Celle-ci était située tout près d'une crique où des milliers de navires auraient pu mouiller en toute sécurité. Richardson avait alors pour seuls voisins des ours, des coyotes et des loups. Le vent qui soufflait souvent avec force répandait sur tout le territoire le sable des dunes. Malgré cet inconfort, Richardson vit bientôt s'installer près de lui des commerçants séduits par cet emplacement qui présentait de sérieux avantages économiques.

En 1844, le village de Yerba Buena ne comptait guère qu'une cinquantaine d'habitants.

L'Empire espagnol était alors en plein déclin et, en 1821, la région passa sous la férule du gouvernement mexicain. Cette domination ne devait durer qu'un quart de siècle. Les Américains, en guerre contre le Mexique, s'approprièrent la Californie le 9 juillet 1846. Lorsque le sloop *USS Portsmouth* franchit la Porte d'Or – la Golden Gate – son capitaine, John Montgomery, se hâta de hisser les couleurs de la nouvelle nation américaine au centre de la Plaza dessinée en 1839 par l'ingénieur suisse Jean-Jacques Viaget. Celle-ci fut aussitôt rebaptisée Portsmouth Square.

Dès 1823, le gouvernement américain, qui avait déjà des visées sur la région, avait signifié aux commerçants russes que leur présence n'y était plus souhaitée. Maintenant que l'hégémonie des Etats-Unis était un fait établi et entériné, les derniers marchands de fourrure russes se résignèrent à vendre leur bétail et leurs biens avant de s'en aller définitivement. Ce fut John Sutter qui s'en porta acquéreur en 1841.

Après avoir porté le nom de Nova Albion, puis de Yerba Buena, le petit village avait été rebaptisé San Francisco par les Américains.

La paix entre le Mexique et les Etats-Unis fut signée le 2 février 1848 à Guadalupe Hidalgo. Moins de dix jours plus tôt, de l'or avait été découvert sur la propriété de John Sutter.

Ainsi, Yerba Buena s'appelait désormais San Francisco. C'était la première information qu'avait enregistrée Catherine Tourneur, et qu'elle ne cessait de se répéter tandis que son hôte lui racontait les circonstances qui avaient présidé au déclenchement de la fièvre de l'or. Celle-ci se propageait à la manière d'une épidémie funeste qui paraissait ne devoir épargner personne.

Yerba Buena n'existait plus, et même si le village n'avait fait que changer de nom, pour la jeune Française, cette altération n'était pas anodine. C'était comme si le rêve d'Eugène s'était éteint avec lui. Comme si l'avenir se refermait devant elle pour lui signifier que tout cela n'avait été qu'un leurre et qu'il ne lui restait d'autre solution que de rentrer au pays faire amende honorable auprès de ses parents.

Catherine frissonna en imaginant son corps écrasé par la masse adipeuse de monsieur Larcemont, qu'elle ne pourrait plus refuser d'épouser maintenant qu'elle était veuve et ne nourrissait plus le moindre espoir de bonheur. Cette seule évocation suffit à la révulser. Non, même lorsque Thomas lui serait rendu, elle ne rebrousserait pas chemin. Dans ce petit être dont la disparition lui était douloureuse jusque dans sa chair, elle retrouverait un peu d'Eugène, et la vie reprendrait de son sens. Et même si tout le monde appellerait, désormais, « sa » ville San Francisco, pour elle, ce serait toujours Yerba Buena.

Incapable d'imaginer les pensées qui tourmentaient la jeune femme, John Sutter racontait comment l'or avait été découvert sur ses terres. Il avait engagé un entrepreneur itinérant, James Marshall, à qui il avait confié la construction d'un moulin chargé d'alimenter en eau sa scierie. Pour arriver à ses fins, Marshall avait dû détourner un bras de l'American River. Dans le lit du fleuve qui s'était ainsi trouvé asséché, l'entrepreneur avait remarqué la présence d'infimes particules d'or.

— Cela se passait le 24 janvier 1848, précisa Sutter. Je ne suis pas près d'oublier cette date.

De toute évidence, ce souvenir ne le mettait pas en joie. Il avait insisté pour que Marshall n'ébruite pas la nouvelle mais une servante avait, semble-t-il, surpris leur conversation. Toujours est-il qu'on vit bientôt Samuel Brannan courir le pays en hurlant qu'on avait découvert de l'or dans l'American River.

— J'ai su dès cet instant que ma tranquillité allait être mise à mal, mais je ne mesurais pas encore dans quelle mesure.

Trois mois s'étaient écoulés sans que la vie de Sutter se trouvât bouleversée. Personne ne voulait prêter foi aux déclarations du mormon, considérées comme de vulgaires billevesées. Et puis, sans que le Suisse ait jamais réussi à déterminer comment cela s'était passé, une grosse pépite avait été envoyée à San Francisco. Là, Isaac Humphrey, qui possédait une grande connaissance des roches, avait confirmé qu'il s'agissait bien d'or. Ses amis s'étaient moqués de lui, comme ils s'étaient moqués de Brannan. Mais Humphrey savait de quoi il parlait et il s'était précipité jusqu'au moulin de Sutter afin de se lancer dans la prospection.

— Depuis quelques jours, c'est de la démence, poursuivit Sutter. Tous les habitants de San Francisco et de la région revendiquent leur part du gâteau. J'ai beau leur rappeler que ces terres m'appartiennent, qu'ils n'ont rien à y faire, ils se s'arrêtent même pas pour me rire au nez.

Eddie Wallgreen lui demanda pourquoi il ne commandait pas à ses troupes de les chasser. La question parut accabler un peu plus le fondateur de la Nouvelle-Helvétie, qui baissa la voix pour répondre que ses hommes n'avaient pas été les derniers à contracter la fièvre fatale.

— Et vous ? interrogea l'adolescent.

Le Suisse haussa les épaules. Il n'avait pas l'âme d'un prospecteur. Il ne se voyait pas gratter la terre pour y dénicher d'improbables pépites.

— Vous verrez, dit-il, il y a de plus en plus d'appelés, mais il y aura encore moins d'élus qu'au royaume des cieux.

Un long silence s'installa dans la pièce.

Catherine en était venue à partager l'appréciation du jeune Wallgreen. John Sutter était un être affable. Il l'avait écoutée avec beaucoup d'attention lui raconter comment elle avait failli perdre la raison après la découverte du cadavre de son mari et de la disparition de son fils. A aucun moment elle n'avait manqué de détermination, mais les jours avaient passé sans qu'elle parvienne à se décider à quitter la cabane qui avait été leur premier domicile conjugal.

Elle s'était gardée de confier à son hôte qu'elle avait consacré l'essentiel de ses journées à apprendre le maniement des armes de son mari. Elle n'avait arrêté son entraînement que lorsqu'elle n'avait plus raté aucune des cibles qu'elle disposait sur la barrière de l'enclos, dans lequel les chevaux étaient rendus fous par les coups de feu.

En revanche, elle lui avait raconté comment elle avait conduit en terre la dépouille de son mari, sous le regard bienveillant des Paiutes. Ensuite, tous les matins, elle avait trouvé des poissons ou des lièvres morts devant sa porte. Les Indiens l'avaient ainsi aidée à tenir le coup, sans jamais chercher de remerciements.

— Un jour, l'un d'eux est venu me trouver. A force de gesticulations, j'ai réussi à lui faire comprendre où je voulais aller. C'est lui qui m'a conseillé de n'emporter qu'un cheval, deux mulets et le strict nécessaire. Il m'a ensuite guidée jusqu'ici à travers les cols de la sierra Nevada. Sans lui, je ne sais pas comment je m'en serais sortie.

Après l'avoir écoutée, John Sutter lui avait assuré qu'il mettrait tout en œuvre pour retrouver le meurtrier d'Eugène.

— Ce ne sera pas simple, avec tout ce qui se passe dans la région. Tant que les nouveaux arrivants s'installaient ici ou à San Francisco, il aurait été facile de mener une enquête, mais maintenant qu'ils se dispersent partout où on peut espérer trouver de l'or... Cela dit, je pense que nous devrions concentrer nos recherches sur les familles, car j'imagine mal qu'un homme seul se soit encombré d'un nourrisson. Cela devrait limiter le champ de nos investigations.

Il lui avait ensuite raconté l'histoire de la découverte de l'or. Lorsqu'il se tut, après avoir répondu à la question d'Eddie Wallgreen, Catherine respecta le silence qui s'était installé entre eux avant de demander :

— Et mon bébé ?

— Rassurez-vous, dit le Suisse en souriant. Bientôt, nous vous rendrons votre enfant, soyez-en sûre.

6

Frank Bartleby observait sa femme qui couvait des yeux les berceaux dans lesquels dormaient George et Virginia. Il avait passé la journée à parcourir les environs de la propriété en compagnie de Salvador afin d'y repérer des troupeaux de chevaux sauvages, et n'avait pas pris la peine de se changer avant d'aller rejoindre Emily. Ne la trouvant pas dans le salon, il avait dirigé ses pas vers la nursery, où il était sûr que sa femme ne quittait pas des yeux les enfants, veillant sur leur sommeil à la manière d'une mère louve prête à donner sa vie pour ses petits au moindre signe de danger.

Elle ne l'avait pas entendu venir et, appuyé au chambranle de la porte, il la contemplait avec, dans le regard, cette passion douloureuse qui lui mettait les nerfs à vif depuis la mort de Gregory. Les mois avaient beau passer, Emily ne se résignait pas à accepter la mort de son aîné. Pourtant, elle évitait désormais d'en parler à son mari. A tel point que Frank avait plus d'une fois eu l'illusion que son deuil était fait, en définitive, et que tout allait enfin rentrer dans l'ordre. Qu'elle redeviendrait sous peu la jeune femme enjouée qu'il ne cesserait jamais d'aimer. Et puis, comme en ce moment, il la surprenait qui racontait aux jumeaux endormis les dernières facéties de leur grand frère. Toujours les mêmes, mais toujours actuelles.

Il n'y avait pas si longtemps, ces évocations joyeuses ramenaient à la mémoire de l'Anglais les images d'un petit corps déchiqueté dans la neige sanglante de la sierra Nevada. Et puis, les images étaient devenues de plus en plus floues, jusqu'à finir par s'estomper entièrement. Peut-être le fait d'avoir enterré de ses propres mains les restes de son fils lui avait-il permis de tourner la page, même s'il savait que jamais il ne fermerait le livre sur ce petit être disparu trop tôt. Il avait voulu éviter à Emily la torture de voir son petit disparaître sous plusieurs pieds de terre, et sans doute avait-il eu tort. Le choc aurait été terrible pour elle, mais, au moins, la réalité aurait eu une chance de s'imprimer dans son cerveau. Il était malheureusement trop tard pour nourrir des regrets.

Frank s'efforçait de ne pas prêter attention aux mots dont Emily berçait le sommeil des jumeaux, mais il écoutait avec délice la mélodie de sa voix en se demandant à quand remontait la dernière fois où il avait eu l'occasion de l'entendre chanter une aria de Haendel ou de Mozart. Tandis que le soleil tressait des fils d'or dans la chevelure de sa femme, il se remémora ce soir d'hiver où, au cours d'une réception, il avait entendu pour la première fois la voix d'Emily.

Il ne se souvenait plus de l'identité de son hôte, pas plus que du visage des invités. Tout cela remontait à une autre existence sur laquelle il avait tiré un trait le jour même où il avait embarqué avec sa femme et son fils pour un pays qui n'avait pas su tenir ses promesses. En revanche, il n'oublierait jamais la voix d'une grande pureté qui interprétait le *Exultate, jubilate* de Mozart avec des accents étonnamment sombres.

Combien de temps avait-il patienté avant d'oser pénétrer dans le salon de musique ? Il aurait été incapable de préciser s'il s'était écoulé une minute ou une éternité. A vrai dire, il ne s'était décidé à avancer dans la pièce qu'en reconnaissant les derniers vers de la plus belle aria du jeune prodige autrichien. Il avait eu peur de découvrir les traits épais d'une de ces beautés fades que l'on exhibait régulièrement dans les salons pour briser l'ennui de discussions encore plus insipides qu'elles.

— Oh, tu es rentré, chéri.

Emily avait parlé d'une voix si basse qu'elle en était presque inaudible, comme toujours lorsque les enfants dormaient à proximité. S'arrachant à l'évocation d'un passé heureux, Frank la serra dans ses bras en songeant que, oui, il était tombé amoureux d'Emily avant même de l'avoir vue.

La jeune femme regarda les bottes de son mari qui laissaient des traces de boue sur le sol et secoua la tête avec le même petit sourire de reproche qu'elle avait autrefois lorsque Gregory commettait quelque bêtise.

— Je vais me changer, dit-il.

— Tu n'as pas oublié que nous avons une réception chez lord Waterston, dit-elle.

Il ferma les yeux en s'efforçant de ne pas relever l'incongruité de la remarque.

— Il y a si longtemps que je ne t'ai entendue chanter, murmura-t-il. J'aimerais tellement...

— Voyons, Frank, l'interrompit-elle, comment le pourrais-je ? Nous n'avons pas de piano, ici.

Il sourit tristement et se dirigea vers l'office où il retira ses bottes et demanda à une servante de nettoyer les traces de boue qu'il avait laissées dans la maison. C'était étrange, cette manière qu'avait Emily de vivre dans deux mondes parallèles. Depuis leur installation dans le ranch que leur avait vendu John Sutter pour un prix tout à fait raisonnable, sa femme se comportait comme s'ils n'avaient jamais quitté Londres et évoquait régulièrement d'anachroniques soirées au théâtre, à l'opéra, chez lord Waterston où chez toute autre de leurs anciennes connaissances. Pourtant, il suffisait qu'il fasse une remarque comme ce soir, à propos de son désir de l'entendre chanter, pour que la jeune femme lui rappelle la réalité de leur situation présente.

Une part de son épouse savait qu'ils vivaient désormais en Californie. Une autre refusait cette réalité dans laquelle Gregory n'était plus présent.

Quand il retrouva Emily, après avoir revêtu des vêtements propres, Frank lui annonça qu'il avait l'intention de se rendre à Fort Sutter. Il avait entendu parler des ennuis que la découverte de l'or occasionnait au Suisse et il en était profondément chagriné. Cet homme s'était toujours montré généreux avec les nouveaux arrivants et ceux-ci le traitaient désormais sans aucune considération ni la moindre reconnaissance. Ils volaient ses terres, détruisaient ses récoltes pour gratter les filaments aurifères qui s'accrochaient aux racines des légumes et refusaient de lui verser ne fût-ce qu'un petit pourcentage sur les sommes parfois considérables que leur rapportait l'or qui aurait dû lui revenir en totalité.

— Ces hommes sont devenus fous, dit-il.

La plupart consacraient leurs maigres économies à l'achat du matériel nécessaire à la prospection et épuisaient toute leur énergie pour obtenir, le plus souvent, de biens piètres résultats. Ceux qui avaient la chance de découvrir un filon rentable n'avaient d'autre priorité que de se précipiter pour dépenser leur fortune dans les salles de jeu qui s'étaient multipliées autour de Portsmouth Square, ou avec les filles qui vendaient leurs charmes dans des tripots installés sous de vulgaires tentes.

Frank aurait voulu aider son ami, mais il savait que l'absence de forces de police organisées rendait toute intervention impossible. En conséquence, il entendait au moins lui exprimer sa sympathie et lui apporter son réconfort.

Emily sourit. Un faible sourire, mais qui traduisait l'estime dans laquelle elle tenait son mari. Elle avait toujours apprécié son sens de la justice et de l'honneur ; celui-là même qui l'avait poussé à quitter l'Angleterre et un système judiciaire dont il ne partageait pas le sens des valeurs. Elle le félicita de son initiative. Elle avait eu l'occasion de rencontrer le Suisse à deux ou trois reprises et elle n'oublierait jamais la chaleur de son accueil. N'était-ce pas grâce à lui qu'ils possédaient maintenant une maison confortable et des terres sur lesquelles son mari allait pouvoir concrétiser ses rêves ?

— Et tes rêves à toi, ma chérie ? Es-tu seulement heureuse, ici ? s'inquiéta Frank.

— Moi, fit la jeune femme, je serais heureuse n'importe où, pour autant que toi et les enfants, vous soyez près de moi.

C'était dans des moments comme celui-ci que son mari se prenait à croire qu'elle vivait dans le même monde que lui. Hélas ! il ne se leurrait plus. Ces incursions n'étaient que temporaires. Dans un instant ou dans quelques heures, une remarque d'Emily lui rappellerait que la raison de son épouse ne l'habitait plus que par intermittences et de manière sélective.

Les enfants venaient de se réveiller et Emily se précipita au premier cri. La jeune Mexicaine censée s'occuper des jumeaux ne pouvait en fait les approcher hors de la présence de leur mère. Maria le savait et s'était donc contentée de suivre sa maîtresse sans presser le pas.

Frank profita de ce dérivatif pour sortir. Le jour commençait à peine à décliner. Il hésita. Il avait encore le temps de se rendre chez Sutter et d'en revenir avant qu'il ne fasse nuit noire. Mais, pour peu que le Suisse, qui était un bavard, ne le retienne plus longtemps qu'il ne le prévoyait, il serait contraint de remettre son retour au lendemain. Or, il ne voulait pas laisser Emily seule dans la maison avec des étrangers. Il savait que Salvador veillerait sur elle avec autant d'attention qu'Emily sur ses enfants, et que Maria était parfaitement fiable, mais il craignait que sa femme ne s'inquiète de son absence et ne sombre dans une de ses crises d'angoisse qu'il était seul capable d'apaiser.

Il poussa la porte et appela l'Indien.

— Salvador, lança-t-il, tu prépareras mon cheval demain, à la première heure. Je compte me rendre à Fort Sutter. Tu glisseras une bouteille de whisky dans mes fontes, je crois que John appréciera un petit remontant.

— Et la visite plus encore que le remontant, Frank.

La voix du Suisse fit sursauter l'Anglais.

— Bon sang, John, si je m'attendais !

Le Suisse lui serra la main et demanda avec un petit sourire moqueur :

— Alors, vous comptiez venir me demander une concession minière ? Vous seriez bien le premier à vous soucier de mes titres de propriété.

Bartleby haussa les épaules.

— Le minerai est trop froid et bien trop passif pour me procurer du plaisir. Parlez-moi d'un bon pur-sang à débourrer ! Grand Dieu ! Voilà qui m'excitera. Non, John, rassurez-vous, je n'ai jamais aimé hurler avec les loups.

Mais entrez donc, Emily sera ravie de vous voir. Vous resterez bien dîner avec nous ?

— Rien ne pourrait me faire plus plaisir, Frank. Et si vous avez du whisky, j'avoue que je ne cracherai pas dessus. J'ai connu des jours plus fastes. J'en arrive à me dire que j'ai bien fait de ne pas demander à mon frère de m'envoyer Annette et les enfants. J'aurais encore eu droit à des récriminations sans nombre.

Frank sourit. Depuis qu'il avait fait la connaissance du Suisse, celui-ci avait souvent évoqué le moment où il ferait venir sa femme en Californie, mais Frank était persuadé qu'il n'avait pas vraiment l'intention de reprendre la vie commune avec cette épouse qui n'avait jamais réussi à comprendre ses rêves. Il se demandait même si, un jour, il ne se résignerait pas à demander le divorce.

— Allons, venez, dit-il en posant une main sur l'épaule de Sutter. Vous m'épargnez une sacrée trotte jusque chez vous, vous avez donc bien mérité votre whisky.

7

— Rita ! Si tu continues à agiter tes bras à la manière d'un sémaphore, tu vas finir par faire tomber les as sur le tapis.

— Ben, c'est que j'ai pas l'habitude de toutes ces fanfreluches, moi, se plaignit la fille. Et puis, je ne sais même pas ce que c'est, un c'est-ma-foire.

Isabelle François se renversa dans son fauteuil et, avant de répondre, prit tout son temps pour allumer un de ces petits cigares qu'elle affectionnait tant, plus par maniérisme que par goût :

— Si tu préfères aller retrouver tes copines sur le pont inférieur...

Elle laissa sa phrase en suspens, comme cela lui arrivait souvent quand elle proférait une menace.

— Ne prends pas la mouche, intervint Manon avec douceur. Rita est une bonne fille, mais personne ne lui a jamais appris les bonnes manières. Elle a juste besoin d'encore un peu de temps pour s'habituer à ses nouveaux vêtements. Ça ne fait pas bien longtemps qu'elle les porte pour jouer.

Isabelle tira une bouffée et souffla lentement la fumée en imprimant à ses lèvres, légèrement rosées, la forme d'un O. Elle regarda les ronds de fumée s'élever dans l'air en donnant l'impression de se désintéresser du sort de Rita.

— Nous arrivons en Californie dans deux jours, dit-elle enfin. Nous n'avons plus de temps. Celles qui ne seront pas au point à l'arrivée reprendront leur ancien métier. Mais pas chez moi. Dans mon établissement, les filles ne se prostitueront pas. Elles devront se tenir, avoir un minimum de classe et tricher aux cartes sans que cela se voie. Je vous préviens, celle qui se fera prendre ne devra pas compter sur ma mansuétude. Je ne mettrai pas la réputation de ma maison en danger pour une petite gourde.

— Va t'entraîner, Rita, ordonna Manon. Et... avec ta robe ! Vous aussi, ajouta-t-elle à l'intention des six autres filles qui s'étaient réunies dans la cabine de leur nouvelle patronne.

Isabelle continuait de fumer son cigare avec nonchalance. Elle savait que les filles craignaient Manon encore plus qu'elles ne la craignaient elle-même, et ce n'était pas fait pour lui déplaire. Elle avait toute confiance en son ancienne femme de chambre ; celle-ci lui était dévouée corps et âme depuis qu'elle l'avait arrachée au trottoir.

Manon attendit qu'elles soient seules pour déclarer :

— Je ne te comprends pas, Isa. Avec ta fortune, pourquoi tu ne t'organises pas une petite existence bien rangée ? Tu connais les emmerdes que procure inévitablement une maison de jeu. Surtout si elle est tenue par une femme. Vis donc de tes rentes.

Isabelle François éclata de rire.

— Je ne tiens pas à mourir d'ennui, chérie.

Elle redevint grave pour ajouter :

— Et puis, crois-moi, l'argent peut tout acheter sauf la respectabilité.

Isabelle François n'était pas à proprement parler une beauté, encore qu'elle ne fût pas dépourvue de charme, mais la nature l'avait gratifiée d'autres atouts qui lui avaient valu d'être l'une des demi-mondaines les plus prisées de Paris. Sa soif de plaisir et d'argent aurait pu lui faire connaître le destin des deux mille prostituées qui s'entassaient sur le pont inférieur du navire suite à la volonté du régent de vider ses geôles.

Par bonheur pour elle, Isabelle avait croisé la route du juge Félicien Malot. Toutes les conditions étaient réunies pour que leur rencontre se déroule de la façon la plus pénible qui soit pour la demi-mondaine. Celle-ci venait en effet d'être accusée de faire commerce de son corps. Celui qui la mettait en cause était un amant délaissé après avoir consacré une part non négligeable de sa fortune à s'assurer les faveurs de la jeune femme. Dépité, il reprochait désormais à l'infidèle de faire profiter d'autres pigeons de plaisirs qu'il estimait lui revenir en exclusivité, compte tenu de ses « investissements ». Cet homme plaidait bien évidemment au nom de la moralité et de la salubrité publique.

Le juge Malot avait la réputation d'être un magistrat aussi impitoyable que vieux et laid. Mais Isabelle savait ce que valent les réputations. En outre, elle possédait une grande qualité : elle s'y entendait comme personne pour déchiffrer les regards des hommes. Or, ceux du magistrat étaient on ne peut plus éloquents. La jeune femme avait pris soin de revêtir une tenue particulièrement stricte lorsque la maréchaussée s'était présentée chez elle pour l'arrêter. Si sa robe, d'un gris très sage, ne laissait pas apparaître le moindre centimètre carré de chair, elle mettait en valeur une poitrine qui, sans être opulente, n'en était pas moins généreuse et fort bien tournée.

Le juge Malot avait éprouvé toutes les peines du monde à en détacher ses yeux.

Isabelle lui avait dès lors sorti le grand jeu.

Elle avait écouté sa diatribe avec beaucoup d'attention et de gravité, comme si elle en avait approuvé le moindre mot. Quand le juge lui avait donné la parole, elle avait pris un long temps de réflexion avant de parler, comme si elle considérait que le silence qui suivait du Malot était encore du Malot.

Elle avait ensuite expliqué à quel point elle partageait l'opinion du magistrat. Elle menait une vie dissolue et répréhensible et le reconnaissait bien volontiers. Elle reconnaissait en outre qu'un tel mode d'existence appelait son châtiment. Mais !

Car il y avait inévitablement un « mais » à pareille entrée en matière.

Elle avait laissé couler une larme. Oh, elle n'était pas allée jusqu'à pleurer. Quand on veut obtenir un effet, il faut savoir ne pas trop en faire pour ne pas risquer d'obtenir l'effet inverse. Avec un geste d'une discrétion ostentatoire, elle avait essuyé l'unique larme du coin d'un très joli mouchoir en dentelle qu'elle avait ensuite fait disparaître aussi discrètement qu'il était apparu. Comme si elle regrettait de n'avoir pas su maîtriser son émotion.

Puis elle avait repris la parole en prenant soin de ne pas s'attarder plus que nécessaire sur son enfance malheureuse. Elle avait en revanche insisté sur la difficulté de se faire respecter par les hommes quand on est une femme sincère, romantique et – oui, elle devait bien l'avouer – passionnée. Le trouble qui avait marqué cette confession s'était accompagné d'un soupir silencieux qui avait soulevé d'un mouvement fort avenant sa si jolie poitrine. A vrai dire, elle avait passé sa vie à rechercher l'homme qui saurait apprécier son cœur plus que son corps. Hélas ! ces messieurs, dont l'un d'entre eux la couvrait aujourd'hui d'opprobre, ne savaient que prendre et nullement donner.

Oh ! bien sûr, elle parlait de sentiments, pas de présents, car de ce côté-là, tous les hommes à qui elle avait offert son cœur, et qui n'avaient su prendre que son corps, s'étaient montrés très généreux et son accusateur n'avait pas failli à la règle, elle le reconnaissait bien volontiers. Elle ne leur avait pourtant jamais rien demandé en échange de son amour tout de désintéressement.

« Incapables de donner l'amour auquel j'aspirais, monsieur le juge, ils s'imaginaient qu'offrir des bijoux ou de l'argent pouvait compenser une absence d'affection. »

D'ailleurs, elle tenait pour établi que si ces hommes avaient eu du cœur, jamais ils n'auraient infligé l'ignominie d'une trahison à leur épouse, laquelle n'imaginait probablement pas les turpitudes auxquelles leurs époux se livraient en compagnie d'une autre.

« Car tous mes amants étaient mariés, monsieur le juge ! Un détail dont ils s'étaient bien gardés de m'informer, faute de quoi ils n'auraient jamais obtenu la moindre faveur de ma part, aussi douloureux que cela m'ait pu être puisque, moi, j'étais amoureuse... »

Elle avait marqué un temps avant de soupirer d'une voix tout juste audible.

« Que voulez-vous, monsieur le juge, j'ai un cœur de midinette. »

La jeune femme s'était interrompue et avait baissé les yeux avec un nouveau soupir tout aussi gracieux et… suggestif. Elle avait secoué la tête et n'avait plus prononcé un mot, persuadée d'en avoir déjà beaucoup trop fait.

Son contempteur avait éclaté d'un rire auquel son avocat avait fait écho. Leur hilarité s'était toutefois bien vite figée lorsque le magistrat, outré, leur avait intimé sur un ton sans réplique de faire silence. Les mouvements de poitrine de l'inculpée l'avaient de toute évidence ému au point d'anesthésier chez lui tout esprit critique, de même que sa prévention initiale à l'encontre de l'inculpée.

Ce fut en toute ingénuité que le juge Malot avait pris le parti de la demi-mondaine contre le plaignant. Il s'était lancé dans un laïus moralisateur, au cours duquel il avait fustigé l'hypocrisie de notables qui, censés être des exemples pour leurs semblables moins favorisés par la fortune, adoptaient des comportements condamnables. Le magistrat, dont l'appartenance aux plus hauts grades de la franc-maçonnerie était bien connue, avait parlé du devoir d'exemplarité en des termes qui avaient tant ému Isabelle François que c'en était un plaisir de voir son sein frémir sous l'étoffe sévère de sa robe grise.

Jamais à ce jour ce grand orateur de la Grande Loge de France n'avait paru aussi inspiré. Quand, en guise de conclusion, il avait accordé à la prévenue le bénéfice de circonstances atténuantes, le plaignant avait été bien soulagé de ne pas se trouver lui-même mis en accusation par un juge Malot aux sourcils méphistophéliques.

Isabelle François était sortie la tête haute du tribunal, avec le sentiment de s'en être plutôt bien tirée. Mais elle était décidée à pousser son avantage encore plus loin. Elle avait attendu patiemment que le juge Malot quitte la cour pour lui exprimer, en des termes choisis, sa reconnaissance et l'assurer de son désir sincère de s'amender. Grâce à lui, avait-elle déclaré, elle se reprenait à croire en l'humanité.

« Un jour, peut-être, avait-elle conclu avec un soupir, j'aurai la chance de rencontrer un homme tel que vous. Un homme capable de regarder par-delà les apparences pour sonder mon cœur et y trouver le trésor d'amour qu'il renferme. Et même si ce n'est qu'un rêve, je vous assure, monsieur le juge, que, désormais, je me garderai pure pour lui. »

Henri Malot n'était plus en état de percevoir l'ironie de tels propos dans la bouche d'une personne dont l'existence était depuis si longtemps marquée du sceau de la débauche que toute notion de pureté devait lui être devenue illusoire et pour le moins inaccessible. Il invita la jeune femme dans un restaurant où, contrairement à ce qu'il lui affirma, il n'avait pas ses habitudes. Il désirait l'entretenir de questions sérieuses et graves.

Avant la fin du repas, le sévère magistrat avait déposé son cœur – et, mais cela il l'ignorait encore, sa fortune – aux pieds de la demi-mondaine. Isabelle lui assura qu'elle était sensible à sa proposition, mais qu'elle avait besoin de temps. Elle voulait apprendre à mieux le connaître avant de se donner à lui, car elle n'était pas prête à recommencer les mêmes erreurs que par le passé.

Un mois plus tard, le magistrat installait sa « fiancée » dans un hôtel particulier de Saint-Cloud, où il dut patienter trois mois de plus avant de bénéficier de ses faveurs. Manon, une prostituée qu'Isabelle avait arrachée au trottoir pour la prendre à son service, en souvenir de parties fines communes, fut la seule à qui elle avoua que quatre mois avaient été nécessaires pour qu'elle se résigne à surmonter la « dégoûtation » que lui inspirait le vieillard. Elle n'avait pourtant pas eu à regretter son sacrifice.

Le magistrat avait le cœur bien fatigué ; or, si les plaisirs que lui faisait découvrir la jeune femme comblaient une lubricité trop longtemps négligée, ils soumettaient également cet organe à un régime que le laudanum prescrit par le docteur Sémerie parvenait à peine à réguler. Soucieuse de la santé du magistrat, qui lui avait proposé le mariage, Isabelle s'était ouverte de ses inquiétudes au médecin. Celui-ci, aussi troublé que le juge Malot par les soupirs mammaires de la jeune femme, avait conseillé à son patient de renoncer à toutes ses hautes fonctions. Il était grand temps, pour lui, de se consacrer à sa jeune épouse, plutôt que de s'obstiner à envoyer ses clients au bagne ou à l'échafaud.

Bouleversé par la prévenance de la belle repentie, le juge avait suivi les conseils de son médecin avant de coucher Isabelle François sur son testament, après s'être couché dans son lit. Il avait dès lors passé le plus clair de son temps aux pieds de sa jeune épouse, ce qui avait eu le don de lui rendre une seconde jeunesse.

Cette vitalité retrouvée n'avait pas manqué d'inquiéter Isabelle. Elle s'en était aussitôt ouverte au docteur Sémerie. Le brave médecin, qui admirait presque autant la prévenance et la constance de la jeune femme que les charmes qu'elle s'autorisait à nouveau à dévoiler sous couvert de coquetterie, en vint très vite à se convaincre que c'était lui qui avait eu l'idée de prescrire des doses plus massives de laudanum à son patient. Isabelle veillait si scrupuleusement à respecter les ordonnances du médecin que celui-ci éprouva un terrible sentiment de culpabilité le jour où le vieux magistrat ne se réveilla pas de son sommeil opiacé.

Ce fut la veuve éplorée elle-même qui dut consoler l'infortuné praticien en lui assurant qu'il avait agi pour le mieux. Elle était convaincue que ce n'était pas le laudanum qui avait tué son mari, mais un tempérament peu en accord avec sa fragilité cardiaque. Le docteur Sémerie avait, dès lors, signé le permis d'inhumer sans plus de remords.

Le brave médecin avait attendu quelques semaines avant de déclarer sa flamme à la jeune femme. Très émue, Isabelle lui avait promis de songer à sa proposition, mais il était beaucoup trop tôt pour que son cœur inconsolable puisse se donner à un autre homme, aussi bon et généreux fût-il.

Quand elle avait appris que, pour faire de la place dans ses prisons, le régent avait décidé d'envoyer deux mille prostituées se refaire une virginité en Californie, elle n'avait pas été longue à mettre sur pied le projet qui devrait lui permettre de réintroduire un peu de piment dans son existence, tout en lui permettant de faire fructifier le capital que lui avait légué son cher mari.

Un jour qu'il venait lui rendre visite, le docteur Sémerie trouva la maison vide et il se demanda s'il n'avait pas, somme toute, été aussi naïf que son ami magistrat, mais Isabelle voguait déjà, en compagnie de sa fidèle Manon, vers un nouveau destin. Quant au médecin, il songea qu'il avait plus à perdre qu'à gagner en suggérant que la mort du juge Malot n'était peut-être pas naturelle. La jeune femme ne s'était-elle pas contentée de suivre ses prescriptions à la lettre ? Il entreprit donc d'oublier la demi-mondaine pas vraiment repentie ; celle-ci n'avait été qu'une étoile filante dans son existence.

Isabelle, de son côté, avait mis la traversée à profit pour sélectionner, parmi les prostituées exilées, celles qui assureraient la meilleure tenue de sa maison de jeu. Ensuite, elle avait entrepris de leur enseigner les secrets pour jouer aux cartes de manière à gagner à coup sûr. A l'approche du terme du voyage, elle songeait que la plupart étaient prêtes ; seule Rita lui causait encore quelques soucis, mais elle avait le sentiment que la jeune femme se révélerait, en définitive, à la hauteur de sa tâche. Rita n'avait aucune envie de renouer avec son ancienne condition et c'était en l'occurrence le meilleur des moteurs.

Lorsque le navire franchit la Porte d'Or, Isabelle et ses filles se trouvaient toutes sur le pont pour découvrir cette Californie dont on leur avait dit monts et merveilles. En fait, la première vision qu'elles en eurent fut celle de collines nues et brunes. Sur la droite, au sommet de l'une d'elles, Telegraph Hill, un drapeau s'agitait pour annoncer l'arrivée du navire aux habitants de Yerba Buena. Au milieu de la baie, une île[1] se détachait. Rocailleuse et à l'aspect menaçant.

— Pas très engageant, tout ça, murmura Manon. Ça me paraît même plutôt sinistre comme endroit.

Isabelle ne répondit pas, mais la jeune femme sentit un frisson parcourir son échine. Cela n'avait décidément rien à voir avec Saint-Cloud. S'était-elle trompée en décidant

1. Alcatraz.

de venir chercher l'aventure ici ? La Californie n'était-elle rien de plus qu'un mirage ? N'aurait-elle pas mieux fait de suivre les conseils de Manon et de s'offrir une vie rangée en France ? Elle se ressaisit vite. Il n'était pas question de renoncer à la première apparence de difficulté.

— Attendons de voir, déclara-t-elle d'une voix ferme.

Un coup de feu retentit et, aussitôt, les habitants du petit village se précipitèrent vers le quai pour accueillir les nouveaux venus. Lorsque le navire accosta, la foule fit liesse aux voyageurs et Isabelle se sentit aussitôt rassurée. San Francisco n'était peut-être pas une grande ville, mais elle ne manquait pas d'énergie. Il y avait de grandes choses à faire ici. Et les premiers venus avaient toutes les chances d'être les mieux servis.

Des jeunes gens arpentaient le quai, proposant aux nouveaux arrivants des journaux donnant les nouvelles les plus fraîches de New York. Des fonctionnaires descendaient du bateau, porteurs de lourdes sacoches contenant le courrier ; dans leur sillage, des hommes et des femmes se pressaient, impatients de recevoir des nouvelles de leurs proches restés à l'Est. Les services postaux mettraient deux jours à trier les missives. Pour beaucoup, ce délai était insupportable, aussi, afin d'éviter toute intrusion intempestive, de lourdes grilles avaient été installées dans le bureau de poste pour séparer les employés des clients.

Un homme s'approcha des jeunes femmes et se proposa de les conduire au meilleur hôtel de la ville.

— Je m'appelle Mike Brannagan. Et vous ne trouverez pas mieux que l'International Hotel, dans Jackson Street.

Isabelle n'hésita pas longtemps. Là ou ailleurs... Lorsqu'elles seraient installées, il serait temps de chercher un séjour plus accueillant si l'endroit ne lui donnait pas satisfaction. Les jeunes femmes grimpèrent dans une grossière carriole. Elles constituaient un bien curieux équipage, mais l'attention des hommes se concentrait pour l'essentiel sur les deux mille filles qui descendaient à leur tour du navire. Des sifflements d'admiration s'élevaient de tous côtés.

L'International Hotel était une structure aux murs blancs et aux fauteuils en peau de cheval noir. Ces dames furent invitées à dîner dans la salle de restaurant de l'hôtel. Les longues tables étaient couvertes de rangées de tartes aux légumes et de gâteaux fourrés à la confiture. Isabelle observa une dame âgée et corpulente, vêtue d'une robe en velours rouge décolletée, qui arborait un lourd collier de diamants et des bagues à chaque doigt.

Brannagan lui expliqua que la vieille dame en question était une joueuse professionnelle.

— Ici, les joueurs aiment arborer leur richesse. L'argent qui dort dans une banque ne se voit pas. Les diamants, eux, attirent l'attention et parlent de succès.

Un serveur à la mise rustique leur servit du rosbif après une attente interminable. Isabelle consacra l'essentiel du repas à se renseigner sur la ville et ses possibilités. A la fin du repas, elle décida d'aller sans plus attendre à l'El Dorado, le plus grand tripot de San Francisco. Elle s'y rendit en compagnie de Manon après avoir envoyé les filles dans leur chambre. L'El Dorado n'était encore qu'une tente de toile grossière de cinq mètres sur huit, à l'angle de Washington Street. Pourtant, Brannagan avait assuré à la jeune femme que l'endroit rapportait quarante mille dollars annuels à ses propriétaires.

Mike Brannagan lui avait également appris que les salles de jeu se comptaient par centaines. La plupart étaient rassemblées autour de la place conçue par Viaget ainsi que dans les rues avoisinantes.

« C'est le passe-temps favori des gens d'ici. On a vu des fortunes se faire et se défaire dans ces endroits. »

L'El Dorado était fréquenté par des hommes à la moustache tombante, coiffés de larges chapeaux en feutre et vêtus de longues redingotes à revers croisés qu'ils portaient ouvertes sur des gilets chatoyants afin d'exhiber les grosses chaînes en or de leurs montres de gousset. Des diamants ornaient leurs lavallières et de grosses chevalières leurs mains droites, qu'ils agitaient ostensiblement.

— Tu vois, glissa Isabelle à Manon, l'endroit n'est pas aussi sinistre qu'il y paraissait à première vue. Je crois que nous allons nous plaire ici. Mais il faudra prévenir les filles. Je ne veux pas, chez moi, de ce genre d'exhibition. Elles porteront les robes que je leur ai données, mais pas de bijoux voyants. Il est inutile d'attirer l'attention sur nos succès. Nous risquerions de faire des envieux. Quand on gagne en trichant, il faut savoir se montrer discret.

La jeune femme rentra à l'hôtel sans s'attarder. Dès le lendemain, elle se mettrait en quête d'un lieu où installer sa salle de jeu. « Le Gai Paris » ! Un nom qui sonnait bien à ses oreilles. Paris faisait toujours rêver. Mais elle ne voulait pas d'une vulgaire toile de tente. Elle entendait faire construire un vrai temple du jeu. Il lui faudrait en outre trouver un orchestre et des chanteuses pour animer les soirées.

Oui, décidément, l'argent du juge Malot serait bien investi et rapporterait gros.

8

Debout sur le seuil de la maison, Frank Bartleby regardait s'éloigner John Sutter. Il adressa un signe de la main à son ami et alluma une cigarette. Le Suisse avait passé la soirée à parler de ses malheurs. Ceux que l'on avait commencé à qualifier du nom de *fortyniners*[1], alors que l'année 1848 n'était pas encore terminée, ne se donnaient même plus la peine de pousser jusqu'aux mines ; certains établissaient leur campement sous les fenêtres de Sutter, à une portée de fusil du fort.

— Ceux qui n'arrachent pas mes plants pour gratter les racines et récupérer quelques paillettes d'or les saccagent pour manger. Ils volent mon bétail ou l'abattent sur place pour vendre sa viande à ceux qui n'ont pas encore compris qu'il suffisait de se servir... à moins que ceux-là n'aient encore quelques scrupules. Vous verrez, bientôt, ils démoliront le fort, planche après planche, pour se procurer du bois.

Sutter avait pris contact avec le gouverneur. Il fallait réagir ! Bartleby était d'accord pour reconnaître qu'il devenait urgent de mettre sur pied une administration capable d'imposer des règles aux nouveaux immigrants. Depuis que c'était l'or et non plus la terre qui attirait les gens en Californie, ceux qui venaient s'y installer étaient des êtres sans foi ni loi.

1. Le terme de « quarante-neuvards » désigne les aventuriers gagnés par la fièvre de l'or qui se sont précipités en masse en 1949 vers la Californie dans l'espoir de faire fortune.

Contrairement aux prédictions du jeune Wallgreen, San Francisco n'était pas devenue une ville fantôme. Bien au contraire ! Après s'être dépeuplée, elle voyait déferler des hommes par milliers. Certains des nouveaux arrivants ne faisaient qu'un bref séjour en ville. Seuls ceux qui estimaient le travail de prospection trop pénible pour leur faible constitution s'y installaient. Qu'ils soient charpentiers, forgerons ou tenanciers de bar, ils proposaient leurs services et leurs produits à des prix exorbitants. Mais la folie était telle que ceux-ci trouvaient toujours preneur et que les prix continuaient à s'envoler de plus belle.

— Vous devriez voir l'état de la baie, poursuivit Sutter. Des bateaux y arrivent de partout, seulement... ils n'en repartent plus ! L'équipage ne prend même plus la peine de décharger sa cargaison. Ni même les passagers. Les marins sont désormais les premiers à arriver à terre et dès qu'ils y ont posé le pied, ils se précipitent dans les boutiques, achètent le matériel nécessaire à la prospection et filent vers les mines. La baie est en train de devenir un vrai cimetière à bateaux.

La ville, de son côté, en voyait de toutes les couleurs. Si les femmes avaient été denrée rare jusque-là, la situation, tout en étant loin de s'équilibrer, connaissait une certaine évolution. Surtout depuis qu'un navire battant pavillon français avait débarqué pas moins de deux mille prostituées.

— Le régent vide ses prisons comme il peut, observa Sutter avec une pointe de cynisme.

A leur arrivée, les filles n'avaient eu aucun mal à trouver le chemin des tripots qui ne cessaient de se multiplier autour de Portsmouth Square. Même si la structure extérieure de ces lieux de plaisir n'était guère qu'une grossière toile de tente, certains intérieurs offraient un luxe véritablement ostentatoire, qui surprenait dans une ville que d'aucuns commençaient à qualifier d'immense dépotoir.

Les rues, qui n'avaient pas de trottoirs, étaient de vulgaires bandes de terre battue suivant le plan dessiné en 1839 par l'ingénieur suisse, Jean-Jacques Viaget, afin de servir de « patron » à la ville qui se développerait un jour sur ce site.

Par temps de pluie, le simple fait de les traverser constituait une entreprise à haut risque. Les chaussées ressemblaient à des sables mouvants dans lesquels s'enfonçaient parfois des mulets trop chargés. Les pauvres bêtes, aspirées vers le fond, disparaissaient purement et simplement après avoir eu tout le temps de réaliser ce qui leur arrivait et de constater que nul ne tentait rien pour les sauver. Quelques années plus tard, quand on les creuserait pour poser les fondations d'une chaussée, on y retrouverait même des cadavres d'hommes, lesquels avaient dû s'y noyer après une nuit de beuverie.

— A côté de ça, dit Sutter, on m'a parlé d'un tripot digne des plus grandes villes du pays, avec un bar rutilant, des miroirs tout du long, des tapis épais, des lustres de cristal et des tableaux de maîtres.

Certaines filles y gagnaient déjà des fortunes. A tel point que plusieurs nouveaux riches avaient préféré leur proposer un mariage régulier, devant le maire, plutôt que de se ruiner en visites trop fréquentes.

Une autre race d'individus s'enrichissait plus rapidement encore que les mineurs les plus chanceux. Les joueurs professionnels. Ils n'avaient qu'à s'installer à une table et sortir leurs cartes pour ne plus savoir où donner de la tête. Celui qui, après plusieurs semaines d'un rude labeur, était parvenu à grappiller quelques malheureux grains d'or comme celui qui avait mis la main sur un filon exceptionnel plaçaient leur butin sur la table et se mettaient à saliver en songeant à la manière dont ils allaient faire fructifier leur acquis. A la fin de la nuit, on les retrouvait, la tête basse, qui repartaient vers leur concession pour tenter de regagner à la sueur de leur front ce qu'ils venaient de perdre au milieu des vapeurs éthyliques.

Bartleby quittait rarement ses terres et n'avait plus remis les pieds à San Francisco depuis son arrivée dans la région. Il était atterré par ce que lui racontait le Suisse. Quant il avait découvert le ranch que lui avait cédé Sutter et toute la région environnante, il avait eu la conviction d'être arrivé dans un authentique paradis. Lui qui avait passé son temps au milieu des livres d'études ou dans des prétoires s'était félicité d'avoir, en quelque sorte, parcouru à rebours le chemin d'Adam. Pourquoi passer sa vie à courir après la gloire ou la richesse alors que la nature dispensait des biens autrement plus précieux ?

Ici, les nouveaux venus redécouvriraient le plaisir de vivre simplement. Il en était sûr. Les pièges de la ville n'avaient pas encore perverti ce coin de Californie. La vie y était douce et belle. L'Anglais s'était même pris à imaginer que les hommes ne seraient pas assez sots pour vouloir, à nouveau, tourner le dos au jardin d'Eden. En définitive, la nature avait tendu une nouvelle pomme à l'homme et celui-ci l'avait croquée à pleines dents, comme aux premiers jours de la Création.

S'il avait été naïf, Frank Bartleby n'était pas stupide, et il ne doutait pas que le processus était déjà irréversible. Pour l'heure, son ranch et ses terres situés à l'extérieur du périmètre envahi par les prospecteurs se trouvaient à l'abri des déprédations que devaient subir les biens de son ami suisse, mais le jour viendrait où sa propre paix se trouverait menacée par la folie de ses semblables. Si l'or n'en était pas la cause, les nouveaux venus auraient tôt fait d'en inventer une autre. Il soupira.

— En fait, ce que nous vivons ici, c'est la Genèse à l'envers, dit-il. Les hommes sont chassés de la terre vers le Paradis pour finir de détruire l'œuvre du Seigneur. Si j'étais encore croyant, je verrais derrière tout ça la main du diable. Hélas ! si Dieu n'existe pas, le démon, lui, possède une multitude de visages. Une infinité !

Il secoua la tête et ajouta avec fermeté :

— Il devient urgent d'élaborer des lois, John, et de nous donner les moyens de les faire respecter, dit-il. Je vous ai dit que si vous aviez besoin de moi, je me ferais un plaisir de mettre mes compétences au service de la communauté. Je crois que le moment est venu de passer aux actes.

Sutter ne cacha pas la joie que lui procurait la proposition de son ami. Ce qu'il leur fallait, déclara-t-il avec enthousiasme, c'était une Constitution.

— Et le plus tôt sera le mieux !

Dès qu'elle serait rédigée, ils pourraient la soumettre à Washington, accompagnée d'une demande pour que la Californie soit reconnue comme le trente et unième Etat de l'Union. Le jour où ils obtiendraient gain de cause, la situation ne manquerait pas de changer.

— Et comme vous le dites, Frank, cela devient urgent, car je ne suis pas la seule victime de ces rapaces.

Des bandes de hors-la-loi semaient en effet la terreur dans les mines. Quand ils trouvaient des chicanos ou des Chinois en train d'exploiter un filon, ils les chassaient à coups de fusil. Si les malheureux opposaient la moindre résistance, ils n'hésitaient pas à les tuer pour s'approprier leur gisement.

Cette bande de truands, que la population avait baptisée du nom évocateur de Hounds[1], allait jusqu'à parader dans les rues de San Francisco, avec une pseudo-discipline militaire, en prétendant y faire respecter la loi.

— La loi ? Laquelle ? gronda Sutter. Celle du plus fort ? Celle du plus cupide et du plus impitoyable ? Celle qui les arrange, en tout cas.

— Ce n'est pas seulement de forces de police dont nous avons besoin, observa Bartleby, c'est quasiment d'une armée sur le pied de guerre.

Sutter eut un petit rire dépité. Qui voudrait encore se contenter d'une solde aussi misérable que celle proposée par l'armée américaine, quand l'espoir de faire fortune n'était qu'à quelques miles de distance ?

— Par bonheur, Frank, le gouverneur pense comme nous et si vous êtes disposé à nous apporter votre aide pour la rédaction d'une Constitution, tout n'est peut-être pas perdu. Une Convention doit se réunir prochainement à Monterey. Vous en serez, n'est-ce pas ?

Tandis qu'il regardait s'éloigner le Suisse en tirant sur sa cigarette, Frank Bartleby songeait à une autre partie de sa discussion avec John Sutter. Lorsque l'Anglais lui avait promis son soutien, Sutter lui avait parlé d'une jeune Fran-

1. « Chiens de meute », mais aussi « canailles », « crapules ».

çaise qu'il avait hébergée pendant quelques mois. Une certaine Catherine Tourneur. Quand son ami avait commencé à lui raconter l'histoire de la jeune femme, Frank l'avait interrompu. Il s'était levé pour aller remplir leur verre puis, s'adressant à Emily, il avait demandé :

« Veux-tu que j'aille coucher les enfants, chérie ? Je crois qu'il se fait tard et qu'ils devraient dormir, non ? »

La jeune femme lui avait souri et l'avait renvoyé vers leur visiteur.

« Je m'en occupe, Frank. Reste avec monsieur Sutter. »

Il avait appelé Maria pour qu'elle aide sa maîtresse et avait regardé les deux jeunes femmes monter les escaliers menant aux chambres en portant chacune un enfant comme s'il s'agissait du plus précieux des trésors. Le Suisse avait été ému par la tendresse qui illuminait le regard de son ami. Il ne se souvenait pas d'avoir jamais éprouvé de sentiment semblable pour Annette.

Lorsque Frank revint vers lui, il prit son verre et avala une gorgée de whisky avant de parler. Il comptait sur l'alcool pour apaiser l'émotion qui avait noué sa gorge au spectacle d'une scène aussi attendrissante.

« Vous formez vraiment une belle famille », dit-il sans que sa voix ne tremble.

L'Anglais sourit, mais il y avait de la tristesse dans ses yeux.

« Oui, murmura-t-il. Et elle serait encore plus belle si Gregory était toujours des nôtres. Vous comprenez, Emily n'a jamais réussi à accepter sa mort. Aujourd'hui… »

Il marqua un temps et vida son verre d'un trait. Lui aussi avait besoin de l'alcool pour réussir à maîtriser son émotion.

« John, ma femme n'a plus toute sa tête depuis la mort de notre fils. »

C'était la première fois qu'il poussait aussi loin la confidence.

« Vous n'avez sans doute rien remarqué de particulier, ce soir, car à vrai dire, elle n'est pas… folle. »

Le mot lui fit mal quelque part au creux de la poitrine.

« En fait, elle vit comme si Gregory était toujours parmi nous. Quand elle est seule avec les jumeaux, il arrive qu'elle leur parle de lui comme s'il était en train de jouer au-dehors. La nuit, il n'est pas rare qu'elle se réveille en sursaut parce qu'elle l'a entendu pleurer ou réclamer un verre d'eau. »

Il remplit son verre et le vida à moitié.

« J'ai essayé... les premiers temps, je lui ai expliqué que Gregory était mort. Elle ne versait pas une larme mais elle me regardait comme si ce que je disais était monstrueux. Ses yeux me fixaient et paraissaient me demander pourquoi je cherchais à lui faire autant de mal. Alors, j'ai renoncé. Aujourd'hui, quand elle l'entend pleurer, au milieu de la nuit, je lui dis de ne pas bouger. Que je m'en occupe. Je lui conseille de rester couchée parce que les jumeaux l'ont assez fatiguée pendant la journée. Et je sors de la chambre, je viens ici fumer une cigarette et boire un whisky ou deux, puis je remonte lui annoncer que ce n'était rien. Que Gregory a fait un cauchemar ou qu'il avait soif et que je lui ai donné un verre d'eau. Alors elle se rendort, apaisée. »

Il reposa son verre, le contempla un instant, puis le ressaisit et le vida.

« C'est idiot, je sais. Je contribue à entretenir son délire en agissant de la sorte, mais voyez-vous, John, je n'ai plus la force de supporter ce regard qui me demande pourquoi je cherche à la blesser. »

John Sutter vida lui aussi son verre et Frank les servit tous les deux.

« C'est peut-être idiot, Frank, c'est vrai, dit le Suisse, mais si cela peut l'aider à vivre – et vous aussi – je dirais que votre attitude est sage. »

Frank baissa la tête. Il avait l'impression de n'avoir pas respiré aussi librement depuis longtemps. Le simple fait d'avoir partagé son secret avec un ami le lui rendait plus léger. Il était reconnaissant à Sutter des mots que celui-ci venait de prononcer. Il avait déjà songé à se confier à Salvador, mais l'Indien n'était pas bavard. Il avait l'art d'écouter, mais ses réponses se limitaient le plus souvent à des silences. Des silences de nature différente, qui en disaient parfois très long, et dont Frank réussissait désormais à interpréter le sens, mais en l'occurrence, c'était de mots dont il avait besoin. Comme d'une sorte d'absolution. Les restes d'une éducation religieuse, sans doute.

« Je comprends que vous ayez souhaité qu'Emily n'entende pas ce que j'allais dire sur cette jeune Française. »

John Sutter poursuivit donc son histoire et conclut :

« Pendant près de trois mois, Catherine Tourneur a consacré ses journées à parcourir le fort de long en large, en dévisageant tous ceux qui y passaient. Dès qu'elle apercevait un nourrisson, elle arrêtait la mère et ne la laissait poursuivre son chemin qu'après avoir été autorisée à regarder le bébé. Dans certains cas, elle s'en désintéressait au premier regard, mais il est arrivé qu'elle demande à voir son épaule gauche.

— Son épaule gauche ? demanda Bartleby.

— Il paraît que son fils a une tache de naissance à cet endroit. »

Bartleby fronça les sourcils.

« J'ai mené ma petite enquête, reprit le Suisse, mais que pouvait-on espérer ? Pas de police, des individus qui changent en permanence de lieu de résidence... Que vouliez-vous que je fasse ? C'était voué à l'échec.

— Et aujourd'hui, qu'est devenue cette jeune femme ? » demanda l'Anglais.

Sutter sentit son ami bouleversé. Comment pourrait-il en être autrement ? songea-t-il. L'histoire de cette jeune Française qui ne parvenait pas à accepter la disparition de son enfant faisait tellement écho à celle d'Emily, qui n'acceptait pas la mort de son aîné !

« Elle a quitté le fort il y a quelques mois. Elle s'est rendue à San Francisco. C'est là que son mari voulait qu'ils refassent leur vie après avoir quitté Paris.

— Mon Dieu ! s'exclama Bartleby, mais c'est une gamine, d'après ce que vous dites. Et vous l'avez laissée partir seule dans une semblable Babylone !

— Elle n'est pas tout à fait livrée à elle-même, Frank. Vous pensez bien que je n'aurais jamais toléré cela. Eddie Wallgreen s'est proposé pour l'accompagner et veiller sur elle. Ils ont traversé les plaines avec le même convoi, avant que les Tourneur décident de se fixer aux Truckee Meadows pour attendre la fin de l'hiver. Catherine était enceinte et son état ne lui permettait pas d'affronter les périls de la sierra Nevada. D'abord, elle a refusé la compagnie de Wallgreen, un garçon à peine plus âgé qu'elle, à vrai dire. Il avait beau tenter de la raisonner, elle ne voulait rien entendre, mais j'ai finalement réussi à lui faire comprendre que San Francisco n'était pas un lieu pour une jeune femme sans protection. Or, si elle voulait retrouver son enfant, elle ne pouvait pas courir le risque de mettre son existence en danger. »

Sutter marqua un temps avant d'ajouter :

« Et vous voulez que je vous dise, Frank ? Je me demande lequel des deux veillera sur l'autre. Cette femme possède un sacré tempérament, croyez-moi. Elle ne se déplace jamais sans son colt Dragoon à la ceinture. »

Bartleby resta un long moment silencieux.

« Vous dites que vous avez mené votre enquête, John. Comment se fait-il que vous ne soyez jamais venu me voir ? Les jumeaux doivent avoir sensiblement le même âge que son bébé, non ? »

Le Suisse parut surpris par la question de son ami.

« Vous n'êtes pas sérieux, Frank ? Après le drame que vous avez vécu vous-même ! Et puis, je vous rappelle qu'elle a perdu un fils, pas des jumeaux. »

Frank Bartleby était resté un long moment silencieux. Il songeait à cette jeune femme et à la détresse qui devait être la sienne. Emily avait au moins les jumeaux et son mari pour l'aider à survivre.

« Et puis… » reprit le Suisse.

John Sutter venait de disparaître dans l'épais nuage de poussière soulevé par le galop de son cheval et Frank Bartleby entendait encore résonner à ses oreilles les derniers mots de son ami :

« Et puis je crois que cette pauvre fille vit un peu la même chose que votre femme. Je suis persuadé que son enfant est mort et que, contrairement à Emily, elle en est parfaitement consciente. Seulement… j'ignore pourquoi elle joue cette comédie, Frank. A moins que... Voyez-vous, j'en suis venu à me demander si son mari ne l'avait pas quittée avec le petit, si tant est que l'enfant ait vécu. Il est peut-être mort pendant l'accouchement, voire avant, vu les circonstances dans lesquelles s'est déroulée la grossesse. Cette gamine est habitée d'une telle hargne qu'elle me fait tout à fait songer à une femme délaissée qui serait décidée à remettre la main sur son homme pour lui faire la peau. Oui, voilà ce que je crois. »

Frank Bartleby écrasa sa cigarette et poussa un soupir. Il rentra dans la maison et, après avoir éteint la lampe du salon, il monta à l'étage. Dans la nursery, Emily jouait avec les jumeaux qui ne paraissaient pas décidés à s'endormir. Cette scène aurait pu être si touchante si...

Il ne parvenait pas à chasser de son esprit l'histoire de la Française. Pour une fois, Sutter avait manqué de psychologie. Hélas ! le mari de Catherine Tourneur était bel et bien mort et on lui avait réellement volé son bébé. C'était une évidence trop horrible pour que le Suisse puisse seulement l'imaginer. Mais Frank, lui, avait vu des horreurs bien pires encore et il savait que la jeune femme avait peu de chances de jamais retrouver son fils.

Il devait absolument chasser de son esprit l'image du corps ensanglanté de Gregory dans les neiges de la sierra Nevada. Il ne pouvait pas se permettre de laisser le passé remonter à la surface. Par bonheur, Emily tourna la tête et lui fit signe d'approcher. Elle se blottit dans ses bras. Il la serra contre lui et posa un baiser dans ses cheveux qui sentaient la lavande.

Quand les enfants se furent, en définitive, endormis, il emmena Emily vers leur chambre. Sur le seuil, il hésita avant de dire :

— Je reviens dans un instant. Des consignes à donner à Salvador.

Il redescendit et trouva l'Indien installé dans le rocking-chair, sur le porche.

— Salvador, dit-il, prépare mon cheval, demain matin. J'irai quand même à San Francisco.

— Vous voulez que je vous accompagne ?

— Non, merci, Salvador. Veille sur Emily et les enfants pendant mon absence. Je serai peut-être amené à passer une ou deux nuits en ville.

Peut-être allait-il commettre une erreur, mais il était décidé à rencontrer cette jeune Française. Il voulait s'assurer qu'elle était en mesure de s'en sortir. Pourquoi ? Il aurait été bien en peine de l'expliquer.

9

« Je viens de passer une semaine dans les montagnes. Je désirais rendre compte à nos lecteurs des conditions de vie de ces hommes qui ont répondu aux chants trompeurs des sirènes de l'or. Ma conclusion pourrait se résumer en deux mots : “Quel gâchis !”

Après un voyage éprouvant, de braves pères de famille prennent à peine le temps de récupérer des épreuves de leur périple et s'empressent d'acheter – à des prix scandaleusement prohibitifs – le matériel indispensable à l'élaboration d'une fortune qu'ils imaginent imminente. Ils traversent San Francisco, en la prenant pour l'antichambre de l'Eldorado, et se dirigent vers les placers sans même avoir remarqué que notre ville n'est rien de plus qu'une immense décharge publique, où il n'est même pas possible de se procurer des légumes frais sinon... à prix d'or.

Une fois arrivés à pied d'œuvre, ils découvrent les règles édictées par ceux qui les ont précédés et auxquelles ils n'ont d'autre choix que de se soumettre. Ainsi le code du mineur prévoit-il qu'ils ne pourront pas creuser à moins de cinq mètres de leur voisin. Cinq mètres ! Ils disposent ainsi d'un terrain d'un are tout au plus pour tenter d'arracher à la terre ce fabuleux minerai qui, le plus souvent, leur met plus de paillettes dans les yeux qu'au fond des poches.

Partout, des tentes ponctuent le paysage. Pendant la journée, tous travaillent sans pouvoir échanger un mot, au milieu du vacarme des pioches et des pelles. Le soir, après une longue journée d'un labeur harassant, le silence tombe sur la montagne. Un silence pesant. Devant leurs abris rudimentaires, des hommes au visage ravagé par l'effort et tanné par un soleil impitoyable, à la barbe longue dans laquelle s'accrochent des grains de pierre grise, trouvent à peine la force de discuter en préparant une maigre pitance. Combien d'heures ont-il passées à piocher, pelleter, remplir la battée, agiter la table à secousse avant de trier les éventuelles paillettes ?

Vous qui envisagez de tenter votre chance en jouant les orpailleurs, savez-vous ce que rapporte un tel labeur ? Les jours fastes : dix dollars. Mais, le plus souvent, vous vous considérerez heureux si vous avez réussi à amasser la moitié de cette somme. Savez-vous ce que vous coûteront huit heures de sommeil lorsqu'il vous faudra revenir à San Francisco pour échanger votre or contre des espèces sonnantes et trébuchantes ?

Si vous faites partie des rares élus qui ont eu la chance de mettre au jour un filon rentable, vous pourrez vous payer une chambre dans l'un des quelques hôtels qui commencent à fleurir ici. La Portsmouth House, par exemple, le premier hôtel digne de ce nom à avoir vu le jour, dès 1846, sous le nom de Viaget House. Le mobilier y possède un charme pittoresque, puisqu'il est l'œuvre de plusieurs charpentiers de marine. Vous y aurez droit à un bon lit avec d'épaisses couvertures de flanelle et un matelas bourré de mousse des îles Sandwich ou de plumes d'oie.

Mais, si dame Chance n'a pas daigné vous sourire, vous vous retrouverez plus probablement dans l'un de ces infâmes gourbis qui n'ont d'hôtel que le nom. Ici, pas de matelas de mousse ou de plumes ! Pas de matelas du tout, d'ailleurs, mais une vulgaire table ou encore un banc inconfortable, avec pour toit la même toile qui abrite vos nuits dans les montagnes. Oui, voilà le genre d'hôtel qui vous attend, ici. Et pour tout ce « confort », il vous en coûtera l'équivalent d'une journée de travail de seize heures.

Si vous voulez vous procurer une douzaine d'œufs – attention ! des œufs d'oiseaux nichant sur la côte, car vous ne risquez pas de trouver des œufs de poule – vous devrez dépenser le produit d'une, voire de deux journées dans les montagnes. Et si vous avez le malheur de devoir remplacer votre pelle ou votre pioche, ce sera la sueur de trois à quatre journées qu'il vous faudra sacrifier.

Mais rassurez-vous ! Dans les montagnes, vous pourrez profiter de votre dimanche pour vous reposer ou faire la fête. Une autre règle des chercheurs d'or impose, en effet, le respect du jour du Seigneur. Et si vous êtes vraiment gâté par le sort, peut-être recevrez-vous la visite de la délicieuse Lotta Crabtree, une enfant de huit ans qui, sous la férule de sa mère – une femme au sens des affaires aigu –, vous régalera des chansons en vogue... des chansons dont il est permis d'espérer qu'elle ne perçoit pas encore le sens parfois bien graveleux. Vous serez tellement ému par tant de grâce que vous n'hésiterez pas à lui offrir votre plus belle pépite. J'ai entendu parler d'un admirateur qui lui avait offert une tiare en or et en diamants...

La maman de la petite Lotta n'est pas la seule à s'enrichir grâce à votre folie. Ici, à San Francisco, un ouvrier gagne deux dollars de l'heure. En une journée, il amassera ce que vous aurez péniblement acquis en une semaine... sans aucune garantie en ce qui vous concerne, qui plus est. Ici, un porteur ne daigne plus soulever une valise, aussi légère soit-elle, pour moins de deux dollars. Et encore ! A condition que vous ne l'appeliez pas "porteur", mais que vous le gratifiiez du titre ô combien plus valorisant de "transporteur de bagages". Et si vous avez les moyens d'améliorer votre ordinaire en allant manger dans un restaurant, ne dites surtout pas "Garçon !". On vous ignorerait superbement. Non, dites poliment : "Monsieur l'intendant..."

Eh oui, bien sûr, ces gueux prétentieux de San Francisco ne rouleront jamais sur l'or, eux ! Ah, quel plaisir vous prendrez lorsque vous pourrez leur mettre sous le nez une pépite de plusieurs kilos ! Ce jour-là, on vous appellera "monsieur", sans plus, mais... avec dans la voix cette pointe de respect et d'admiration qui fait toute la différence.

Seulement, dites-moi... combien de ces braves gaillards, durs à la tâche, trouvent ne fût-ce qu'une pépite de quelques grammes ? Et quand, par miracle, l'un d'eux décroche le gros lot, que croyez-vous qu'il fasse ? Est-ce qu'il rentre chez lui pour partager sa bonne fortune avec les siens ?

C'est bien pour cela qu'il les a quittés, n'est-ce pas ? Eh bien, non ! Puisqu'il a la baraka, il va entreprendre de faire fructifier un peu plus encore son butin... à une table de jeu.

Il se rendra dans un tripot de luxe, comme l'El Dorado ou le Gai Paris – à moins qu'il ne prenne logis à la Parker House, un hôtel fort élégant, ma foi, dont il n'aura même pas à sortir, puisque celui-ci tire la plus grosse part de ses bénéfices non de la location de chambres, mais de sa salle de jeu. Il constatera alors que son bien fond à vue d'œil et, au petit matin, il reprendra la direction des montagnes les poches vides en se jurant qu'on ne l'y reprendra plus... jusqu'à la prochaine fois. En réalité, l'El Dorado n'en est un que pour ses tenanciers, pour les joueurs professionnels et pour les filles qui vous feront entendre d'autres chants de sirène tout aussi trompeurs que ceux de l'or.

Après avoir suivi ces pauvres hères pendant toute une semaine, je me suis demandé combien d'entre eux accepteraient de trimer de la sorte pour un employeur qui payerait leur sueur un tel prix de misère. Aucun, je suppose. Pourtant, c'est ce qui les guette. Un prospecteur ne peut travailler que les alluvions les plus meubles, lesquels sont souvent les moins rentables. Déjà, des machines deviennent indispensables à l'extraction du précieux minerai. J'ai vu des marteaux mécaniques pulvériser le quartz aurifère, des lances à incendie détruire des terres qui seront à jamais incultes. Or, qui peut se payer de tels outils ? Pas les Smith ni les Jones venus d'Alabama ou de Virginie, mais des Rothschild qui ne quittent pas leurs bureaux de New York et ne font suer que l'argent des autres.

Est-ce cela, l'idéal républicain des Etats-Unis d'Amérique qui promettaient la richesse à tous ? L'égalité dans l'abondance ? Il m'arrive de penser que mon cher mari a eu bien de la chance de perdre la vie avant d'avoir vu s'effondrer ses nobles rêves d'une république trop belle pour être vraie.

Avant de conclure, je voudrais vous parler d'un autre mal qui ronge notre communauté. J'ai vu de mes yeux des hordes de forbans tuer sans merci de malheureux Chinois, de pauvres Mexicains, Péruviens, Chiliens qui suaient comme vous, car eux aussi avaient succombé à la fièvre de l'or et s'étaient laissé bercer par quelque espoir d'une vie dorée. Or ces brigands qui se parent du nom de Hounds se sont mis en tête de chasser des montagnes les Chilenos[1] et les fils de l'empire du Milieu afin de rendre leurs terres aux Américains. Et cela dans l'indifférence générale !

Mais qui sont ces Hounds qui prétendent faire la loi ici ? Et qui sont ces fameux Américains à qui appartiendraient les terres aurifères ? Nous qui, venus plus ou moins récemment des quatre coins de la vieille Europe, nous sommes établis ici ? Ne seraient-ce pas plutôt ces Indiens, Ohlones ou Miwoks, que nous avons chassés, quand nous ne les avons pas sauvagement décimés, pour les dépouiller de leurs territoires et leur vendre notre Dieu d'amour ?

Combien de temps encore, citoyens respectables de San Francisco, tolérerons-nous que l'or détruise des familles honnêtes et que des truands nous imposent leurs lois scélérates ?

J'en appelle aux autorités de cette ville. Messieurs les conseillers, juges, shérifs et autres, méritez la confiance que nous vous avons accordée par le truchement des urnes ! Rendez-nous enfin la sécurité à laquelle tout honnête homme est en droit de prétendre ! »

Eddie Wallgreen reposa sur son bureau l'article que Catherine entendait faire paraître en première page du *Yerba Buena Star*, le quotidien qu'ils avaient lancé ensemble quelques mois plus tôt. Il secoua la tête :

— J'aime beaucoup ton compte rendu de la vie dans les montagnes, Cathy, mais, bon sang, cette diatribe sur les Hounds est une vraie déclaration de guerre ! Tu veux nous faire assassiner par ces malades ?

La jeune femme haussa les épaules.

— Si nous autres journalistes ne faisons pas entendre notre voix, qui parlera pour ces pauvres gens qu'on assassine ? L'Administration et la justice de notre ville sont aux mains d'hommes corrompus, pour la plupart. Il est grand

1. Terme générique désignant Mexicains, Péruviens et Chiliens.

temps que cela cesse ! Oui, je déclare la guerre à la corruption et à ces satanés Hounds.

Au terme de la guerre contre le Mexique, les volontaires du régiment du colonel J. D. Stevenson avaient été rendus à la vie civile. Contrairement à leur officier, qui avait regagné New York pour se lancer avec succès dans la spéculation immobilière, ces anciens membres des gangs du Bowery[1] s'étaient établis à San Francisco, où ils avaient très vite semé la terreur sous prétexte d'y faire régner l'ordre.

Sous le commandement du lieutenant Sam Roberts, ils avaient commencé à se faire remarquer en proposant aux capitaines de navire de leur ramener les marins qui avaient déserté leur bord contre une prime de vingt-cinq dollars par tête. Mais ils n'avaient pas tardé à tourner leur attention vers les Chilenos installés dans la région de North Beach et Telegraph Hill. Ces prospecteurs dont le seul tort était leur origine étrangère se faisaient mettre à mal sans pitié, et parfois purement et simplement assassiner. L'absence de réaction des forces de l'ordre avait encouragé les Hounds à persévérer et, bientôt, ils troquèrent leur sobriquet contre celui plus évocateur de « Régulateurs ».

Prétextant le nettoyage de la ville de sa racaille, les Régulateurs confisquaient les terres de ces malheureux immigrants à leur propre profit ou à celui de commanditaires occupant une situation honorable dans la toute jeune communauté san franciscaine. Revêtus d'uniformes extravagants, ils se déplaçaient fièrement au son de fifres et de tambours, à la manière d'une véritable armée en ordre de bataille.

Wallgreen fit la grimace. Il tenta d'expliquer à son associée que si on retrouvait leurs corps criblés de balles au pied de la presse ou si les locaux du journal étaient incen-

1. Boulevard de New York dont le nom désignait alors un quartier malfamé.

diés, ils n'auraient guère fait progresser la cause de la justice. Il ne fut pas vraiment surpris d'entendre la Française déclarer que s'ils se taisaient, ils failliraient à la mission qu'ils s'étaient fixée en fondant ce journal, et que celui-ci perdrait alors toute raison d'exister.

Le jeune homme secoua la tête avec découragement. Catherine Tourneur lui faisait l'effet non pas de diriger un organe de presse, mais de mener une croisade contre l'injustice sous toutes ses formes. Une croisade dont elle était à la fois le général en chef et l'armée tout entière, tant elle faisait peu de cas des conseils de son associé.

Quand ils étaient arrivés à San Francisco, le *California Star*, le premier journal de la ville, venait d'annoncer, quinze jours après le *Californian*, qu'il lui fallait interrompre sa publication faute de disposer de la main-d'œuvre nécessaire à son bon fonctionnement. C'est à peine si la jeune femme y avait prêté attention. Elle passait alors le plus clair de son temps à regarder les bateaux qui ne cessaient d'arriver dans la baie. Il y en avait déjà des dizaines dont les mâts se balançaient au gré des vents et qui ne repartaient jamais, faute d'hommes d'équipage. Certains avaient déjà été transformés en magasins, en saloons, en pensions de famille ; l'*Euphemia* était même devenu une prison.

C'était l'un de ces navires, sans doute, qui avait transporté les pieds de vigne sur lesquels Eugène comptait pour bâtir sa fortune. Ces pieds qu'elle avait trouvés en train de pourrir dans un entrepôt humide, personne n'étant venu les réclamer à temps.

Les capitaines des navires abandonnés couraient dans tous les sens en s'efforçant de rassembler de nouveaux équipages. Ceux qui n'avaient pas recours aux services des Régulateurs renonçaient, en définitive, devant les sommes exigées par les matelots qui condescendaient à accepter un nouvel engagement. Ceux des capitaines qui ne filaient pas à leur tour vers les placers s'efforçaient de trouver des bras pour ramener leur cargaison sur la terre ferme. Mais ces bras-là valaient leur pesant d'or. Le conseil de la ville tenta de faire voter des lois qui condamnaient les déserteurs, mais il ne disposait pas d'officiers de police en nombre suffisant pour les faire appliquer. Et, de toute façon, elles ne furent jamais entérinées, pas plus que ne l'avaient été celles visant à condamner la pratique du jeu. Il est vrai que la plupart des conseillers passaient le plus clair de leur temps aux tables de poker.

Catherine n'était sortie de sa prostration que le jour où Eddie avait découvert, au milieu de l'amoncellement de marchandises qui encombraient la berge, une presse en parfait état. Quelqu'un avait dû venir en Californie avec l'intention de lancer un nouveau journal et avait, en définitive, préféré suivre la horde des chasseurs de trésors. Si tout se vendait désormais à prix d'or, une presse était bien le seul produit dépourvu de valeur marchande dans une ville où les deux journaux existants avaient cessé de paraître.

C'était pourtant devant la trouvaille de son ami que la jeune Française avait semblé renaître à la vie. Pour Catherine Tourneur, cette presse était un vrai don du ciel. Un signe que lui adressait Eugène depuis cet au-delà auquel il s'était toujours refusé à croire.

« Ed, nous allons lancer un nouveau journal. Un quotidien ! » avait-elle décrété, avant de faire la sourde oreille aux arguments du jeune Wallgreen.

Le silence du *California Star* et du *Californian*, de simples hebdomadaires, ne lui paraissait pas devoir condamner par avance son entreprise. Bien au contraire. Elle y voyait une assurance de réussite. L'absence de concurrence leur ouvrait une voie royale ! Tous les nouveaux arrivants, même s'ils ne faisaient que passer une nuit à San Francisco, voudraient savoir ce qui les attendait dans les montagnes. Quant à la main-d'œuvre... Eh bien, ils étaient deux et disposaient donc de quatre bras. C'était déjà beaucoup pour qui ne rechignait pas à la tâche.

« Ce sera toujours moins pénible que de gratter la terre », conclut-elle, avec son premier sourire depuis qu'Eddie l'avait retrouvée à Fort Sutter.

Eddie n'avait pu que soupirer et suivre son amie dans son aventure insensée. Catherine avait alors, et pour la première fois, ouvert véritablement les yeux sur cette ville de

San Francisco, qui ne devait plus présenter guère de points communs avec l'ancienne Yerba Buena. A son arrivée, elle avait bien entendu les plaintes et les lamentations de son ami, mais elle n'y avait pas prêté attention. Elle était alors dans un état de suspension, comme hors de la réalité.

Il semblait que John Sutter devait avoir raison contre Eddie Wallgreen. San Francisco ne paraissait pas en passe de devenir une ville fantôme. Certes, l'endroit ne faisait en rien songer aux villes de l'Est. Il n'y avait d'ailleurs pas de logements en suffisance pour accueillir tous les nouveaux arrivants. Mais Eddie et Catherine avaient trouvé à se loger de manière relativement confortable à l'hôtel St Francis, l'un des plus récents, à l'angle de Clay et Dupont. L'immeuble avait été bâti en joignant plusieurs petites maisons importées de la côte pacifique et ne manquait pas de charme. La jeune femme appréciait le fait que le jeu y fût interdit. Le St Francis présentait en outre l'avantage d'offrir à sa clientèle les services d'un restaurant, abrité dans une tente jouxtant l'hôtel.

Si les légumes frais faisaient défaut, il existait en revanche à San Francisco des restaurants de tout genre. Certains étaient abrités dans des omnibus désaffectés, des huttes, des cabanes, sous des tentes ou dans des maisons de facture plus honorable. La grande gourmandise était alors les huîtres, importées en conserve de Baltimore. On trouvait même quelques restaurants chinois, signalés par de petits drapeaux triangulaires en soie jaune. Ceux-ci se concentraient dans Sacramento Street, que les fils de l'empire du Milieu avaient rebaptisée Tong Yan Gai, ou rue Chinoise. Les Occidentaux semblaient trouver plaisir à cette cuisine nouvelle pour leurs palais.

Si le logement et la nourriture ne posaient guère de problèmes à qui avait les poches bien pleines, tout n'était pas aussi simple. Ainsi, ceux qui devaient faire laver leur linge préféraient bien souvent jeter leurs vêtements usagés et s'en procurer des neufs. D'aucuns n'hésitaient pas à envoyer leurs chemises se faire laver et repasser en Chine. Ils devaient alors patienter plusieurs mois avant de les récupérer, mais cela leur revenait moins cher que de s'adresser à des lavandières locales qui pratiquaient des prix prohibitifs, au même titre que tous les commerçants.

San Francisco était une ville-champignon. En 1846, sa population ne comptait guère plus de deux cents habitants, mais trois ans plus tard, elle avait été multipliée par dix, du fait de l'arrivée des chercheurs d'or. Ainsi que l'avait justement noté John Sutter, sa situation géographique était particulièrement avantageuse pour le commerce et offrait un site de divertissement idéal aux mineurs. On y trouvait de tout, même si le prix des denrées les plus modestes les plaçait hors de portée des moins favorisés. A mieux y regarder, San Francisco était en passe de devenir un immense entrepôt plus qu'un lieu de séjour véritable.

Les rues étaient toujours aussi mal entretenues, ou plus exactement, elles ne l'étaient pas du tout, mais ne cessaient de s'étendre. La ville étant entourée de collines, qui compliquaient toute extension vers l'intérieur des terres, on avait entrepris de combler les baies et l'anse de Yerba Buena fut bientôt fermée. Certains des navires abandonnés se retrouvaient ainsi partie intégrante de la ville. La proue de l'un d'eux, le *Niantic*, devint un hôtel. La terre gagnait toujours un peu plus sur l'eau. Les quais d'origine se transformaient en rues, tandis que d'autres, mieux adaptés aux nouvelles exigences du trafic maritime, voyaient le jour.

Des petites maisons préfabriquées, importées par bateaux de l'Est, se mêlaient aux hangars et aux abris en tôle, en bois, en zinc ou en toile. Rares étaient les bâtisses construites en brique. Le tout dégageait une impression parfaitement hétéroclite. En vérité, San Francisco, immense entrepôt, n'était encore pour l'essentiel qu'une ville de toile et de boue.

Pourtant, le plan d'implantation dessiné par Jean-Jacques Viaget était largement dépassé. L'ingénieur Jasper O'Farrell avait été chargé d'en concevoir un nouveau, qui prendrait en compte l'extension future de la ville. O'Farrell conserva la disposition en trame orthogonale de son prédécesseur, mais il la prolongea jusqu'au pied de Telegraph Hill et de Nob Hill. La spéculation immobilière était telle qu'il fut bientôt contraint de pousser plus avant encore. Il décida dès lors de l'ouverture d'une large avenue, Market Street, qui assurerait la liaison entre le port et la mission Dolores, autour de laquelle s'étaient établis les premiers arrivants.

Mais ce second plan d'aménagement ne resta pas d'actualité bien longtemps. De nouveaux problèmes ne cessaient de se poser. Les chevaux ne réussissaient pas toujours à hisser leur voiture jusqu'au sommet des collines, les pluies d'hiver faisaient dévaler des torrents de boue dans les rues... En 1849, William M. Eddy et Milo Hoadley furent chargés de compléter les travaux de Jasper O'Farrell. Eux aussi respectèrent la grille orthogonale, sans se soucier de la réalité du terrain. Il ne restait donc qu'une solution pour permettre l'extension continue de la ville : araser, voire raser, certaines collines. Et de grands chantiers furent entrepris.

C'est dans ce contexte d'effervescence que Catherine Tourneur et Eddie Wallgreen avaient trouvé San Francisco.

Depuis qu'elle s'était procuré, pour une bouchée de pain, une presse dont personne ne voulait, c'était comme si Catherine avait redonné un sens à son existence. Après avoir cru à une folie de la jeune femme, Eddie Wallgreen avait été heureusement surpris de constater que celle-ci avait l'art de faire tomber les obstacles les uns après les autres. Catherine Tourneur avait commencé à se dérider et ses sourires lui permettaient d'obtenir tout ce qu'elle désirait.

Il faut dire qu'elle avait désormais troqué ses vêtements masculins contre des robes nettement plus seyantes pour une jeune femme de son âge, en velours léger, d'un vert bouteille très en vogue à l'époque. Autour du cou, elle portait un petit ruban noir – seul indice visible de son deuil – orné d'un minuscule diamant que lui avait offert Eugène pour leurs noces. En ce temps-là, les jeunes filles ne portaient rien d'autre que des perles pour bijoux. Seules les femmes mariées portaient des rubis ou des diamants. La présence de ce bijou au cou de la jeune femme indiquait clairement, aux yeux de tous, qu'elle était mariée, ou du moins qu'elle l'avait été.

Deux jours après leur trouvaille, la presse était installée dans un entrepôt vidé à la hâte de tout son contenu par des bras bénévoles. L'énergie retrouvée de la jeune Française semblait inépuisable, désormais. Le premier numéro du *Yerba Buena Star* paraissait quelques jours plus tard. Catherine en profita pour consacrer son éditorial à son histoire personnelle, promettant une forte récompense à qui lui rendrait son fils ou lui permettrait de le retrouver. Elle y parlait de l'éperon perdu par l'assassin et en avait même fait reproduire le dessin, lequel servait d'en-tête au journal. Son récit, conté avec une grande pudeur, lui valut la sympathie de tous ceux dont l'attention n'était pas entièrement accaparée par la quête de l'or.

Il ne se passa pas une semaine avant qu'elle consacre un numéro spécial aux conséquences du renversement, en France, de la monarchie de Juillet. Une colonie de Français commençait en effet à grossir les rangs de la population de San Francisco. Certains s'exilaient par peur du nouveau régime, d'autres par goût des affaires ; seule une minorité était gagnée par la fièvre de l'or. Contrairement aux autres émigrants, les Français avaient tendance à rester entre eux. Ils se regroupaient dans les rues Montgomery et Commercial, ce qui valut au quartier d'être baptisé French Town[1]. Les Français, qui avaient bien du mal à baragouiner quelques mots d'anglais, étaient surnommés les « *keskeedees*[2] ».

Si la jeune femme se réjouissait du changement de régime auquel avait tant aspiré Eugène, elle ne pouvait s'empêcher de s'inquiéter du sort de ses parents et de sa grand-mère. Maintenant que son mari était mort et son fils disparu, ses parents étaient ses seules attaches avec un monde qui paraissait s'enfoncer dans une espèce de folie généralisée. Dès qu'elle avait eu connaissance des événements qui bouleversaient son pays, Catherine s'était empressée d'écrire à son père. Mais les correspondances avec le Vieux Continent prenaient de longs mois et elle n'espérait pas recevoir de nouvelles des siens avant longtemps.

1. La « ville française ».
2. « Qu'est-ce qu'il dit ? »

S'habituait-elle au malheur ? Toujours est-il que son enthousiasme ne fut pas longtemps entamé par ce nouveau sujet d'inquiétude.

Le journal existait depuis moins d'un mois lorsque Catherine prit conscience de sa cote de popularité au sein de la population. Ce n'étaient plus ses sourires, désormais, qui lui valaient la sympathie de tous, mais ses articles. Dès les premiers numéros, la jeune femme s'était posée en porte-parole des petites gens. Elle parlait de leurs soucis quotidiens avec un tel naturel et une telle compassion que chacun s'y retrouvait. C'était comme si elle leur prêtait sa voix à travers les colonnes du journal.

Catherine n'hésita pas à tirer avantage de cette situation lorsqu'elle décida de se faire bâtir une maison. Eddie Wallgreen découvrit ainsi avec stupéfaction que, pour son amie, les prix en vigueur n'avaient pas cours. Son associée payait la main-d'œuvre et le matériau aux prix pratiqués avant la flambée consécutive à la fièvre de l'or. Nul ne savait comment lui être agréable, mais chacun prenait la précaution de lui demander le secret sur leurs petits accords.

« Vous comprenez, lui disait-on, pour vous c'est autre chose. »

Malgré les conseils qu'on pouvait lui donner, Catherine refusa de faire construire sa maison dans le quartier français, ainsi que l'avait fait Eddie. Elle préféra s'installer à l'extérieur de la ville, au sommet d'une colline qui, à ses yeux, présentait l'incomparable qualité d'avoir les flancs couverts de cette *yerba buena* dont Eugène n'aurait jamais eu le plaisir de humer le parfum.

Pourtant, Russian Hill n'était pas encore un lieu très accueillant. En fait, l'endroit devait son nom aux tombes de marins russes qui faisaient partie d'une colonie de chasseurs de phoques installés dans la baie, un demi-siècle plus tôt. Mais aux cris d'effroi d'Eddie, la jeune femme répondait avec beaucoup de philosophie et une pointe d'humour retrouvé :

« Au moins, eux ne seront pas bruyants comme les Régulateurs. »

La fin de l'année 1848 avait permis au *Yerba Buena Star* de commenter les mesures prises par la toute jeune administration de la ville pour fixer le prix de l'or ou encore pour faire construire un quai permettant un déchargement des navires – une mesure qui fit baisser de vingt-cinq pour cent le prix des marchandises, mais qui contribua à faire grimper de cinquante à cent pour cent celui des terrains.

Désormais, il était possible de trouver des légumes à San Francisco, mais ceux-ci faisaient le voyage depuis l'Est.

Catherine refusa, en revanche, de célébrer dans les colonnes de son journal la nomination du révérend Hunt à la tête de la communauté protestante. Le conseil de la ville avait consenti à Hunt un salaire annuel de deux mille cinq cents dollars, lesquels étaient ponctionnés dans les caisses de la ville. Eddie lui avait fait remarquer qu'ils ne pouvaient passer sous silence un tel événement.

« C'est une vraie évolution, Cathy. Cela veut dire que bientôt, des églises et des temples seront construits à San Francisco. La ville est en train de se civiliser. »

La Française ne voyait pas les choses de la même manière que son collaborateur. Selon elle, une telle mesure contribuait à frustrer les membres des autres confessions. A San Francisco vivaient des catholiques, mais également des Malais, des Canaques et des Chinois, dont elle ignorait même quelle pouvait être la religion.

« Une république digne de ce nom, déclarait-elle, se doit d'être laïque. Elle favorise l'expression de tous les cultes ou d'aucun. Ce qui vient de se passer est une injustice. Je comprends qu'une telle déclaration serait mal venue pour le moment. Donc, gardons-nous tout simplement d'évoquer cet événement. »

Quand Catherine Tourneur prenait une décision, elle savait se montrer inflexible. Eddie Wallgreen, qui était pourtant son associé, ne pouvait alors que déposer les armes.

Le jeune homme venait d'achever la lecture de la déclaration de guerre aux Régulateurs quand la porte de l'entrepôt qui abritait désormais la presse, mais aussi les bureaux du journal, s'ouvrit sur Frank Bartleby.

— Vous arrivez à point nommé, lança Wallgreen. Lisez donc ceci, Frank. Si vous réussissez à faire entrer un peu de sagesse dans cette cervelle d'oiseau, vous aurez droit à toute ma gratitude.

L'Anglais prit le papier que lui tendait le journaliste en lançant un regard amusé à Catherine, qui l'observait avec un curieux sourire dans lequel perçait une pointe de défi.

Depuis leur première rencontre, au lendemain de la visite de John Sutter au ranch des Bartleby, l'Anglais venait régulièrement prendre des nouvelles de la Française avec qui il n'avait pas tardé à nouer une relation d'amitié. Leur sympathie avait été presque instantanée. Il avait suffi de quelques phrases.

Catherine était encore très farouche, en ce temps-là. Lorsqu'il s'était trouvé face à elle, Frank Bartleby avait été incapable de prononcer un seul mot. Pourquoi avait-il décidé de rencontrer cette jeune femme après avoir appris son histoire de la bouche du Suisse ? Il s'était posé la question pendant tout le trajet depuis son ranch jusqu'à San Francisco. Il n'y avait pas trouvé de réponse satisfaisante et ne savait donc comment entamer la conversation avec la Française qui le dévisageait sans la moindre aménité. Face à son silence, elle lui avait lancé, avec une agressivité mal maîtrisée :

« Qu'est-ce que vous me voulez ? »

Il s'était senti idiot et les premiers mots qui lui étaient venus avaient été :

« J'ai deux enfants, qui doivent avoir l'âge du fils que vous avez perdu. Des jumeaux. Si vous voulez les voir... »

Un éclair s'était allumé dans les yeux de la jeune femme. Il était si violent que Frank Bartleby avait senti des frissons lui parcourir l'échine.

« Pourquoi voudrais-je les voir ? demanda-t-elle.

— Sutter m'a parlé de son enquête... enfin, de la vôtre. J'ai pensé que... Je sais ce que vous éprouvez.

— Comment pourriez-vous savoir ce que j'éprouve ? avait-elle demandé sur le même ton cassant.

— Parce que la sierra Nevada a tué mon fils aîné. Il avait deux ans. C'est moi qui l'ai mis en terre. Ma femme en a perdu la raison. »

Le masque de Catherine Tourneur s'était subitement décomposé. Des larmes avaient perlé à ses paupières. Elle avait murmuré :

« Oui, c'est vrai, monsieur Bartleby. Vous pouvez comprendre ce que j'éprouve. »

Puis elle avait secoué la tête.

« Si vous aviez tué mon mari et enlevé mon fils, vous ne seriez pas là devant moi. A moins d'être un monstre, vous ne supporteriez pas mon regard. Or, vous n'avez pas l'air d'être un monstre. Et puis, je crois que votre femme a assez souffert. Je ne veux pas lui imposer une nouvelle épreuve, qui serait parfaitement inutile. Je n'ai pas perdu des jumeaux, mais un fils. »

Bartleby avait baissé la tête et ses yeux s'étaient embués à leur tour.

A dater de ce jour-là, il avait assisté à la renaissance de la jeune femme et il était l'une des rares personnes à toujours être la bienvenue à la Villa Yerba Buena, ainsi que Catherine avait baptisé sa maison au sommet de Russian Hill. Une des rares personnes à qui elle avait montré l'éperon d'argent perdu par l'assassin dans sa fuite.

« Vous comprenez maintenant pourquoi je marche toujours la tête baissée dans la rue, avait-elle observé. Le jour où je retrouverai l'étoile qui fait la paire avec celle-ci, je me serai rapprochée de mon fils. »

Frank s'était gardé de lui faire remarquer que cela revenait à chercher une aiguille dans une meule de foin. Il ne lui avait pas dit non plus que l'homme qu'elle recherchait avait sûrement pris la précaution de changer ses éperons. Pour l'instant, l'espoir de retrouver son fils était la seule raison de vivre de Catherine. Avec le temps, il était probable qu'elle en trouverait d'autres. Du moins Frank l'espérait-il. Il songeait que l'implication de son amie dans le *Yerba Buena Star* l'aiderait à donner un nouveau sens à son existence.

Après avoir lu le papier rédigé par son amie, l'Anglais sourit.

— C'est courageux, Kate, dit-il. Aux élus de cette ville de répondre à vos attentes et, croyez-moi, nous sommes quelques-uns à penser comme vous.

— Bon sang, Frank, s'exclama Eddie Wallgreen, ne me dites pas que vous comptez l'encourager dans cette folie !

Bartleby sourit.

— Eddie, connaîtriez-vous, par hasard, un moyen de convaincre cette tête de mule de ne pas faire ce qu'elle a décidé ? Moi pas.

— Mais, conseillez-lui au moins de le faire paraître sans le dernier paragraphe. Inutile de provoquer ces truands.

— Si vous cherchiez la sécurité, Eddie, répondit Bartleby, vous auriez dû choisir une autre associée. Allons, ne vous inquiétez pas. Les gens sont lâches, mais si les Régulateurs voulaient s'en prendre à Catherine, je suis sûr qu'ils se réveilleraient aussitôt. Personne, ici, ne permettrait à qui que ce soit de toucher à un cheveu de notre belle amie. Elle est la coqueluche de la ville. Ne l'avez-vous pas remarqué ?

— Et si les gens se réveillaient trop tard, Frank ? Une fois que ces brigands auront tué Kate ou mis le feu à nos locaux ? Parfois, j'ai l'impression qu'elle cherche délibérément à se faire descendre.

L'Anglais dévisagea la jeune Française que les propos de son associé ne paraissaient nullement impressionner. Il savait que Catherine n'était pas inconsciente et qu'elle mesurait parfaitement le risque qu'elle courait en signant un tel article. Il savait aussi que rien ni personne ne réussirait à infléchir sa décision. Parfois, lui aussi se demandait, comme Eddie Wallgreen, si elle ne cherchait pas délibérément à défier la mort. Comme si elle était attirée par le royaume des ombres, où elle était convaincue que son mari l'attendait.

Dans ces moments-là, Frank ne connaissait qu'un seul moyen d'endiguer les poussées suicidaires de son amie.

— Rassurez-vous, Eddie, dit-il, tant que Kate n'aura pas retrouvé son fils, personne ne réussira à l'abattre. Et une fois qu'elle l'aura retrouvé... eh bien, elle sera plus forte que jamais. Faites-lui confiance.

La jeune femme posa sur l'Anglais un regard ému. L'espace d'un instant, Frank crut déceler une pointe de jalousie dans le regard d'Eddie Wallgreen. Mais Catherine était déjà revenue vers son associé.

— Souviens-toi de nos accords de départ, Eddie, dit-elle. Défendre sans aucune concession les valeurs de la république. Justice, équité, liberté. Ne jamais nous laisser museler par qui que ce soit. Tels ont toujours été les objectifs de mon mari. Je n'y dérogerai pour rien au monde. Si tu veux quitter le navire, il n'est pas trop tard.

Le jeune homme leva les bras au ciel. Il ramassa les papiers que Bartleby avait reposés sur son bureau et se dirigea vers la machine à composer tandis que Frank et Catherine échangeaient un sourire complice.

10

John Sutter confia les rênes de son alezan à Salvador, qui conduisit l'animal vers l'écurie afin de lui donner à boire et de l'étriller. Les flancs de l'animal étaient trempés de sueur. L'Indien secoua la tête. Le Suisse avait trop poussé sa bête. Elle était épuisée.

Comme il en avait pris l'habitude depuis l'installation des Bartleby dans le ranch qu'il leur avait vendu, le Suisse venait rendre visite à son ami sans l'en avoir informé au préalable. Pour la première fois aussi, Frank lui trouva un air réjoui dont Sutter n'était pas coutumier. Mais pour la première fois, l'intrusion de son ami l'irrita. Aussi, quand Sutter lui demanda : « Je ne vous dérange pas, j'espère ? », fut-il sur le point de répondre qu'il n'avait aucune envie de voir qui que ce soit et de prier le Suisse de revenir plus tard. Ou jamais !

Mais l'Anglais était trop bien élevé pour se laisser aller à un tel emportement. En outre, il possédait une assez grande maîtrise de soi pour ne pas faire retomber sur un autre une irritation dont celui-ci n'était nullement responsable et dont lui-même connaissait fort bien la cause.

Au lieu de donner libre cours à sa contrariété, il réussit à sourire et répondit :

— Vous savez que vous êtes toujours le bienvenu chez nous, John.

Le Suisse ne manquait pourtant pas de perspicacité, en général. C'était un homme subtil, sensible aux humeurs d'autrui. Toutefois, ce jour-là, il ne perçut pas le malaise de Frank Bartleby. Sans prendre la peine de demander comment se portaient Emily et les enfants, il annonça qu'il était porteur d'une information formidable qui ne manquerait pas de mettre son ami en joie. D'autant que celui-ci avait fait beaucoup pour permettre sa réalisation.

De toute évidence, Sutter n'était pas décidé à dévoiler d'emblée la nature de son « information formidable ». Il cherchait à ménager son effet, à la manière d'un bonimenteur de fête foraine. Bartleby se doutait cependant de ce que son ami venait lui annoncer.

En ce matin du 18 octobre 1850, le vapeur *Oregon* était entré dans la baie de San Francisco en tirant des coups de canon selon un code préalablement convenu. Aussitôt, les habitants de la ville avaient envahi les rues. Les bureaux comme les commerces s'étaient vidés et le tribunal lui-même avait interrompu sa séance pour permettre à chacun d'aller célébrer l'événement.

La Californie était admise au sein de l'Union !

L'information était déjà parvenue jusqu'au ranch des Bartleby. Le *Yerba Buena Star* lui avait consacré un numéro spécial, lequel avait été mis en vente une heure à peine après l'arrivée de l'*Oregon* dans la baie. De jeunes crieurs s'étaient mêlés à la foule en le proposant au prix faramineux de trois dollars. Catherine avait aussitôt dépêché un vendeur jusqu'au ranch de Bartleby. En parcourant l'article de son amie d'un œil distrait, celui-ci n'avait nullement été surpris de constater qu'elle accordait moins de place à la reconnaissance de la Californie comme trente et unième Etat de l'Union qu'au fait que celle-ci allait renforcer les rangs des abolitionnistes.

Si l'admission de la Californie dans l'Union avait posé tant de problèmes au Congrès, c'était essentiellement – et pour ainsi dire uniquement – à cause de l'opposition de ceux de ses membres qui défendaient le principe de l'esclavage. Les partisans de l'abolition étaient de plus en plus nombreux et le Sud craignait de se trouver en minorité si de nouveaux députés hostiles à sa politique venaient grossir leurs rangs.

Dans les rues de San Francisco, c'était la liesse. De partout, les gens se précipitaient vers le port pour essayer d'obtenir des précisions quant aux conditions de l'admission. Des mâts étaient dressés à la hâte et l'on vit bientôt les drapeaux de toutes les nations flotter au vent de l'allégresse. Des canons furent traînés jusqu'à Portsmouth Square et l'on se mit à tirer des salves ininterrompues.

Même s'il n'avait pas reçu le journal de Catherine, cette canonnade, dont l'écho se répercutait à travers toute la vallée, aurait suffi pour éventer l'information que John Sutter faisait miroiter à son ami.

Frank n'était pas d'humeur à entrer dans le jeu du Suisse. Après l'avoir invité à s'installer au salon et lui avoir servi un whisky, il lui tendit son exemplaire du *Yerba Buena Star*. Sutter eut une petite moue faussement dépitée.

— Je vois que j'arrive comme les carabiniers d'Offenbach, dit-il.

Frank lui assura qu'il appréciait néanmoins qu'il se soit déplacé pour lui apprendre cette heureuse nouvelle. Sutter ne remarqua toujours pas que le ton de l'Anglais démentait ses propos. Il se mit à lui parler de ce qu'une telle évolution impliquait pour la ville. Bartleby l'écoutait à peine. Il connaissait tous les arguments développés par son ami. Il avait lui-même contribué à leur élaboration en compagnie des notables soucieux de permettre à leur ville, en même temps qu'à tout l'Etat, de se pourvoir d'institutions qui mettraient la population à l'abri des exactions commises par les « Sydney Ducks », des forçats envoyés en Australie par les autorités britanniques pour des crimes aussi divers que crapuleux.

Leur temps de détention terminé ou non, ils avaient mis le cap sur le nouvel Eldorado californien. Depuis leur arrivée à San Francisco, ils avaient pris la place laissée libre par les Régulateurs, dont la ville avait réussi à se débarrasser grâce à une révolte organisée par des citoyens respectables, dirigés par l'ancien mormon Samuel Brannan. Les Australiens s'étaient établis dans un quartier proche des docks qu'on n'avait pas tardé à baptiser « Sydney Town » et où les honnêtes gens n'osaient plus mettre les pieds. De là, ils avaient fait déferler une nouvelle vague de terreur sur la ville. Comme les Régulateurs avant eux, ils bénéficiaient de la protection de magistrats corrompus.

L'Anglais avait beau avoir l'esprit accaparé par des soucis l'empêchant de se réjouir pleinement d'un événement qu'il avait attendu avec la même impatience que Sutter, il n'en remarqua pas moins que la volubilité de son ami semblait avoir d'autres causes que celles qui mettaient toute la ville en liesse.

— John, coupa-t-il, vous n'êtes pas venu uniquement pour me parler de l'admission de la Californie dans l'Union, n'est-ce pas ?

Le Suisse interrompit son débit et posa un regard déconcerté sur son ami. Il avait tellement l'air d'un enfant pris en faute que l'Anglais ne put s'empêcher de sourire. Il aimait bien le Suisse.

— Vous avez autre chose à m'apprendre, ajouta-t-il. Quelque chose qui vous tracasse et vous met en joie tout à la fois. Je me trompe ?

John Sutter fit la grimace et prit le temps de vider son verre avant de déclarer :

— Vous avez raison, Frank. Vous savez que j'attendais ce jour avec plus d'impatience, sans doute, que quiconque... Pourtant...

Il regarda son verre vide que l'Anglais n'avait pas pris la peine de remplir à nouveau et, gonflant ses poumons, il lâcha d'un trait :

— Ma femme et mes enfants sont arrivés. Voilà seize ans que je ne les avais pas vus. Il y a quelques mois, je me suis décidé à écrire à mon frère. Je ne vous en ai pas parlé à l'époque – je n'en ai d'ailleurs parlé à personne – car je n'étais pas certain qu'Annette accepterait de me rejoindre. Cela faisait si longtemps... et nous ne nous étions pas vraiment quittés dans de bonnes dispositions. Mais la séparation semble avoir eu du bon. Ma femme ne m'a pas encore reproché d'avoir à nouveau tout raté. Pourtant... Ce que j'avais prédit a fini par arriver : Fort Sutter n'est plus qu'une ruine. Les nouveaux venus le démantèlent planche par planche pour se bâtir des abris ou faire du feu. Les miens n'auront jamais connu mon heure de gloire. J'ai bien peur qu'elle ne soit pas près de se représenter. Mon temps est passé.

Il poussa un soupir et, voyant que son hôte ne paraissait pas comprendre ses regards appuyés en direction de son verre, il se chargea de le remplir lui-même. Après une généreuse rasade, il poursuivit :

— Eliza, ma fille, est vraiment une belle adolescente. Je ne l'aurais jamais reconnue. Quant aux garçons, Emil, Victor et William Alphonse, ce sont de solides gaillards, croyez-moi. Je vais quitter le fort, Frank, et les emmener vers le nord. Je possède à Hock Farm une maison de séquoia entourée de vignes, de vergers et de jardins où je fais cultiver des plantes rares. Je suis certain qu'ils s'y plairont. Je crois que nous allons, à nouveau, former une belle famille.

Frank força un sourire sur ses lèvres. Il se souvenait que c'était l'expression que John avait utilisée en parlant de ses hôtes. Oui, les Bartleby auraient vraiment pu former une belle famille, eux aussi. George et Virginia s'épanouissaient et Frank prenait de plus en plus de plaisir à partager leurs jeux. Emily, en revanche, l'inquiétait au dernier point.

Elle avait eu une nouvelle crise, juste avant l'arrivée du Suisse. Dans ces moments-là, elle devenait méconnaissable. Sa voix, qui l'avait tant charmé le soir de leur première rencontre, se transformait jusqu'à devenir une espèce de grincement hargneux. Jamais elle ne s'en prenait à Virginia. C'était toujours le petit George qui faisait les frais de ses colères.

Le garçonnet était devenu son souffre-douleur. Qu'il commette la moindre maladresse et elle entrait dans une fureur sans nom. L'enfant perdait alors contenance. Il cherchait à se justifier, mais ses pleurs ajoutaient encore à l'exaspération de sa mère. Lorsque Frank tentait d'intervenir, la jeune femme ne connaissait plus de retenue. Elle allait parfois jusqu'à le frapper. S'il avait toujours réussi à se maîtriser, ce matin-là, il s'était laissé allé à la gifler.

Emily avait alors sombré dans une sorte d'apathie et c'était George qui avait pris la défense de sa mère. Frank était sorti et Virginia l'avait rejoint pour tenter de le consoler.

La fillette ne comprenait pas pourquoi sa mère s'en prenait toujours à son frère.

« Et c'est qui, Gregory ? » avait-elle demandé.

Frank avait serré sa fille dans ses bras et lui avait parlé de leur petit frère, qui était mort sans avoir réussi à atteindre la Californie.

« Il avait tout juste deux ans », avait-il conclu.

Virginia l'avait écouté avec gravité.

« George est très malheureux, tu sais, papa, avait-elle expliqué.

— Je sais, chérie. Je sais. »

Emily ne parlait plus avec Gregory depuis plusieurs mois déjà, mais elle le citait toujours en exemple. Tout ce que faisait l'enfant mort dans la sierra Nevada était parfait. Pourquoi George ne prenait-il pas exemple sur lui ? Quand le garçonnet expliquait à sa mère que Gregory n'existait pas, Emily le consignait dans sa chambre avec interdiction d'en sortir tant qu'elle n'aurait pas envoyé Maria le chercher.

La jeune Mexicaine n'attendait pas les consignes de sa maîtresse pour rejoindre l'enfant. Elle se glissait discrètement dans sa chambre et lui parlait dans une langue que George ne comprenait pas encore, mais qui parvenait toujours à l'apaiser. Maria était ainsi devenue son unique confidente. C'était à elle, et à elle seule, qu'il se laissait aller à parler de sa détresse avec toute la souffrance dont est capable un enfant de quatre ans. Et la jeune femme, qui ne le comprenait pas plus, trouvait toujours le ton pour apaiser sa peine.

Lorsque Sutter était arrivé au ranch, Frank sortait de la chambre de son fils. Il était allé lui raconter l'histoire de son frère mort dans des circonstances dramatiques. Il avait essayé de lui faire comprendre que sa mère l'aimait, mais qu'elle ne parvenait pas à surmonter son chagrin. Qu'il ne devait pas lui en vouloir. Elle était si malheureuse.

Le garçonnet avait hurlé :

« Je ne suis pas Gregory et je ne serai jamais Gregory, et maman ne m'aimera jamais ! »

Frank avait demandé à son fils de se montrer patient. Un jour, sa mère finirait sûrement par accepter la mort de son frère. Mais comment un enfant de quatre ans aurait-il pu comprendre la folie d'un adulte ? George avait secoué la tête et avait déclaré de son air buté :

« Non, papa. Maman ne m'aime pas. Et moi, je la hais. Il faudrait que je meure à mon tour pour qu'elle puisse m'aimer. Mais je ne lui donnerai pas ce plaisir-là. Un jour, je partirai d'ici. Dès que je serai assez grand. Quand je ne serai plus là, peut-être qu'elle réussira à m'aimer comme lui. »

— Pardonnez-moi, John, dit enfin Frank, je ne suis pas un hôte très courtois, aujourd'hui. Il ne faut pas m'en vouloir, mon ami, mais...

Il laissa sa phrase en suspens. Il ne trouvait pas la force de mettre en mots ce qu'il vivait. Il ajouta juste le prénom de sa femme. Sutter secoua la tête.

— C'est à moi de vous demander pardon, Frank. Je suis tellement obnubilé par l'arrivée de ma famille que je ne prête pas attention à vous.

Frank se leva.

— Promettez-moi qu'avant votre départ vous viendrez dîner chez nous, avec votre femme et vos enfants.

Le Suisse promit que, cette fois, il le ferait prévenir. Il serra la main de son ami avec effusion et prit congé.

11

Catherine et Eddie venaient de boucler l'édition spéciale du *Yerba Buena Star* consacrée à l'admission de la Californie dans l'Union. La Française avait tenu à adresser le premier exemplaire sorti des presses à son ami Frank Bartleby. Ce geste revêtait, pour elle, une valeur toute symbolique ; l'Anglais avait tant fait pour rendre possible cet événement dont chacun s'accordait à dire qu'il revêtait une importance considérable pour la région !

Depuis qu'elle le connaissait, Catherine avait appris à apprécier Frank Bartleby chaque jour davantage. Il s'était sûrement dépensé plus que quiconque pour la rédaction et la défense de cette Constitution appelée à sceller le sort de la Californie. Pourtant, à aucun moment il n'avait cherché à en tirer ni gloire ni avantage. Quand John Sutter avait insisté pour qu'il accepte d'occuper un poste officiel, il avait décliné l'offre avec fermeté mais sans la moindre suffisance. Il entendait être citoyen américain, mais rien de plus qu'un simple citoyen.

« Nous vous devons tant, avait insisté le Suisse.

— Dans ce cas, respectez mon désir, John, avait répondu Bartleby. Voyez-vous, si j'avais voulu me lancer dans la politique, je n'aurais jamais quitté Londres. Croyez-moi, ma voie y était toute tracée. Seulement, ce n'est pas un genre de vie qui me convienne. Tôt ou tard – et plus souvent tôt que tard – vous vous retrouvez contraint de faire des compromissions et cela ne me correspond pas. Ne me demandez pas de revenir vers une vie à laquelle j'ai délibérément tourné le dos. Laissez-moi à mes terres et à mes chevaux. Avec eux, au moins, il n'y a jamais de coup tordu.

— Vraiment ? C'est que vous n'avez pas encore vu vos champs brûlés parce qu'il n'est pas tombé une goutte de pluie pendant plusieurs mois. Que vous ne les avez pas vus détruits à la veille de la récolte parce que des trombes d'eau soudaines et ininterrompues les ont subitement saccagés. Et, n'oubliez pas… il arrive que la terre tremble par ici. »

Mais aucun argument raisonnable ne paraissait devoir infléchir l'Anglais. Pour lui, tout cela faisait partie de l'ordre naturel des choses. En politique, rien n'était naturel ; quant à l'ordre, il y était assez rare.

Catherine s'était demandé si Frank Bartleby ne tenait pas à se faire prier, ou encore s'il ne convoitait pas un poste plus important que celui de conseiller. Il espérait peut-être que, pour vaincre ses réticences, on finirait par lui proposer la fonction de gouverneur du nouvel Etat. Elle comprit qu'elle se trompait sur son compte le jour où il répondit à une nouvelle demande de Sutter :

« Voyons, mon ami, quel sens auraient les souffrances d'Emily si je retournais vers la vie que nous menions en Angleterre ? Ne croyez-vous pas qu'il serait cruel de ma part d'accepter votre proposition ? »

Ainsi que l'avait prédit Bartleby, la tentation de compromission n'avait pas tardé à se présenter.

Les discussions au Congrès sur l'admission de la Californie dans l'Union traînaient en longueur depuis bien avant l'implication de l'Anglais. Un jour, un émissaire des Etats du Sud, Andrew Lafitte, était venu rencontrer les conseillers californiens. Il leur avait fait comprendre qu'il existait un moyen de régler la question rapidement et à la satisfaction de toutes les parties. Lafitte était beau parleur, d'un naturel raffiné et à la mise nettement plus soignée que celle des gens de la région.

Les membres du Conseil, réunis à Monterey, avaient été fortement impressionnés par la faconde d'Andrew Lafitte, lequel s'était exprimé avec bonhomie et intelligence, leur faisant miroiter les multiples avantages que la Californie retirerait de son intégration dans l'Union.

Catherine, parrainée par Bartleby et Sutter, avait assisté à la réunion en tant qu'observatrice et représentante de la presse. Elle avait examiné les mines de toutes les personnes présentes. Plus le sudiste parlait, plus les visages se détendaient et se mettaient à rayonner. Quand il se tut, il paraissait s'être acquis l'ensemble de son auditoire. Il avait conclu son long exposé en expliquant que si ces messieurs renonçaient à s'opposer à « l'institution particulière », ainsi que les sudistes nommaient pudiquement l'esclavage, l'affaire était entendue. Bien sûr, personne ne leur demanderait pour autant d'adopter des pratiques qui n'avaient pas lieu d'être chez eux.

« Voyez-vous, notre économie est totalement dépendante du coton, du sucre et du riz. Or, la production massive de ces denrées nécessite une main-d'œuvre considérable et bon marché. Sans la réunion de ces deux facteurs, il nous serait impossible de compenser des marges de profit quasi insignifiantes. Croyez-moi, nous avons pris le temps d'étudier la question sous tous les angles. "L'institution particulière" ne nous ravit pas plus que vous, mais elle est la seule solution à un problème autrement insoluble pour nous. »

Il s'était renversé dans son fauteuil et, avec une expression contrite, il avait ajouté :

« Vous avez bien de la chance de n'être pas confrontés à un dilemme de cet ordre, messieurs. »

La journaliste avait observé que le visage de Frank Bartleby était le seul à ne s'être à aucun moment départi de sa gravité, tout le temps du long monologue de l'envoyé des Etats du Sud. Quand celui-ci suggéra au Conseil de modifier cet unique « détail » de leur Constitution, Catherine qui, en sa qualité d'observatrice, n'avait pas le droit d'intervenir dans les débats fulmina en songeant que cette caricature d'aristocrate suffisant et parfumé comme une cocotte avait réussi à faire basculer la Californie dans le camp des Etats esclavagistes.

C'était compter sans l'intervention de l'Anglais.

Bartleby avait été le premier à prendre la parole pour reconnaître que la proposition du sudiste méritait considération.

Puis, sans se départir de son sourire, il avait demandé à Lafitte de leur accorder une nuit de réflexion.

« Si nous vous donnions notre réponse dès ce soir, nos administrés ne comprendraient pas un revirement aussi brutal. Ils ne manqueraient pas de nous reprocher d'avoir pris notre décision dans la précipitation. N'oublions pas que nous avons parmi nous une représentante de la presse qui ne se fera pas défaut de commenter nos débats. Et, croyez-moi, madame Tourneur possède une plume acérée comme un couteau de chasse. »

Lafitte avait posé un regard aussi condescendant que gourmand sur la jeune femme. Mais il était si sûr de son fait qu'il avait quitté la salle du Conseil en faisant observer que Bartleby avait parfaitement raison.

« D'ailleurs, il serait plus judicieux que je n'assiste pas à la clôture de vos débats, messieurs. Il ne faudrait pas qu'on puisse, en plus, vous reprocher de vous être laissé influencer par qui que ce soit. »

Le sudiste avait adressé un petit sourire mielleux à Catherine, puis il avait pris congé. Les conseillers s'apprêtaient à lever la séance quand Bartleby avait redemandé la parole. Il s'était exprimé de manière posée, comme s'il n'avait pas remarqué que ses collègues se trouvaient sur le point d'entériner le compromis proposé par Lafitte. Il avait parlé de dignité humaine. Il avait exposé, comme une évidence partagée par toutes les personnes présentes, le fait qu'en aucun cas l'économie ne pouvait conditionner l'existence d'êtres humains, quelles que soient leur race, leur couleur ou leur religion.

Et pour conclure, il s'était étonné que l'âpreté au gain ait pu aveugler un homme aussi cultivé et raffiné que « *monsieur* Lafitte » au point de lui faire perdre de vue le texte fondateur de l'Union. Rien moins que la déclaration d'Indépendance des Etats-Unis d'Amérique !

« Un texte rédigé par des hommes aussi respectables et dignes d'admiration que messieurs Thomas Jefferson, John Adams et Benjamin Franklin ! »

Il avait à nouveau fait courir sur l'assistance un regard complice, que Catherine trouva encore plus charmeur que celui du sudiste.

« Je ne vous ferai pas l'injure, messieurs, de vous rappeler que sans ces hommes, l'Union n'existerait pas. Ces hommes qui, le 4 juillet 1776, ont signé en notre nom à tous, citoyens américains passés, présents et à venir, cette profession de foi que notre visiteur semble avoir oubliée, car je ne puis le soupçonner de ne pas y souscrire en son for intérieur : "Nous tenons pour évidentes pour elles-mêmes les vérités suivantes : tous les hommes sont créés égaux ; ils sont doués par le Créateur de certains droits inaliénables ; parmi ces droits se trouvent la vie, la liberté et la recherche du bonheur. Les gouvernements sont établis parmi les hommes pour garantir ces droits, et leur juste pouvoir émane du consentement des gouvernés[1]." »

Bartleby se demandait quel être sensé oserait postuler à la citoyenneté américaine s'il commençait par fouler aux pieds des principes aussi sacrés que ceux-là. Des principes qui faisaient l'identité même de l'Union.

Avec un sourire dans lequel perçait une ironie complice, l'Anglais conclut :

« Ainsi que l'a dit "*monsieur* Lafitte" : l'affaire est entendue ! Mais pas dans le sens où il le supposait, n'est-ce pas, messieurs ? »

Catherine retint son souffle. Il y eut comme un flottement dans la pièce. L'Anglais se rassit et déclara en se frottant les mains :

« Allons, que ces forbans sachent que nos consciences ne sont pas à vendre ! »

En définitive, il ne fut pas nécessaire de prendre conseil de la nuit. John Sutter était intervenu pour soutenir avec beaucoup de chaleur les propos de son ami et les indécis n'avaient pas tardé à se ranger à l'avis de personnages aussi respectables et convaincants.

Un courrier fut adressé le soir même à l'hôtel où était descendu monsieur Lafitte afin de l'informer que le Conseil était au regret de ne pouvoir lui donner satisfaction. En effet, aucun des membres présents n'avait réussi à trouver

1. Traduction de Thomas Jefferson.

le moyen de concilier l'acceptation de la notion d'esclavage avec celle d'égalité de tous les êtres, laquelle était pourtant garantie par la Constitution américaine.

Personne n'avait revu le sudiste à Monterey.

Catherine se renversa dans son fauteuil et ferma les yeux en souriant. Elle aimait se remémorer cette scène. C'était en effet ce jour-là qu'elle avait réalisé que Frank Bartleby et Eugène Tourneur, son défunt mari, étaient des hommes taillés dans le même bois. Elle s'était dès lors sentie moins seule.

Le silence qui régnait dans le vieil entrepôt avait presque quelque chose d'inquiétant tant il était exceptionnel. Depuis la création du journal, Eddie et elle avaient réussi à engager du personnel. Deux typographes, deux ouvriers pour faire tourner les presses et deux rédacteurs, sans parler des crieurs de journaux. Eddie avait également conseillé l'engagement d'un courtier chargé de leur procurer les publicités nécessaires au bon fonctionnement du journal.

Steve Blithe faisait du bon boulot. Doué d'un sens aigu des contacts humains, il réussissait toujours à convaincre les commerçants qu'il leur faisait un vrai cadeau en leur proposant à prix d'ami des encarts qui leur attireraient une clientèle toujours plus importante. Et comme le journal avait reçu un bon accueil, grâce à la popularité de Catherine, tout le monde n'avait qu'à se féliciter de ses services.

Il y avait donc une effervescence permanente dans les locaux du *Yerba Buena Star*. Or, en ce jour de liesse populaire, la jeune Française avait décidé, en accord avec son associé Eddie Wallgreen, de donner congé à l'ensemble du personnel.

« Tu te joins à nous ? avait demandé le jeune homme.

— Non, tu sais que je n'aime pas ce genre de célébration, Eddie. Et puis, j'ai d'autres projets.

— Tu préfères aller fêter ça avec Bartleby, pas vrai ? »

Catherine avait souri. Il était de plus en plus évident qu'Eddie était jaloux de l'Anglais. Elle le lui fit remarquer. Le jeune homme haussa les épaules et déclara :

« Ce type me semble trop parfait pour être honnête. Je ne serais pas étonné si, un jour, on découvrait qu'il cache un cadavre dans son placard. »

La Française lui conseilla de ne pas se laisser emporter par son imagination et lui rappela qu'il ne possédait aucun droit sur elle. Comme elle ne désirait pas le blesser, elle ajouta :

« Frank encore moins. Je te rappelle qu'il est marié.

— Oui, mais sa femme est folle ! » avait conclu le jeune homme, tournant les talons et s'esquivant dans une pirouette.

Catherine avait été sur le point de se fâcher, mais elle avait préféré rire de la mauvaise foi de son ami. Somme toute, il était plus sot que méchant.

Depuis qu'ils travaillaient ensemble, une complicité s'était installée entre la jeune femme et son associé. Ils avaient tous deux la même conception du journalisme et partageaient les mêmes valeurs. S'il leur arrivait de diverger sur ce qu'il convenait d'écrire ou de ne pas écrire, ils ne s'opposaient jamais que sur des questions de forme, en aucun cas sur le fond des choses. Et puis, quand il ne piquait pas de crise de jalousie, Eddie pouvait être assez drôle. Finalement, lui aussi aidait Catherine à se sentir moins seule.

Par son honnêteté et une certaine naïveté, il lui rappelait également Eugène.

Est-ce que vraiment, je ne peux m'attacher qu'à des hommes qui me font penser à mon mari ? se demanda la jeune femme.

Quand elle se retrouvait seule dans sa maison sur la colline, Catherine s'interrogeait souvent sur le sens de sa vie. Dans ces moments-là, il lui arrivait d'éprouver un profond malaise. Après plusieurs mois d'attente, elle avait fini par recevoir des nouvelles de ses parents. L'enveloppe en provenance de Paris était à l'en-tête d'un notaire qu'elle avait vaguement connu. Une petite souris grise, pour autant qu'elle s'en souvienne, auquel son père faisait parfois appel pour ses affaires.

Il lui avait fallu relire la lettre à trois reprises avant de réaliser que son contenu n'éveillait aucune émotion en elle.

Le notaire Frescaty lui annonçait que la révolution de 1848 avait, fort malencontreusement, ruiné son père. Le baron Degallais n'avait pu supporter pareil déshonneur et s'était donné la mort en se tirant une balle dans la tête. Sa femme était aussitôt accourue et, devant le spectacle de la cervelle du baron maculant les murs de son bureau, elle s'était écriée :

« Mon Dieu, ses chers livres ! »

Ensuite, elle était tombée en syncope et ne s'était jamais réveillée. Son cœur avait lâché sous l'effet du choc.

Même à la troisième lecture, Catherine n'avait pu se départir du sentiment que cette scène renfermait tous les éléments d'un mauvais mélodrame, digne du boulevard du Crime.

Le notaire concluait sa lettre en précisant : « Attendu que madame Catherine Tourneur est l'enfant unique du baron et de son épouse, et attendu que ceux-ci n'ont pris aucune disposition en sens contraire », tous les biens de ses parents lui revenaient de droit. La formule lui parut cocasse, vu que la missive s'ouvrait sur l'annonce de la ruine de son père.

Quelle ne fut pas sa surprise lorsque, quelques jours plus tard, elle reçut la notification d'un dépôt effectué à son nom, par le même notaire, sur un compte de la banque Wright & Company, la première banque installée à San Francisco, en 1848, par le docteur Spehen A. Wright, dans un simple cottage à l'angle de Kearny et Washington, sur Portsmouth Square. Le montant de ce dépôt s'accordait mal à l'idée qu'elle se faisait d'une famille ruinée. En lisant entre les lignes la lettre de maître Frescaty qui accompagnait la notification, Catherine comprit que son père ne s'était pas donné la mort parce qu'il avait perdu tous ses biens dans la tourmente de 1848.

« Mon père était un escroc, voilà tout, murmura-t-elle dans la solitude de sa chambre. Avec le changement de régime, il a craint que ses petites magouilles ne soient révélées sur la place publique. C'est la honte qui l'a poussé au suicide, pas la ruine. Eh bien, j'étais dans une situation aisée grâce à l'argent de mon époux, me voilà désormais riche ! Il va falloir m'y faire. »

Telle fut l'épitaphe du baron Degallais rédigée ex abrupto par sa fille.

Catherine se demanda si elle était devenue à ce point insensible que la mort de ses parents ne réussissait pas à l'émouvoir. Sans doute. Il lui fallait se rendre à l'évidence, même l'évocation d'Eugène ne la bouleversait plus comme autrefois. Elle pouvait désormais penser à lui sans ressentir ce douloureux serrement de cœur qui avait si longtemps accompagné sa simple évocation.

Alors, elle songeait à son fils, à ce petit Thomas qu'on lui avait enlevé avant même qu'elle ait eu le temps de bien imprimer ses traits dans son esprit. Oui, elle devait faire un effort, désormais, pour visualiser son petit visage si confiant. Il aurait quatre ans. Il n'en fallait pas plus pour que les poings de la jeune femme se serrent à lui faire mal. Certains soirs, la souffrance était si vive qu'elle se laissait aller à hurler.

Non, elle n'était pas insensible, seulement toute son énergie était monopolisée par une idée fixe : retrouver son fils et tuer son ravisseur !

Elle ne pourrait plus aimer tant qu'elle n'aurait pas assouvi sa vengeance. Parfois, elle était tentée d'encourager Eddie à lui déclarer sa flamme. Il lui aurait plu de sentir des bras d'homme se resserrer autour d'elle avec amour. Mais Eddie était si timide. Un enfant ! Alors, elle songeait à Frank. Lui, c'était un homme, et elle sentait bien qu'elle ne lui était pas indifférente. Seulement, si elle était insensible, elle n'était pas cruelle. Elle n'avait pas d'amour à donner. Elle n'avait donc pas à en demander.

Catherine quitta l'entrepôt. Elle prit la direction de l'orphelinat qui avait ouvert ses portes quelques mois plus tôt. C'était devenu une vraie nécessité dans cette ville qui ne cessait de se peupler. Les habitants de San Francisco ne se comptaient plus par centaines, désormais, mais par dizaines de milliers. Or, la mine avait pris bien des vies et les Sydney Ducks, après les Régulateurs, en avaient supprimé d'autres. Des enfants s'étaient ainsi retrouvés sans parents. La Française avait été l'une des premières à militer en faveur de l'ouverture d'un asile pour ces êtres abandonnés. Depuis, elle était sans doute la visiteuse la plus assidue de l'institution à laquelle elle avait fait une donation conséquente. Elle s'y rendait régulièrement pour examiner l'épaule gauche des garçons âgés de quatre ans.

Tandis qu'elle marchait au milieu de la ville en liesse, la jeune femme ne remarqua pas qu'un Chinois lui avait emboîté le pas dès qu'elle avait quitté les locaux du journal.

12

Johan Van Campenhout râlait comme à son habitude. On l'avait assuré que les repas servis sur les steamers en partance pour le Panamá étaient tout bonnement immangeables. Son informateur, rencontré au restaurant du New York Hotel, lui avait conseillé d'emporter une ample provision de poulets et de légumes pour être certain de ne pas mourir de faim. Comme le financier hollandais avait confié à son neveu le soin de régler les détails de leur voyage, c'était sur celui-ci qu'il faisait retomber sa grogne.

Jan avait l'habitude des colères tempétueuses de son oncle. S'il ne s'en formalisait plus, c'était moins par résignation que sous l'effet d'une rage contenue. Dans la famille Van Campenhout, Johan était le frère qui avait réussi. Franz, le père de Jan, était la brebis galeuse, qui avait dilapidé sa part de l'héritage familial et avait disparu en laissant derrière lui un monceau de dettes et un fils bien incapable d'en acquitter la moindre.

Johan avait dès lors pris son neveu sous son aile. Comme il se plaisait à le répéter : il avait le sens de la famille, lui ! Le financier avait également épongé les dettes de son frère. Il s'y était pris avec un sens si aigu des affaires qu'il s'en était, en définitive, tiré à bon compte. Jan était persuadé que les procédés de son oncle n'étaient pas toujours très reluisants ni très respectueux de la légalité. En l'occurrence, il n'aurait nullement été surpris d'apprendre que l'oncle Johan avait recouru au chantage pour faire baisser le montant des sommes dues par son frère. Mais il se serait bien gardé de soulever ce sujet avec un être aussi irascible.

Qu'est-ce qui avait décidé le magnat Van Campenhout à quitter la Hollande pour se rendre à San Francisco ? Voilà un sujet que le financier n'avait pas pris la peine d'expliquer à son neveu. Mais celui-ci se doutait des raisons de ce départ quelque peu précipité. Si son oncle était acariâtre avec tout le monde, il savait en revanche se faire doux comme un agneau avec les personnes du beau sexe. A vrai dire, ce cinquantenaire aux tempes grisonnantes collectionnait les aventures avec les plus jolies femmes d'Amsterdam. Un portefeuille bien garni lui était un atout majeur en matière de séduction.

Or sa dernière conquête, qui n'était autre que la fille de son associé, Rick Van Dijck, avait eu la mauvaise idée de se retrouver enceinte et lui avait fait comprendre qu'elle entendait qu'il assumât la paternité de l'enfant à naître. Un mariage ? Une telle perspective n'était rien de moins qu'odieuse aux yeux de Johan Van Campenhout. Quel avantage espérer en retirer, hormis les cris d'un moutard non désiré ? Mais Rick Van Dijck ne lui permettrait jamais de faillir à ses obligations. Alors, le financier avait décidé de prendre le large. Et puis, un pays neuf est riche en opportunités quand on a le sens des affaires. Et dans ce domaine-là, Johan Van Campenhout ne craignait personne.

Jan ne pouvait s'empêcher de sourire en songeant à la situation dans laquelle s'était retrouvé son oncle. Car ce que celui-ci ignorait, c'était qu'il partageait les faveurs de la jeune Reine Van Dijck avec son propre neveu. Et que sa paternité n'était rien moins qu'assurée, la jeune fille s'étant contentée de choisir pour père de son futur rejeton celui de ses deux amants qui avait la bourse la mieux garnie.

Le jeune Jan avait su profiter largement des enseignements de son parent. Même s'il aurait préféré une activité moins prenante, il n'imaginait que trop bien tous les avantages qu'il lui serait possible de retirer des affaires de son oncle.

Le 21 mai 1850, l'oncle et le neveu se trouvaient donc à New York où ils s'embarquèrent sur le *George Law* à destination de Panamá. Ils emportaient avec eux un chargement de victuailles impressionnant, ainsi qu'une accorte servante pour accommoder les plats dont ces fins gourmets entendaient se régaler pendant le voyage. C'est à Kingston, en Jamaïque, où le bateau fit escale pour renouveler sa provision de charbon, que le destin du jeune homme allait prendre un tour inattendu. Mais ce ne serait qu'à l'arrivée à Panamá que Jan en prendrait conscience.

Johan avait refusé de descendre à terre et, tout en observant les femmes noires qui chargeaient le combustible, Jan écoutait un passager lui raconter combien le Panamá était un pays dangereux. Les enlèvements et même les meurtres y étaient fréquents. Sans parler des fièvres, qui décimaient les voyageurs non préparés à un tel climat.

Les femmes noires portaient leur fardeau sur la tête et chantaient tout en martelant le sol de manière saccadée avec leurs pieds nus. Sur la rive, un groupe de nègres dansait un curieux fandango en agitant des torches qui trouaient l'obscurité de la nuit.

Les deux Hollandais débarquèrent avec leurs compagnons de voyage à Aspinwall le 31 mai. Après un petit déjeuner à la Howard House qui réveilla le caractère grincheux du financier, les deux Hollandais durent attendre dans une ville crasseuse qu'arrive le train qui leur permettrait de traverser l'isthme. Ils en virent deux surchargés s'en aller sans eux. A midi trente, ils réussirent enfin à s'embarquer pour la ville de Panamá, à l'ouest de l'isthme, d'où ils comptaient prendre un nouveau bateau pour la Porte d'Or et San Francisco.

Des indigènes debout devant leurs huttes les regardaient passer d'un œil morne. Le train sinuait au milieu d'un paysage tropical à la végétation dense qui frappait les vitres de façon irritante. Johan passait le plus clair de son temps à se plaindre à son neveu de ces pénibles conditions de voyage. Comme toujours dans ces moments-là, il lui rappelait qu'il était le digne fils de son incapable de père.

Jan fit observer à son oncle qu'il avait de la chance. Le train était une innovation récente dans la région.

— Il y a peu de temps, vous auriez voyagé à dos de mule. Et vous auriez risqué de vous faire agresser par des bandits désireux d'obtenir une rançon. Désormais, la partie du trajet à parcourir à dos de mule est négligeable.

— Tu aurais été trop content. Je parie que tu aurais refusé de payer ma rançon pour garder tout mon argent pour toi, râla le vieil Hollandais. Mais, crois-moi, je n'ai pas été assez stupide pour emporter quoi que ce soit. J'ai fait virer tous mes biens à la banque des frères Seligman de San Francisco. Sans ma signature et mon pouvoir, tu n'aurais rien pu faire !

— Voyons, mon oncle, vous ai-je jamais donné l'impression d'en vouloir à votre argent ?

Le grincheux se garda de répondre. Il lui aurait fallu reconnaître que son neveu avait toujours été un exemple de sérieux et de dévouement, tout au moins dans les apparences. Mais cela ne risquait pas de faire fondre son cœur, aussi dur que celui du vieil Ebenezer Scrooge dont Dickens avait publié les aventures quelques années plus tôt[1].

Jan, de son côté, savait que son oncle mentait. Depuis qu'ils avaient quitté Amsterdam, le financier ne se séparait pas d'une mallette en cuir fatigué, laquelle ne renfermait, à l'en croire, que des papiers de famille. Le jeune homme connaissait trop bien son parent pour en croire un traître mot. Le financier n'aurait jamais confié à un autre que lui le soin de transporter son bien le plus précieux. Ses avoirs ! La mallette renfermait à n'en pas douter des lettres de change. Celles-ci étaient sûrement tirées sur la banque des frères Seligman, à San Francisco, mais aucun argent n'avait été viré d'un compte à l'autre. Johan n'aurait pas pris le risque d'un contretemps ou d'une malversation.

A ce jour, le jeune homme n'avait jamais songé à dépouiller cet oncle qui, certes, passait sa mauvaise humeur sur son dos plus souvent qu'à son tour, mais ne l'en avait pas moins recueilli après la fuite de son père. Pourtant, en s'entendant accuser de si sombres desseins, il se remémora les propos du passager qui, à l'escale de Kingston, lui avait parlé des dangers de Panamá. Et il sentit une haine féroce

1. En 1843.

à l'égard de ce vieux grigou qui ne cessait de vilipender son propre frère.

A leur arrivée à Panamá, après avoir parcouru quelques kilomètres d'une jungle épaisse à dos de mule, ce qui avait eu pour effet de mettre les nerfs du financier encore plus à vif, un petit steamer, le *Tobega*, attendait les passagers à destination de San Francisco. Il afficha vite complet, mais certains voyageurs décidèrent d'embarquer sur la barge qui, tractée par le steamer, emportait leur bagage. Jan suggéra à son oncle d'attendre le prochain steamer plutôt que de voyager dans des conditions aussi inconfortables. Le financier abonda dans son sens, non sans lui avoir à nouveau fait reproche de la mauvaise organisation du voyage.

— Pour une fois que je te confie une tâche, tu t'en acquittes aussi mal que l'aurait fait ton incapable de père. Aussi stupides l'un que l'autre. Mauvais sang ne peut mentir !

Ce soir-là, Jan alla se promener seul dans les rues étroites et sombres de la ville. Il pénétra dans plusieurs tavernes sans pour autant y consommer la moindre goutte d'alcool. Il ne fut satisfait que lorsqu'un groupe d'hommes à la mine patibulaire se mit à le suivre dans la nuit. Au lieu de chercher à fuir, il fit demi-tour et alla à leur rencontre.

— Je n'ai pas d'argent sur moi, leur dit-il tout de go. Mais si vous voulez gagner une belle somme, je peux vous en procurer le moyen.

Les propos du jeune Hollandais décidèrent les bandits à ranger leurs couteaux. Ils l'écoutèrent avec beaucoup d'attention. Quand il leur eut exposé son plan, ils se consultèrent. Celui qui paraissait être le chef de la bande lui dit dans un anglais incertain :

— Si tu cherches à nous tromper...

Il laissa sa phrase en suspens, mais eut un geste éloquent de la main droite à hauteur de sa gorge. Jan sourit, bien qu'il sentît une traînée de sueur couler le long de son épine dorsale. Se pouvait-il que la méchanceté de son oncle ait fait de lui un meurtrier ? Non, il ne tuerait personne. Il se contentait d'indiquer à d'autres le moyen de détrousser le financier. Si celui-ci venait à y laisser la vie, il n'en serait pas responsable.

Tout en regagnant l'hôtel miteux où ils avaient établi leurs quartiers dans l'attente du prochain steamer, Jan sentit que cette manière d'appréhender la situation était pour le moins hypocrite. Hélas ! il était trop tard pour songer à demander aux brigands de renoncer à leurs projets. S'il ne respectait pas ses engagements, ils n'auraient aucune peine à le retrouver et, alors, il ne donnerait pas cher de sa propre peau. Les dés étaient jetés. Il ne pouvait faire machine arrière.

Le lendemain, au cours du petit déjeuner, le jeune homme raconta à son oncle qu'il avait fait une rencontre intéressante dans une taverne de la ville. Un membre du conseil de la ville de San Francisco s'y trouvait. Il revenait en fait de Washington et avait choisi le même trajet qu'eux pour rentrer en Californie. Jan lui avait vaguement parlé des projets de son oncle. L'homme, un certain John Sutter - un nom que le Hollandais avait surpris dans une conversation lors d'un dîner au New York Hotel - avait proposé de leur vendre un terrain bien situé, à un prix très abordable, où ils pourraient avantageusement faire construire leurs bureaux.

— Il a décidé de quitter la région pour s'établir dans une propriété qu'il possède à Hock Farm. Il est pressé de trouver un acquéreur. C'est pourquoi il propose un prix aussi bas. Si j'avais eu l'argent...

Le financier interrogea consciencieusement son neveu qui, ayant bien préparé son laïus, avait réponse à toutes ses questions. Quand il fut satisfait, Johan balaya l'air d'un geste large.

— Il sera temps de voir cela à notre arrivée.

— Vous avez raison, mon oncle, dit Jan. Sutter aura probablement trouvé acquéreur pour son terrain, mais nous en achèterons un autre. Cela ne doit pas manquer dans la région. Et puis, qu'importe le prix, tant que le terrain est situé dans un quartier avantageux.

— Tu parles bien à ton aise de ce genre d'affaire, mon garçon. C'est facile, quand on n'a pas le sou. Tu me fais vraiment de plus en plus songer à ton imbécile de père.

Le jeune homme baissa la tête pour masquer un sourire mauvais. Non, il ne regrettait décidément pas son initiative de la veille. Cet usurier était vraiment trop odieux pour vivre plus longtemps. Un jour sans doute – un jour prochain – Jan se repentirait de son geste, il en était certain, mais pour l'heure, il en était pleinement satisfait. Son oncle serait incapable de résister à l'envie de rencontrer ce Sutter qui devait en réalité couler des jours tranquilles dans sa propriété de Hock Farm, bien loin du climat pestilentiel de Panamá. Le jeune homme fit un effort pour imprimer dans son cerveau les derniers mots de son oncle. Leur évocation lui serait précieuse lorsque le moment serait venu, pour lui, de faire taire de vains scrupules.

Le soir même, après un dîner infect que l'accorte servante engagée à New York n'avait pu améliorer, attendu que Johan Van Campenhout l'avait licenciée dès qu'ils avaient débarqué du *George Law*, le financier hollandais quittait subrepticement l'hôtel et se rendait dans la taverne où John Sutter était censé passer ses soirées.

Le lendemain, son corps était retrouvé dans une ruelle sombre de la ville. Il avait reçu trente-sept coups de couteau et une somme coquette lui avait été dérobée, ainsi que tous ses bijoux. Trois jours plus tard, Jan Van Campenhout s'embarquait pour San Francisco en serrant contre sa poitrine la mallette en cuir fatiguée de son oncle. Il ne s'était pas trompé. Elle renfermait bel et bien les lettres de change supposées. Sa seule surprise fut de constater que la fortune de son oncle était encore plus considérable qu'il ne l'avait imaginé.

Par bonheur, le vieux grigou signait toujours ses effets « J. Van Campenhout », et le jeune Jan n'aurait aucune peine à contrefaire sa signature avant l'arrivée à San Francisco. Tandis que le steamer filait au milieu d'îles verdoyantes avec son chargement de plus de deux mille âmes, dont plusieurs centaines d'enfants plus bruyants les uns que les autres, Jan songeait que, somme toute, une conscience était beaucoup plus souple qu'il ne l'avait imaginé. Il n'éprouvait aucun remords pour ce qui s'était passé à Panamá. Rien qu'un immense soulagement d'être enfin débarrassé de cet odieux personnage qu'avait été son oncle. D'une certaine manière, le fils avait vengé l'honneur de son père.

Le jeune Hollandais réussissait même à se convaincre que l'argent n'avait pas été le motif de son geste. S'il en devenait désormais l'heureux propriétaire, ce n'était pas vraiment un vol, puisqu'il était le seul héritier du vieux Scrooge.

A son arrivée à San Francisco, la première visite de Jan Van Campenhout fut pour la banque des frères Joseph et Jesse Seligman, qui étaient de simples marchands de fournitures diverses à leur arrivée à San Francisco, au lendemain de la ruée vers l'or. Sans se départir un seul instant de son sang-froid, il signa tous les documents nécessaires au transfert, sur un compte ouvert à son nom, des lettres de change de son oncle. Impressionnés par le montant de la somme versée, les banquiers ne sourcillèrent pas en comparant les signatures qui figuraient sur les lettres à celle du jeune Hollandais, qui demanda à être désormais appelé John Vancamp, dans un souci de s'intégrer à sa nouvelle patrie.

Le soir même, John Vancamp pénétrait dans la salle enfumée du Gai Paris et la charmante Isabelle François tombait sous son charme.

DEUXIÈME PARTIE

Maturité

13

La situation de San Francisco n'était pas vraiment des plus florissantes en cette fin d'année 1850. L'or commençait à se faire rare et les *fortyniners* désertaient les placers, les uns après les autres. Certes, la ville possédait des terrains en nombre important, mais il n'était pas question de les brader, or le moment n'était pas opportun pour les mettre en vente, même si les demandes ne cessaient d'affluer.

Les habitants se plaignaient du poids des impôts et des taux d'intérêt prohibitifs pratiqués par les banques. Non seulement les intérêts étaient payables de manière anticipée, mais encore, pour obtenir un prêt, fallait-il pouvoir avancer des garanties exorbitantes.

En revanche, certains notables se plaisaient à déclarer que l'état moral et social de la ville avait tendance à s'améliorer. Si c'était le cas, l'amélioration était pour le moins infime. Certes, le jeu n'attirait plus que les marginaux de la société – du moins ouvertement – mais la criminalité, elle, ne connaissait pas de diminution notoire. Bien au contraire.

Les malfrats étaient toujours plus nombreux. Il ne se passait pas un jour sans qu'on n'enregistre un délit ou un autre, du plus bénin au plus tragique. On ne comptait déjà plus le nombre de meurtres. Plusieurs incendies avaient eu, de toute évidence, une origine criminelle, mais les pyromanes n'avaient jamais pu être identifiés de manière formelle, même si de fortes présomptions permettaient de soupçonner les Australiens installés dans Sydney Town.

Les Sydney Ducks ne paradaient pas dans les rues en brandissant des bannières et en prétendant être des redresseurs de torts, comme les Régulateurs l'avaient fait dans le passé, mais ils constituaient une solide bande, organisée et dépourvue de tout scrupule. Des gredins plus terrifiants encore que les Régulateurs, du fait même de leur organisation et de leur nombre.

Les honnêtes gens vivaient dans la crainte et avec le sentiment, parfaitement justifié, que nul ne se souciait de les protéger. Les policiers étaient trop peu nombreux et bien trop mal payés ; et puis, ils ne faisaient pas le poids face à d'anciens forçats sans foi ni loi. En outre, quand ils réussissaient à en arrêter un, ses compagnons se présentaient sans vergogne devant le juge et lui fournissaient un alibi inébranlable. Les honnêtes citoyens étaient fatigués de voir les criminels ressortir impunément du tribunal.

Face à cet état d'anarchie, les hommes les plus téméraires parlaient de l'urgence de renouer avec les méthodes du juge Lynch[1]. Dès lors que les forces de l'ordre ne réussissaient pas à faire respecter les lois, il convenait de se substituer à elles. Il était question de reformer le comité de vigilance qui, en 1849, avait eu raison des Régulateurs. Des hommes s'étaient alors organisés pour nettoyer la ville de la racaille. Face à cette organisation de citoyens décidés, des centaines de tricheurs et de truands avaient préféré fuir vers le Mexique plutôt que de connaître la corde.

Une fois l'ordre revenu en ville, le comité s'était dissous, mais les hommes étaient toujours là et prêts à reprendre du service. Les autorités s'efforçaient de calmer le jeu en affirmant que de simples citoyens n'étaient pas habilités à faire respecter l'ordre, mais leur voix ne se faisait plus entendre que très faiblement. Les partisans du réveil du comité étaient de plus en plus nombreux à exprimer ouvertement leur position.

Catherine et Eddie avaient longuement discuté avec leurs collaborateurs de la position à adopter face à ce genre de déclarations. La plupart des autres journaux ne s'étaient pas fait faute de préconiser le recours aux méthodes les

1. On doit au juge Lynch le terme de « lynchage ».

plus radicales. Mais Eddie hésitait. Il aurait préféré que le *Yerba Buena Star* milite pour un accroissement des forces de police et une application plus draconienne des lois dont s'était doté le nouvel Etat.

— Nous avons une responsabilité morale. Si nous-mêmes ne respectons pas les lois, comment pourrions-nous les imposer à ces forbans ?

Pour ses collègues, Charles Jordan et Ernest Walpole, les représentants officiels de l'ordre public avaient largement démontré leurs limites. Les deux journalistes étaient d'avis d'encourager le réveil du comité de vigilance.

— N'oublions pas que la loi du talion est inscrite dans la Bible, rappela Walpole.

Catherine avait écouté les arguments des uns et des autres avant de trancher en faveur de Jordan et Walpole.

— Nous sommes dans une situation d'exception, Eddie. Il faut donc recourir à des mesures d'exception. Cela ne nous empêche pas, en parallèle, de réclamer la constitution d'une force de police disposant de moyens adéquats. Mais nous ne pouvons pas rester les bras croisés à regarder nos maisons partir en flammes et moins encore tolérer que des innocents se fassent assassiner en toute impunité. Les Australiens nous font vivre dans la terreur. Il est temps de retourner cette terreur contre eux.

Eddie Wallgreen fit la grimace. Seul, il ne pouvait s'opposer à la volonté des trois autres. Mais il exigea que l'on insiste sur le caractère exceptionnel des mesures réclamées.

— Il faut les présenter comme la seule solution devant l'incurie de la justice. Préciser que nous regrettons de devoir en arriver là. Mettre en cause les autorités qui ne remplissent pas leur devoir.

Il réfléchit un moment avant de conclure :

— Je sais ! Voici le titre que je vous propose pour la une : « La sécurité ou des élections ! » Cela devrait faire réagir nos politiciens, non ?

La jeune femme approuva la proposition de son ami. L'appel au réveil du comité se retrouverait en deuxième page et apparaîtrait clairement comme un pis-aller.

Partout en ville, dans les bars, dans les commerces et jusque dans les salons les plus respectables, on ne parlait plus désormais que de la constitution d'une force de police composée de volontaires, comme en 1849. Peut-être que le sujet aurait été inépuisable si, le 19 février 1851, un événement n'avait suscité le passage de la théorie à la pratique.

Il était huit heures du soir quand deux hommes pénétrèrent dans le magasin de Jansen, Bond & Company, dans Montgomery Street. Ils expliquèrent qu'ils désiraient acheter des couvertures. Tandis que le vieux Jansen se retournait pour saisir les articles demandés, l'un des deux hommes l'assomma d'un coup de matraque. Avant de faire main basse sur le contenu de la caisse, lequel s'élevait à deux mille dollars en pièces d'or, les deux hommes s'acharnèrent sur le malheureux commerçant qui gisait, inconscient, sur le sol de sa boutique.

Pour une fois, la police sembla faire son devoir avec célérité. Le lendemain, deux hommes étaient arrêtés. L'un d'eux, James Stuart, plus connu sous le sobriquet d'English Jim, était recherché pour avoir assassiné, deux mois plus tôt, le shérif d'Auburn, un certain Moore, et lui avoir dérobé quatre mille dollars. Peu de temps après ce meurtre, English Jim avait été arrêté à Sacramento, mais il avait réussi à s'évader de sa cellule avant le procès et s'était empressé de gagner San Francisco. Le fugitif, qui s'était réfugié à Sydney Town, ayant été aperçu la veille à proximité du magasin de Jansen, le policier convoqua le commerçant afin d'identifier son prisonnier.

Le 21 février, monsieur Jansen reconnut son agresseur. Celui-ci clamait haut et fort qu'il n'avait rien à voir avec ce sinistre James Stuart. Il s'appelait en réalité Thomas Berdue. Mais le commerçant reconnut également son complice, quoique de façon moins formelle. Ce dernier, un certain Windred, confirma que son ami se nommait bien Thomas Berdue et que, pas plus que lui, il n'avait entendu parler d'English Jim.

Mais les dénégations des deux hommes ne pesaient pas bien lourd face au témoignage de leur victime. En outre, English Jim présentait une petite cicatrice au-dessus de l'œil gauche, ainsi qu'une entaille sur l'oreille gauche ; qui plus est, il lui manquait la première phalange de l'index gauche, or l'homme qui prétendait s'appeler Berdue possédait ces mêmes caractéristiques. Le doute n'était pas permis dans l'esprit du policier. Les deux hommes seraient jugés dès le lendemain ; après leur procès, English Jim serait déféré à Marysville, afin d'y être jugé pour le meurtre du shérif Moore.

Le samedi 22 février, une foule de cinq mille personnes se massa devant la mairie où devaient être entendus les deux criminels. Ainsi que l'écriraient les journaux, il ne s'agissait pas d'une foule d'excités, mais d'un « peuple assoiffé de justice ». Des copies d'un pamphlet passaient de main en main. Le texte dénonçait, de manière plus virulente que jamais, l'incurie des forces de l'ordre et réclamait l'application immédiate de la loi du juge Lynch. « Non que nous admirions semblable mesure, pouvait-on lire, mais elle semble devenue un mal nécessaire. » L'auteur de ces lignes donnait rendez-vous à tous ceux « qui veulent débarrasser notre ville des voleurs et des assassins », le lendemain, dimanche, à quatorze heures devant la mairie.

Pendant l'audition des deux prisonniers, un cri se répercuta parmi la foule : « C'est le moment ! » Des hommes se précipitèrent dans la salle du tribunal pour s'emparer d'English Jim et de son complice, mais le maire avait prévu ce genre de débordements et il avait fait appel aux « gardes de Washington ». Le capitaine Bartol et ses hommes réussirent à empêcher le lynchage des accusés, lesquels furent ramenés sous bonne escorte dans leurs cellules.

L'agitation se poursuivit pendant toute la journée et, à la tombée de la nuit, la foule était encore plus compacte que pendant le procès. Après une série de discours enfiévrés, un comité de quatorze hommes, accompagné d'une patrouille de vingt autres citoyens en armes, fut diligenté auprès des autorités pour garder les malfrats jusqu'au lendemain afin d'empêcher leur évasion ou leur mise en liberté sous caution. La population craignait que des politiciens corrompus ne relâchent à nouveau les criminels.

Parmi les membres de ce comité, Catherine Tourneur et Eddie Wallgreen reconnurent Samuel Brannan, le mormon qui avait lancé le premier journal de la ville et tenait une boutique à Fort Sutter lors de l'arrivée de la jeune Française. Brannan avait également été le président du premier comité de vigilance. Les deux journalistes le soupçonnaient d'être l'auteur du pamphlet anonyme distribué la veille.

Si la majorité des membres du comité prônaient une attitude modérée et réclamaient qu'un jury soit constitué pour juger les prisonniers, Sam Brannan, lui, était beaucoup plus intransigeant. Il faisait observer que jamais à ce jour la justice n'avait prononcé une seule condamnation à mort en Californie. Or, chaque matin, les journaux rendaient compte de nouveaux larcins, mais surtout de nouveaux meurtres. Selon lui, l'heure des palabres était passée. Les deux hommes devaient être pendus sans autre forme de procès.

Le lendemain, plus de huit mille personnes envahirent Portsmouth Square. Le maire, monsieur Geary, leur conseilla la modération. Il demanda que douze hommes soient désignés pour former un jury qui assisterait le juge en fonction. Le procès aurait lieu dès lundi matin et le verdict du jury serait sans appel. Mais le « peuple » ne l'entendait pas de cette oreille. Monsieur Coleman, un des chefs du comité de vigilance, s'exprima au nom de ses concitoyens et déclara que tout le monde était d'accord pour qu'un jury de douze citoyens honorables soit désigné, mais qu'il était hors de question de laisser un magistrat de la ville diriger les débats. Ce procès appartenait au peuple. Que le juge Shattuck serve d'avocat aux accusés s'il le désirait.

Devant la détermination de la foule, les autorités durent se résigner à accepter ces conditions peu orthodoxes.

Eddie était inquiet. Et si ces deux hommes disaient la vérité ? S'il y avait eu méprise sur leur identité ? Ernest Walpole ne comprenait pas son patron. English Jim avait été reconnu de manière formelle par sa victime. Comment douter de son identité ? Se pouvait-il que deux hommes présentent les mêmes signes caractéristiques : deux cicatrices et une phalange manquante ? Le *Yerba Buena Star* réclamait une meilleure justice et lorsque les citoyens de la ville se décidaient, enfin, à prendre la situation en main, Eddie Wallgreen faisait la fine bouche. N'avaient-ils pas tous reconnu la nécessité de recourir à la loi du juge Lynch, fût-ce en tant que pis-aller ?

Catherine intervint dans le sens de son ami.

— C'est vrai, mais la situation à laquelle nous nous trouvons confrontés prouve que ce n'était pas une décision aussi sage que je pouvais le penser. Eddie a raison : et s'il y a eu méprise ? Etes-vous prêts à vivre avec la mort de deux innocents sur la conscience ? Demain, nous poserons la question en première page du *Yerba Buena Star*.

Walpole, comme Eddie lui-même, avait déjà eu maintes fois l'occasion de constater que lorsque la patronne avait pris une décision, il ne servait plus à rien de discuter.

Le lendemain, le *Yerba Buena Star* fut le seul quotidien à évoquer le risque d'une erreur judiciaire et à inciter les jurés à la plus extrême circonspection.

Lorsque le jury se retira pour délibérer, chacun s'attendait à ce que ses membres s'accordent rapidement sur un verdict. Mais le temps passait et les douze hommes ne réapparaissaient toujours pas. En définitive, le président du jury, monsieur Spence, vint annoncer que les jurés ne parvenaient pas à s'accorder. Neuf étaient pour la condamnation, mais trois se retranchaient derrière le doute raisonnable. La foule se mit à hurler : « Pendez-les ! On a la majorité. »

Grâce à l'intervention de citoyens modérés, la séance fut ajournée jusqu'au lendemain. Aucun verdict n'ayant pu être prononcé, le sort des prisonniers fut remis entre les mains des autorités légales. Après un second procès, les deux prévenus furent reconnus coupables et condamnés à quatorze ans de prison, la peine maximale pour un vol avec violences.

Windred réussit à s'évader en creusant le sol de sa cellule ; quant au pseudo-English Jim, il fut envoyé à Marysville afin d'y être jugé pour le meurtre du shérif Moore. Il serait en définitive jugé au cours de l'été, reconnu coupable et condamné à la pendaison. Pendant tout ce temps, il n'avait cessé de clamer son innocence et d'affirmer qu'English Jim était sans doute coupable, mais que lui n'était pas English Jim.

Avant même qu'il ne soit transféré à Marysville, Catherine avait fini par se convaincre que la culpabilité des deux hommes était loin d'être évidente. Elle les avait soigneusement observés pendant la durée de leurs deux procès, et elle avait du mal à imaginer celui qu'on nommait English Jim dans la peau d'un assassin.

— Et si nous menions notre enquête, Eddie ? avait-elle suggéré aussitôt connu le verdict de la cour de San Francisco.

Eddie Wallgreen accueillit cette proposition avec soulagement. Lui aussi était convaincu qu'il y avait eu méprise en dépit de toutes les évidences du contraire. Walpole et Jordan ne partageaient pas l'opinion de leurs patrons et ils redoutaient qu'une prise de position qui allait aussi ostensiblement à contre-courant de l'opinion publique ne nuise à la notoriété du journal.

— Vous n'avez pas tort, admit la jeune femme, mais imaginez que nous réussissions à mettre la main sur le véritable English Jim ! Quelle publicité pour le *Star*, non ?

Il était difficile de nier l'évidence, mais ses deux collaborateurs lui firent remarquer qu'ils étaient des journalistes et pas des détectives.

— Ils ont raison, concéda Eddie à contrecœur. Comment allons-nous nous y prendre ?

La Française sourit :

— Tous les regards se sont concentrés sur ces deux hommes. Personne n'a cherché à savoir où se trouvait le véritable English Jim, si tant est que le prétendu Berdue soit bien l'homme qu'il prétend être. Cherchons donc English Jim là où il a le plus de chances de se trouver.

— Mais si Berdue dit la vérité, il y a de fortes chances pour que le véritable coupable reste planqué dans Sydney Town en attendant que l'affaire se tasse.

— C'est donc là que nous irons le chercher.

— Voyons, Cathy, tu es folle ? C'est un miracle si ces Australiens n'ont pas encore incendié le journal et ne s'en sont pas pris à toi ! s'exclama Eddie avec sa prudence habituelle. Parfois, je me demande comment tu réussis à dormir dans une maison aussi isolée.

La jeune femme sourit.

— C'est simple, je ferme les yeux et je cesse de penser à tout ça, Eddie. Et puis, la mort ne me fait pas peur.

Un frisson parcourut l'échine du journaliste.

14

Pendant que les journalistes conversaient du sort de Thomas Berdue, un petit Chinois faisait semblant de dormir derrière une presse. Il ne devait guère avoir plus de huit ans, mais avait réussi à se faire engager comme crieur par Catherine Tourneur. La jeune femme avait été amusée par son entêtement et l'avait baptisé Little Yes, parce que *« yes »* paraissait être le seul mot de la langue anglaise qu'il connût. Même s'il ne parlait que le chinois, l'enfant était de loin l'un des meilleurs vendeurs du *Yerba Buena Star* et il avait fini par s'attirer la sympathie de tous les membres de l'équipe.

Little Yes attendit que tout le monde soit accaparé par ses occupations pour s'esquiver discrètement. Il courut sans prendre le temps de souffler jusqu'à une habitation en tôle du haut de Sacramento Street, à quelques pâtés de maisons de Portsmouth Square. Là, l'enfant se laissa tomber aux pieds d'un jeune homme vêtu, comme tous ceux de sa race, d'un pantalon bleu très ample et d'une tunique fermée jusqu'au cou de la même couleur. Il arborait une queue-de-cheval et un curieux chapeau noir tout plat.

L'enfant voulut parler, mais l'homme posa une main sur son épaule et, dans cette langue des fils de l'empire du Milieu si étrange aux oreilles occidentales, il lui conseilla gentiment de commencer par reprendre son souffle. L'enfant lui adressa un sourire et l'homme lui caressa la tête avec une profonde affection dans le regard.

Si Catherine Tourneur avait été moins absorbée dans ses pensées, elle aurait eu maintes fois l'occasion d'apercevoir ce jeune China Boy[1], car celui-ci la guettait bien souvent lorsqu'elle quittait le journal en fin de journée. Il n'était pas rare qu'il la suive jusqu'à la maison isolée au sommet de Russian Hill et qu'il passe la nuit sous un bosquet, à surveiller la voie d'accès à la Villa Yerba Buena.

Quand l'enfant eut retrouvé son souffle, il se mit à parler très vite en faisant beaucoup de gestes. Au fil de la progression de son récit, le visage de Suey Long se faisait de plus en plus grave. Lorsque Little Yes se tut enfin, Long resta un long moment songeur, puis il donna quelques ordres brefs à l'enfant et, après lui avoir ébouriffé les cheveux, il le poussa vers la porte. Aussitôt, le petit vendeur de journaux repartit en courant vers les bureaux du *Yerba Buena Star*.

Suey Long, quant à lui, alla chercher un long couteau qu'il conservait dissimulé sous la paillasse qui lui servait de lit. Il le glissa dans la ceinture de sa tunique et se hâta de remonter Sacramento Street. Il pénétra bientôt dans une maison en bois où plusieurs hommes jouaient au mah-jong et il leur parla longuement avec animation. Ses compagnons l'écoutaient en secouant la tête, avec une expression aussi grave que la sienne. Bientôt, chacun alla chercher qui un couteau, qui un bâton et tous quittèrent la maison à la suite du jeune homme.

Les Chinois n'étaient pas encore très nombreux à s'être établis à San Francisco, mais leur nombre ne cessait de croître depuis la découverte de l'or. La plupart faisaient venir leurs maisons directement de Chine. Celles-ci n'étaient guère que de simples huttes, petites et inconfortables, mais elles n'en hébergeaient pas moins un nombre considérable d'habitants. Pour l'essentiel, ces émigrants de l'empire du Milieu se concentraient toujours dans Sacramento Street et dans les rues directement avoisinantes, des ruelles étroites et sombres où régnait toujours une odeur âcre qui incommodait les Occidentaux, lesquels avaient baptisé l'endroit la « Cuisine du diable », tandis que des

1. C'est ainsi que l'on nommait les Chinois à l'époque, à San Francisco.

journalistes facétieux en parlaient comme du « Palace Hotel ».

Si un journaliste de l'*Alta California* avait récemment écrit que « les Chinois sont, de nous tous, les êtres les plus industrieux, les plus paisibles et les plus patients », il se passerait bien des années avant que les habitants de San Francisco se rangent à son avis. Pour l'instant, ils leur accordaient à peine plus d'estime qu'aux Noirs, voire moins. Les Chinois étaient pour la plupart gens impécunieux et nombre d'entre eux se retrouvaient à travailler dans les mines à des conditions que les Blancs estimaient relever de la concurrence déloyale.

Si les premiers arrivants avaient été des commerçants aisés, la deuxième vague d'émigrants était composée dans sa grande majorité d'hommes qui fuyaient les conséquences, dans leur pays, des guerres de l'opium de 1839 et 1842. Suite à la défaite de la dynastie mandchoue Qing face aux troupes britanniques, des insurgés conduits par un illuminé, Hong Xiuquan, avaient tenté de profiter de la situation pour prendre les rênes du pays. Baptisant leur mouvement « Taiping », la « Grande Paix », ils n'avaient pas tardé à mettre le pays à feu et à sang.

Nombreux étaient ceux qui avaient préféré l'exil aux affres de la guerre. Ne disposant pas de la somme nécessaire pour payer leur voyage, ils se voyaient contraints de l'emprunter. A leur arrivée à San Francisco, ils se retrouvaient à la merci de leur bienfaiteur et n'avaient d'autre choix pour le rembourser que de travailler dans les mines dans des conditions qui n'étaient pas sans évoquer l'esclavage.

En conséquence de quoi, les malheureux faisaient l'objet de nombreuses campagnes de dénigrement et de persécution, presque plus cruelles que celles qu'avaient eu à subir Mexicains, Chiliens et Péruviens au temps des Régulateurs.

Les forces de l'ordre ne se donnaient même pas la peine d'intervenir. Depuis ces premiers temps de la ruée vers l'or, les mines n'étaient plus les seuls endroits où les fils de l'empire du Milieu avaient à redouter les agressions. Dans les rues de la ville, ils étaient molestés, dépouillés, quand ils n'étaient pas purement et simplement assassinés. Ceux qui possédaient quelques terres les voyaient régulièrement saccagées par des hordes en furie. Et les autorités de la ville demeuraient toujours aussi passives.

Seul le *Yerba Buena Star* avait fait entendre sa voix pour la défense des droits des Chinois. Mais c'était une voix unique et qui prêchait dans le désert.

Catherine Tourneur avait signé, en première page, un article consacré au procès du pseudo-English Jim. Elle y exposait les doutes de la direction du journal au sujet de l'identité de l'inculpé, qui attendait un nouveau procès à Marysville. Elle reprochait aux autorités de n'avoir pas pris la peine de rechercher le véritable English Jim là où il avait le plus de chances de se trouver : à Sydney Town – si tant est que l'inculpé se nommât bien Thomas Berdue, ainsi qu'il le prétendait et que la direction du *Yerba Buena Star* avait tendance à le croire. Elle concluait sur sa volonté de faire toute la lumière sur ce qui risquait de se transformer en une erreur judiciaire lourde de conséquences, car la crédibilité du comité de vigilance risquait d'en pâtir sérieusement et ses actions futures d'en être discréditées.

Si Eddie partageait le point de vue de son amie sur le fond, il était une nouvelle fois en désaccord avec elle sur la forme. Il craignait que les truands de Sydney Town ne se décident enfin à faire regretter au journal et à ses collaborateurs leurs prises de position radicales.

Catherine lui répliqua qu'elle avait accepté de ne pas s'aventurer dans le quartier des Australiens, à sa demande et à celle de Frank Bartleby, qui s'était décidé à prendre position, lui aussi, en faveur des arguments d'Eddie Wallgreen. Mais elle lui rappela que jamais elle ne musellerait sa plume.

— Tu as été le premier à croire que Thomas Berdue disait la vérité. Nous ne pouvons donc pas rester les bras croisés. Si nous n'allons pas chercher le coupable là où il se trouve, nous devons au moins l'inciter à venir vers nous.

Eddie dut bien admettre que Catherine avait raison sur leur impossibilité à demeurer neutres dans cette affaire.

Dès lors que le sort de Thomas Berdue ne préoccupait personne, il devait également reconnaître qu'il n'y avait pas de meilleure solution que la parution d'un article provocateur. Mais il insista pour que des mesures soient prises afin de faire protéger les locaux du journal et la Villa Yerba Buena.

— Mais quelles mesures veux-tu que nous prenions, Eddie ? Demander une protection à la police ? La plupart de ses membres sont de mèche avec les Australiens. Nous tourner vers les membres du comité de vigilance ? Attends de voir leur réaction à notre article ! Ils sont convaincus de tenir le bon coupable. Ils vont nous reprocher de faire le jeu des autorités corrompues de la ville.

La prédiction de Catherine n'allait pas tarder à trouver sa confirmation. Trois heures après la mise en vente du journal, la directrice du *Yerba Buena Star* recevait une lettre de Samuel Brannan l'accusant d'être à la solde de juges frustrés de s'être fait détrôner par une assemblée de citoyens décidés à faire enfin régner l'ordre dans une ville peuplée de gens de sac et de corde.

Catherine n'ignorait rien des menées du comité de vigilance au temps des Régulateurs.

Les rues de la ville ne possédant alors aucun système d'éclairage, la nuit était propice aux exactions de ces bandits. Non contents de s'en prendre aux Chilenos, ils en étaient arrivés à extorquer de l'argent et des bijoux aux nouveaux arrivants, voire à de plus anciens. Rien ne les arrêtait. Quant aux femmes qui les accompagnaient, elles étaient lavandières le jour et prostituées la nuit.

Le 15 juillet 1849, ils avaient toutefois mené une croisade de trop, au cours de laquelle ils avaient massacré sans pitié de malheureux Chilenos. Bien que cette attaque en règle se fût déroulée en plein jour, il ne s'était pas trouvé un homme assez brave ou assez téméraire pour s'opposer à leur fureur meurtrière.

En revanche, le lendemain, l'alcade Leavenworth avait été sommé par Samuel Brannan et le capitaine Bezer Simmons de prendre des mesures pour assurer la protection de la ville. L'alcade s'était alors empressé de faire afficher une proclamation invitant la population à se réunir à Portsmouth Square. A quinze heures, tous les honnêtes citoyens de San Francisco avaient répondu à l'appel. Il fut décidé de rassembler des fonds pour venir en aide aux victimes du raid des Régulateurs et de constituer une force de police pour appréhender les criminels et les traîner devant la justice.

Plus de deux cents hommes se portèrent volontaires. Ils se virent armés et organisés en ordre de bataille par M.W.E. Spofford, de façon si efficace que le jour même, près de vingt Régulateurs furent arrêtés et transférés sur le *USWarren*, navire transformé pour l'occasion en prison. Leur leader, Sam Roberts, fut lui aussi arrêté alors qu'il tentait de se rendre à Stockton. Le lendemain, un grand jury constitué de vingt-quatre citoyens établissait la responsabilité de dix-neuf inculpés ainsi que de leur leader. Tous furent jugés dans les vingt-quatre heures, sous divers chefs d'inculpation : conspiration, émeute, agression à main armée avec intention de donner la mort.

Le procès se déroula dans une atmosphère apaisée, les esprits ayant eu le temps de se calmer. Les témoins furent entendus, parmi lesquels l'un des Mexicains blessés pendant le raid, et les accusés bénéficièrent de l'assistance d'un avocat. Le comité de vigilance entendait faire les choses dans les règles.

Le chef du gang fut reconnu coupable de tous les chefs d'accusation, et huit de ses complices de l'un d'entre eux ou de plusieurs. Sam Roberts et un certain Saunders, l'un des Régulateurs les plus actifs, furent condamnés aux travaux forcés ainsi qu'à dix ans de réclusion dans un pénitencier de Californie. Sept accusés furent également condamnés aux travaux forcés, mais pour des périodes plus courtes. Les autres se virent infliger des amendes.

Pour des raisons demeurées obscures, ces décisions de justice ne furent jamais appliquées. Catherine, qui avait mené sa petite enquête, avait découvert que ces raisons n'étaient pas aussi obscures que d'aucuns voulaient le faire croire. Plusieurs notables de la ville entretenaient des complicités avec les Régulateurs ; ceux-ci exécutaient de temps à autre des raids visant à chasser des fermiers de terres convoitées par ces « respectables » citoyens. Avec le temps, ces notables s'étaient retrouvés dépassés par les événements et n'avaient plus été en mesure de contrôler leurs hommes de main.

Si les condamnations ne furent pas suivies d'effet, la prise en charge de la sécurité de la ville par un groupe d'hommes décidés avait suffi à faire comprendre aux malfrats que les beaux temps étaient passés pour eux dans la région de San Francisco. La plupart s'éclipsèrent vers d'autres cieux plus propices à leurs activités ; quelques-uns rentrèrent discrètement dans le rang.

Le comité de vigilance, créé en cette circonstance, était dès lors entré en sommeil. Mais il ne s'était jamais totalement désuni. Il avait continué à exister à la manière d'une société secrète avec mots de reconnaissance et signes particuliers. La présence des Sydney Ducks, et plus particulièrement l'affaire English Jim, avait amené ses membres à sortir de l'ombre. Et ils entendaient faire savoir à Catherine Tourneur, par l'intermédiaire de Samuel Brannan, qu'ils n'étaient pas prêts à laisser une journaliste leur mettre des bâtons dans les roues dans leur volonté de faire respecter la loi.

La jeune Française répondit fort aimablement à l'ancien mormon. Elle se dit ravie de constater qu'ils partageaient tous deux le même point de vue. En conséquence de quoi elle estimait pouvoir compter sur le soutien du comité pour faire toute la lumière sur l'affaire Berdue.

« Vous comprendrez qu'un journaliste, en particulier lorsqu'il porte jupon, peut difficilement s'aventurer dans l'antre des Sydney Ducks afin d'y traquer le véritable English Jim. Compte tenu de votre volonté de faire respecter la loi, je suis persuadée que vous aurez à cœur de ne pas laisser pendre un innocent. Vous qui possédez des forces vives en suffisance n'aurez donc aucune réticence à fouiller Sydney Town afin d'y débusquer celui qui, plus qu'un innocent, mérite la corde. »

Cette fois, Eddie n'avait pu qu'applaudir des deux mains à l'ironie de sa collaboratrice. D'autant qu'il voyait dans sa réponse une manière de s'assurer la protection que la jeune femme refusait de réclamer. Le comité avait déjà démontré que lorsqu'il voulait faire le ménage en ville, il savait s'en donner les moyens.

La routine quotidienne de Catherine Tourneur variait peu. Elle arrivait toujours au journal la première et en repartait la dernière. Elle s'était procuré une voiture tirée par deux chevaux, et c'est dans cet appareil qu'elle se déplaçait. Lorsqu'elle quittait le journal, elle n'avait pas perdu l'habitude de se rendre à l'orphelinat avant de rentrer à la Villa Yerba Buena.

Ce soir-là, elle quitta l'orphelinat après une nouvelle déception et reprit la route déserte qui menait à sa maison isolée. Elle en venait à songer qu'elle ne retrouverait jamais son fils et se prenait à espérer que ses ravisseurs s'efforçaient de le rendre heureux. Pourquoi enlever un nourrisson si c'était pour le maltraiter ? Elle ressentait toujours cette douleur au creux de la poitrine, mais commençait à éprouver également un sentiment qui ressemblait à de la résignation. Elle s'en voulait et s'efforçait de se consoler en songeant qu'un jour, peut-être...

Elle était plongée dans ses pensées quand elle poussa un cri. Un homme venait de bondir sur le siège de sa voiture. Elle pensa à une agression des Sydney Ducks, mais s'aperçut qu'il s'agissait d'un jeune Chinois. D'un geste, l'inconnu lui imposa silence tandis qu'il s'emparait des rênes de l'attelage.

— Que voulez-vous ? demanda-t-elle.

Mais l'homme posa une main sur ses lèvres pour la faire taire. Il murmura :

— Ne dites rien. Danger !

Tout en parlant, il fit faire demi-tour aux chevaux et les dirigea vers un endroit protégé, à la lisière de la ville. Là, il les arrêta. D'une voix basse, il dit :

— Vous n'avez rien à craindre de moi, madame Tourneur. Vous avez toujours défendu les miens dans votre journal. Et puis... vous m'avez sauvé la vie.

— Je vous ai sauvé la vie ? interrogea la journaliste qui sentait la peur se diluer.

Elle était étonnée par la fluidité de l'anglais du jeune homme.

— Dans les placers. Vous avez même écrit un article à ce sujet : « J'ai vu de mes yeux des hordes de forbans massacrer sans merci de malheureux Chinois... », vous vous souvenez ? Ce que vous ne dites pas dans votre article, madame Tourneur, c'est que vous les avez mis en fuite, ces forbans. Sans votre intervention, mon garçon et moi serions morts à l'heure qu'il est. Je vous en serai à jamais reconnaissant.

— Si vous vouliez m'exprimer votre gratitude, vous auriez pu passer au bureau pendant les heures d'ouverture plutôt que de m'occasionner pareille frayeur.

— Vous ne seriez probablement pas revenue au bureau, demain. Des Sydney Ducks vous attendent un peu plus loin sur la route.

Un frisson parcourut le dos de la jeune femme.

— Ils ont aussi prévu d'incendier les locaux du journal.

— Alors, nous devons y retourner immédiatement.

Le Chinois sourit.

— Mes amis s'y trouvent déjà, madame Tourneur.

— Comment avez-vous su... ? demanda la journaliste.

L'homme sourit.

— Vous l'ignorez, mais vous connaissez déjà mon fils. Vous l'avez surnommé Little Yes. Je m'appelle Suey Long. Il a surpris votre conversation au sujet de l'affaire Berdue et votre volonté de provoquer les Australiens. C'était de l'inconscience, si vous me permettez.

La jeune femme haussa les épaules. Le Chinois sourit.

— Mais Little Yes ne parle pas l'anglais, observa Catherine surprise.

— Si, presque aussi bien que moi, mais il était là pour vous protéger. Mon garçon s'y entend à merveille pour écouter et se faire oublier. Vous êtes une femme très courageuse, madame Tourneur.

La journaliste insista pour que Suey Long la ramène au journal sans plus tarder, mais le jeune homme lui fit remarquer que l'endroit risquait d'être dangereux pour elle. Elle lui montra les revolvers qu'elle gardait toujours à portée de la main.

— J'ai appris à me défendre, monsieur Long. Allons-y.

Suey Long fit une grimace, mais relança les chevaux en direction des locaux du *Yerba Buena Star*. Quand ils arrivèrent sur place, une fumée s'élevait de l'entrepôt. Plusieurs Chinois gisaient sur le sol. Leurs couteaux et leurs gourdins ne pesaient pas bien lourd face aux fusils des Australiens. Des coups de feu claquaient. Catherine saisit brusquement les rênes des mains de son protecteur et lança les chevaux dans la mêlée en ouvrant le feu. Surpris, les Sydney Ducks crurent à l'arrivée de renforts nombreux et prirent la fuite, poursuivis par les amis de Suey Long.

Catherine sauta à terre et se précipita vers la porte de l'entrepôt qui avait été forcée.

Un Chinois adressa quelques mots nerveux à Suey Long.

— Les Sydney Ducks étaient mieux armés qu'eux, expliqua le jeune homme. Mes amis n'ont rien pu faire pour les empêcher de pénétrer dans les locaux, mais ils ont déjà averti les pompiers. En attendant, à nous de jouer.

Les Chinois se dépensèrent sans compter, mais quand les pompiers arrivèrent, les flammes avaient gagné l'ensemble du bâtiment.

La ville de San Francisco avait l'habitude des incendies. Le plus souvent, ceux-ci étaient d'origine criminelle. Dans les premiers temps, des groupes de bénévoles s'étaient constitués pour les éteindre, mais une vive concurrence faisait rage entre eux. Il n'était pas rare que plusieurs formations s'affrontent pour s'adjuger le droit de combattre les flammes. De sorte que lorsque leur pugilat s'achevait, il ne restait plus rien des bâtiments incendiés. L'administration de la ville avait fini par réagir et prendre des mesures pour organiser un corps de pompiers rémunéré et efficace.

Pourtant, ceux-ci ne purent rien contre l'incendie. Les Sydney Ducks avaient pris la précaution de créer plusieurs foyers de départ et bientôt, il ne resta plus que des cendres de l'entrepôt. Le feu s'était développé avec une telle rage qu'il ne tarda pas à gagner d'autres immeubles et quand il fut enfin maîtrisé, après plusieurs heures d'efforts, une dizaine de bâtiments avaient été détruits.

Eddie Wallgreen était arrivé sur les lieux du drame. Il était effondré, mais il trouva une Catherine plus déterminée que jamais.

— Nous repartirons de zéro, déclara-t-elle. De toute façon, nous commencions à être à l'étroit, ici. Nous trouverons de nouveaux bâtiments, de nouvelles presses, et nous reprendrons notre combat.

Son jeune collaborateur fit la grimace. Décidément, rien ne réussirait jamais à apaiser la volonté de Catherine Tourneur de lutter contre le mal. Il savait que c'était pour elle une manière de rendre hommage à son défunt mari, mais il aurait préféré la voir tirer la leçon de l'incendie.

La journaliste et ses collaborateurs mesuraient encore l'ampleur des dégâts quand une jeune femme s'approcha de Catherine.

Isabelle François était une personnalité connue de toute la ville, désormais. Sa maison de jeu, le Gai Paris, était un lieu de rencontre pour tous les notables de la ville. Contrairement à la plupart des tripots de San Francisco, la Française n'ouvrait pas ses portes à la racaille. Elle opérait une sélection très rigoureuse de sa clientèle et ses décisions étaient sans appel. Des bruits couraient selon lesquels ses filles trichaient, mais personne n'avait jamais réussi à les prendre en faute. Depuis quelques mois, la jeune femme proposait, en plus du jeu, un spectacle inspiré des revues parisiennes, avec des jeunes personnes très déshabillées. Personne, pourtant, ne pouvait se vanter d'avoir jamais eu droit à leurs faveurs. Tout au moins pendant leurs heures de service. La maîtresse des lieux était très stricte en matière de moralité.

Catherine n'éprouvait malgré tout que peu de sympathie pour ce genre de personne et elle s'était attaquée à plusieurs reprises aux maisons de débauche en général, sans oublier d'inclure le Gai Paris dans la liste.

— Je sais que vous ne m'aimez pas particulièrement, lui déclara Isabelle François d'emblée. Je ne rate aucun de vos articles. J'aimerais vous démontrer que vous vous trompez sur mon compte.

Catherine écoutait la jeune femme, le front plissé et les mains sur les hanches. Isabelle sourit et reprit :

— J'apprécie votre campagne pour la défense de Thomas Berdue et j'aimerais vous aider. Je ne connais pas cet homme, mais j'ai entendu parler d'English Jim. Il a tenté plusieurs fois de forcer la porte de mon établissement. Il n'y est jamais parvenu et je suis surprise qu'il n'ait pas encore cherché à se venger. Cela viendra. Mais je sais où il sera, ce soir...

Catherine se départit aussitôt de son attitude hostile. La patronne du Gai Paris lui donna le nom de l'établissement où English Jim aimait à passer ses soirées à jouer l'argent volé dans la journée.

— Voilà plusieurs jours qu'il se terre, mais maintenant que ce Berdue a été condamné à sa place, il recommence à s'enhardir. Ce soir, il compte célébrer sa bonne fortune avec d'autres Ducks avant de quitter la ville. Il ne pourrait plus s'y déplacer à visage découvert, désormais. Les journaux ont trop parlé de ses signes particuliers. S'il restait à San Francisco, il serait condamné à ne jamais dépasser les limites de Sydney Town. Un homme comme lui finirait par devenir fou.

Après avoir consulté Eddie, la journaliste décida de transmettre l'information aux membres du comité de vigilance. Samuel Brannan l'accueillit avec beaucoup de froideur et non moins de scepticisme.

— J'aurais pu aller trouver les autorités de la ville, déclara la jeune femme. Mais c'est vers vous que je me suis tournée, parce que vous avez démontré votre capacité à réagir devant l'incurie de nos juges. Bien sûr, si vous ne voulez pas intervenir, je m'adresserai à eux, mais vous savez aussi bien que moi, sinon mieux, qu'ils sont pour la plupart de mèche avec les Australiens. S'ils apprenaient que je sais où se trouvera English Jim ce soir, ils n'hésiteraient pas à le faire prévenir et un innocent serait pendu, tandis que le vrai coupable irait commettre de nouveaux forfaits ailleurs. A vous de décider.

Le soir même, trois cents membres du comité de vigilance organisaient une descente dans Sydney Town. Après quelques échauffourées vite maîtrisées, grâce à leur nombre et à leur détermination, ils réussirent à s'emparer d'English Jim, qui se trouvait dans le tripot indiqué par Isabelle François.

L'Australien fut jugé et condamné à mort. Thomas Berdue fut rapatrié de Marysville et sa sentence annulée. Il retrouva la liberté et les citoyens de la ville de San Francisco organisèrent une souscription pour le dédommager des torts qu'il avait subis par leur faute. La confrontation avec l'imminence d'une exécution imméritée avait toutefois eu raison de la résistance mentale du malheureux Berdue. La dernière fois qu'il fut aperçu dans les rues de San Francisco, il paraissait avoir perdu la raison.

English Jim, quant à lui, fut exécuté le 11 juillet 1851.

Reconnaissante, Catherine se rendit au Gai Paris pour célébrer la libération de son protégé. Ce fut ce soir-là qu'elle fit la connaissance de John Vancamp. Le Hollandais était un habitué de l'endroit. Il avait commencé par perdre de grosses sommes, lors de ses premières visites, mais Isabelle François était tombée sous son charme et avait donné des instructions pour que ses pertes soient bientôt compensées par des gains équivalents.

John Vancamp avait acheté un terrain dans Montgomery Street et y avait fait bâtir une maison transportée de toutes pièces depuis New York, comme cela se pratiquait encore souvent à l'époque. Il y avait installé le siège d'une banque qui commençait à devenir l'une des plus florissantes de la ville, grâce au peu de scrupules du jeune homme.

Ce soir-là, John Vancamp tomba sous le charme de la journaliste et lui proposa l'aide de sa banque pour relancer son journal. Il se dit même prêt à investir des fonds dans l'aventure. L'homme fut d'emblée antipathique à Eddie Wallgreen, mais il ne déplut pas à Catherine Tourneur. Elle n'ignorait pas sa réputation de flambeur et d'homme d'affaires véreux, mais elle devait lui reconnaître un charme indéniable.

La journaliste songea que, pour la première fois, elle se sentait attirée par un homme qui ne présentait aucun point commun avec son défunt mari. Se pouvait-il qu'elle fût sur le chemin de la guérison ? En l'occurrence, si tel était le cas, elle ne savait pas si elle devait s'en réjouir ou le déplorer.

15

Catherine Tourneur se balançait dans son rocking-chair sur la terrasse de la Villa Yerba Buena. Elle ressentait une certaine mélancolie, ce soir-là. Elle ne pensait plus que rarement à Eugène. Dix ans, déjà, s'étaient écoulés depuis sa mort et la blessure s'était peu à peu refermée. Thomas ? Oui, il lui arrivait encore de songer à son fils, mais elle ne parvenait pas à se l'imaginer en enfant de dix ans. Elle conservait l'image d'un nourrisson dans son berceau. Le plus douloureux était d'accepter l'idée que si elle le rencontrait aujourd'hui, elle ne le reconnaîtrait même pas. Elle devrait voir son épaule pour savoir qu'il s'agissait de son fils. Et qu'éprouverait-elle en se trouvant face à lui ? Thomas était devenu un inconnu pour elle. Et lui, que ressentirait-il à son égard ? Serait-il capable de voir en elle une mère ? Toutes ces interrogations la torturaient et elle préférait les chasser de son esprit.

L'éperon traînait toujours sur son bureau, mais il lui arrivait d'être recouvert de monceaux de papiers et de journaux. Elle le retrouvait lorsqu'elle triait ses documents et, à chaque fois, elle se remémorait la douleur ressentie dans sa main lorsqu'elle l'avait serré entre ses doigts. Alors, toute la haine qu'elle avait éprouvée pour le meurtrier de son mari la submergeait à nouveau et il lui arrivait de sortir dans le jardin pour tirer quelques coups de feu sur des cibles sans conséquence. Le bruit des coups de feu et l'odeur de la poudre finissaient toujours par apaiser la souffrance.

Parfois, elle songeait à l'Indien Paiute qui lui avait permis d'arriver jusqu'à San Francisco. Elle ne l'avait jamais revu et le regrettait. A l'époque où il lui avait apporté une aide désintéressée, elle avait été incapable de le remercier comme elle l'aurait souhaité.

En somme, lorsqu'elle se tournait vers le passé, elle avait le sentiment que celui-ci appartenait à une tout autre vie.

La jeune femme porta ses regards vers la baie. Le San Francisco qu'elle avait connu semblait lui aussi appartenir à une autre vie. La ville avait subi de tels bouleversements ! Des escaliers en bois avaient même été installés pour permettre aux promeneurs de grimper jusqu'au sommet de cette Russian Hill où Catherine avait installé sa maison et où les Russes morts au début du siècle n'étaient plus ses seuls voisins, désormais.

Au crépuscule, les habitants de la ville aimaient gravir cette colline. La vue sur la baie y était magnifique. On apercevait, par-dessus une étendue de dunes, la Porte d'Or avec son sable blanc et ses eaux claires qui réfléchissaient la lumière rouge doré du soleil couchant. Un drapeau flottait en permanence sur le Presidio, permettant d'identifier Fort Point, où s'étaient établis les officiers de l'armée américaine, car la région était désormais protégée par des troupes régulières.

Vers le sud, on distinguait, par-dessus d'autres dunes, les murs blancs de la mission Dolores. La vieille église consacrée à saint François d'Assise se dressait toujours au milieu du village espagnol. Son intérieur était décoré d'autels en bois datant du XVIIIe siècle, œuvres d'artistes locaux. Le plafond était peint en ces teintes pastel dont les Mexicains étaient friands. A la gauche du chœur, une porte ouvrait sur le cimetière.

Loin d'être un endroit évocateur de souffrance ou de tristesse, le cimetière de la mission était un lieu de promenade apprécié de tous. Il y fleurissait en effet une végétation extraordinaire, ponctuée de statues édifiantes. Les gens aimaient venir se détendre au milieu de cette débauche de pins, de houx, de genévriers. Les pelouses étaient ornées d'azalées, de lis, de mousses, de fougères et de poinsettias, les sentiers bordés de massifs de pensées, de roses et d'hortensias. Des paniers débordant de fuchsias pendaient aux branches des arbres. Il y avait également des cactus, des hibiscus et bien d'autres espèces qui mêlaient allègrement leurs senteurs en un délicieux parfum grisant.

Les habitants de San Francisco appréciaient d'autant plus ce lieu que la ville était toujours dépourvue d'arbres.

Les voyageurs qui, telle Amelia Ransome Neville[1], découvraient San Francisco avaient bien du mal à imaginer qu'elle ait jamais pu être considérée comme la plus mal famée et la plus dangereuse cité du monde.

Aujourd'hui, la loi et l'ordre y régnaient. Non sans que le comité de vigilance ait encore eu à s'exercer. En 1851, un certain Jenkins avait dérobé un coffre dans un entrepôt de Long Wharf, mais il n'avait pas tardé à être repris alors que, s'enfuyant sur une barque, il venait de jeter son butin par-dessus bord. Cet homme était un meurtrier notoire. Anglais d'origine, il avait été exilé en Australie par les tribunaux britanniques pour divers crimes crapuleux. Il n'avait alors que seize ans. En rupture de ban, il était venu chercher fortune en Californie mais, le travail de prospection lui paraissant trop épuisant, il avait préféré puiser l'or dans les poches de ses concitoyens. Quelques heures après son arrestation, Jenkins était jugé, condamné et pendu.

A la suite de cet incident, le coroner avait établi que neuf membres du comité, dont aucun n'appartenait aux forces de police régulières, étaient responsables de la mort de Jenkins et devaient être traduits devant les tribunaux. Aussitôt, le comité avait publié un moratoire dans lequel il dévoilait la liste de ses cent quatre-vingt-trois membres, lesquels revendiquaient une responsabilité partagée dans l'exécution de Jenkins. Les jurés, ne pouvant concevoir de condamner autant de citoyens honorables, se déclarèrent incapables de statuer en la matière et l'affaire fut classée.

A cette occasion, le comité avait reçu le soutien inconditionnel du *Yerba Buena Star*, en dépit des récriminations de certains notables qui tiraient toujours des avantages substantiels des activités des Sydney Ducks. Si des citoyens cor-

1. Auteur d'un ouvrage sur son voyage à San Francisco en 1956.

rompus avaient exprimé leur mécontentement, Steve Blithe, lui, avait été ravi de voir affluer quantités de demandes d'encarts publicitaires émanant de commerçants séduits par le soutien du journal au comité de vigilance.

Ce dernier profita de la publication de son moratoire pour exposer la mission qu'il s'était fixée : faire respecter la loi sans la moindre défaillance ni céder aux pressions de quelque sorte que ce soit.

Après une telle déclaration de guerre, émanant d'hommes qui avaient démontré leur détermination, les Sydney Ducks, comme les Régulateurs avant eux, avaient préféré prendre le chemin de l'exil.

Considérées de l'étranger, où la presse avait couvert les événements, les actions du comité de vigilance étaient apparues comme des initiatives indignes d'une grande nation qui se prétendait démocratique. Mais, à San Francisco, les citoyens les plus respectables s'accordaient pour reconnaître que, sans le courage et le dévouement de ces hommes, la ville n'aurait jamais connu la paix.

Après avoir encore réglé quelques cas mineurs, le comité avait opté pour une forme d'action plus légale, en apportant son soutien à des politiciens honnêtes. Deux de ses membres avaient même été élus à la législature de l'Etat. Le 15 septembre 1851, cent jours après avoir montré qu'il convenait toujours de compter avec lui, le comité qui comptait désormais plus de sept cents membres avait, une nouvelle fois, décidé de rentrer dans le rang.

Désormais, San Francisco n'était plus seulement un lieu relativement sûr, mais une ville qui n'avait plus grand-chose à envier à ses consœurs de l'Est. Les chaussées n'étaient toujours pas pavées, mais des trottoirs en bois avaient fait leur apparition dans plusieurs rues, facilitant l'accès des boutiques aux devantures desquelles on pouvait, notamment, admirer de fines dentelles de Paris et de très jolis chapeaux pour dames. Les commerçants pouvaient, à juste titre, se vanter de proposer le choix le plus varié et le plus raffiné du pays.

Les femmes représentaient toujours une part infime de la population. La majorité d'entre elles restaient des filles de petite vertu. Leur nombre s'était encore accru en 1852, puis en 1853. La monarchie française avait en effet organisé deux grandes tombolas censées payer le passage vers la Californie à cinq mille indigents parisiens. En réalité, un nombre infime d'indigents avaient profité de ces occasions. Les loteries en question s'étaient avérées n'être, en réalité, que des attrape-nigauds, les gagnants étant pour la plupart des opposants au régime et des prostituées dont les royalistes entendaient débarrasser le sol français. Des milliers de gagne-petit s'étaient ainsi laissé prendre au piège et l'argent de l'achat des billets était allé remplir les caisses d'une monarchie qui redoutait de plus en plus un coup d'Etat visant à rétablir la république.

Les filles de joie qui arrivèrent à San Francisco, ces deux années-là, furent assez sottes pour reconnaître qu'elles constituaient la lie de la société française. En conséquence, les quelques honnêtes bénéficiaires des loteries préféraient éviter soigneusement de préciser la date à laquelle ils avaient franchi la Porte d'Or.

Les femmes respectables étant denrée rare, les filles de joie participaient activement à la vie sociale de la cité, en particulier les élégantes qui fréquentaient les maisons les plus luxueuses de Portsmouth Square. Celles-ci faisaient l'objet d'invitations régulières lors des bals masqués, où les hommes se réjouissaient rarement à l'idée de devoir danser entre eux par manque de partenaires féminines. Alors que, partout ailleurs dans le monde, les demi-mondaines s'efforçaient de suivre la mode lancée par les grandes bourgeoises, ici, la tendance était inversée. Il n'était pas rare, en effet, de voir des épouses parfaitement honorables adopter le dernier cri lancé par une prostituée notoire.

Washington Street abondait en restaurants, boutiques et saloons chinois. Les fils de l'empire du Milieu, qui avaient fui les tensions nées dans leur pays à la suite des désordres intérieurs, offraient toujours un spectacle exotique, vêtus de tuniques bleues, de sandales en coton léger et portant la queue-de-cheval traditionnelle imposée par les Mandchous à la suite de leur invasion de la Chine en 1644.

Avec l'aide financière de Catherine Tourneur, qui avait tenu à le remercier de lui avoir sauvé la vie, Suey Long et son fils, que la jeune femme continuait à appeler affectueusement Little Yes, avaient ouvert une blanchisserie – un secteur d'activité dans lequel les Chinois s'étaient illustrés dès 1851, lorsque l'un d'entre eux, un certain Wah Lee, avait inauguré la première vraie laverie de la ville. Une famille d'émigrés de l'Est, les Bergins, en avait largement bénéficié. Thomas Bergins et ses quatre fils avaient en effet construit la première fabrique de savon de la région et n'avaient pas tardé à approvisionner toutes les laveries chinoises.

A l'est de la toute nouvelle prison, située à l'ombre de Telegraph Hill, s'étendait le quartier chileno, où les émigrés menaient une vie beaucoup plus sereine que par le passé. L'*Euphemia*, l'épave de bateau qui avait servi de geôle dans les premiers temps, avait été remisée au rayon des curiosités. Un autre projet pénitentiaire consistait à établir une prison d'Etat à San Quentin, une bourgade distante de la ville d'une petite vingtaine de kilomètres par ferry.

Le spectacle des rues était presque aussi divertissant, désormais, qu'avait pu l'être celui de Broadway lorsque Catherine était arrivée à New York. On y croisait toutes sortes de personnages originaux au fil de la journée. C'était un assortiment pour le moins disparate d'habits en tout genre. A côté des élégantes qui faisaient venir leur garde-robe tout droit de Broadway ou de Paris, on trouvait des Mexicains avec leur poncho rayé jeté sur l'épaule, leur grand sombrero et une large ceinture à nœud écarlate, des Espagnoles en robe de coton aux couleurs chatoyantes et des Chinois, bien sûr. Les gentlemen portaient la barbe carrée ainsi qu'un chapeau de feutre qu'ils retiraient dans un large geste cérémonieux pour saluer les dames.

Les différentes communautés de la ville se côtoyaient sans heurts. Les Irlandais avaient élu les rues proches de l'église St Patrick comme centre de ralliement ; les Italiens se concentraient autour d'Union Street, les Français préféraient Jackson Street où ce fut toutefois un Italien,

Domingo Ghirardelli, qui fit construire la première chocolaterie ; quant aux Allemands, on les trouvait en nombre à l'extrémité de Montgomery Street, où était rassemblé l'essentiel des sociétés d'importation, des entrepôts et des salles des ventes. Chacun célébrait ses fêtes nationales avec pompe, ce qui donnait lieu à maintes réjouissances au fil de l'année.

Les commerces avaient eu tendance à se regrouper par spécialités. Ainsi, les joailliers étaient souvent voisins de joailliers, de même que les fabricants de chariots, les étameurs ou encore les forgerons.

Le port, lui, était encombré de marins venus de tous les horizons, ce qui ajoutait à l'aspect cosmopolite de la cité. Les officiers des différents corps d'armées qui se pavanaient dans leur uniforme impeccable apportaient au lieu une touche de folklore supplémentaire. Cette effervescence du port, qui commerçait régulièrement avec la côte atlantique mais aussi avec l'Amérique du Sud, la Chine et l'Europe, n'avait rien fait pour améliorer la sécurité du quartier.

Les besoins en hommes d'équipage étaient toujours nettement supérieurs aux offres de services. Rares étaient les marins désireux de trouver un nouvel engagement après avoir passé deux longues années sur un baleinier dans des conditions climatiques des plus rudes et baignant en permanence dans une odeur pestilentielle.

Pour pallier ce manque d'enthousiasme, les capitaines de navire avaient recours à des shanghaieurs[1].

Des groupes organisés se lançaient à l'assaut des bateaux dès l'entrée de ceux-ci dans la baie et entreprenaient d'offrir à boire aux marins trop crédules. Ils les incitaient à parler des épreuves du voyage, puis leur faisaient miroiter les avantages et le confort de pensions dont ils étaient les représentants mandatés. Quand le marin se retrouvait trop ivre pour conserver la moindre ombre de méfiance, les

1. L'expression est liée au fait que les premières victimes de cette pratique étaient embarquées sur des bateaux à destination de la Chine. Un voyage qui, entre l'aller et le retour, prenait de longs mois.

shanghaieurs n'avaient aucun mal à l'entraîner dans ces lieux de délice, qui n'étaient le plus souvent que d'infâmes bouges. Au bout de quelques jours, les dettes contractées par le marin, en raison de prix gonflés artificiellement, avaient pris une telle ampleur que celui-ci ne disposait plus que d'un moyen pour s'en acquitter : signer un nouvel engagement. Lorsqu'il avait remboursé tout ce qu'il devait, il ne lui restait plus grand-chose dans les poches et ce nouveau départ lui apparaissait presque comme un pis-aller.

Ceux qui résistaient aux chants trompeurs des shanghaieurs ne s'en sortaient pas nécessairement mieux. En effet, les tenanciers des pensions pour matelots s'étaient fait une spécialité de droguer leurs clients récalcitrants pour, ensuite, les transporter de nuit à bord de navires en partance. Quand les malheureux se réveillaient, ils se retrouvaient en pleine mer, engagés contre leur gré pour un voyage qui durerait de six mois à deux ans.

Bien entendu, les autorités, toujours aussi corrompues, n'intervenaient qu'exceptionnellement dans ces affaires, qui impliquaient des armateurs respectables.

La ville de tentes s'était développée à un rythme tellement effréné que sa population avoisinait désormais les soixante-dix mille âmes. La toile et le bois avaient été proscrits comme matériaux de construction, en raison des risques d'incendie ; les immeubles en brique et en pierre étaient conçus pour résister aux flammes qui avaient tant traumatisé les premiers habitants.

L'immeuble Parrot, qui se dressait à l'angle des rues Montgomery et California, faisait la fierté des San Franciscains. Son propriétaire, le riche banquier John Parrot, avait envoyé des navires en Chine, en 1852, pour en ramener les blocs de granit introuvables dans la région à l'époque. Ceux-ci étaient découpés sur place en blocs carrés avant d'être expédiés en Californie ; chacun de ces blocs était marqué d'un caractère chinois indiquant son emplacement dans la future bâtisse. De nombreux coolies avaient accompagné le granit et l'une des distractions favorites des gens de la ville, durant la construction de l'immeuble, avait consisté à les observer en train d'agencer les blocs en silence, dans leurs vêtements si particuliers, les pieds nus.

Dès 1853, les mineurs commencèrent à refluer des mines. Parmi eux, quelques jeunes architectes retournèrent à leurs premiers amours. S'inspirant de leurs années de formation dans l'Est, ils combinèrent celle-ci à l'inspiration de leur expérience de la Frontière et développèrent un style architectural propre qu'on ne tarda pas à qualifier de « Renaissance californienne ». Les Européens, de leur côté, introduisirent les toits mansardés et les grilles en fer forgé, ainsi que les motifs d'inspiration gothique. Ils ne dédaignaient pas non plus les dessins grecs et romains. Les immeubles commerciaux eux-mêmes commençaient à afficher une présentation plus luxueuse grâce à l'emploi du stuc.

A partir de 1854, la ville ayant imposé l'emploi de briques et de pierres, moins vulnérables aux incendies que la toile et le bois, quinze cents nouveaux immeubles sortirent de terre, avec des murs d'une épaisseur variant de soixante centimètres à un mètre.

La décoration des intérieurs, en revanche, laissait souvent à désirer. Amelia Ransome Neville fut tellement choquée par cette absence de goût qu'elle évoquerait dans son récit, *The Fantastic City*, un salon dans lequel trônaient un tapis noir orné de roses d'un gris lugubre, un divan en poil de cheval et une table en noisetier sur laquelle étaient fièrement exposées des fleurs en cire sous un globe de verre. A ses yeux, cet endroit était le salon funéraire idéal. Un autre ornement classique, en ce temps-là, consistait en des bibliothèques d'angle dont l'étagère supérieure était juste assez grande pour supporter un coquillage. Les tables basses étaient le plus souvent surchargées de livres aux tranches dorées à l'or fin, que chacun prenait bien soin de ne pas déranger, et encore plus de ne pas lire. Parmi ceux-ci, on pouvait être sûr de trouver *Bouquet d'immortelles*, un recueil de textes sentimentaux en prose et en vers qui, de toute façon, était nettement mieux adapté à l'exposition qu'à la lecture.

Les déplacements demeuraient le point faible de la ville. Seul un omnibus tiré par des chevaux permettait de se déplacer d'un endroit à l'autre sans avoir à marcher ou à utiliser sa voiture. L'un d'entre eux parcourait le trajet de North Beach au South Park, en empruntant les rues Stockton, Kearney et la 3e Rue. Le prix du billet était de vingt-cinq cents, que l'on parcourût un pâté de maisons ou l'ensemble du trajet. Un autre circulait jusqu'à la mission Dolores, au pied des Twin Peaks.

Un service de diligences avait été mis en place pour assurer les voyages à l'intérieur des terres, mais il parvenait difficilement à concurrencer le transport par steamers.

Si tout n'était pas encore parfait, la situation avait néanmoins connu une amélioration notoire. Les salles de spectacles s'étaient, elles aussi, multipliées et proposaient des divertissements dont la qualité tendait à s'améliorer au fil des ans. On disposait d'un choix divers et varié de programmes au Maguire's Opera House, au What Cheers, au Gilbert's, à l'Apollo ou encore au Bella Union, célèbre pour ses *minstrels shows*, des spectacles où des Blancs incarnaient des Noirs et interprétaient des chants nés dans les plantations. Autant d'endroits où s'était produite, à un moment ou à un autre, Lotta Crabtree.

Les mineurs avaient d'emblée été friands de spectacles, ce qui avait incité plusieurs compagnies à s'installer dans la région. Une pièce de Shakespeare était assurée de connaître le succès. Une compagnie française avait pris ses marques au National Theatre et la troupe de l'opéra français avait été l'une des premières à remporter un triomphe avec des œuvres du répertoire. En février 1851, des artistes italiens avaient monté, avec autant de succès, *Norma* et *Ernani*. Le premier magasin de musique avait ouvert ses portes dès 1850. Andrew Kohler y proposait toutes sortes d'instruments et de partitions, au milieu de bijoux et de parfums. C'était là que Catherine avait acheté le clavecin sur lequel elle régalait ses amis avec des œuvres de Couperin ou Lully.

Toutes les communautés avaient leurs spectacles, y compris les Chinois ; leur théâtre, importé tout construit, avait d'ailleurs été l'un des premiers lieux de divertissement fixe de la ville. La mystérieuse cacophonie de ses chants et de ses instruments si particuliers ne rencontrait toutefois guère de succès auprès des oreilles occidentales.

En 1852, San Francisco put même s'enorgueillir de la visite de la fameuse Lola Montes. L'artiste, plus célèbre pour sa beauté et ses frasques que pour son talent, avait profité de son séjour dans la ville pour épouser Pat Hall, patron de presse. Celle qu'on avait surnommée « la reine non couronnée de Bavière » à la suite de sa relation avec le roi Louis Ier, lequel l'avait élevée au rang de comtesse de Landsfeld, avait rencontré le journaliste pendant la traversée de l'Atlantique. Le mariage avait été célébré peu après leur arrivée à San Francisco. Deux années plus tard, l'incorrigible Lola abandonnait son troisième mari à ses préoccupations éditoriales et s'embarquait pour l'Australie.

Les dimanches étaient jours de fête à San Francisco. Tous les magasins y demeuraient ouverts. Dans les parcs de la ville, en particulier celui de Yerba Buena, on piqueniquait au son d'orchestres divers. Le South Park, au pied de Rincon Hill, où s'était établi une élite anglaise, était très prisé pour ses espaces floraux, mais seuls les résidents disposaient d'une clé d'accès et pouvaient franchir ses élégantes grilles en fer forgé.

Ce jour-là, tandis que Catherine Tourneur contemplait avec mélancolie le spectacle d'une ville métamorphosée, ses pensées la ramenèrent vers John Vancamp. Depuis près de six ans maintenant, elle entretenait une relation ambiguë avec le financier hollandais. Elle était devenue sa maîtresse peu de temps après leur rencontre et ne l'avait jamais vraiment regretté, en dépit des conseils de défiance d'Eddie et de Frank.

Eddie Wallgreen ne comprenait pas que son amie, qui avait un sens moral si développé quand il s'agissait de son métier, se compromette avec un homme d'affaires véreux comme Vancamp. Celui-ci n'hésitait jamais à se vanter, auprès de ses amis, des mauvais tours qu'il avait réussi à jouer à des clients trop naïfs. En matière de finance, le Hollandais n'avait qu'un seul souci, son profit personnel et, tout à fait accessoirement, celui de ses clients. Les seuls à n'avoir jamais à se plaindre de ses services étaient ceux qu'il n'aurait eu aucun intérêt à se mettre à dos.

Le sujet était souvent revenu sur le tapis entre les deux patrons du *Yerba Buena Star*. Le scénario de leurs échanges paraissait écrit à l'avance et connaissait peu de variantes.

« John est un financier, répondait la jeune femme. Il n'est pas pire que ses collègues. Seulement, lui ne le cache pas.

— C'est un cynique ! tonnait Eddie.

— S'il n'était pas un bon financier, il y a longtemps qu'il aurait perdu toute sa clientèle.

— Mais, bon sang, il sert comme un vil chien les plus fortunés de ses clients et saigne sans merci les plus pauvres ! »

Catherine n'avait rien à répondre à cela. Elle n'ignorait pas que son ami avait raison.

« Et quand un malheureux porte plainte contre lui, le juge donne toujours raison à cet escroc de Vancamp. Pourquoi ? Va consulter le compte en banque du juge, tu y trouveras sûrement un virement conséquent dans les jours qui suivent le procès. »

Catherine haussait les épaules en soupirant.

« Mais bon sang, Kate, qu'est-ce que tu lui trouves ?

— Eddie, tu n'aimerais pas ma réponse, alors je préfère la garder pour moi. »

En réalité, la jeune femme partageait l'opinion de son ami au sujet de la valeur morale du Hollandais, mais lorsqu'elle était tombée sous son charme, après l'affaire Berdue, elle ne lui avait pas résisté très longtemps. Et John lui avait révélé une facette de sa personnalité dont elle n'avait jamais soupçonné l'existence jusque-là. Si Eugène avait été un mari attentionné et parfait, il s'était toujours montré un amant délicat mais réservé et dépourvu d'imagination. John était tout le contraire. Catherine n'accepterait jamais de l'épouser, malgré les demandes répétées du Hollandais, car elle était parfaitement consciente qu'il ferait un époux exécrable. Mais en tant qu'amant, il était parfait et tant qu'il saurait combler ses désirs, elle n'était pas décidée à rompre avec lui.

« Voyons, Kate, insistait Eddie.

— Disons que j'ai aussi mes côtés cyniques », répondait la jeune femme.

Et, pour clore la discussion, elle ajoutait :

« Ecoute, Eddie, tu dois reconnaître que lorsque vous avez voulu attaquer John dans vos articles, les gars et toi, je ne vous en ai jamais empêchés... Et puis, lorsque les locaux ont brûlé, je n'ai pas accepté l'aide qu'il me proposait, parce que, pas plus que toi, je ne désirais être sa débitrice. Nous avons toujours gardé notre indépendance par rapport à John... N'est-ce pas le plus important ? Alors, s'il te plaît, tant que je ne vous imposerai pas de censure à son sujet, restons-en là de cette discussion. »

Généralement, Eddie Wallgreen se mordait les lèvres et changeait de sujet. Il ne tenait pas à se brouiller avec son amie. En 1854, il avait fini par épouser la fille d'un officier de cavalerie qui était, aux yeux de Catherine, l'épouse idéale pour son ami. Sandy Winnycott était douce, réservée, très investie dans les œuvres de charité et... elle aimait les romans de Fenimore Cooper.

Eddie n'avait pas été le seul à reprocher à Catherine sa liaison avec John Vancamp. Frank Bartleby était allé jusqu'à lui proposer le mariage si elle renonçait à cette relation contre nature.

« Voyons, Frank, tu oublies que tu es marié ? Que dirait Emily ?

— Emily n'est plus guère avec nous, Kate. Elle s'est enfoncée de plus en plus profondément dans la dépression. Elle ne cesse de citer Gregory en exemple à notre petit George. J'ai beau m'efforcer de le consoler, de lui expliquer... Maria, notre servante mexicaine, est la seule qui réussisse à l'apaiser dans les moments de crise. Si cela continue ainsi, le pauvre enfant va finir par perdre la raison à son tour. Tu sais, la vie devient insupportable au ranch.

— Tu devrais confier Emily à un institut spécialisé, Frank. Elle y recevrait les soins appropriés. »

L'Anglais avait fait la grimace.

« Un jour, peut-être, mais je veux qu'elle soit en de bonnes mains. Pour cela, il me faudrait l'envoyer dans l'Est et je ne me résous pas à la séparer des enfants.

— Tu l'aimes toujours, Frank, c'est évident. Mais tu devrais aussi penser à ton fils et à ta fille, pas seulement à Emily.

— Je sais. Ce que j'ignore, c'est où trouver la solution idéale à ce dilemme.

— Certainement pas dans le fait de me proposer le mariage, même si cela me touche énormément.

— Dans ton amour, Kate, je puiserais la force de prendre les mesures qui s'imposent. »

La jeune femme avait secoué la tête tristement.

« L'amour n'est pas un fortifiant, Frank. Cette volonté, tu dois la trouver en toi-même. Pas en moi, ni en aucune autre femme. Ce ne serait vivable pour personne. Ni pour Emily, ni pour moi... et je ne crois pas que ce le soit beaucoup plus pour toi.

— Pourtant, je t'aime, Kate. »

Devant les larmes qui perlaient aux yeux de l'Anglais, la jeune femme lui avait pris la tête dans les mains et, plongeant dans ses yeux, elle avait dit, presque en un murmure :

« Moi aussi, je t'aime, Frank, comme la plus dévouée et la plus fidèle des amies, mais ne m'en demande pas plus. Cela me ferait de la peine, car je ne pourrais te l'offrir. »

Frank Bartleby s'était en définitive résigné. Mais, la situation au ranch devenant toujours plus douloureuse, il était allé chercher sa consolation ailleurs. Il s'était mis à boire et à jouer.

Isabelle François, qui n'avait jamais pardonné à Catherine Tourneur de lui avoir ravi John Vancamp, l'homme sur lequel elle avait jeté son dévolu dès qu'elle avait posé les yeux sur lui, n'ignorait rien des liens qui existaient entre l'Anglais et la journaliste. Frank Bartleby étant bel homme, elle l'avait attiré dans ses filets et c'était désormais dans les bras de l'ex-demi-mondaine que celui-ci s'efforçait d'oublier une vie conjugale désespérante.

Cette liaison avait eu des effets positifs sur Frank Bartleby. Comme Isabelle François s'était employée à juguler les pertes au jeu de John Vancamp, elle avait réussi à amener petit à petit Frank à renoncer au jeu et à l'alcool.

Un nouveau drame devait toutefois frapper les Bartleby. Un jour de l'été 1855, le petit George, alors âgé d'une dizaine d'années, disparut, ainsi que Maria, la servante mexicaine. Malgré les recherches diligentes de la police, l'enfant demeura introuvable et Emily sombra définitivement dans la folie. Frank se résigna à la conduire dans l'Est. A Frankfort, en Pennsylvanie, il avait trouvé une institution où son épouse recevrait les soins qu'imposait son état.

A son retour en Californie, les cheveux de l'Anglais avaient entièrement blanchi.

16

Catherine Tourneur et Eddie Wallgreen exultaient. Ils tenaient en main les feuilles encore chaudes produites par l'usine de papier que Samuel B. Taylor avait fait construire près de la baie de Tomales, à une quinzaine de kilomètres au-dessus de Bolinas. La toute première usine à papier de Californie ! Dès qu'ils en avaient été informés, les directeurs du *Yerba Buena Star* s'étaient précipités pour évaluer la qualité du produit fabriqué. Elle était excellente.

En ce mois d'octobre 1856, une nouvelle ère s'annonçait pour les organes de presse de l'Ouest. Les deux amis voulaient être les premiers à l'inaugurer. Jusqu'à ce jour, les journaux californiens étaient imprimés sur toutes sortes de papier, le plus souvent de piètre qualité, et de toutes les couleurs, selon les disponibilités du marché. Parfois, il s'agissait de vulgaire papier d'emballage. Mais, tous étant logés à la même enseigne, les lecteurs ne faisaient pas la fine bouche.

La plupart des journaux avaient une durée de vie d'un an. Le *Yerba Buena Star* était une heureuse exception à la règle. Il devait sans doute sa longévité au fait d'avoir adopté une ligne éditoriale cohérente, qui avait l'heur de plaire aux honnêtes gens de la ville. Son refus du compromis lui valait une réputation d'honnêteté et d'objectivité, même parmi ceux qui ne partageaient pas toujours ses opinions.

— Désormais, jubila Eddie, nous allons pouvoir faire du vrai travail de professionnels. Nous n'aurons plus rien à envier aux grands organes de presse de l'Est.

— Oui, soupira Catherine, et j'espère que ce ne sera plus pour commenter des événements comme ceux de mai dernier.

Alors que, depuis près de cinq ans, tout le monde s'était imaginé que le comité de vigilance avait perdu sa raison d'être, la polémique autour de ses activités avait pris un tour nouveau à l'occasion de la campagne de presse déclenchée contre le sénateur David C. Broderick par James King of Williams dès le premier numéro de son journal, le *Bulletin*.

Broderick, fils d'un pauvre laboureur, s'était bâti une fortune en recourant à la corruption aussi bien qu'au chantage. Désormais, il avait acquis un tel pouvoir dans la région que nul ne pouvait espérer être élu à quelque poste que ce fût sans son adoubement ni sans avoir préalablement consenti à lui reverser une partie des émoluments engendrés par la charge convoitée.

Si le *Yerba Buena Star* ne s'était jamais montré tendre envers le sénateur, ses critiques faisaient pâle figure en comparaison des attaques en règle lancées contre Broderick par King. Pour l'éditeur du *Bulletin*, il s'agissait véritablement d'une croisade personnelle. N'était-ce pas sous la protection du sénateur que les Sydney Ducks avaient fait leur réapparition en ville au milieu de l'année 1855 ? N'était-ce pas par sa faute que San Francisco était en train de redevenir un lieu de crime et de débauche ? Pas moins de quatre cent quatre-vingt-neuf meurtres avaient été commis au cours de l'année en Californie, dont les deux tiers dans la seule ville de San Francisco. Il était grand temps que les citoyens se réveillent à nouveau.

Des hommes masqués détroussaient en plein jour les malheureux qui se trouvaient sur leur chemin. Les jours d'élection, les hommes de main de Broderick paradaient dans les rues afin d'intimider les citoyens appelés à voter.

Au nombre des protégés du sénateur, on trouvait un joueur italien, Charles Cora, propriétaire d'une maison de prostitution sur Pike Street qui proposait à sa clientèle les filles les plus avenantes de la cité – aux prix les plus élevés. Le 15 novembre 1855, Cora et sa maîtresse, Arabella Ryan, plus connue sous le nom de Belle Cora, assistaient à une représentation à l'American Theatre.

Ce soir-là, le marshal des Etats-Unis, le général W. H. Richardson, était de sortie en compagnie de son épouse et d'une amie de celle-ci. Indigné par la présence d'une prostituée notoire dans un lieu respectable, le général exigea que Belle Cora soit invitée à quitter la salle sans plus tarder. Le directeur du théâtre refusa de s'exécuter et ce fut le général qui s'en alla, outré, avec ses compagnes, non sans avoir échangé des propos acerbes avec Charles Cora.

Le lendemain, les deux hommes se rencontraient par hasard et décidaient d'oublier leur différend, mais après quelques verres d'alcool consommés pour sceller leur réconciliation, la discussion dégénérait à nouveau et Richardson promit à Cora de le gifler s'il venait à croiser à nouveau sa route.

Trois jours après la représentation, Richardson poussa la porte du Blue Wing Saloon, où Cora se trouvait appuyé au bar. En voyant le général s'avancer vers lui, Cora, qui avait déjà bu plus que de raison, saisit son Derringer et lui tira une balle dans le cœur. Le coroner établit que le meurtre était délibéré et que nulle circonstance atténuante ne pouvait être alléguée. Le joueur fut aussitôt arrêté et conduit en prison.

Sa maîtresse s'empressa d'engager une cohorte d'avocats, sous la férule du colonel Baker. Elle promit à ce dernier trente mille dollars pour défendre son homme. Et pour lui prouver sa bonne foi, elle lui régla sur-le-champ la moitié de la somme, en or.

En ville, personne ne doutait que Charles Cora serait acquitté. Le juge devait sa nomination à Broderick et les jurés seraient, à n'en pas douter, sélectionnés en fonction de leurs accointances avec le sénateur. Mais James King ne l'entendait pas de cette oreille. Il s'empressa de publier un éditorial dans lequel il exigeait la peine capitale pour le meurtrier. Dans les jours qui suivirent, King mit un point d'honneur à rapporter toutes les rumeurs qui se colportaient en ville, notamment que Cora s'évaderait grâce à la complicité de son geôlier, Billy Mulligan, ou encore que si ce plan échouait, en raison de la vigilance des honnêtes citoyens, un fond de trente à quarante mille dollars avait été constitué par les amis de Cora pour soudoyer les membres du jury. L'éditeur du *Bulletin* alla jusqu'à demander que le shérif soit pendu s'il ne limogeait pas le geôlier et que Cora réussît à s'évader.

Catherine avait suivi ces événements avec beaucoup d'attention. Tous ses collaborateurs s'étaient employés à faire la lumière sur cette sordide affaire. Chaque jour, un ou plusieurs articles solidement étayés dénonçaient la corruption de la municipalité et l'implication de Broderick dans ce déplorable état de choses. Mais à aucun moment le *Yerba Buena Star* n'avait dérogé à sa ligne d'objectivité, allant jusqu'à mettre en garde le *Bulletin* contre les risques de dérive d'une campagne abusivement violente.

James King avait toutefois provoqué un tel émoi dans la population que Cora fut appelé à comparaître moins de deux mois après les faits, un record de diligence pour les tribunaux de San Francisco. Le colonel Baker, impressionné par l'ampleur que prenait l'affaire, avait envisagé de renoncer à défendre l'accusé. Seulement, il avait perdu au jeu les quinze mille dollars que Belle lui avait versés à titre d'avance et se trouvait dans l'incapacité de rembourser sa cliente. Il n'avait donc d'autre solution que d'assumer une charge qu'il estimait, désormais, avoir acceptée bien à la légère.

Les prédictions de l'éditeur du *Bulletin* se confirmèrent rapidement. Après quarante-deux heures de délibération, le jury se déclara incapable de statuer sur le cas qui lui était présenté. Un deuxième procès devrait donc avoir lieu, mais nombreux étaient ceux qui doutaient qu'il pût jamais se tenir.

Dès le lendemain, King reprenait sa plume pour mettre en cause l'intégrité des jurés – ce qui ne surprit personne. Mais le ton de son article était plus modéré et sa réflexion plus profonde qu'à l'accoutumée. Et ce fut cette modération et cette profondeur, justement, qui lui valurent d'exercer un impact plus puissant que jamais sur l'esprit des gens. King annonça que jamais la loi ne réussirait à être appliquée à San Francisco. N'importe qui y risquait sa vie à chaque instant. Il était devenu déraisonnable de se risquer sans arme dans la rue.

« Un jour, prophétisait-il, les gens en auront assez de tant de crimes impunis et ils renoueront avec la loi du juge Lynch. Nul n'y pourra rien. Et ce jour-là, un homme risquera d'être pendu sur un simple soupçon. »

Les attaques de King commençaient à devenir gênantes. L'un de ses principaux ennemis n'était autre que James P. Casey, un supporter de Broderick parmi les plus ardents. Editorialiste dans un hebdomadaire, Casey avait récemment été contraint de reconnaître qu'il possédait un casier judiciaire lourd, ayant notamment passé dix-huit mois à la prison de Sing-Sing pour vol. Tous les journaux avaient fait écho à cet aveu, mais une fois encore, King s'était acharné contre le protégé du sénateur.

Les tensions entre les deux hommes devinrent si aiguës que des amis de Charles Cora virent dans ce duel par journaux interposés l'occasion idéale pour détourner les feux de l'actualité du sort de l'assassin du général Richardson. Casey n'aurait sans doute jamais poussé sa passe d'armes avec King au-delà de cet échange d'invectives, mais ces mauvais esprits réussirent à le convaincre qu'il n'existait qu'un seul moyen pour lui de laver son honneur : tuer James King of Williams.

Dès le lendemain, Casey alla attendre le journaliste à la porte de l'immeuble du *Bulletin* et lui tira dessus à bout portant. Il alla ensuite se constituer prisonnier et, après un bref passage par la cellule du poste de police, il fut transféré dans la geôle du comté, sur Broadway. Là, les policiers étaient convaincus qu'il leur serait plus aisé de le protéger de la vindicte populaire.

L'agression avait eu lieu à dix-sept heures, alors que les rues étaient pleines de monde. Une heure plus tard, la nouvelle de l'attentat perpétré par Casey avait mis toute la ville en émoi. Peu après dix-neuf heures, la geôle fut prise d'assaut par une foule en fureur de plus de dix mille personnes. En l'absence d'un leader, ces citoyens révoltés furent incapables de s'emparer du prisonnier. Toutes les forces de l'ordre étaient sur le pied de guerre et deux troupes de miliciens avaient été appelées en renfort.

Au matin, la foule se dispersa après avoir été informée que l'état de l'éditeur du *Bulletin* s'améliorait. King n'était sans doute pas le personnage le plus populaire de San Francisco, mais son courage et son honnêteté lui avaient rallié les suffrages de tous ceux qui étaient lassés de voir leur ville redevenir « la plus mal famée du monde ».

Pendant ce temps, une réunion secrète rassemblant presque tous les anciens de 1851 avait été organisée sous la présidence de William T. Coleman. Le comité de vigilance venait de renaître de ses cendres et il le fit savoir en publiant un moratoire en tous points semblable à celui inspiré par l'affaire Jenkins. Plus d'un millier de personnes se dirent aussitôt prêtes à rejoindre ses rangs pour quelque mission que le comité voudrait leur confier. Avant la fin de la journée, ce nombre avait doublé. Les miliciens appelés en renfort pour garder la prison adressèrent, comme un seul homme, leur démission au gouverneur avant d'aller grossir, à leur tour, les troupes du comité.

La majorité des habitants de la ville approuvaient l'initiative de Coleman et de ses hommes. Elle leur apparaissait comme la seule solution envisageable aux fléaux qui avaient de nouveau frappé la ville. Les élus ne pouvaient bien évidemment pas se ranger à cet avis – tous étaient des hommes de paille du sénateur Broderick. Ce dernier, en politicien avisé, se garda bien d'émettre le moindre avis sur la question. Il redoutait de s'attirer les foudres de la population et de compromettre ses chances de réélection. Il préféra donc quitter San Francisco pour aller séduire de nouveaux électeurs dans d'autres villes de Californie.

Un seul quotidien, le *Herald*, prit position contre les menées du comité. Trois ans s'écouleraient avant que l'on apprenne, de l'aveu même du sénateur, que celui-ci avait soudoyé la direction du journal. En attendant, des centaines de copies du *Herald* furent brûlées dans Front Street et de nombreux annonceurs cessèrent d'y insérer leurs publicités.

Quelques voix isolées d'honnêtes citoyens se firent entendre pour mettre leurs concitoyens en garde contre le risque de dérive de ce genre d'initiative sauvage. Parmi celles-ci, la plus tonitruante était celle d'un banquier, William T. Sherman[1].

La vie de la ville semblait suspendue aux bulletins de santé de James King. Les membres du comité, de leur côté, ne restaient pas inactifs. Ils se procurèrent toutes les armes et munitions disponibles dans les armureries de la ville et allèrent jusqu'à s'emparer de celles qui étaient conservées à l'Arsenal d'Etat. Là, ils firent également main basse sur deux pièces d'artillerie.

Les médecins ayant annoncé que l'état de King leur paraissait désormais désespéré, William T. Coleman fit acheminer les deux canons jusqu'aux abords de la prison. Là, il ordonna qu'ils soient chargés jusqu'à la gueule. Ensuite, il alla demander que James P. Casey et Charles Cora lui soient remis. Le shérif Scannel, qui ne disposait guère que de quarante hommes, ne put qu'accéder à sa demande et les deux prisonniers, dûment menottés, furent conduits au quartier général du comité, dans Sacramento Street. Presque tous les citoyens de la ville accompagnèrent le cortège martial.

Six jours après avoir été agressé par Casey, James King of Williams mourait de ses blessures. Son meurtrier fut aussitôt jugé, dans les règles de l'art, par les membres du comité. Reconnu coupable de meurtre avec préméditation et sans circonstances atténuantes, il fut condamné à la peine capitale. Cora connut le même sort pour le crime du général Richardson.

Entre quinze et vingt mille personnes suivirent l'éditeur du *Bulletin* jusqu'à sa dernière demeure. A leur retour en ville, les corps de Casey et Cora se balançaient aux fenêtres du quartier général du comité. Avant d'exécuter Charles Cora, Coleman l'avait autorisé à épouser Belle.

Dépassé par les événements, le gouverneur Johnson déclara la ville de San Francisco en état d'insurrection. Il

1. Le futur général Sherman.

ordonna au président du comité de vigilance de déposer les armes et de démanteler son organisation. Au lieu de se soumettre, Coleman transforma son quartier général en un véritable camp retranché. Il ordonna que l'immeuble soit entouré de sacs de sable, ce qui vaudrait à celui-ci le surnom de Fort Gunnybags[1]. Les mutins étaient ainsi prêts à faire face à n'importe quel assaut, d'autant qu'ils possédaient les deux seuls canons de la ville.

Le gouverneur demanda l'intervention de l'armée de terre et de mer, mais les officiers des deux corps refusèrent d'obéir sans un ordre formel de leur hiérarchie. Le président des Etats-Unis, Franklin Pierce, lui-même, refusa d'accorder son aide au gouverneur. Ce dernier nomma alors William T. Sherman, qui s'était couvert de gloire pendant la guerre contre le Mexique, général de division de la milice et commandant en chef de toutes les compagnies de volontaires.

Ecœuré par le refus du gouverneur de faire appel à des troupes d'autres parties de l'Etat, Sherman démissionnait au bout d'une semaine. Son remplaçant, Reuben Maloney, un séide de Broderick, tenta d'introduire en ville des armes et des munitions, mais le bateau qui les transportait fut arraisonné par les hommes du comité et l'ensemble de la cargaison ramené à Fort Gunnybags.

Coleman ordonna alors à un policier du comité, Sterling A. Hopkins, d'aller arrêter Maloney en se faisant seconder par deux adjoints. Se méprenant sur les intentions de Hopkins, le juge Terry, un membre de la Cour suprême qui se trouvait en compagnie de Maloney au moment de l'arrestation, frappa le malheureux Hopkins d'un coup de couteau dans la gorge. Ramené à Fort Gunnybags par les adjoints de Hopkins et des citoyens venus spontanément à la rescousse des hommes du comité, Maloney fut expulsé de la ville. Quant au juge Terry, il passa en jugement. Son procès dura sept semaines et vit défiler cent cinquante témoins. A son terme, sa victime n'étant pas décédée, le

1. *Gunnybag* : sac de sable.

comité le condamna à renoncer à sa charge auprès de la Cour suprême.

Au cours des mois suivants, le comité n'eut plus guère à s'occuper. Deux autres crimes furent jugés et leurs coupables exécutés, après procès. Au terme de sa mission, le comité avait pendu quatre hommes et en avait exilé vingt-six. Entre cinq et huit cents malfaiteurs avaient préféré quitter la ville de leur propre initiative plutôt que d'encourir les foudres de ces incorruptibles justiciers. Quant aux politiciens, ils paraissaient avoir compris le coup de semonce qui leur avait été adressé.

L'ordre ayant été rétabli, le comité rendit le gouvernement de la ville aux élus du peuple. Le 18 août, la population assista à un impressionnant défilé. Plus de huit mille hommes allèrent ranger leurs armes dans l'arsenal de Fort Gunnybags avant de retourner en bon ordre à leurs activités respectives. Quelques volontaires furent affectés à la garde du fort jusqu'au 1er septembre où, aucun nouveau trouble n'ayant été déploré, ils furent relevés de leurs fonctions. Les couleurs du comité furent amenées et les sacs de sable disparurent à leur tour. Le 3 novembre, les armes et les munitions étaient restituées au gouverneur, qui leva aussitôt l'état d'insurrection.

Pendant un mois après la mort de Charles Cora, son épouse Belle ne quitta pas la chambre. Quand elle se décida en définitive à en sortir, ce fut pour vendre sa maison close. Elle mena par la suite une vie de recluse, ne voyant plus personne hormis son personnel de maison.

Tandis qu'ils regagnaient San Francisco après leur visite à l'usine de papier, Eddie paraissait sombre.

— Quelque chose te tracasse ? demanda Catherine.

Le jeune homme sourit.

— Cela n'a rien à voir avec le papier, dit-il. Bien au contraire, l'initiative de Taylor est une aubaine pour nous tous. Depuis que notre vieil entrepôt a flambé, nous disposons de nouveaux locaux que beaucoup de nos confrères nous envient. Notre équipe s'est étoffée et les ventes ne cessent de grimper. En plus de ça, demain, nous sortons notre premier numéro sur un papier de qualité. La vie est belle, non ?

— Des ennuis avec Sandy ?

— Non, Kate, de ce côté-là aussi, tout va bien, sinon que nous voudrions un enfant et que depuis deux ans... mais c'est une question de temps et de patience. Non, je repensais à ta réflexion de tout à l'heure, quand j'ai dit que nous allions enfin travailler comme des professionnels. Tu as répondu : « J'espère que ce ne sera plus pour commenter des événements comme ceux de mai dernier. »

— Oh, fit la jeune femme, il m'arrive de voir les choses de façon un peu sombre, tu sais.

— Ce n'est pas ça, Kate. Je sais que ce qui t'intéresse au premier chef, dans le journal, ce sont les faits politiques et sociaux, mais est-ce qu'il t'arrive de lire la page des faits divers ?

— Où veux-tu en venir, Eddie ?

Le jeune homme retira son chapeau et se gratta la tête.

— J'ai, récemment, passé en revue tous ceux de l'année dernière.

Il rit.

— Oui, il m'arrive d'avoir des insomnies. Eh bien, figure-toi que j'ai noté que la ville enregistrait une moyenne de trois à quatre suicides par mois. J'ai aussi noté plusieurs meurtres inexpliqués... des familles entières assassinées... parfois, c'est le père qui tue les siens avant de se suicider, parfois... eh bien, on n'en sait rien.

Il fit la grimace.

— Tu comprends, Kate, je ne parle pas de crimes comme ceux que commettaient les Australiens ou les Régulateurs. Non, plutôt... comme des accès de folie.

Catherine Tourneur observait son ami avec curiosité.

— Et... ?

— Je ne sais pas, dit-il. Je me demande parfois s'il n'y a pas quelque chose qui cloche dans cette région. Je sais, cela peut paraître idiot...

— Tu penses à une intervention surnaturelle ? demanda Catherine.

Il n'y avait aucune nuance de moquerie dans sa voix. La jeune femme appréciait trop Eddie pour se moquer de lui alors qu'elle le sentait bouleversé.

Le jeune homme rit à nouveau.

— Oui, quelque chose comme ça. La vengeance d'un dieu ohlone ou miwok pour nous punir de leur avoir volé leurs terres.

Il secoua la tête.

— Non, plus sérieusement, combien de tremblements de terre avons-nous subis depuis notre arrivée, Kate ? Tu arrives encore à les compter ? Je l'ai fait, moi ; sur ces cinq dernières années, j'en ai dénombré pas moins de soixante. Certains ne sont que des secousses insignifiantes. D'autres, malheureusement, occasionnent nettement plus de dégâts. Nous leur devons quelques incendies particulièrement dévastateurs.

Eddie retira à nouveau son chapeau et recommença à se gratter la tête.

— Parfois, je me demande si toutes ces secousses ne tapent pas sur les nerfs des gens. Est-ce que nous n'avons pas peur, inconsciemment, du jour où un séisme se révélera particulièrement meurtrier ? Est-ce qu'un jour, l'un d'entre eux ne détruira pas l'ensemble de la ville ?

C'est très sérieusement que Catherine répondit :

— Parlons d'autre chose, veux-tu, Eddie ? Parfois, tu me fais peur avec tes prémonitions.

— Oh, ce ne sont que des bêtises, Kate. Les résultats absurdes de nuits d'insomnie.

— Alors, tu devrais prendre quelque chose pour dormir, vieux, sinon c'est moi qui vais me mettre à passer des nuits blanches.

Les deux amis partirent d'un grand éclat de rire.

17

Isabelle François n'était pas une femme heureuse. Elle possédait tout ce dont elle avait jamais rêvé, et même plus, or elle n'était pas heureuse. Le Gai Paris séduisait la meilleure clientèle de la ville. Les caisses se remplissaient régulièrement tous les soirs, depuis le jour de l'inauguration, et la fortune que lui avait léguée le juge Malot fructifiait au-delà de ses espérances. A en juger par l'estime que lui portaient les gens, elle avait même acquis cette respectabilité qui lui paraissait hors de portée lorsqu'elle avait quitté Paris.

Elle n'avait cessé d'apporter embellissement sur embellissement au Gai Paris, lequel était considéré comme l'un des lieux de distraction les plus attrayants de la ville. Elle y avait même introduit des spectacles parmi les plus courus. Certes, elle avait eu quelques ennuis avec la municipalité le jour où elle avait ajouté le cancan aux danses habituelles ; des esprits bien-pensants avaient poussé des hauts cris et parlé d'indécence. Mais lors de sa comparution devant le juge, tant de citoyens respectables s'étaient spontanément présentés pour déclarer qu'ils étaient des clients assidus de l'endroit et qu'ils ne trouvaient rien à redire à cette danse venue de Paris que le juge aurait été bien en peine d'inculper la jeune femme pour atteinte aux bonnes mœurs. D'ailleurs, lui-même n'était pas le dernier à applaudir au spectacle.

Tout aurait donc dû être pour le mieux dans le meilleur des mondes ; pourtant, l'ancienne demi-mondaine était souvent victime de crises de mélancolie. La seule chose qu'elle n'avait pas prévue, lors de son arrivée à San Francisco, s'était produite. Elle qui avait toujours su maîtriser les élans de son cœur était tombée amoureuse d'un homme, or celui-ci en aimait une autre. John Vancamp était un financier sans scrupules, elle ne l'ignorait pas, mais valait-elle beaucoup mieux que lui ? Certes, elle avait adopté un nouveau genre de vie, mais sur quoi sa réussite était-elle fondée ? Elle ne se sentait plus trop bien lorsqu'il lui arrivait de penser au juge Malot. Le Hollandais, lui, n'en avait que pour Catherine Tourneur. Isabelle aurait aimé haïr cette jeune femme, mais elle respectait trop son honnêteté et son engagement pour arriver à la détester.

Lorsqu'elle avait appris que John était devenu l'amant de la journaliste, elle avait voulu blesser sa rivale. Connaissant les liens d'affection qui unissaient Catherine et Frank Bartleby, elle s'était employée à attirer celui-ci dans ses filets, mais cela n'avait pas paru affecter le moins du monde Catherine Tourneur. Frank n'était qu'un ami pour elle. Un ami cher, mais rien de plus.

Quant à l'Anglais, c'était un être bienveillant, mais rongé par des démons auxquels Isabelle n'avait jamais réussi à le soustraire. Elle connaissait ses drames : une épouse internée, un fils mort dans les neiges de la sierra Nevada et un autre qui avait probablement fugué avec sa nounou pour fuir les crises de démence de sa mère. Elle avait cru pouvoir lui apporter du réconfort. Elle s'était persuadée que, le temps passant, Frank retrouverait le goût des plaisirs, mais elle s'était leurrée. Il n'y avait pas être plus torturé et douloureux que lui. Certes, il lui était fidèle, il la comblait de présents et d'affection, mais il paraissait toujours tellement absent que même sa tendresse était source de tourment pour Isabelle.

La jeune tenancière du Gai Paris souffrait d'une profonde solitude. Quand on dirige un établissement comme celui-là, on possède énormément de connaissances, de relations, mais fort peu d'amis. Oh, bien sûr, les hommes qui lui faisaient la cour n'étaient pas rares, mais le plus souvent ces individus ne voyaient en elle qu'une fille avec qui ils espéraient se payer du bon temps. Seulement, Isabelle avait tourné la page sur ses années parisiennes. Elle n'était plus une demi-mondaine et ne tenait pas à le redevenir, même pour briser sa solitude. Et puis, même si Frank n'était pas le partenaire idéal, elle le respectait et nourrissait pour lui une affection vraie.

La tendresse qui lui faisait défaut, elle la trouvait ailleurs. Il ne lui avait pas été bien difficile de comprendre que Manon éprouvait plus que de l'amitié pour elle. Longtemps, elle avait fait mine de ne pas s'en apercevoir, mais un soir où elle avait ressenti la dépression avec trop de force, elle avait ouvert la porte de sa chambre à son amie. Manon, qui lisait en Isabelle comme en un livre ouvert, n'avait pas été dupe, mais elle vouait à cette jeune femme qui l'avait arrachée à la rue un amour sincère et elle espérait qu'avec le temps, celui-ci serait payé en retour. Elle avait trop vécu et elle connaissait trop les choses de l'amour pour éprouver la moindre jalousie.

Alors, quand Isabelle François était submergée par un excès de mélancolie, elle allait chercher dans les bras de son amie cette tendresse qui lui avait toujours fait défaut. Manon savait prendre le temps de la cajoler. Elle lui parlait toujours avec une telle douceur, dans ces moments-là, qu'Isabelle en venait à oublier que ce n'était qu'une compensation qu'elle recherchait auprès de son amie. Et quand les caresses de Manon se faisaient plus insistantes, elle savait y trouver le plaisir qu'elle n'éprouvait que rarement avec Frank. Cependant, le réveil était souvent douloureux, quand elle prenait conscience que ce n'était pas sur une femme, aussi aimante fût-elle, qu'elle aurait aimé ouvrir les yeux, mais sur un homme qui ne s'intéressait pas à elle.

John Vancamp n'était, somme toute, guère plus heureux qu'Isabelle François. L'homme d'affaires hollandais n'avait rien d'un sentimental, mais il supportait mal de ne pas réussir à faire tomber les dernières barrières que Catherine Tourneur dressait entre eux. Il savait que la jeune femme aimait faire l'amour avec lui, mais il n'ignorait pas qu'elle ne lui offrait que son corps et en aucun cas son cœur. Certes, il avait déjà vécu semblable situation avec Reine Van Dijck, qui se partageait entre son oncle et lui, et cela ne l'avait nullement perturbé : en ce temps-là, lui-même ne recherchait que le plaisir des sens auprès de cette jeune arriviste. En outre, l'idée de faire porter des cornes à son oncle n'était pas pour lui déplaire. Il en allait tout autrement avec Catherine. La journaliste lui en imposait par sa forte personnalité et sa respectabilité.

John savait que le refus de Catherine de l'épouser était comme une tare qui l'accablait aux yeux de la bonne société de San Francisco. La réticence de la journaliste à s'engager plus avant dans leur liaison ne laissait aucun doute sur l'opinion qu'elle se faisait de l'homme d'affaires. S'il parvenait à lui passer la bague au doigt, il bénéficierait de l'aura d'honnêteté qui entourait la jeune femme et cela ne manquerait pas d'avoir des répercussions positives sur son commerce. Et puis, Vancamp ne supportait pas qu'on lui résiste. D'autres auraient sans doute renoncé, mais lui aurait considéré cela comme un échec personnel. Il s'entêtait donc et trouvait dans la gestion de ses affaires la consolation à cette situation plus pénible pour son orgueil que pour son cœur.

Pour l'heure, John Vancamp avait toutefois des raisons de se réjouir. Au milieu des années cinquante, la région s'était trouvée plongée dans une profonde dépression. Les mines ne produisaient presque plus d'or et de nombreux banquiers avaient mis la clé sous la porte. La situation avait suscité tant d'inquiétudes que les gens avaient parlé d'un vendredi noir. Mais John s'en était plutôt bien tiré. Il avait su profiter des leçons de son oncle et n'avait jamais commis l'imprudence de placer tous ses œufs dans le même panier.

A présent que la décennie s'achevait, une nouvelle ère de prospérité s'annonçait. Vers la fin de l'année 1859, des mineurs avaient étendu leur quête d'or en direction du Nevada, qui était encore assimilé à la Californie. Dans un premier temps, les filons mis au jour avaient suffi à combler leurs espérances, mais plus le travail progressait, plus l'opération de triage se trouvait compliquée par la présence d'un matériau bleuté.

Un vieux prospecteur, Henry Comstock, avait finalement identifié le nouveau minerai. Il s'agissait d'argent. Bientôt, la région avait assisté à une nouvelle ruée, cette fois en direction du mont Davidson et de Virginia City.

Trente-sept compagnies avaient rapidement investi les mines. Comstock et ses trois partenaires vendirent leurs titres de propriété pour une somme misérable. John Vancamp n'avait pas laissé passer sa chance. Les filons se révélèrent vite un bon investissement. Mais l'accès aux dépôts les plus riches posait problème. De nouvelles techniques de prospection devenaient nécessaires. Il convenait de creuser profondément et les mineurs devaient endurer des températures proches des cinquante degrés tout en travaillant dans des tunnels qui risquaient à tout moment l'inondation.

John Vancamp avait pris soin de se renseigner sur les perspectives d'avenir du gisement. Il avait ainsi appris qu'elles étaient considérables, mais qu'il serait bientôt très difficile aux prospecteurs individuels de l'exploiter faute des moyens techniques nécessaires. Il avait donc proposé aux prospecteurs des prêts à des taux inférieurs à ceux du marché de l'ordre de un à trois pour cent. Lorsque les filons accessibles cessèrent d'être rentables, il avait exigé d'être remboursé. Comme ses débiteurs étaient dans l'impossibilité de le faire, ils lui avaient cédé, l'un après l'autre, leur titre de propriété. L'affaire lui avait rapporté près de deux millions de dollars.

John Vancamp se mit dès lors à investir dans le développement de la ville. Il acheta un théâtre et y installa à demeure une troupe française. Il fit bâtir l'un des hôtels les plus élégants de la ville sur Montgomery Street. Il se fit construire une maison sur Nob Hill, dans la plus pure tradition de la Renaissance californienne. Il prit des parts dans diverses industries, notamment la fabrication de cigares à partir de tabacs importés de Cuba. Vancamp s'efforçait par tous les moyens de gagner l'estime de Catherine, mais la jeune femme n'ignorait rien des biais qui lui avaient permis d'accumuler sa fortune et il avait beau s'efforcer de s'acheter une respectabilité, rien ne réussissait à infléchir la journaliste.

Celle-ci savait que si Vancamp s'appliquait à prendre une position de plus en plus importante dans la vie sociale de la ville, il ne négligeait pas pour autant ses investissements dans les mines d'argent. Lorsqu'il avait acquis les titres de propriété des prospecteurs incapables de rembourser leurs emprunts, il avait monté une société écran. C'était elle désormais qui exploitait la plupart des gisements de ce que tout le monde appelait le filon Comstock. Le Hollandais savait que tôt ou tard les moyens techniques sophistiqués auxquels son entreprise avait recours ne permettraient pas de pousser plus avant l'exploitation du gisement. Il fallait descendre toujours plus loin sous terre et les risques augmentaient en proportion de la profondeur des couches exploitées.

Vancamp n'hésita pas à investir de fortes sommes pour se donner les moyens de faire fructifier son investissement. Mais plus les mécanismes étaient complexes, plus ils étaient fragiles et plus les pannes étaient fréquentes.

Il s'adressa alors à un ingénieur venu de l'Est, qui lui conseilla de faire installer des systèmes de ventilation permettant d'abaisser la température dans les tunnels et d'évacuer l'air vicié. Des pompes faciliteraient en outre le dégagement de l'eau dans les chambres souterraines. Grâce à l'installation de remontées mécaniques, le minerai serait ramené plus rapidement à la surface pour être dirigé à moindres frais vers les centres de traitement.

Ce fut vers cette époque qu'un jeune ingénieur juif d'origine prussienne proposa un système d'exploitation révolutionnaire qui enthousiasma le Hollandais. Son idée consistait à creuser, à quelque cinq cents mètres de profondeur, un tunnel sous le mont Richardson ; ce tunnel traverserait littéralement la veine d'argent. Outre qu'il était ingénieux, le plan de Sutro était de loin le moins onéreux. Il était également celui qui coûterait le moins cher en vies humaines, car de nombreux mineurs étaient victimes des gaz qui envahissaient parfois les tunnels de manière soudaine.

Toutefois, en étudiant le projet de plus près, Vancamp réalisa que le grand gagnant dans l'affaire serait Sutro lui-même. Les banques, la sienne en l'occurrence, risquaient de perdre les bénéfices considérables liés à l'exploitation telle qu'elle existait actuellement, en dépit de tous les inconvénients qu'elle comportait. Le projet de Sutro fut donc rejeté par tous les investisseurs possibles.

Vancamp était tout sauf un naïf. Il avait compris que l'ingéniosité du plan de Sutro constituait une véritable menace pour les exploitants actuels. Il ne doutait pas que tôt ou tard, le Prussien trouverait une banque qui accepterait de financer son projet. Il avait eu l'occasion de mesurer la détermination de l'ingénieur et il avait compris que même si celui-ci devait aller chercher ses capitaux dans l'Est, il n'était pas décidé à renoncer.

Comme le répétait souvent Johan Vancamp : « Il faut savoir tirer les marrons du feu avant qu'ils ne brûlent ! » Suivant le conseil de son oncle défunt, John commença à mettre en vente les actions de son entreprise d'exploitation. Ses clients, qui ignoraient la connexion existant entre l'entreprise écran et la banque du Hollandais, imaginaient faire une bonne affaire et, pour une fois, ils n'avaient pas tout à fait tort. Les mines étaient encore rentables et la plupart n'eurent pas à se plaindre de leur investissement. Du moins dans les premiers temps.

L'opération rapporta à Vancamp quelques millions supplémentaires. Mais ceux-ci pouvaient se multiplier tant et plus, Catherine continuait de ne voir en lui qu'un amant qui lui procurait le plaisir qu'elle n'avait pas connu avec Eugène.

Pour se consoler, le Hollandais, qui ne connaissait d'autre moyen pour séduire une femme que l'argent, partait en quête de nouvelles affaires. Or, on parlait de plus en plus de la nécessité de communications transcontinentales. Un jeune visionnaire, Theodore Judah, avait réussi à faire construire une voie ferrée qui sillonnait la vallée de Sacramento. Mais son ambition ne s'arrêtait pas là. Il caressait l'idée d'une ligne ferroviaire qui relierait l'Ouest à l'Est. Son projet séduisait beaucoup de monde, en Californie, et il venait tout juste de se voir commanditer par le tout jeune Etat pour aller présenter son projet à Washington.

Vancamp n'avait pas manqué de s'intéresser à l'affaire. Un jour, il y aurait là une nouvelle mine d'or. Mais les membres du Congrès de Washington ne parvenaient pas à se mettre d'accord. Nordistes et sudistes se déchiraient sur le trajet qu'emprunterait la future voie ferrée. Les uns voulaient la faire passer par le Nebraska et le Wyoming, les autres par le Texas, le Nouveau Mexique et l'Arizona. L'armée fut chargée d'étudier le terrain et de proposer les meilleurs itinéraires possibles. Peu désireux de se retrouver pris entre deux feux, les officiers revinrent en préconisant quatre tracés : deux passant par le Nord, deux par le Sud. La situation n'était pas près de se débloquer.

Les Californiens, pour l'heure contraints d'emprunter la diligence pour traverser les terres, s'impatientaient.

Depuis le 15 septembre 1858, les Concord[1], des espèces de berlines dont la caisse, soutenue par des suspentes en cuir, se balançait entre de hautes roues cerclées de fer, mettaient Tipton, terminus du chemin de fer dans le Missouri, à vingt-quatre jours de San Francisco. Le voyage était harassant et les relais n'étaient guère plus que des gourbis de terre. Outre l'inconfort propre à ce genre de transport, le voyage n'était pas sûr, car les Indiens n'hésitaient pas à attaquer une diligence arrêtée à la suite de ressorts cassés. Certaines bandes préféraient massacrer le personnel des relais et attendre patiemment l'arrivée de la diligence. Si le conducteur ne flairait pas le danger, s'il ne lançait pas ses chevaux au galop jusqu'au relais suivant, ses passagers n'avaient guère de chances d'arriver à destination.

Les bandits de grand chemin n'avaient pas tardé à comprendre, eux aussi, l'aubaine que représentaient ces Concord, qui ne transportaient pas toujours que des passagers et du courrier, mais aussi parfois des coffres remplis d'espèces sonnantes et trébuchantes. Il arrivait donc que

1. Les fameuses diligences illustrées par les westerns.

les voyageurs soient invités à faire le coup de feu, s'ils ne voulaient pas être dévalisés.

Quand ce n'étaient pas les hommes qui les agressaient, c'était les éléments. Les nuits étaient glaciales et les journées torrides. Lorsqu'un orage déversait des pluies diluviennes sur la piste poudreuse, celle-ci se transformait en bourbier où les roues s'enfonçaient jusqu'au moyeu. Là encore, les passagers étaient mis à contribution.

Non, décidément, cette situation ne pouvait pas durer. Les Californiens fulminaient. Ils voulaient un chemin de fer, avec des compartiments luxueux, où ils pourraient prendre leurs aises. Vancamp attendait son heure en courtisant Theodore Judah.

18

En cette fin de décennie, un vent de panique souffla le chaud et le froid dans la communauté de San Francisco. Un Français originaire de Lorient, Joseph Yves Limantour, prétendait posséder des titres de propriété sur près de la moitié des terrains de la ville. Il était en mesure d'en fournir la preuve et de présenter des témoins susceptibles de confirmer ses dires.

Il y avait là de quoi inquiéter bien des gens.

Limantour, qui avait longtemps fait le commerce entre la France et Veracruz, au Mexique, avait découvert la baie de San Francisco le 26 octobre 1841 au lendemain du naufrage de son bateau, l'*Ayacucho*. Par bonheur, il avait non seulement réussi à sauver la majeure partie de sa cargaison, mais encore il avait trouvé à la vendre à des rancheros de la région. En dépit de ce premier contact pour le moins malencontreux, le Lorientais avait rapidement compris les avantages que présentait ce site pour un commerçant avisé.

Quelque temps plus tard, à Los Angeles, il avait fait la connaissance du gouverneur mexicain, Micheltorena. Celui-ci, qui manquait cruellement de fonds pour assurer la subsistance de ses troupes en guerre contre les Américains, lui avait confié ses difficultés. Limantour s'était aussitôt proposé pour lui prêter la somme nécessaire en échange de terres.

Après la victoire des Américains sur les Mexicains, les autorités municipales de l'Union avaient vendu à leur tour nombre de terrains aux nouveaux émigrants attirés par l'appel de l'or. Ces terres n'avaient alors guère de valeur, mais la spéculation immobilière qui résulta de l'afflux exponentiel de population avait vite fait grimper les prix dans des proportions outrancières.

Les prétentions de Limantour risquaient fort de placer le gouvernement fédéral lui-même dans une position très inconfortable. En effet, nombre d'édifices publics étaient construits sur des terres dont le Lorientais revendiquait la propriété. Pour ne pas être chassés de chez eux, certains habitants avaient préféré payer les sommes exigées par Limantour plutôt que de se lancer dans des procédures judiciaires dont l'issue n'était nullement assurée. D'autres, en revanche, avaient opté pour des mesures plus radicales, comme l'intimidation, voire la tentative d'assassinat.

Un des témoins de Limantour, Manuel Castaneres, avait ainsi été agressé dans sa chambre de l'Union Hotel, à l'angle de Kearny et Merchant. A deux heures du matin, alors qu'il dormait, un inconnu s'était introduit dans ses appartements. Celui-ci avait pris le temps de fouiller les papiers de Castaneres avant de le poignarder dans son sommeil, à l'aide du propre couteau de sa victime. Par bonheur, la lame avait été déviée par une côte et la blessure s'était révélée sans gravité. Le lendemain, le courageux témoin pouvait conclure sa déposition avant de filer au Mexique, où il entendait se mettre à l'abri des gens que les prétentions de Joseph Yves Limantour dérangeaient.

Son agresseur ne fut jamais identifié et d'aucuns allèrent jusqu'à soupçonner Castaneres d'avoir lui-même mis en scène son agression afin de donner plus de crédibilité à son témoignage.

Le *Yerba Buena Star*, comme tous les journaux de San Francisco, suivait l'affaire de près. Lorsque la commission fédérale d'examen procéda à une étude photographique des sceaux figurant sur les titres de propriété et conclut à une supercherie, tout le monde poussa un soupir de soulagement. Catherine Tourneur fut l'une des rares éditorialistes à déclarer qu'une telle décision ne la surprenait pas outre mesure. Selon elle, nul ne saurait jamais où se situait la vérité, car trop d'intérêts étaient en jeu.

Frank Bartleby avait suivi l'affaire de loin, ses titres étaient parfaitement légitimes puisqu'il les tenait de John

Sutter, et il n'avait eu aucune raison de s'inquiéter. Il approuva pourtant l'éditorial de son amie.

— Au fait, lui dit-il, j'ai eu des nouvelles de John. Il s'est lancé dans l'exploitation de trente hectares de vignobles à Hock Farm, et il me fait régulièrement parvenir quelques caisses de champagne. Je dois reconnaître qu'il n'est pas mauvais. Mais John m'inquiète. Il semble terriblement aigri. Il ne cesse de fulminer contre le gouvernement américain qui refuse de lui rembourser les sommes qu'il a perdues pendant la guerre contre le Mexique. J'ai l'impression que cela le ronge au-delà du raisonnable.

A San Francisco, la consommation de champagne dans les lieux de plaisir était considérable. L'industrie vinicole s'était développée en conséquence. La vallée de Napa semblait être un site particulièrement propice à la viticulture. Si, dans les premiers temps, la qualité du vin était relativement déplorable, les choses avaient bien évolué. Il était loin le temps où, pour satisfaire la demande des chercheurs d'or, des amateurs n'hésitaient pas à mettre leur breuvage en bouteille bien avant qu'il ait eu le temps de vieillir. Afin de faire passer leur piquette pour du vin de qualité, certains étaient allés jusqu'à falsifier les étiquettes.

Mais, avec l'arrivée d'émigrants européens expérimentés dans l'exploitation vinicole, notamment des Français, la qualité de la production n'avait plus grand-chose à envier aux meilleurs vins français. Paul Masson et le colonel Agoston Haraszthy, un émigré de la noblesse hongroise, avaient largement contribué à donner aux vins californiens leurs lettres de noblesse. Certains de leurs crus remporteraient même des médailles aux concours agricoles français.

La vie devenait plus douce à San Francisco. Pourtant, Catherine n'avait pu s'empêcher de sourire lorsque la *Revue des Deux Mondes* avait, en 1860, décrit San Francisco comme la Reine du Pacifique.

Eddie Wallgreen, quant à lui, s'intéressait de plus en plus près aux faits divers. Le 22 décembre de la même année, le propriétaire de l'hôtel Red House, tout près du champ de courses, avait assassiné Mary Ann McGlynn, une servante âgée de vingt-trois ans. Après avoir tiré une balle dans la tête de la jeune femme, il l'avait consciencieusement égorgée. Le meurtrier, Sylvester Murphy, âgé lui-même de vingt-sept ans, avait ensuite mis fin à ses jours en s'infligeant huit coups de couteau dans la poitrine avant de se trancher la gorge.

Après une enquête judiciaire minutieuse, le drame conservait tout son mystère.

Ainsi que le jeune homme l'avait fait remarquer à son amie, ce genre de crise de démence n'était pas rare à San Francisco. Selon lui, il était même beaucoup plus fréquent que partout ailleurs. Catherine lui déconseilla toutefois d'en faire le sujet d'un article.

— Il est inutile de déclencher une crise d'angoisse supplémentaire chez nos lecteurs.

Mais Eddie n'en avait pas l'intention. Il avait d'autres projets en tête. Depuis son mariage avec Sandy Winnycott, qui lui avait finalement donné un fils, qu'Eddie avait baptisé Francis en hommage tant à sa ville d'adoption qu'aux origines françaises de son amie, il se prenait à songer à l'écriture sous un angle nouveau.

— Je ne compte pas abandonner le journalisme, expliqua-t-il à son amie, mais j'aimerais m'essayer à l'écriture d'un roman ou de nouvelles, je ne sais pas encore. Cette ville est une telle source d'inspiration... Dans une histoire, je pourrai aborder ce genre de sujet sans provoquer de panique. Tout le monde imaginera que c'est de la fiction.

Et en riant, il ajouta :

— Sandy est persuadée que je pourrais devenir le Fenimore Cooper de l'Ouest.

Catherine rit elle aussi, mais n'en assura pas moins son ami qu'elle partageait pleinement l'avis de son épouse.

— Tu as une plume fluide et efficace, Eddie. Et surtout, tu possèdes une manière à nulle autre pareille de mettre en lumière des faits qui nous échappent le plus souvent. J'ai songé plus d'une fois à ce que tu m'as dit au retour de l'usine de papier... au sujet de ces crimes consécutifs à des crises de démence et de l'influence que pourraient avoir les tremblements de terre sur notre équilibre nerveux. Je me demande si tu n'as pas mis le doigt sur quelque chose d'intéressant.

Comme pour ponctuer cette discussion, la terre se mit à trembler deux jours plus tard, le 24 décembre, jour de Noël. Une secousse sans trop de gravité qui ne retint guère l'attention que des patrons du *Yerba Buena Star.* A San Francisco, les tremblements de terre faisaient pour ainsi dire partie de la routine. Nul n'y accordait grande importance.

L'un des premiers événements majeurs, en ce début de la décennie, intervint le 14 novembre 1860, lorsque le Pony Express, qui assurait désormais un service de courrier régulier entre l'Ouest et l'Est, apporta la nouvelle de l'élection du républicain Abraham Lincoln, sept jours plus tôt.

En fait, depuis quelques années, le parti démocrate, qui avait remporté toutes les élections depuis l'admission de la Californie dans l'Union, était divisé sur la question de l'esclavage, ce qui lui avait valu, en 1855, son unique défaite électorale de la décennie dans le tout jeune Etat. Une scission s'était opérée au niveau national, mais aussi local.

Le sénateur Gwin était partisan de la politique du Sud, alors que David C. Broderick, qui sévissait toujours en politique depuis l'affaire James King of Williams, surprit tout le monde en se rangeant dans le camp des abolitionnistes.

La position de Broderick, au Sénat, n'était pas des plus confortables, compte tenu du fait que le président en place, James Buchanan, avait obtenu son investiture à la Maison Blanche en 1857 grâce à un programme résolument pro-esclavagiste dans le Kansas.

En 1859, David Terry, qui dirigeait la Cour suprême de l'Etat, avait fait campagne pour sa réélection en défendant le programme du sénateur Gwin. Broderick en avait été profondément affecté, lui qui avait soutenu Terry lors de ses démêlés avec le comité de vigilance trois ans plus tôt. Les deux hommes ne manquaient pas une occasion de s'invectiver chaque fois qu'ils se rencontraient. Lorsque David Terry perdit les élections, sa fureur fut telle qu'il provoqua Broderick en duel. Ce fut sa dernière, et sa plus malheureuse, initiative, puisqu'elle lui coûta la vie.

Le différend entre les deux sénateurs avait fait apparaître de manière évidente que les Californiens étaient très majoritairement antiesclavagistes, même si les partisans du Sud étaient les plus vindicatifs.

La terre trembla à nouveau à San Francisco le 8 février 1861 mais, cette fois, la secousse ne fut pas d'ordre sismique et elle secoua l'ensemble de l'Union. A Montgomery, en Alabama, six Etats du Sud s'unirent au sein d'une nouvelle Confédération indépendante. Ils rejoignirent, ce faisant, la Caroline du Sud, qui avait proclamé son indépendance dès le 20 décembre 1860, au lendemain de l'élection du président Lincoln que tout le monde considérait comme un abolitionniste convaincu.

La division du parti démocrate étant alors à son comble en Californie, Leland Stanford, partisan de l'Union, fut le premier gouverneur démocrate élu dans le jeune Etat.

Si Lincoln ne voyait pas d'un mauvais œil l'abolition de l'esclavage, il était avant tout désireux de préserver l'unité du pays. Il profita donc de son discours d'investiture du 4 mars 1861 pour tendre la main aux Etats dissidents. Il s'engagea ainsi à ne pas prendre l'initiative d'un conflit armé et déclara que s'ils rentraient dans le rang, les Etats du Sud pourraient maintenir l'esclavage sous certaines conditions.

Mais l'heure des négociations était déjà passée. Le 12 avril, l'armée confédérée déclencha une offensive à laquelle Abraham Lincoln fut contraint de riposter. Quatre nouveaux Etats rejoignirent alors les confédérés[1] et la guerre la plus meurtrière de l'histoire des Etats-Unis vit livrer sa première bataille à Bull Run, le 21 juillet 1861.

---

1. La Confédération regroupait, en fait, onze Etats : Alabama, Arkansas, Caroline du Sud, Caroline du Nord, Floride, Géorgie, Louisiane, Mississippi, Tennessee, Texas et Virginie (à l'exception de l'ouest de ce dernier Etat, qui restera fidèle à l'Union sous le nom de Virginie-Occidentale).

En fait, la Californie n'eut pas trop à souffrir de la guerre de Sécession ; en effet, le gouvernement national ne lança pas d'ordre de mobilisation dans une région si éloignée du champ des opérations que le transport de troupes aurait entraîné des frais beaucoup trop importants.

A San Francisco, les quelques échauffourées qui furent à déplorer ne provoquèrent pas d'émoi particulier. La ville avait connu tellement pire en temps de paix ! Un journal qui exprimait avec un peu trop de véhémence ses sympathies sudistes vit ses locaux saccagés, mais cet incident ne fit pas de victime.

Dès le lendemain, Catherine s'employa à dénoncer pareil geste en rappelant la phrase attribuée à Voltaire : « Je ne partage pas votre opinion, mais je me battrai pour que vous puissiez l'exprimer. » Elle ajoutait que si ses sympathies pour la cause abolitionniste étaient bien connues, il lui paraissait de son devoir de défendre la liberté d'expression de chacun, laquelle figurait au nombre des droits garantis par la Constitution.

En définitive, l'agitation sudiste, si elle était bien réelle, relevait presque du folklore à San Francisco. L'existence de sociétés secrètes proches de la Confédération alimentait des rumeurs de conspiration, mais leurs actions se limitaient essentiellement à un entraînement militaire dans les dunes de la baie, où ces braves citoyens se croyaient à l'abri des regards de leurs adversaires.

Le seul véritable incident à déplorer le fut à l'initiative d'un contingent de sudistes installés dans la région. Sous couvert d'un voyage d'affaires, ces rebelles armèrent une goélette, le *J. W. Chapman*, et tentèrent de quitter le port de San Francisco avec l'intention de rejoindre le Mexique pour y capturer un navire de la flotte nordiste.

Cette intervention ne devait être, dans leur esprit, que la première d'une série d'opérations de plus grande envergure. Ils espéraient en effet briser le fil des communications nordistes, et faire main basse sur l'or que la Californie faisait parvenir au gouvernement de l'Union. Ils entendaient également investir différents lieux stratégiques, comme Alcatraz et Fort Point, et mettre sur pied une armée de mille hommes pour s'emparer du pouvoir et faire basculer la Californie dans le camp de la Confédération.

Mais les autorités fédérales avaient eu vent de la conspiration presque dès l'origine et le *Chapman* fut intercepté avant même d'être sorti du port. Les meneurs furent appréhendés et condamnés à dix ans de prison ainsi qu'à dix mille dollars d'amende. Ils échappèrent toutefois à leur châtiment lorsque Lincoln signa une amnistie générale, au terme du conflit.

En réalité, le seul rôle que joua la Californie dans cette guerre civile fut celui de bailleur de fonds au gouvernement de l'Union et de terre d'asile pour les familles qui fuyaient la guerre.

La situation sortait si peu de l'ordinaire que Catherine Tourneur n'hésita pas à s'en désintéresser pour commenter, avec une certaine ironie, la grand-messe célébrée par l'Eglise catholique française à l'occasion du baptême de l'empereur Napoléon III, le 15 août. Sa plume se fit encore plus féroce lorsque, un an plus tard, l'événement fut commémoré par une grand-messe à l'église Notre-Dame des Victoires, laquelle fut suivie d'un défilé militaire et d'un bal. La jeune femme exprimait toujours avec autant de vigueur ses idées républicaines.

En somme, les pires drames que San Francisco eut à subir pendant les quatre années que dura la guerre de Sécession furent des tremblements de terre. Eddie Wallgreen s'était appliqué à tenir un compte minutieux des secousses : le 3 juillet 1861, l'une d'elles déclencha un incendie qui détruisit une douzaine de maisons sur Telegraph Hill – le journaliste nota que l'événement intervenait au lendemain du passage d'une grande comète. Le 29 septembre 1862, il enregistra la secousse la plus terrible depuis bien des années ; le 23 décembre, la terre trembla pendant cinq ou six secondes, puis de nouveau les 24 juillet, 2 août et 30 décembre 1863. Le 26 février 1864, Eddie consigna pas moins de trois fortes secousses, deux autres le 5 mars et une seule le 20 mai, mais si violente que les gens se précipitèrent dans la rue, avant de connaître de nouvelles frayeurs le 21 juillet.

Un jour que Catherine le surprit en train d'ajouter une nouvelle ligne à son décompte, elle lui saisit la plume des mains et écrivit : « En ce 7 juin de l'an 1864, des poires, des prunes et des figues ont enfin fait leur apparition sur les marchés de la ville. »

Puis, se redressant, elle demanda à son ami :

— Crois-tu que ce soit l'annonce de catastrophes nouvelles, Eddie ?

Le jeune homme éclata de rire.

— Tu as raison, dit-il, cette histoire tourne à l'obsession chez moi. En fait, il n'est pas impossible que ces séismes agissent plus sur mes nerfs que sur ceux des autres.

— Tu m'inquiètes, Eddie, observa Catherine sur le même ton enjoué. Un jour, peut-être vas-tu nous égorger, ici, avant de te jeter dans la baie avec une presse autour du cou.

La jeune femme plaisantait, mais Eddie savait fort bien qu'elle ne cherchait pas à se moquer de lui. Elle aussi commençait à se poser des questions sur l'influence des séismes sur le moral de la population.

Le 9 avril 1865, la guerre de Sécession prit fin, avec la défaite du Sud. Cinq jours plus tard, alors qu'il assistait à la représentation d'une comédie au théâtre Ford, à Washington, le président Abraham Lincoln était assassiné par le comédien John Wilkes Booth. Le lendemain, San Francisco se drapa de noir. Pour la circonstance, toutes les églises de la ville célébrèrent des offices exceptionnels et les membres de la municipalité se réunirent à Platt's Hall, dans l'après-midi, afin d'organiser des obsèques à la mesure de l'événement.

Le 19 avril, une procession de plusieurs kilomètres de long honora la mémoire de celui que tous considéraient comme un héros. Jamais la côte pacifique n'avait connu cérémonie aussi somptueuse.

Derrière leurs volets, quelques rares partisans du Sud sablèrent le champagne pour fêter la mort de celui qui les avait humiliés.

Eddie Wallgreen ne put s'empêcher de noter qu'au cours de la procession, un ancien policier, James Lyons, pris de boisson, avait tiré un coup de feu sur sa femme. Persuadé de l'avoir tuée, alors qu'elle n'était que légèrement blessée, il avait ensuite pressé le canon de son arme contre sa poitrine et s'était logé une balle dans les poumons. Le 26 avril, deux nouvelles secousses sismiques secouèrent la région.

Catherine Tourneur était ravie de constater que la guerre de Sécession n'avait guère bouleversé San Francisco. Elle voulait y voir un signe. Lorsque les esprits furent apaisés, elle consacra un article à un épisode qui symbolisait, à ses yeux, la nouvelle sérénité des habitants de la cité de la Porte d'Or. Se pouvait-il qu'il annonçât des jours plus heureux ?

« Certes, il y eut l'incident du *Chapman* et de ces quelques aventuriers qui tentèrent de s'emparer de la ville pour faire basculer la Californie dans le camp des Confédérés... Certes, il y eut les entraînements militaires d'un groupe d'exaltés s'agitant dans les dunes... Bien sûr, d'aucuns eurent le mauvais goût de se réjouir de façon indécente de la mort d'Abraham Lincoln... Mais si nous faisons les comptes, que constatons-nous ? Que, même divisés, nous avons réussi à éviter les effusions de sang et les drames. Se pourrait-il que nous autres, citoyens de San Francisco, soyons sur le point d'atteindre notre maturité ? Se pourrait-il que les jours terribles des Régulateurs, des Sydney Ducks et de la corruption généralisée appartiennent, désormais, au passé ?

Le comité de vigilance pourra-t-il continuer à dormir paisiblement, comme il aurait dû le faire de tout temps, si seulement nous avions été un peu plus adultes ?

J'aimerais le croire. Je veux le croire.

En fait, je souhaiterais évoquer un incident qui aurait pu connaître une issue dramatique et qui, au contraire, a montré à quel point le respect et l'estime sont possibles, même entre gens dont les opinions et les sensibilités divergent radicalement.

Vous connaissez tous Eliza Wychie Hitchcok, n'est-ce pas ? Le père de notre petite Lillie était médecin dans l'armée des Etats-Unis, une situation pour le moins honorable et confortable. Pourtant, il y a renoncé afin de venir offrir ses services à ceux qui avaient été frappés par la fièvre de l'or. Son arrivée fut d'autant plus appréciée qu'à l'époque n'importe quel charlatan se targuait du titre de médecin et jouait avec nos vies sans plus de scrupules que les apothicaires de Molière. En outre, Eliza n'est pas venu seul. Il a amené avec lui sa femme, Martha, et sa fille, Lillie, qui n'avait alors que huit ans.

Les Hitchcok venaient de Caroline du Nord et Martha avait été élevée dans la plus pure tradition du Sud. Sept mois après leur arrivée à San Francisco, la petite Lillie s'aventura, avec quelques amies, dans les ruines fumantes de l'hôtel Fitzmaurice. Mais voilà, le feu couvait encore et les gamines se retrouvèrent prises au piège. Lillie croyait déjà sa dernière heure arrivée quand un pompier, un de nos braves volontaires du nom de Boynton, perça un trou dans le toit de l'immeuble, se fit descendre jusqu'à la fillette au moyen d'une corde et la ramena à l'air libre et à la vie.

Deux amies de Lillie n'avaient pas eu sa chance et étaient mortes dans les flammes. La fillette en fut traumatisée.

A dater de ce jour, quand elle voyait passer les hommes de la compagnie Numéro Cinq, celle à laquelle appartenait Boynton, elle courait à leurs côtés. Elle les aidait à hisser leurs engins au sommet des collines où quelque maison brûlait.

Est-il étonnant que monsieur et madame Hitchcok se soient inquiétés des initiatives de la petite Lillie au point de l'envoyer dans une école hors de la ville ?

Là-bas, un accident manqua toutefois de coûter la vue à notre fillette. Ses parents la firent aussitôt revenir auprès d'eux. Ils logeaient, en ce temps-là, à l'hôtel Occidental.

Pendant sa convalescence, il ne se passa pas un seul jour sans que l'un ou l'autre pompier de la compagnie Numéro Cinq vienne s'enquérir de la santé de Lillie. Eliza et Martha prirent conscience que les attentions de ces hommes contribuaient à hâter la guérison de leur enfant ; aussi, quand celle-ci fut à nouveau d'aplomb, ils l'autorisèrent à reprendre ses courses folles avec ses amis.

Les pompiers avaient offert à Lillie un chemisier rouge, une jupe noire, un casque à sa taille et l'insigne doré de leur compagnie. Chaque fois que la cloche les appelait sur les lieux d'un sinistre, Lillie allait s'installer à côté du chauffeur – une place qu'elle occupait également dans toutes les parades et tous les défilés auxquels participaient ses amis pompiers.

Chacun de nous adorait la petite Lillie. Quand elle eut seize ans, elle était devenue la coqueluche de San Francisco. On la voyait toujours entourée d'une multitude de prétendants, qui lui pardonnaient bien volontiers ses extravagances. N'était-elle pas admise dans tous les clubs de la ville ? Même ceux qui étaient, en principe, réservés aux hommes lui ouvraient leurs portes. Pour y être acceptée, Lillie n'hésitait pas à revêtir des habits masculins. Mais il est à parier que, même en robe de satin, personne ne lui aurait refusé l'entrée.

Or, il se trouve que les sympathies de Lillie allaient aux Sécessionnistes. Les membres de la compagnie Numéro Cinq, eux, étaient tous originaires de New York, et leur cœur les portait naturellement vers le Nord. Croyez-vous que ces divergences d'opinion, pourtant sensibles en un temps de guerre civile, jetèrent un froid entre eux ? Pas le moins du monde. Lillie resta fidèle à ses amis et aucun d'eux ne lui retira son affection. Pourtant, Lillie aida un rebelle à s'embarquer à bord d'un navire de la Marine. Grâce à cette « trahison », celui-ci réussit à s'enfuir et à regagner les troupes de la Confédération.

De son côté, le docteur Eliza Wychie Hitchcok fut contacté par son vieil ami Jefferson Davis, que les Confédérés s'étaient choisi comme président. Celui-ci lui proposait un poste de chirurgien dans l'armée du Sud. Eliza refusa. En outre, dès qu'il eut découvert l'audace de sa fille, il décida de l'envoyer à Paris avec Martha. Il ne tenait pas à s'attirer les foudres de ceux dont il se sentait désormais plus proche que des rebelles.

Martha Hitchcok décida de ne pas prendre le chemin le plus court pour gagner la France. Elle emmena sa fille dans son Sud natal, afin de s'assurer que sa plantation n'avait pas trop souffert des combats. Lillie, elle, profita de cette incursion en territoire confédéré pour faire parvenir des documents secrets aux troupes rebelles.

A Paris, la coqueluche de la compagnie Numéro Cinq fréquenta la cour de Napoléon III et on rapporte qu'elle traduisit même des communiqués de guerre pour l'Empereur.

Le docteur Hitchcok, ayant reçu de sa fille l'assurance qu'elle se comporterait sagement, désormais, lui accorda l'autorisation de revenir en Californie. Une fois encore, Martha voulut passer par ce Sud cher à son cœur. Atterrées, la mère et sa fille âgée maintenant de vingt ans découvrirent l'état de dévastation dans lequel se trouvait leur pays.

Et que se passa-t-il à leur retour à San Francisco ? Furent-elles traitées en rebelles ? Personne ne pouvait ignorer les... frasques de Lillie. Eh bien, non ! Pas le moins du monde. Elles reçurent un accueil chaleureux et les membres de la compagnie Numéro Cinq nommèrent la jeune fille membre honoraire de leur corps de pompiers. A ce jour, Lillie est la seule femme aux Etats-Unis à qui fut accordé pareil privilège.

Le feu et l'eau avaient réussi un mariage d'amour.

Est-ce ainsi que se dessinera l'avenir de notre ville ? Je veux y croire. Le sang a assez coulé. Il est temps que le ciment de cette ville soit la fraternité, l'égalité, la liberté. »

19

Si la guerre de Sécession avait fait beaucoup de victimes et de dégâts dans le pays, certains hommes d'affaires n'avaient pas eu à s'en plaindre. John Vancamp était de ceux-là. Après un peu plus d'un an de conflit, le Congrès avait voté une loi autorisant la construction d'une voie ferrée transcontinentale et le président Abraham Lincoln l'avait contresignée sans la moindre hésitation. Il était plus important que jamais de soigner les relations avec l'Ouest, celui-ci étant le principal fournisseur d'or et d'argent de l'Union. Or, les Californiens attachaient une importance considérable à ce projet.

Deux compagnies furent bientôt commissionnées pour entreprendre les travaux de construction. La Central Pacific devait partir de Sacramento et progresser vers l'Est, tandis que l'Union Pacific irait à sa rencontre, au départ d'Omaha, dans le Nebraska.

Des subsides importants ainsi que de vastes étendues de terres – cent quatre-vingts millions d'acres au total – furent généreusement attribués aux deux compagnies.

Tout comme Vancamp, le gouverneur républicain de la Californie, Leland Stanford, avait très tôt compris l'avantage qu'il pourrait retirer de la décision du Congrès. Bien avant que celle-ci ne fût entérinée, il avait été séduit par le projet de Theodore Judah et, avec trois de ses proches, il avait monté un consortium dans l'intention d'appuyer l'initiative de l'ingénieur prussien. Collis P. Huntington et Mark Hopkins étaient propriétaires d'une quincaillerie, Charles Crocker d'une mercerie, quant à Leland Stanford, outre son poste de gouverneur, il était épicier.

Maintenant que le projet de voie ferrée transcontinentale se trouvait, pour ainsi dire, sur les rails, le moment était venu de tirer profit de la manne consentie par le Congrès.

Judah ne tarda pas à comprendre que ses commanditaires ne partageaient nullement son idéalisme. Si les quatre hommes, qui entreraient collectivement dans la légende sous le nom de Big Four[1], s'étaient intéressés à son projet, c'était uniquement parce qu'ils entendaient contrôler le commerce avec les communautés minières installées de l'autre côté des montagnes. La liaison entre les côtes pacifique et atlantique ne les concernait pas le moins du monde. Judah se sentait trahi et fulminait, mais il avait les mains liées maintenant que les quatre hommes détenaient toutes les clés de son projet.

Stanford s'empressa de mettre sur pied une série de compagnies-écrans entre lesquelles il répartit les sommes allouées par le Congrès. Il alla jusqu'à profiter d'une vacance à la Cour suprême de l'Etat pour y faire nommer Edwin Crocker, propre frère de Charles Crocker et, par ailleurs, conseiller légal de la Central Pacific. Celle-ci avait désormais prise, de manière directe ou indirecte, sur toutes les décisions qui concernaient la construction de la voie ferrée.

Un examen rapide de la situation fit apparaître que cette dernière, si elle était menée à son terme, ne laisserait guère à ses promoteurs qu'une faible marge de profit. Pour des hommes décidés à s'enrichir au plus vite, le but n'était pas là. L'aide fédérale prévoyait un paiement de seize à quarante-huit mille dollars par mile construit – le montant précis étant fonction des difficultés du terrain – ainsi que cinq mille hectares de terres.

Ces dernières seraient toutefois dépourvues de valeur aussi longtemps que la voie ferrée ne serait pas construite. Etant donné que seule la moitié des terres serait directement concernée par le transcontinental, les Big Four entreprirent de vendre le surplus à bas prix. Pour trouver

1. Les « quatre grands ».

rapidement preneur et ne pas avoir à payer d'impôts sur les plus-values, ils annoncèrent que quiconque voudrait s'en porter acquéreur n'aurait rien à débourser au moment de l'achat. La vente ne serait finalisée qu'une fois la voie ferrée achevée, et ce au prix du marché.

La formule était assez vague pour que les fermiers imaginent que la vente s'effectuerait au prix du marché à l'époque du précontrat, alors que dans l'esprit des Big Four, il s'agissait bien évidemment du prix du marché au moment de la signature du contrat définitif, soit lorsque les terres auraient acquis une plus-value considérable grâce au travail des fermiers et à la présence du transcontinental.

La Central Pacific disposait d'une telle quantité de terres qu'elle alla jusqu'à faire paraître des annonces dans les principaux journaux européens.

L'argent commença dès lors à affluer dans les caisses de la compagnie. Mais cela ne suffisait pas pour satisfaire l'appétit vorace des Big Four. Les fonds versés par le Congrès étaient liés aux difficultés du terrain ? Soit ! On allait leur en donner à foison. Stanford engagea à cette fin un géologue assermenté qui procéda à une étude minutieuse de la région à traverser et fit apparaître vingt miles de montagnes là où il n'y avait, en réalité, que des plaines. Ce petit tour de passe-passe permit de faire rentrer six cent quarante mille dollars supplémentaires dans les poches de Stanford et de ses associés.

Theodore Judah ne pouvait cautionner pareille escroquerie. Il revendit ses parts pour cent mille dollars et s'embarqua à destination de New York. Là, il espérait rassembler les fonds qui lui permettraient de racheter les options que ses anciens partenaires lui avaient consenties sur leurs parts. Il entendait, en effet, reprendre en main les affaires de la Central Pacific et restructurer l'ensemble de la compagnie. Malheureusement, Judah devait mourir avant d'avoir pu mener à bien son projet visionnaire. Il contracta la fièvre jaune pendant la traversée du Panamá et décéda un mois plus tard, alors qu'il était âgé d'à peine trente-huit ans.

Désormais, la voie était totalement dégagée pour les Big Four, qui conçurent un plan afin de s'enrichir dans des proportions que nul n'avait osé imaginer avant eux. La position d'Edwin Crocker à la Cour suprême lui permettait de signer des contrats outrageusement gonflés au profit des sociétés-écrans des Big Four. Quatre petits commerçants étaient en train de devenir les plus gros magnats de la côte ouest.

De l'autre côté des plaines, l'Union Pacific ne procédait pas autrement, avec les bons offices du Crédit mobilier.

John Vancamp avait suivi l'évolution de l'affaire de fort près. Grâce à Theodore Judah, qu'il avait su se ménager depuis leur première rencontre, il avait été informé de toutes les magouilles de Leland et ses complices. En présence du Prussien idéaliste, Vancamp savait se montrer outré de tant de malversations, mais dès qu'il se retrouvait dans ses bureaux sur Montgomery Street, le Hollandais se frottait les mains. Lorsqu'il avait eu vent du rapport truqué du géologue, il avait compris qu'il détenait désormais une arme qui pourrait lui rapporter gros, s'il savait l'utiliser avec tact.

Lorsque Theodore Judah lui annonça qu'il entendait se retirer de l'affaire, il sut que son heure était arrivée. Il alla trouver Leland Stanford et se porta acquéreur des actions de Judah au prix réclamé par le Prussien.

Le gouverneur n'était pas emballé à l'idée de se dessaisir ainsi d'une part du magot, mais Vancamp réussit à faire valoir ses arguments. Il insista sur le fait qu'il ne désirait pas apparaître nommément dans la société des Big Four et qu'il n'entendait pas plus intervenir dans la gestion de l'affaire. Pour cela, il se reposait entièrement sur ses nouveaux associés. Ceux-ci avaient amplement démontré leurs compétences, notamment en faisant apparaître des montagnes là où il n'y avait que des plaines.

A aucun moment le Hollandais ne laissa entendre qu'il pourrait fort bien utiliser cette information comme moyen de chantage s'il n'arrivait pas à ses fins, mais Stanford était un fin renard et il n'avait pas besoin qu'on lui mette les points sur les *i*. Ainsi John Vancamp réussit-il à se procurer les parts de Judah, alors même que celui-ci s'embarquait pour New York. Il se porta également acquéreur d'une partie des terres, mais insista pour les payer sans plus attendre au double de leur valeur actuelle. Le petit sourire qui avait éclairé son visage lorsqu'il avait apporté cette précision avait permis à Stanford de comprendre que son interlocuteur n'était pas dupe des intentions réelles de la Central Pacific.

— Mais pourquoi tenez-vous tant à vous procurer ces terres ? s'informa Stanford. Elles jouxtent le ranch de votre ami Bartleby. Il me semble qu'elles pourraient l'intéresser. J'ai entendu dire qu'il souhaitait agrandir sa propriété.

John Vancamp sourit.

— Bartleby n'est pas à proprement parler mon ami, dit-il sans plus de précisions.

Stanford ignorait ce que son visiteur avait en tête, mais si celui-ci désirait faire rentrer de l'argent frais dans les caisses de la Central Pacific, il ne voyait pas pourquoi il l'en empêcherait.

Lorsqu'il quitta le gouverneur, Vancamp exultait. Le jour où Stanford et ses requins revendraient leurs terres à un prix dont il devinait qu'il serait considérablement supérieur à celui annoncé, il irait trouver l'Anglais et lui proposerait les terrains qu'il venait de se procurer au prix où lui-même les avait achetés. Peut-être même les lui vendrait-il à perte. Il expliquerait à Frank qu'il avait eu vent des intentions des Big Four et qu'il avait voulu lui éviter de se faire gruger comme tant d'autres. Après cela, le regard que Catherine portait sur son amant avait des chances de changer. Du moins c'est ce qu'il espérait.

Mais on n'en était pas là. Pour l'heure, la Central Pacific collectionnait les succès – elle avait ainsi réussi, grâce à un montage aussi subtil que malhonnête, à convaincre la législature de compléter les subsides fédéraux au moyen de fonds de l'Etat, en souscrivant notamment des actions de la Central Pacific à concurrence d'un million et demi de dollars. En outre, un amendement à la loi de départ autorisa le paiement anticipé de certains subsides et doubla la superficie des terres attribuées.

Mais les Big Four se trouvaient également confrontés à des situations moins simples à gérer. Même s'ils n'avaient jamais vraiment eu l'intention de construire la voie ferrée, ils ne pouvaient totalement se dérober à leurs obligations. Washington commençait à exiger des résultats. Or les travaux nécessitaient une main-d'œuvre importante et la plupart des ouvriers blancs qui acceptaient un engagement n'y voyaient guère qu'un moyen de se rendre jusqu'aux mines non seulement sans avoir à débourser un centime, mais encore en faisant payer leur sueur. Une fois qu'ils arrivaient à proximité des gisements d'argent, ils rompaient leur contrat et reprenaient leur liberté après avoir encaissé leur dû.

En outre, les Irlandais menaçaient de se mettre en grève, alors que la compagnie estimait déjà leurs salaires trop élevés. Ce fut Charles Crocker qui trouva le moyen de résoudre ces difficultés. Lors de son élection au poste de gouverneur, Stanford avait joué sur les sentiments de la population qui était de plus en plus hostile aux Chinois. Il s'était donc résolument posé comme un opposant à l'immigration des fils de l'empire du Milieu. Il accepta pourtant la proposition de son associé d'engager cinquante coolies.

Les Chinois étaient de petite taille, mais ils compensaient ce handicap par une résistance incroyable au labeur. Ils ne rechignaient pas à travailler de longues heures durant et n'étaient guère exigeants en matière de rémunération. Vancamp, qui suivait de près les initiatives de ses associés, se proposa de s'occuper lui-même de l'acheminement de la main-d'œuvre chinoise. Stanford n'était que trop ravi de ne pas attirer l'attention sur son changement de politique.

Le Hollandais réussit au-delà des espérances de Crocker et, avant la fin de la décennie, entre dix et quinze mille coolies travaillaient à la construction de la voie ferrée. Sur chaque passage, Vancamp percevait bien entendu une confortable commission. Si cette initiative ne suscita pas plus de contestation de la part des ouvriers blancs, c'est que plus les travaux progressaient, plus ils devenaient pénibles et dangereux.

Les Chinois impressionnaient tant par leur résistance que par leur ingéniosité. Lorsque la compagnie décida de renoncer à l'usage de la nitroglycérine, en raison de trop fréquentes explosions meurtrières, les coolies creusèrent à la main une masse de granit de près de cinq cents mètres de long, le Summit Tunnel. Pour se protéger des neiges de la sierra, ils construisirent des abris sur près de soixante kilomètres. Leur exploit le plus impressionnant fut la pose de plus de quinze kilomètres de voie ferrée en une seule journée.

Dès que les montagnes furent franchies, le rythme de la construction put s'accélérer. Le travail progressait désormais par tronçons de cent cinquante kilomètres. A chaque étape, une ville de toile apparaissait avec ses bars, ses tripots et ses bordels. Si on y apercevait quelques maisons de deux ou trois étages, ce n'étaient en réalité que des façades qui dissimulaient des édifices constitués de panneaux montés en quelques heures.

Ces camps n'étaient que provisoires et disparaissaient au fil de la progression. Ils n'avaient d'autre nom que « le bout de la voie ». Il arrivait toutefois que ceux-ci donnent naissance à des villes, notamment Laramie et Cheyenne, lorsqu'une mine était découverte à proximité ou qu'une diligence décidait d'y installer un relais.

Des détachements militaires suivaient la progression des ouvriers afin de les protéger contre les Indiens, que ce cheval-vapeur inquiétait et contre lequel ils n'hésitaient pas à lancer quelques raids.

La compétition était devenue féroce entre la Central Pacific et l'Union Pacific. Les compagnies étaient payées au kilomètre de rail posé, les deux groupes ne se souciant pas vraiment de rencontrer leur homologue. L'Union Pacific était bien décidée à atteindre la Californie ; quant à la Central Pacific, elle s'était fixé comme terme de sa construction Ogden, au nord de Salt Lake City. Dans leur souci d'aller toujours plus avant, les ouvriers irlandais venus de l'Est se mirent à faire sauter leurs mines à proximité des coolies, afin d'entraver leur progression. Les Chinois ripostèrent en sapant les fondations de leurs concurrents.

Si le Congrès n'était pas intervenu, deux voies parallèles auraient, en définitive, relié l'Ouest à l'Est. Mais Washington avait fini par se réveiller et par fixer le lieu de la jonction à Promontory Point, au nord du lac Salé, dans l'Utah. Le 10 mai 1869, le dernier boulon posé, le rêve de Theodore Judah était devenu réalité.

Deux locomotives, ornées de drapeaux et de guirlandes, allèrent à la rencontre l'une de l'autre jusqu'à se toucher. L'Est et l'Ouest venaient de réaliser leur jonction sous le regard satisfait des directeurs en haut-de-forme, en présence de milliers d'ouvriers en casquette. Chacun des deux mécaniciens brisa une bouteille sur la locomotive de son collègue.

Pour les grandes villes telles que Chicago, Philadelphie, New York mais aussi San Francisco, une ère nouvelle s'ouvrait. Elle serait placée sous le signe des échanges commerciaux et, du moins le croyait-on, de la prospérité.

Pendant les sept années qu'avait duré la construction, les Big Four étaient devenus multimillionnaires et ils n'étaient pas décidés à en rester là. John Vancamp, lui, estima que l'aventure ne l'amusait plus. Il vendit ses parts et vit également se multiplier les millions.

20

Pendant que se construisait la ligne transcontinentale, Suey Long avait pris une importance considérable au sein de la population chinoise de San Francisco. Il appartenait désormais à une organisation de commerçants dénommée les Six Compagnies, qui gérait tous les aspects de la vie au sein du quartier que les habitants de la ville avaient baptisé Chinatown au début des années soixante.

Les Chinois avaient tendance à moins s'assimiler à la population locale que les émigrants venus d'autres horizons. Cela tenait essentiellement aux liens étroits qu'ils entretenaient avec leur pays d'origine, notamment en raison du culte des ancêtres, qui revêtait une importance considérable dans leur tradition. Et puis, ils peinaient souvent à apprendre l'anglais, une langue bien complexe pour ces êtres le plus souvent dépourvus d'éducation.

Cette tendance à l'isolement ne contribuait pas à aplanir les relations avec leurs voisins. Depuis que les premiers fils de l'empire du Milieu avaient accepté de travailler pour des salaires de misère dans les mines, les nouveaux venus avaient suivi leur exemple et s'étaient attiré la haine des ouvriers blancs qui leur reprochaient de casser le marché. Mais les Chinois vivaient entassés dans de petites habitations misérables et se contentaient de peu.

Contrairement aux autres immigrants, ils ne prévoyaient pas de s'installer aux Etats-Unis. Pour eux, leur séjour en Californie était purement provisoire et lié à l'agitation qui régnait dans leur pays. La plupart comptaient retourner un jour s'occuper des tombes de leurs défunts.

Les Six Compagnies exerçaient une sorte de contrôle sur l'ensemble de la population chinoise en Californie, en particulier sur les coolies et les membres de la classe ouvrière. Par l'intermédiaire d'agents en Chine, elles avançaient de l'argent à ceux qui désiraient venir chercher du travail en Californie. Mais leur organisation était sans rapport aucun avec l'initiative privée des quelques gros commerçants qui avaient exploité leurs compatriotes de façon éhontée au temps des mines d'or. Quand les nouveaux immigrants arrivaient à San Francisco, ils étaient aussitôt pris en charge par les Six Compagnies qui leur trouvaient de l'embauche, en ville ou dans les mines d'argent. Dès qu'il commençait à gagner de l'argent, le nouvel arrivant remboursait ses dettes au même titre que tout emprunteur.

Suey Long parlait souvent de la situation de ses semblables avec Catherine Tourneur.

— Les gens n'ont pas d'estime pour nous. Nous n'avons pas le droit d'envoyer nos enfants à l'école. Les portes de l'hôpital nous sont fermées. Le droit de témoigner contre un Blanc qui nous a fait du tort nous est refusé. Nous ne sommes pas reconnus comme des citoyens alors que nous payons les mêmes taxes que vous et plus encore, puisqu'une loi pénalise désormais les logements qui ne disposent pas de cent cinquante mètres cubes par habitant. Vos législateurs savent bien que cette mesure concerne uniquement les miens, qui n'ont pas de quoi se payer des logements décents.

Catherine n'ignorait rien de tout cela. Elle avait aussi pris note de la taxe de vingt-cinq dollars par trimestre imposée aux poissonniers, or la plupart d'entre eux étaient des Chinois aux revenus modestes, qui ne pouvaient se permettre de débourser une telle somme. Beaucoup avaient ainsi été contraints de renoncer à leur gagne-pain. Et la journaliste ne doutait pas que telle avait été l'intention du législateur. Tout le monde aurait été bien content si ces Jaunes étaient rentrés chez eux. Mais, même s'ils étaient eux-mêmes de plus en plus nombreux à le souhaiter, rares étaient ceux qui pouvaient se le permettre en raison des dettes qu'ils avaient contractées.

— Votre gouverneur, l'honorable Leland Stanford, prétend que notre présence ne manquera pas d'exercer un effet délétère sur la race supérieure. Mais en quoi votre race est-elle supérieure à la mienne ? s'indignait Suey Long.

Catherine posa une main sur celle de son ami pour l'apaiser.

— Leland est la dernière personne qui aurait dû tenir de tels propos, Suey. Je suis bien placée pour connaître son implication dans la construction de la ligne transcontinentale. Or, celle-ci emploie des milliers de Chinois, que la Central Pacific a fait venir ici uniquement parce que tes semblables consentent à travailler dans des conditions qu'aucun Blanc n'accepterait jamais. Leland Stanford est une fripouille.

— Alors, pourquoi nous traiter de la sorte ? Je sais que tout n'est pas parfait à Chinatown, loin de là, mais jamais vous n'avez dû faire appel au comité de vigilance à cause d'un Chinois. Vous savez, Catherine, chez nous – je veux dire, en Chine –, la société est structurée de manière très stricte. Les anciens, qui possèdent la sagesse de l'expérience, sont nos guides. Nos maîtres sont des lettrés, des êtres d'une grande culture. Ici, ce sont surtout des jeunes qui sont venus s'installer. Eux seuls ont la force de réaliser les travaux que vous nous confiez. En Chine, les commerçants sont à peine mieux considérés que les militaires. Ils occupent le bas de l'échelle sociale. Ici, ce sont eux qui dirigent les affaires. Ils sont jeunes, inexpérimentés. Nous, les responsables des Six Compagnies, nous faisons de notre mieux pour structurer notre communauté. Nous aurions besoin d'être soutenus dans nos efforts. Pas d'être méprisés.

Catherine soupira.

— Tu parles comme un sage, Suey. Vois-tu, quand je suis arrivée dans ce pays, j'étais jeune et mon mari, qui avait près de vingt ans de plus que moi, était en réalité beaucoup plus immature que moi. Je m'en rends compte aujourd'hui. Il était persuadé que ce pays nouveau deviendrait une belle république, où les hommes vivraient libres et égaux, où la richesse serait le lot de chacun.

Elle rit.

— C'est vrai que je le trouvais déjà naïf, mais je voulais croire à ses rêves. Ils étaient tellement plus beaux que la réalité ! J'ai vite déchanté. Dès mon arrivée, j'ai compris que ce serait chacun pour soi. Le pays a beau être neuf, les hommes qui le peuplent ont une vieille âme. Une âme où la haine et la cupidité ont plus de place que le respect et l'amour.

Elle marqua un temps et observa le visage grave de son ami.

— Je me souviens d'avoir lu dans l'*Alta California*[1], alors que je ne vivais ici que depuis quelques années, que ton peuple était le plus industrieux, le plus paisible, le plus patient... Le journaliste assurait que vous paraissiez vivre selon nos lois, comme si vous étiez nés ici et aviez été élevés dans leur esprit. Il imaginait déjà que le jour était proche où l'on verrait un mandarin à queue-de-cheval parmi les membres du Congrès.

Suey Long éclata de rire.

— Il y a encore bien du chemin à parcourir avant d'en arriver là, murmura la jeune femme. Mais, vois-tu, si nous n'avions pas des rêveurs comme ce journaliste ou comme mon défunt mari, les choses n'évolueraient jamais. Nous avons besoin de rêves pour bâtir une réalité meilleure. Nous avons aussi besoin d'êtres comme toi, Suey. Des individus qui s'efforcent de tendre des ponts entre deux mondes que tout semble devoir séparer.

— Vous êtes bien gentille, Catherine, mais vous aussi vous faites beaucoup pour nous et je sais que vos articles ne vous valent pas que des amis.

La jeune femme sourit. Suey avait raison. Elle avait fait paraître plusieurs articles attirant l'attention de la population sur les mesures iniques dont faisaient l'objet les Chinois. Les législateurs étaient allés jusqu'à interdire l'usage du palan dans les rues. Or, les blanchisseurs utilisaient cet engin pour livrer le linge propre à domicile. Une fois encore, une seule partie de la population était visée, toujours la

1. Le 12 mai 1851.

même. La jeune femme avait mis en garde ses concitoyens. « Quand vous acculez un tigre, il finit immanquablement par vous sauter à la gorge. Pour l'instant, les Chinois sont les êtres les plus paisibles qui soient, mais prenez garde au jour où ils se réveilleront. Ils risquent de ne plus tolérer vos brimades. »

Ses articles lui avaient valu la perte de plusieurs contrats publicitaires et le courroux de son courtier, Steve Blithe. Mais Eddie avait pris la défense de son associée.

— Nous nous sommes donné pour mission d'éveiller les consciences, Steve. C'est notre rôle à nous, journalistes. Au moins ainsi les habitants de San Francisco ne pourront-ils pas nous reprocher de ne pas les avoir mis en garde le jour où les Chinois se révolteront.

Mais les fils de l'empire du Milieu continuaient à courber l'échine envers et contre tout, et les politiciens comme les hommes d'affaires en profitaient.

La jeune femme était allée jusqu'à dénoncer le double jeu du gouverneur Stanford et si elle avait connu l'implication de son amant, John Vancamp, dans l'importation des régiments de coolies à la Central Pacific, elle n'aurait pas hésité à le livrer lui aussi à la vindicte populaire – laquelle ne paraissait toutefois guère soulevée par le sort des Chinois. Ses concitoyens appréciaient pourtant les restaurants ouverts par ces derniers, et n'auraient jamais imaginé confier leur linge à des mains qui ne fussent pas jaunes.

Catherine aurait aimé apporter une aide plus efficace à son ami, mais elle savait que son pouvoir était limité. Et Suey Long n'attendait rien de plus d'elle que sa sympathie. Lui aussi savait que Catherine utilisait toutes ses armes pour « éveiller les consciences », comme aimait à le répéter Eddie.

— A Chinatown, vous serez toujours chez vous, lui dit-il avant de la quitter.

La jeune femme ne laissait jamais partir Suey sans lui demander des nouvelles de Little Yes. Après l'incendie des premiers locaux du *Yerba Buena Star*, elle avait fait une donation aux Six Compagnies pour la fondation d'une école. Little Yes avait suivi les cours avec beaucoup d'application.

Elle n'avait pas été surprise d'apprendre qu'il était l'un des meilleurs éléments. Une fois sa formation terminée, il avait quitté San Francisco et était parti apprendre un métier à Sacramento.

— Little Yes vient d'être engagé dans un journal. Il est content et son employeur prétend qu'il ira loin.

— Mais pourquoi n'est-il pas venu me voir ? s'exclama la jeune femme. Je l'aurais engagé.

Suey Long sourit.

— Little Yes est très fier. Il espère bien travailler un jour pour vous, Catherine, mais avant, il veut être devenu un grand journaliste. Il dit qu'il ne désire pas vous faire perdre des lecteurs avec ses articles encore maladroits.

La jeune femme éclata de rire.

— Je le reconnais bien là, Suey. Quand tu lui écriras, dis-lui qu'il est une pire tête de mule que moi. Mais que le jour où il se sentira prêt, il trouvera du travail ici, et il sera payé le même salaire qu'un Blanc.

En riant, elle ajouta :

— Dis-lui aussi que je ne tiens pas à ce que mes lecteurs désertent le *Yerba Buena Star* parce qu'ils auront trouvé un meilleur journaliste ailleurs.

— Little Yes sera très heureux, Catherine. Il vous admire beaucoup.

— Et moi, j'ai beaucoup d'affection pour vous deux, Suey. Tu sais que toi aussi tu es chez toi ici.

Avant de partir, le Chinois lui remit fièrement les exemplaires du *Sacramento Herald* où étaient parus les premiers articles de son fils.

Lorsqu'elle fut seule, Catherine Tourneur s'empressa de les lire. Elle ne s'était pas trompée. Little Yes savait manier la plume. Il avait encore à apprendre à l'utiliser comme une arme pour défendre les causes justes, mais cela viendrait avec un peu de temps et d'expérience.

Si les articles de son protégé l'avaient séduite, c'était un autre nom qu'elle avait retenu en refermant le journal : Earl Wright. C'était la première fois qu'elle lisait ce nom, mais elle savait qu'elle ne l'oublierait pas. Earl Wright était caricaturiste. Les journaux aimaient faire appel à des artistes pour illustrer leurs papiers et brocarder les politiciens, notamment. Or, cet Earl Wright avait un trait d'une intelligence qu'elle avait rarement rencontrée chez ses collègues.

Elle posa les journaux sur la table de son bureau. Dans le mouvement, un objet tomba sur le sol. Elle le ramassa et constata qu'il s'agissait de l'éperon d'argent perdu par le meurtrier de son mari.

— Mon Dieu, s'exclama-t-elle, te revoici... je t'avais presque oublié.

Elle considéra l'objet longuement et referma sa main, mais quand elle sentit les pointes de l'étoile s'enfoncer dans sa chair, elle la rouvrit aussitôt. Elle sourit.

— Tu vois, tu ne me donnes même plus envie de sortir mon revolver. Il y a si longtemps que je ne le porte plus, d'ailleurs ! Je suis vraiment devenue une dame.

Elle songea à John. Non, ce soir, elle n'avait pas envie de le voir. C'était curieux, il était si différent d'Eugène... Bien sûr, il lui avait fait découvrir le plaisir. Bien sûr, il lui procurait toujours autant de jouissance. Pourtant, elle savait ce qu'il valait et jamais elle n'accepterait de pousser plus avant leur relation. Mais alors, pourquoi ne le quittait-elle pas ? D'autres hommes lui faisaient la cour.

Frank Bartleby était libre, désormais. Le tribunal lui avait accordé le divorce depuis que la folie de sa femme avait été jugée incurable. Sa fille Virginia avait épousé un jeune avocat, Lloyd Torn, un beau garçon à qui tout le monde promettait un bel avenir et dont la famille appartenait à la grande aristocratie du Sud. Malgré leurs origines sudistes, les Torn n'avaient pas eu à souffrir de la guerre de Sécession. Ils avaient vendu leurs plantations depuis longtemps et étaient venus s'installer à San Francisco, sans autre raison que de profiter des charmes de la région. Ils pouvaient se permettre de vivre de leurs rentes. Lloyd avait des ambitions politiques et il était persuadé que le barreau lui permettrait de gravir rapidement les échelons du pouvoir.

Depuis que sa fille avait quitté le domicile paternel, Frank, qui n'avait jamais retrouvé son fils George, vivait seul dans son ranch en compagnie de son fidèle Salvador. Certes, il avait une liaison avec Isabelle François, mais

Catherine savait qu'il lui suffirait d'un mot pour qu'il lui demande de l'épouser. Or, elle se sentait toujours bien avec lui. C'était un être droit, cultivé et raffiné. Il avait toujours respecté ses idées et l'avait soutenue dans tous ses combats. Peut-être était-il lui aussi un bon amant.

Mais non, rien n'y faisait, elle retournait immanquablement vers cet escroc de John Vancamp. Il devait y avoir une raison à cette liaison contre nature, ainsi que l'avait qualifiée Frank. Une raison sans rapport avec le sexe. Une raison qu'elle ne comprenait pas encore, mais qui lui apparaîtrait sûrement un jour.

Catherine soupira. Elle hésita et rangea finalement l'éperon dans le tiroir de son bureau. C'était la première fois qu'elle le faisait disparaître délibérément. Cela aussi avait-il un sens caché, qui lui apparaîtrait un jour ?

— Je commence à réagir comme Eddie, murmura-t-elle en riant. Moi aussi je me mets à rechercher des liens improbables entre les faits.

Après avoir rangé l'éperon, elle reprit un exemplaire du *Sacramento Herald* et examina une nouvelle fois les dessins d'Earl Wright.

— Il faut que je montre ça à Eddie dès la première heure, demain. Si ce Wright a un prix, je veux qu'il travaille pour le *Yerba Buena Star* avant que le mois soit terminé !

21

Isabelle François referma le livre et le posa sur sa table de chevet. Manon, qui reposait à côté d'elle, caressa ses longs cheveux blonds et déposa un baiser sur son épaule dénudée avant de se blottir dans ses bras.

— Il parle de toi ? demanda-t-elle.

Isabelle sourit.

— Oui, dit-elle, je suis surprise parce qu'il est vraiment gentil. Quand je lis ce qu'il dit de moi, j'ai presque l'impression qu'il parle d'une autre femme... d'une femme respectable.

Manon laissa sa main glisser vers les seins d'Isabelle, qui ferma les yeux de plaisir.

— Tu vois, ma chérie, en définitive, ce n'est pas l'argent qui t'a procuré cette respectabilité, murmura-t-elle tout en caressant la peau diaphane de la femme qu'elle aimait. Depuis que tu as créé le Gai Paris, tu as bien changé. Aujourd'hui, il ne reste plus que quelques tables de jeu et plus personne ne triche. Les artistes que tu fais venir de Paris plaisent par la qualité de leur programme plus que par le scandale du cancan.

— Oh, le cancan n'était pas bien méchant. Mais, aujourd'hui, le public est plus raffiné. Il a plus d'exigence. La concurrence est plus rude. Il faut savoir s'adapter.

Elle se tourna et regarda son amie. Elle lui caressa le visage avec beaucoup de tendresse.

— Tu as toujours été la plus fidèle, Manon. De toute ma vie, personne ne m'a jamais donné autant de tendresse. Je ne sais pas ce que je deviendrais sans toi.

Des larmes perlèrent aux yeux de l'ancienne prostituée.

— Je t'aime, murmura Manon en s'efforçant de maîtriser son émotion.

Isabelle l'embrassa longuement.

— Pourtant, je ne te suis pas fidèle et tu le sais.

Manon secoua la tête.

— Mais tu reviens toujours vers moi. Je crois que Frank Bartleby ne réussira jamais à t'enlever à moi, Isa.

Isabelle François sourit tristement.

— Il n'en a jamais eu l'intention. Catherine Tourneur a beau poursuivre sa liaison avec John Vancamp, Frank sera toujours amoureux d'elle. Parfois, lorsque nous faisons l'amour, je le regarde et je sais que c'est à elle qu'il pense.

— Je ne t'ai jamais entendu parler ainsi de John. Tu en étais tellement amoureuse.

Isabelle posa un doigt sur les lèvres de sa compagne.

— C'est du passé, chérie. J'ai été aveuglée par sa beauté et sa prestance, comme Catherine, mais contrairement à elle, j'ai cessé de fermer les yeux sur son comportement. C'est drôle, nous n'avons jamais été amants, pourtant il se confie à moi comme si nous étions mariés. Si je racontais à Catherine toutes les horreurs qu'il commet, je crois qu'elle ne voudrait plus le voir.

— Pourquoi ne le fais-tu pas ?

— Oh, à quoi bon ! Il ne m'inspire plus que de la pitié, aujourd'hui. Tu vois, il essaie de s'acheter une respectabilité pour obtenir l'amour de Catherine, mais il est incapable de renoncer à ses petites magouilles. Sais-tu que c'est lui qui a organisé la venue des coolies qui travaillent à la construction de la voie ferrée ? Si Catherine l'apprenait... mais non, je ne lui dirai jamais rien de tout cela. Aujourd'hui, John souffre plus que si elle renonçait à lui, parce qu'il conserve l'espoir de conquérir son cœur. Si elle venait à renoncer à lui totalement, je suis sûr qu'il se tournerait vers moi, mais il n'aurait plus rien à espérer. Si Catherine lui cédait, il aurait le sentiment d'avoir remporté sa plus belle victoire et il ne lui resterait pas fidèle très longtemps. Cet homme est un joueur. Il aime trop l'excitation du jeu pour se satisfaire d'une victoire. C'est ainsi que je l'ai découragé de jouer à nos tables. En donnant l'ordre de le laisser gagner à tous les coups. Au bout de trois jours, il s'est lassé.

— Tu tiens à le faire souffrir ? s'inquiéta Manon. C'est donc que tu l'aimes encore.

Isabelle François sourit.

— Non, ma petite Manon, c'est juste qu'il me rappelle mon ancienne vie. Je ne suis plus la demi-mondaine qui a provoqué la mort du juge Malot. T'ai-je dit que je suis souvent prise de remords quand je songe qu'il est mort par ma faute ? Si je veux que John souffre, c'est parce qu'il cause trop de malheurs autour de lui. C'est un être nuisible. J'aimerais que le ciel lui fasse payer ses méfaits. Mais, moi, je ne ferai rien contre lui. J'ai déjà trop à me faire pardonner.

— Je t'aime, Isa, murmura Manon.

— Moi aussi, je t'aime, même si ce n'est pas tout à fait comme tu le souhaiterais. Viens, mon cœur, j'ai envie que tu me fasses l'amour.

Le livre qui reposait sur la table de chevet d'Isabelle François s'intitulait *Personnages d'exception de San Francisco*. Il était signé Eddie Wallgreen. C'était le premier recueil de nouvelles que publiait le jeune journaliste. Il avait commencé par faire paraître ses textes, individuellement, dans l'*Overland Monthly*, une revue de qualité créée par Anton Roman, un ancien *fortyniner* devenu libraire puis éditeur. La revue était dirigée par Bret Harte, qui allait devenir l'une des figures majeures de la littérature de l'Ouest. Anton Roman, qui appréciait la prose d'Eddie Wallgreen, lui avait proposé de réunir ses nouvelles en un recueil et l'accueil du public avait été enthousiaste.

Si Eddie y parlait d'Isabelle, c'est qu'il voulait rendre hommage au parcours de la Française. Il ne taisait rien des rumeurs qui avaient circulé à son arrivée sur la manière dont ses filles trichaient sans vergogne. Mais il s'attardait surtout sur l'évolution de la jeune femme, qui avait eu à cœur d'améliorer la qualité de ses spectacles afin de proposer à une clientèle de plus en plus respectable et raffinée ce qui se faisait de mieux à Paris. Il concluait son récit en affirmant que si, aujourd'hui, San Francisco pouvait s'enorgueillir de la richesse de sa vie culturelle, Isabelle François y était sûrement pour beaucoup.

Toutefois, le journaliste s'attachait surtout à des personnages plus pittoresques, qui avaient eu leur heure de gloire dans la jeune cité. Celle de ses nouvelles qui séduisit le plus ses lecteurs, par son mélange de tendresse et d'ironie, fut sans conteste « Un empereur à San Francisco ». Il y racontait l'histoire de Joshua A. Norton. Cet Anglais, qui disposait d'une petite fortune personnelle, avait commencé sa carrière dans la région au temps de la fièvre de l'or. C'était alors un agent immobilier et un agent de change très prospère sur Montgomery Street, mais le krach du 17 septembre 1859 l'avait mis sur la paille. Le malheureux avait alors perdu la raison. Un jour, il avait informé la population, par une proclamation officielle, que la législature de l'Etat de Californie l'avait élu empereur des Etats-Unis. Il exigeait, désormais, d'être appelé par son titre officiel : « Empereur Norton Ier ».

Il est probable que, dans bien des villes, Norton aurait été interné ou, tout au moins, serait devenu la cible de tous les quolibets. A San Francisco, les choses se passèrent tout autrement. La municipalité lui offrit le costume de sa fonction et on vit bientôt le brave Norton Ier parader dans sa redingote bleue à épaulettes dorées, la tête couverte d'un chapeau en fourrure de castor surmonté d'un plumet du plus bel effet, balançant une canne dans une main, une ombrelle dans l'autre.

L'empereur veillait à ce que les policiers soient tous à leur poste ; il surveillait également la construction des immeubles et s'assurait que chacun respectait scrupuleusement les règlements municipaux. Un jour, il émit une proclamation exigeant la construction d'un pont qui réunirait les deux rives de la Porte d'Or. Si, alors, cette initiative fit sourire, elle n'en trouva pas moins sa réalisation trois quarts de siècle plus tard avec la construction de l'un des ponts les plus célèbres du monde, le Golden Gate Bridge.

L'empereur avait ses entrées dans tous les restaurants de la ville, où il mangeait à satiété sans jamais avoir à débourser un cent. Quand il se trouvait à cours de liquidités, il émettait des bons du Trésor d'une valeur nominale de cinquante cents ; ceux-ci trouvaient toujours preneur. Le jour où son costume fut usé, la municipalité lui en remit un neuf, à l'occasion d'une cérémonie grandiose. Le lendemain, l'empereur adressait au Conseil une lettre de remerciements et conférait à chaque conseiller un titre de noblesse.

Bientôt, on put voir l'empereur Norton Ier suivi par deux chiens errants qui s'étaient attachés à son auguste personne. Chaque jour, ceux-ci faisaient consciencieusement la tournée des restaurants, où des restes les attendaient toujours. Lorsque la municipalité fit voter une loi interdisant la présence de chiens errants dans les rues de la ville, elle s'empressa de préciser, par une ordonnance spéciale, que Lazarus et Bummer, les fidèles compagnons de l'empereur, n'étaient bien évidemment pas concernés par la mesure.

Lorsque Lazarus se fit écraser par une voiture de pompiers, en 1863, la ville lui organisa des funérailles officielles. Deux ans plus tard, quand ce fut au tour de Bummer de quitter ce monde, l'animal, qui avait quelque peu perdu les faveurs de la population en raison d'une incontinence regrettable, eut néanmoins droit à un bel éloge funèbre dans la presse. Mark Twain lui-même, l'une des nouvelles gloires du journalisme local, y alla de son hommage, affirmant que si la disparition de Bummer n'avait pas suscité la même ferveur que celle de son ami Lazarus, c'était sans doute parce que lui était décédé de mort naturelle et entouré d'amis qui avaient pu recueillir ses dernières paroles d'amour et de résignation. Twain concluait son article sur ces mots : « Il est mort vieux, respecté, malade et pouilleux. »

Le professeur Frederick Coombs, le phrénologue officiel de la ville, qui ressemblait étonnamment à George Washington, eut également droit à une nouvelle. Le praticien avait pris l'habitude de se promener en costume colonial, le crâne recouvert d'une perruque blanche poudrée. Il brandissait un étendard, proclamant qu'il n'était ni plus ni moins que Washington II. Un autre personnage extraordinaire évoqué par Eddie Wallgreen était le Grand Inconnu qui parada pendant des années dans les rues de la ville, sans jamais sortir de son mutisme. Longtemps, les habitants de San Francisco s'interrogèrent sur cet homme dont ils n'avaient jamais réussi à percer l'identité réelle, mais à force de s'envelopper de mystère, le Grand Inconnu finit par lasser son public et il perdit l'attention à laquelle il paraissait accorder tant de prix.

A la parution du livre, Catherine avait craint que son ami ne renonce à sa collaboration avec le *Yerba Buena Star*, mais Eddie l'avait rassurée. Il prenait trop de plaisir à mener de front ses deux activités pour sacrifier l'une à l'autre. Une réception avait été organisée par le *Yerba Buena Star* et l'*Overland Monthly* pour célébrer la parution de *Personnages d'exception de San Francisco*. Elle se déroula à l'International Hotel, sur Jackson Street, entre Montgomery et Kearny ; ce très élégant immeuble de cinq étages avait été l'un des premiers à avoir pu revendiquer une protection totale contre l'incendie.

A cette occasion, Catherine et Eddie avaient éprouvé une émotion particulière.

— Que de chemin parcouru ! observa le jeune homme. Tu te souviens de notre arrivée ?

La journaliste rit.

— Oui, je n'étais pas une partenaire très facile à vivre en ce temps-là. Et jamais tu ne t'es découragé. Tu as supporté mes humeurs avec une constance qui me touche énormément lorsque j'y songe aujourd'hui.

— Je t'avais connu un autre visage pendant la traversée des plaines, Kate. Et puis, je n'ignorais pas ce que tu venais de vivre. Aujourd'hui que j'ai un fils, moi aussi, je mesure mieux le calvaire que cela a dû être pour toi. Tu as été très courageuse.

Elle eut une petite moue.

— Il y a quelques mois, j'ai rangé l'éperon dans un tiroir de mon bureau. C'est curieux, vois-tu, la blessure est toujours là, mais je me suis habituée à vivre avec elle. Je crois que c'est elle qui m'a donné ma force, Eddie.

— Je t'aurais préférée moins forte, Kate, observa le jeune homme, et plus heureuse. Dis-moi, pourquoi ne t'es-tu jamais remariée ?

Catherine rit.

— Cela viendra peut-être un jour, qui sait ? Mais je vis très bien ainsi. Le journal remplit une bonne part de mon existence et pour l'autre, j'ai mes amis. Frank et toi, en particulier.

— Et John ! fit Eddie avec une pointe de sarcasme.

Quand il avait écrit ses nouvelles, il n'avait pas manqué d'en consacrer une au Hollandais, mais il ne l'avait jamais publiée par respect pour son amie.

— John n'est pas un ami, Eddie. C'est un amant, rien de plus. En fait, je crois que c'est une des conséquences de ma blessure… je veux parler de la mort d'Eugène et de la disparition de Thomas. J'ai fait un certain progrès dans la voie de la guérison, puisque je suis capable de donner mon corps, mais je ne suis pas encore tout à fait prête à donner mon cœur. Ce n'est pas que j'aurais le sentiment de trahir Eugène. Non, plus maintenant. Mais j'aurais l'impression d'être infidèle au souvenir de mon fils. Si je dois le retrouver un jour, j'aurai des réserves d'amour à lui dispenser.

Eddie ne voulait pas laisser son amie s'engager plus avant dans cette voie. Il savait qu'il arrivait encore à Catherine de sombrer dans des crises de désespoir. Celles-ci étaient beaucoup plus rares que par le passé, mais elles entraînaient toujours son amie vers une pente dangereuse. Dans ces moments-là, la séduction de la mort était forte.

— Je suis ravi d'apprendre que John n'est pas un ami, Kate. Un jour, je te ferai lire la nouvelle que je lui ai consacrée.

La jeune femme éclata de rire.

— Cachottier ! Tu ne m'en avais jamais parlé.

Eddie rit lui aussi.

— Par pur respect pour vous, ma chère. Mais, maintenant, il nous faut prendre en compte ton nouvel admirateur.

Catherine afficha une expression de surprise, mais ses regards se tournèrent dans la direction du buffet où Earl Wright était en grande discussion avec Little Yes, qui avait quitté Sacramento pour la circonstance. Le jeune caricaturiste ne l'avait pas quittée des yeux depuis le début de la réception et cela n'avait échappé ni à la jeune femme ni à son associé.

— Allons, dit Eddie, tout le monde ici a bien vu la manière dont ce jeune homme te couve des yeux depuis que nous l'avons débauché au *Sacramento Herald*. Une initiative des plus heureuses, d'ailleurs. Il a vraiment un talent étonnant. Je suis ravi qu'il ait accepté de dessiner une couverture pour mon livre. Mais cela n'empêche qu'il est amoureux de toi et que cela crève les yeux.

— Ne sois pas sot, Eddie. C'est un gamin.

Il examina le caricaturiste et secoua la tête.

— Il est jeune, c'est sûr, mais ce n'est plus un gamin, Kate. D'ailleurs, j'ai l'impression qu'il a dû cesser de l'être très tôt. Il a dans les yeux une sorte de gravité qui n'est pas de son âge. On la retrouve dans ses dessins, c'est ce qui leur confère une telle puissance.

— C'est vrai, reconnut Catherine. J'ai été surprise lors de notre première rencontre. Je m'attendais à rencontrer un homme beaucoup plus âgé.

Frank Bartleby vint rejoindre ses amis.

— Pardonnez-moi mon retard : des soucis au ranch.

Lorsqu'il eut félicité Eddie Wallgreen pour son livre et lui eut dit à quel point il avait apprécié la finesse de l'écriture et la subtilité des tableaux, le jeune auteur s'excusa et alla rejoindre Sandy et leur fils Francis.

— Tes soucis au ranch, rien de grave, j'espère ? demanda Catherine.

Frank haussa les épaules.

— Plus contrariants que graves. J'aurais aimé acheter les terres qui entourent ma propriété afin d'y installer des champs de blé, mais la Central Pacific me répond toujours que ces parcelles ont été vendues. Cela fait une éternité que cela dure et je ne vois toujours personne s'y installer. Bien sûr, il y a une espèce de cahute sur les terres, mais personne ne l'habite. C'est étrange. J'ai l'impression que cela cache quelque chose, mais je n'arrive pas à savoir quoi.

22

Si, aux premiers temps de San Francisco, la presse avait connu une période erratique, elle n'avait désormais plus rien à envier à celle de la côte est. Outre les quotidiens et hebdomadaires, on trouvait des revues littéraires, humoristiques ou illustrées. Certaines se spécialisaient dans l'agriculture, le commerce, la pêche et bien d'autres sujets encore. La civilisation apprivoisait peu à peu l'Ouest sauvage.

Ainsi, le *Daily Dramatic Chronicle* proposait un guide gratuit des représentations théâtrales, financé uniquement par la publicité. Les critiques caustiques de ses créateurs, les tout jeunes frères De Young, étaient très appréciées d'un public fortement marqué par l'esprit de la Frontière. Lorsque ceux-ci annoncèrent, avant tous les autres journaux de San Francisco, la mort du président Lincoln, leur revue remporta un tel succès que Charles et Michael Harry De Young décidèrent de lancer un quotidien, le *Morning Chronicle*, dont les articles conservèrent le ton mordant de leurs critiques précédentes.

La diversité des organes de presse n'était pas le seul élément de fierté de la ville. Plusieurs journaux et revues pouvaient se vanter de compter certaines des plus belles plumes du pays. Parmi celles-ci, trois au moins connurent une renommée mondiale en tant qu'écrivain : Bret Harte, Mark Twain et Ambrose Bierce. Ces deux derniers ravissaient particulièrement les lecteurs qui appréciaient leur cynisme et leur goût du macabre. Les gens de l'Ouest aimaient les écritures viriles et sans concessions ; ils ne dédaignaient pas non plus un certain sens de l'absurde.

Une sorte d'esprit bohème s'était installé dans les milieux artistiques, suivant en cela la tendance en vogue à Paris. Le transcontinental permettait des déplacements plus aisés et un certain nombre d'auteurs de l'Est vinrent enrichir la communauté locale. Leur style était nettement plus raffiné et policé que celui de leurs confrères californiens et il est indéniable qu'il exerça une influence lénifiante sur certains. Mais fort heureusement, les rédactions de San Francisco comptaient en leur sein suffisamment d'esprits forts pour préserver l'originalité du style de la Frontière.

En 1865, Bret Harte publia la première anthologie de poésie californienne, intitulée *Outcroppings*[1]. Mais celle-ci ne regroupait que dix-neuf auteurs et n'était nullement représentative. Choqué par tant d'oublis, Sam Brannan, le président du premier comité de vigilance, qui n'était pourtant pas un expert en matière littéraire, finança, dans un esprit purement philanthropique, un travail similaire, mais plus complet, entrepris par May Wentworth, *The Poetry of the Pacific*[2]. Cet ouvrage recensait soixante-quinze auteurs. Dans un cas comme dans l'autre, il fallait bien reconnaître que la poésie locale était encore loin d'avoir atteint sa pleine maturité, ce que May Wentworth reconnaissait volontiers dans sa préface, rappelant que la Californie n'était encore qu'un Hercule au berceau.

Toute cette émulation ne pouvait manquer d'attirer des artistes en tout genre. C'est ainsi que lorsque le jeune caricaturiste Earl Wright avait reçu la lettre des éditeurs du *Yerba Buena Star*, il n'avait guère eu besoin des encouragements de son ami Little Yes pour accepter leur offre. San Francisco offrait sans conteste plus de débouchés que Sacramento. Ce n'était pourtant pas le cœur tout à fait léger qu'il s'était mis en route.

Le jeune Chinois, qui était le seul à connaître l'histoire de son ami, lui avait dit :

1. *Outcrop :* affleurement. En l'occurrence, on pourrait traduire *outcroppings* par « émergences ».

2. *La Poésie du Pacifique.*

« San Francisco est devenue une grande ville, Earl. Ce n'est plus le village que tu as connu. Et puis, tant d'années se sont écoulées... Tu as bien changé. Ne t'en fais pas. Tu es un homme, désormais, et tu es maître de ta destinée. »

Le caricaturiste avait oublié toutes ses inquiétudes dès qu'il avait aperçu Catherine Tourneur. Il était immédiatement tombé sous le charme des grands yeux noisette de son nouvel employeur. Il n'avait encore jamais connu l'amour, mais il sut le reconnaître au premier regard. Il avait beau n'avoir guère plus de vingt ans, et la journaliste près de la quarantaine, il se jura qu'il saurait s'en faire aimer.

Il l'avait déjà séduite sur le plan professionnel, il entendait bien réussir à gagner également son cœur. En tant qu'illustrateur, il travaillait le plus souvent chez lui. Suey Long lui avait trouvé au cœur de Chinatown un appartement où la lumière entrait par de larges baies vitrées. Le jeune homme s'arrangeait toujours pour livrer ses dessins en fin de journée, à un moment où il savait que Catherine était seule. Il ne manquait jamais de lui apporter des fleurs, des chocolats de chez Ghirardelli, dont il savait la jeune femme friande, ou un repas qu'il s'était procuré dans l'un des restaurants cantonais préférés de la journaliste – Catherine était tellement absorbée par son travail qu'elle en oubliait régulièrement de prendre le temps de manger.

Il sentait bien que la journaliste était sensible à ses attentions, même si elle faisait semblant de ne pas remarquer que celles-ci n'étaient pas dues uniquement à la gentillesse de son nouveau collaborateur.

Le soir de la célébration de la publication du livre d'Eddie Wallgreen, le jeune homme se jura de ne pas attendre plus longtemps pour lui déclarer sa flamme. Catherine était plus belle que jamais dans sa longue robe en velours bordeaux ornée de dentelles de Paris. Il était si nerveux qu'il ne parvint pas à en détacher ses regards de toute la soirée.

Lorsque Little Yes lui fit observer qu'on lisait en lui comme en un livre ouvert, il sentit le courage lui manquer. Prétextant un travail en retard, il s'esquiva en bredouillant, mais, une fois dehors, il fut incapable de rentrer chez lui. Il erra dans les rues de la ville en se reprochant sa lâcheté.

Catherine s'apprêtait à quitter la réception quand Little Yes demanda à lui parler en privé. Il entraîna son amie à l'écart. La jeune femme le sentait mal à l'aise.

— Que se passe-t-il, Little Yes ? Tu es enfin prêt à rejoindre notre équipe et tu n'oses pas me l'annoncer, c'est ça ? plaisanta-t-elle.

Le Chinois sourit.

— Non, Catherine, je voulais venir vous voir demain pour vous en parler.

— Tu sais bien que ta place t'attend.

— Vous avez toujours été très bonne envers moi et mon père. Mais, ce soir, je voudrais vous parler d'un sujet beaucoup plus grave.

— Je t'écoute, l'encouragea Catherine.

— Je connais vos relations avec John Vancamp, Catherine, et je sais que cela ne me regarde pas.

La journaliste secoua la tête.

— Nous sommes entre amis, Little Yes, tu peux tout me dire.

— C'est que, de toute façon, je ne peux pas me taire. Mon père aurait aimé vous parler depuis longtemps, mais il n'en a jamais trouvé le courage. Moi, je dois parler.

Il avait beau déclarer qu'il désirait parler, le Chinois resta un long moment silencieux et il fallut que Catherine l'encourage à nouveau pour qu'il se décide à livrer ce qu'il avait sur le cœur. Et lorsqu'il reprit la parole, il y avait des flammes dans ses yeux. Des flammes de rage.

— Ce Vancamp est une ordure, Catherine.

La jeune femme sourit.

— C'est un homme d'affaires qui ne s'embarrasse pas de scrupules, j'en conviens.

— Cela ne me regarde pas, la coupa Little Yes. Ce sont les affaires et, dans ce milieu-là, la délicatesse n'est pas de mise. Je ne suis pas assez naïf pour l'ignorer. Mais ce qu'il a fait aux miens, je ne peux l'accepter.

Le front de la journaliste se plissa.

— Il a fait du mal à Suey ?

— Non, il n'oserait pas. Il sait que Suey est votre ami, et puis Suey est puissant, aujourd'hui. Vancamp ne s'en prendrait jamais à lui. Vous savez bien qu'il ne maltraite que les plus démunis. En fait, c'est à mon peuple qu'il a fait beaucoup de tort, Catherine. Mon père a appris, de façon tout à fait fortuite, que c'est Vancamp qui a organisé la venue en Californie des coolies employés par milliers à la construction du chemin de fer. Il les a acheminés jusqu'ici comme s'il s'agissait de vulgaire bétail. Pourtant, il leur avait fait payer leur traversée à un prix tel que la plupart ne pourront jamais rentrer chez eux parce qu'ils n'auront pas assez de toute leur vie pour le rembourser. Alors, pour récupérer ses avances, maintenant que la Central Pacific n'a plus besoin de leurs services, Vancamp procure à ces malheureux coolies des emplois dont aucun Blanc ne voudrait. Malgré cela, les Blancs, qui connaissent de plus en plus de difficultés pour trouver du travail, prennent les Chinois en grippe et les persécutions contre les miens sont plus vives que jamais.

— Tu es certain que c'est Vancamp qui est derrière tout ça ?

— Oh, bien sûr, il n'apparaît pas directement. Tous ces financiers ont l'art de confier leurs sales besognes à des hommes de paille, mais Suey est catégorique. C'est bien le Hollandais qui se trouve derrière ce trafic d'hommes.

Catherine Tourneur resta un long moment silencieuse, puis elle posa une main sur le bras du jeune homme.

— Je te crois, Little Yes. Tu as bien fait de te confier à moi. Il ne faudra jamais laisser un malaise s'installer entre nous. L'amitié est trop précieuse.

Un sourire radieux éclaira le visage du Chinois.

— J'ai dit à mon père qu'il aurait dû vous informer de la chose dès qu'il en avait eu connaissance, mais il ne voulait pas vous causer de peine. Moi, je savais que vous nous écouteriez.

— Tu as raison, Little Yes. Je n'ai plus de famille, mais Suey et toi, tout comme Frank et Eddie, vous êtes ma famille, désormais. Demain, je compte te voir à mon bureau à la première heure, d'accord ? Ton contrat est déjà rédigé.

— Je serai là, Catherine, comptez sur moi.

La journaliste ne se soucia pas de prendre congé des personnes présentes à la réception. Elle s'en alla sans un mot et se précipita chez le Hollandais. Lorsque John lui ouvrit la porte, il comprit tout de suite qu'il n'allait pas aimer ce qu'il était sur le point d'entendre. Il ne se trompait pas. Catherine déversa toute sa rancœur sur son amant. Lorsque Vancamp voulut lui prendre le bras pour tenter de l'apaiser, elle hurla :

— Ne me touche pas ! Tu m'as suffisamment souillée comme ça. Plus jamais tu ne poseras la main sur moi.

— Voyons, Catherine, laisse-moi t'expliquer...

— Il n'y a rien à expliquer, John. Tu es une ordure. Je le savais, mais je ne voulais pas en tenir compte tant que tu me comblais en tant qu'amant. Là, tu es allé trop loin. Je te conseille de lire mon éditorial, demain. Je suis sûre que tu vas l'apprécier à sa juste valeur... la valeur d'une ordure !

Elle sortit en claquant la porte et le Hollandais saisit une lampe qu'il envoya se fracasser contre le mur.

— Non ! hurla-t-il. Ça ne peut pas se terminer ainsi. Je n'ai pas dit mon dernier mot. Je dois trouver le moyen de la regagner. Je le trouverai ! Quoi qu'il dût m'en coûter.

Catherine lança ses chevaux à vive allure et ne ralentit qu'en arrivant à la porte de la Villa Yerba Buena. Elle s'apprêtait à entrer chez elle quand elle aperçut une ombre assise sur le porche.

— Qui est là ? s'exclama-t-elle.

— C'est moi, dit Earl.

Catherine se calma aussitôt. Elle n'avait aucune raison de retourner sa colère contre le caricaturiste.

— Mais que fais-tu là ? Tu as vu l'heure ?

— Je n'arrivais pas à trouver le sommeil.

— Alors, tu t'es dit que nous pourrions discuter tranquillement au clair de lune ? Veux-tu que je fasse allumer un feu de camp ? Ce serait sympathique de chanter au...

Earl Wright s'approcha et posa le bout des doigts sur les lèvres de la jeune femme, qui le sentait trembler de tout son corps.

— Je vous aime, Catherine, dit-il en un souffle.

Elle sourit.

— Voyons, Earl, j'ai le double de ton âge…

— Et alors ? L'un de vos auteurs n'a-t-il pas dit que la valeur n'attend pas le nombre des années ?

La journaliste éclata de rire.

— Je n'ai jamais désiré une femme à ce jour, et je vous jure que je n'en désirerai jamais aucune autre, poursuivait Earl.

Il y avait tant de candeur dans les yeux de ce garçon d'habitude si grave… Jamais, même au temps de ses fiançailles avec Eugène, Catherine n'avait senti autant d'amour l'envelopper. Brusquement, elle se prit à songer aux étreintes de John Vancamp. Il n'y avait jamais eu la moindre once de tendresse dans leurs ébats. L'un comme l'autre s'étaient comportés comme des animaux incapables de maîtriser leurs pulsions.

— Je sais que vous êtes ma patronne, reprit Earl. Et si vous ne voulez pas de moi, je quitterai le journal dès demain. Je serais incapable de vivre auprès de vous si vous ne m'aimez pas, Catherine. Je partirai…

Ce fut au tour de la jeune femme de poser sa main sur les lèvres du jeune homme.

— Tais-toi, Earl, tu dirais des sottises.

Puis elle ouvrit la porte de la maison. Elle lui prit la main et dit :

— Viens.

Et d'une voix à peine audible, elle ajouta :

— Je sais que je suis folle, mais j'ai été raisonnable trop longtemps.

23

Le jeune homme ne regarda pas l'intérieur de la maison. Il y aurait vu une décoration raffinée et sobre tout à la fois, qui tranchait avec les résidences luxueuses des nouveaux riches qu'avait produites la construction du transcontinental. La journaliste avait fait venir ses meubles de France, dans le plus pur style Directoire, mais elle avait toujours refusé l'ostentation. Quand Sharon, sa vieille servante, vint prendre ses ordres, Catherine lui dit qu'elle pouvait aller se coucher et, sans plus s'occuper d'elle, elle entraîna Earl vers sa chambre.

Là, le jeune homme la prit dans ses bras et elle ne lui refusa pas ses baisers. Lorsqu'il commença à la déshabiller, elle le laissa faire et lorsqu'elle fut nue, elle s'allongea sur le lit et lui tendit les bras. Earl vint s'allonger près d'elle et ce fut au tour de Catherine de lui retirer ses vêtements. Il avait un corps presque frêle, mais une poitrine solide et des muscles fermes.

Elle ferma les yeux et sentit le désir monter en elle avec une puissance impérieuse. Elle ne comprenait pas ce qui lui arrivait. Même John ne lui avait jamais produit pareil effet. Pour la première fois depuis bien des années, elle se sentait aimée et avait le sentiment d'aimer également. Il y avait de la passion dans l'étreinte d'Earl, mais également une infinie tendresse. Catherine ferma les yeux et s'abandonna à son plaisir.

— Je t'aime, Catherine, ne cessait de répéter le jeune homme en couvrant son corps de baisers.

Il se mit à lui embrasser les seins, puis ses lèvres descendirent le long du corps de la jeune femme, jusqu'à son sexe. La jouissance était telle que Catherine ouvrit les yeux et voulut attirer le jeune homme vers elle. Elle voulait le sentir en elle. Se donner à lui pleinement.

Mais, brusquement, elle le repoussa avec violence. Elle se sentait gagnée par un vertige terrifiant. Earl se méprit sur la réaction de sa partenaire et chercha à l'attirer à nouveau vers lui. Il répéta :

— Je t'aime, Catherine.

— Non, dit-elle, c'est impossible !

D'un bond, elle se redressa. Elle avait les pupilles dilatées et paraissait en proie à une profonde agitation. Earl s'approcha d'elle, mais la jeune femme saisit son peignoir et s'en enveloppa, puis elle prit le visage du garçon dans ses mains.

— Mon Dieu, c'est impossible, dit-elle, les yeux embués de larmes. Je vais devenir folle.

Earl Wright était désemparé.

— Voyons, je t'aime vraiment, Catherine. Il faut me croire...

La jeune femme lui caressait le visage en le dévorant des yeux, comme si elle le voyait pour la première fois. Après un long moment, elle réussit à articuler :

— Oh, mon chéri, je sais et moi aussi, je t'aime !

— Mais alors... ? s'étonna le jeune homme.

— Mais alors, je ne peux pas t'aimer ainsi que tu le souhaites. Et toi non plus.

Elle prit la main d'Earl et l'entraîna vers sa psyché.

— Il y a si longtemps que je t'aime et il faut que je te retrouve dans de telles circonstances ! C'est trop horrible. Nous avons été sur le point de commettre un acte contre nature, mon chéri.

Earl Wright se sentait de plus en plus égaré. Il ne comprenait rien à l'attitude de sa partenaire. Catherine le plaça dos à la psyché et lui fit, très doucement, tourner la tête de manière à ce qu'il puisse contempler son dos.

— Tu vois cette marque sur ton épaule ? Cette espèce de bateau avec une voile...

— Elle a toujours été là, murmura le jeune homme. C'est une tache de naissance.

— Je sais, mon chéri. Je sais… Je la connais bien, cette marque-là.

Catherine dut reprendre son souffle pour parvenir à articuler :

— Nous ne pouvons pas devenir amants, parce que je suis ta mère !

Ce fut au tour d'Earl de la repousser.

— C'est du délire ! s'exclama-t-il.

Catherine s'efforça de le calmer.

— Tu ne t'appelles pas Earl Wright, mon enfant…

— C'est vrai, reconnut le jeune homme. J'ai changé de nom il y a plusieurs années. Mais, crois-moi, Catherine, je ne m'appelle pas non plus Tourneur. En réalité, ma mère est folle. Elle ne s'est jamais remise de la mort de mon frère aîné, dans les neiges de la sierra Nevada, au cours de sa venue en Californie avec mon père. Elle m'a fait vivre un véritable enfer. C'est pour ça que j'ai fugué quand j'avais dix ans, avec ma nounou mexicaine. Maria est morte des fièvres il y a quelques mois. Je ne suis pas ton…

La tête de Catherine se mit à tourner et Earl dut la soutenir pour l'empêcher de tomber. Il la prit dans ses bras et alla la déposer sur le lit. Sa nudité commençait à le mettre mal à l'aise et il entreprit de se rhabiller pendant que la jeune femme reprenait ses esprits. Quand le rythme de son cœur eut commencé à ralentir, celle-ci bafouilla :

— Tes… parents… ne me dis pas que ton… père est… Frank Bartleby ?

— Si, et ma mère Emily. Aujourd'hui, il paraît qu'elle est internée dans un institut de Francfort, en Pennsylvanie.

Catherine se redressa d'un bond.

— Frank ! hurla-t-elle. Non ! Pas lui !

Earl sentit un vent de panique s'emparer de lui. Se pouvait-il que la femme qu'il aimait fût en train de sombrer dans la folie, comme sa propre mère ? Se pouvait-il qu'il ne réussît jamais à échapper à la démence de ses proches ?

Mais Catherine se reprenait déjà. La haine qui sommeillait en elle depuis quelques années venait de renaître avec plus de force que jamais.

— Viens, dit-elle en tendant la main à son compagnon. Tu dois savoir.

Elle se dirigea vers son bureau et Earl la suivit comme un mort-vivant. Tous les cauchemars de l'enfance l'assaillaient à nouveau. Pourtant, il essayait de se calmer. Catherine paraissait avoir retrouvé ses esprits. Elle était de nouveau la femme de tête qui dirigeait le *Yerba Buena Star*, la femme qui l'avait séduit au premier regard.

Elle ouvrit un tiroir et en sortit un éperon d'argent qu'elle posa devant le jeune homme.

— Cet éperon, commença-t-elle, appartient au meurtrier de ton véritable père. Il appartient à l'homme qui, après avoir tué mon mari, t'a enlevé dans ton berceau, alors que tu n'avais que quelques mois.

— Voyons, c'est impossible, murmura Earl.

Catherine fouilla dans ses papiers et retrouva le premier numéro du *Yerba Buena Star*, un exemplaire sur mauvais papier que le temps avait jauni, mais dont le texte demeurait parfaitement lisible. C'était dans ce numéro qu'elle avait raconté le drame des Truckee Meadows et promis une forte récompense à celui qui lui permettrait de retrouver son enfant et le meurtrier de son mari. Elle le tendit à Earl.

— Lis ceci, mon garçon, dit-elle d'une voix blanche.

Quand il eut achevé sa lecture, le jeune homme reposa le journal sur le bureau de sa mère.

— Ainsi, murmura-t-il, je m'appelle en réalité Thomas Tourneur.

— Oui, déclara Catherine. Et tu es mon fils.

Le jeune homme se leva d'un bond.

— Je crois que c'est moi qui vais devenir fou ! s'exclama-t-il.

— Non, mon garçon ; maintenant que je t'ai retrouvé, nous n'allons plus nous quitter. Il y a si longtemps que j'attends ce moment.

Elle s'approcha de son fils, les bras ouverts, mais Thomas Tourneur la repoussa.

— Non, dit-il, c'en est trop pour une seule soirée. Je ne sais plus qui je suis. Je ne sais plus où j'en suis. Je ne sais plus rien.

Il tourna les talons et se précipita vers la porte du bureau. Catherine hurla le nom de son fils, qui traversait la maison en courant.

— Reviens, Thomas !

Mais il avait déjà claqué la porte derrière lui. La journaliste sentit un froid glacial s'emparer d'elle et elle perdit connaissance.

24

Même si Sharon, la vieille servante de Catherine Tourneur, ne comprenait pas le français, elle n'eut aucune peine à interpréter les premiers mots de sa maîtresse lorsque celle-ci reprit connaissance. Contrairement aux idées véhiculées par une certaine littérature, ce ne fut pas : « Où suis-je ? », mais :

— Je vais le tuer !

Aussitôt, la vieille dame s'efforça d'apaiser la journaliste. Se méprenant sur l'identité de la personne visée par la déclaration de sa maîtresse, elle voulut savoir si « monsieur Earl » s'était mal comporté avec elle.

— Il semblait pourtant un jeune homme si correct, précisa-t-elle.

Catherine la rassura : Earl, qui d'ailleurs s'appelait Thomas et qu'elle ne voulait plus entendre nommer autrement, n'était pas la cible de sa fureur.

— Thomas est mon fils, tu comprends ?

Mais la brave Sharon ne pouvait pas comprendre. La journaliste se précipita dans sa chambre et ressortit le costume de son mari, qu'elle portait à son arrivée à San Francisco. Ensuite, elle regagna son bureau où elle s'empara du colt Dragoon, vérifia qu'il était chargé et fixa la cartouchière à sa taille. Enfin, elle dit à sa vieille servante :

— Va à Chinatown. Trouve Little Yes. Il doit être chez son père. Tu connais l'adresse. Dis-lui de chercher Thomas... non, dis-lui de retrouver Earl Wright au plus vite et de l'empêcher de commettre une sottise.

— Mais il fait nuit, s'inquiéta Sharon.

— File ! ordonna Catherine. Ne perds pas une minute. C'est peut-être une question de vie ou de mort. S'il arrive quelque chose à mon fils, je t'en tiendrai pour personnellement responsable.

Sans écouter les récriminations de la vieille servante, Catherine sortit et lança sa voiture au galop dans le vent de la nuit.

Il était presque deux heures quand elle arriva au ranch Bartleby. Lorsque Frank la vit pénétrer telle une furie dans son salon, il blêmit.

— Assassin ! s'écria-t-elle en s'avançant vers celui qui fut son ami.

L'Anglais n'eut pas besoin de l'interroger pour comprendre à quoi elle faisait allusion.

— Thomas... enfin, Earl, non, George Bartleby, bafouilla-t-elle, il sort de chez moi. Il était venu me déclarer son amour.

Incapable de poursuivre, elle aspira profondément avant de hurler :

— Tu t'imagines que j'ai été sur le point de faire l'amour avec mon propre fils ! Par ta faute. S'il n'avait pas eu cette tache de naissance...

L'Anglais ferma les yeux et se prit la tête dans les mains.

— Il fallait que ça arrive, murmura-t-il.

Puis, comme s'il n'était plus en prise avec la réalité, il ajouta :

— Mon Dieu, comme il a changé. Je ne l'ai même pas reconnu.

Catherine sortit le colt Dragoon et le pointa sur l'Anglais. Au même instant, la porte s'ouvrit et Salvador, attiré par les cris de la jeune femme, se précipita pour la désarmer. Catherine avait eu le temps de pivoter et un coup de feu claqua, mais la balle alla se ficher dans le plafond. Salvador venait de lui arracher l'arme des mains.

— Laisse-la, ordonna Frank.

Salvador hésita.

— Rends-lui son arme, Salvador, et laisse-nous, insista-t-il.

Catherine ne put maîtriser ses larmes. Elle reprit le colt des mains de Salvador et alla s'affaler dans un fauteuil Chippendale.

— Comment as-tu pu ? sanglota-t-elle. Toi ?

L'Anglais fit signe à l'Indien de sortir, puis il approcha un siège de celui de son amie.

— Tu veux vraiment savoir ? demanda-t-il. Tu sais, Catherine, si tu voulais me tuer, je le comprendrais fort bien et je ne ferais rien pour t'en empêcher. Aujourd'hui, la vie vient de perdre tout son sens pour moi.

La colère de Catherine était plus vive que jamais, mais elle se sentait incapable de tuer Frank de sang-froid, sans l'avoir au préalable écouté. Elle aurait tant voulu qu'il réussisse à lui faire comprendre l'inexplicable.

— Je t'écoute, murmura-t-elle sans lever les yeux du sol.

Elle tremblait de tout son corps.

— Voilà... Emily et moi avions décidé de nous joindre, avec notre fils Gregory, qui allait avoir deux ans, au convoi des Donner. Tu en as amplement entendu parler à ton arrivée. Les responsables du convoi nous avaient expliqué que nous emprunterions une nouvelle route découverte par Lansford Hastings. Elle était censée nous faire gagner plusieurs semaines de voyage. En réalité, nous nous sommes heurtés à des difficultés imprévues lors de la traversée des montagnes Wasatch, puis à nouveau dans le désert du Grand Lac Salé. Lorsque nous avons retrouvé la piste de la Californie, à Elko, nous avions perdu trois semaines. Là, la rivière Humboldt nous a posé de nouveaux problèmes. De sorte que lorsque nous sommes arrivés dans la sierra Nevada, une tempête de neige avait bloqué la passe. Nos provisions étaient quasiment épuisées.

Frank Bartleby se leva et alla se remplir un verre du *pisco* que John Sutter continuait à lui faire parvenir avec les caisses de champagne. Il adressa un signe à Catherine pour lui demander si elle en désirait également, mais la jeune femme lui fit signe de poursuivre son récit. L'Anglais vida son verre d'un trait et s'en remplit un second avant de venir se rasseoir.

— Une quinzaine d'hommes ont enfilé des raquettes pour tenter de gagner Fort Sutter et en ramener de l'aide. Hélas ! ils se sont perdus et quatre d'entre eux sont morts dans un blizzard. Les survivants avaient épuisé tous leurs vivres. Trois autres sont décédés un peu plus tard et leurs compagnons n'ont eu d'autre solution que de...

Il s'interrompit. Les mots avaient toujours autant de mal à franchir ses lèvres que lorsqu'il avait confié une partie de son récit à John Sutter.

— Ils ont mangé leurs compagnons. C'est à moitié nus et au bord de l'inanition qu'ils sont, en définitive, arrivés au fort. Pendant ce temps-là, notre situation s'était encore dégradée et certains de nos compagnons avaient également eu recours au cannibalisme. Notre petit Gregory avait contracté la fièvre et Emily était sur le point de donner naissance aux jumeaux. Moi, je quittais régulièrement le camp dans l'espoir de trouver de quoi les nourrir. Parfois, je ne rapportais rien de plus que des écorces d'arbres, qui ne faisaient que tromper notre faim. Un jour, à mon retour, j'ai découvert notre abri vide. Quand j'ai retrouvé Emily, elle m'a expliqué qu'une femme du groupe était venue lui demander de l'aider pour creuser la neige dans l'espoir de trouver un point d'eau.

Frank but une nouvelle rasade de whisky. Catherine l'écoutait sans lâcher son Dragoon.

— Cela m'a paru bizarre, reprit l'Anglais. Je lui ai demandé où se trouvait Gregory. Elle m'a répondu qu'il dormait bien au chaud dans son berceau. Mais le berceau était vide. Nous nous sommes aussitôt mis à la recherche de notre fils. Emily cherchait d'un côté, moi de l'autre. A un moment, j'ai entendu des hommes parler. Je me suis approché...

Frank s'interrompit à nouveau. Il vida son verre et son corps fut secoué de soubresauts. Il ne devait pas espérer trouver le moindre réconfort dans les yeux de son amie. Il serra les poings pour maîtriser son émotion et ce fut d'une voix hachée par les sanglots qu'il poursuivit.

— J'ai reconnu Ben Cartwright, un de nos compagnons de route. L'homme avec qui il parlait, je ne l'ai pas identifié tout de suite. Entre eux, il y avait le cadavre déchiqueté de Gregory. Ces salauds l'avaient tué pour... le manger. J'ai sorti mon revolver et j'ai abattu le deuxième homme. Cartwright, lui, a réussi à s'enfuir. J'ai juré d'avoir sa peau, mais je ne l'ai jamais revu. Sutter m'a appris qu'il était mort dans la sierra. J'ai enterré notre fils en creusant la terre à mains nues. A mon retour au camp, la femme qui avait réclamé l'aide d'Emily avait disparu, elle aussi. Quand elle a vu mon expression, ma femme a aussitôt compris qu'elle ne serrerait plus jamais Gregory sur son cœur. Elle a été prise d'une crise de larmes dont j'avais l'impression que nous ne verrions jamais la fin.

Catherine sentait l'émotion de l'Anglais la gagner, mais elle ne voulait pas y céder. Cet homme était l'assassin d'Eugène. C'est lui qui avait enlevé le petit Thomas au berceau !

— Nous ne pouvions rester avec ces anthropophages. J'avais entendu certains d'entre eux parler de mettre Salvador à mort pour se procurer de la viande. J'ai proposé à l'Indien de nous accompagner. Sans lui, nous serions morts. Quelques jours plus tard, Emily m'a annoncé qu'elle sentait que la délivrance était toute proche. Nous avons dressé le camp et je l'ai assistée du mieux que j'ai pu, compte tenu des circonstances. Bientôt, le premier bébé s'est présenté. C'était Virginia. Puis il s'est passé quelques minutes et les contractions ont repris. Un second enfant est apparu, un garçon, mais il était mort-né. Emily a perdu conscience et est restée prostrée dans une sorte de délire pendant plusieurs jours.

Les yeux de l'Anglais étaient devenus vitreux. C'était comme s'il revivait, dans l'instant, des événements vieux de plus de vingt ans.

— Pendant cette période de délire d'Emily, tandis que Salvador veillait sur elle, je suis parti en quête de nourriture. A un moment, j'ai aperçu de la fumée. Je m'en suis rapproché et c'est là que j'ai découvert une cabane dans laquelle se trouvait un Français en compagnie d'un nouveau-né. Je lui ai demandé de l'aide. Je lui ai proposé de lui acheter deux têtes de bétail, mais il n'a rien voulu entendre.

Je lui ai expliqué notre situation, mais il demeurait désespérément buté. Il disait qu'il devait penser à son propre enfant. Je lui ai alors demandé s'il n'avait pas de femme. Il a prétendu qu'elle était morte en couches... je suppose qu'il avait peur que je ne m'en prenne à toi. J'ai insisté, je me suis mis à hurler, à le traiter d'assassin, à lui parler de charité chrétienne... Je devais avoir l'air passablement dément. Il a cru que j'allais l'agresser, je suppose, car j'ai vu sa main se diriger lentement vers le colt qu'il portait à la ceinture. Je n'avais aucune intention de lui faire du mal, Catherine.

Frank vida son verre.

— Pourtant... je ne sais pas ce qui m'a pris... J'ai eu peur de mourir, sans doute, et de ne pouvoir ramener à manger à Emily. J'ai dégainé et tiré avant même d'avoir réalisé ce qui se passait. Il n'a presque pas bougé, mais le sang s'est mis à jaillir sur sa chemise. L'enfant a commencé à hurler. J'ai aussitôt pensé qu'il allait se retrouver seul et qu'il avait toutes les chances de mourir. Puis j'ai songé à Emily et au petit jumeau mort à la naissance. Perdre deux enfants en si peu de temps serait insupportable pour elle. J'ignorais que tu étais vivante, Kate.

La jeune femme l'interrompit.

— Je m'appelle Catherine, fit-elle avec rage.

Frank reprit sans relever l'interruption :

— J'ai volé un cheval dans l'enclos, enveloppé le nourrisson dans mon manteau, puis j'ai emmené deux bœufs et j'ai regagné le campement. Ton fils avait dû naître quasiment le même jour que les jumeaux. Quand Emily est sortie de son délire, deux nourrissons se trouvaient auprès d'elle.

Il soupira.

— Je n'ai jamais réussi à savoir si elle a vraiment été dupe. Peut-être est-ce parce qu'elle ne l'a pas été qu'elle s'est toujours montrée aussi injuste envers George.

— Thomas, le reprit la jeune femme.

— Pour elle, il s'agissait de son fils, Catherine. Donc de George. Je te l'ai dit, je ne cherche aucune excuse et je comprends fort bien que tu veuilles me tuer.

La journaliste resta un long moment silencieuse. Lentement, elle releva la tête et fixa Frank Bartleby. Ses yeux étaient vides de toute expression.

— Quand je suis arrivée ici, j'étais décidée à te tuer, Frank. Après avoir écouté ton histoire, je crois que l'envie m'en est passée. Ne crois pas que ce soit de la pitié, ni même de la compassion. Te laisser vivre avec ton remords est, je crois, bien pire que te tuer. Tu as volé mon bébé et que s'est-il passé ? Ta femme est devenue folle, ton fils t'a abandonné et, aujourd'hui, il est revenu vers moi.

Catherine se leva. Il n'y avait plus que de la haine dans son regard et dans sa voix.

— Et, crois-moi, ce n'est pas encore fini. Le pire reste à venir pour toi, gronda-t-elle.

Elle déposa le colt Dragoon sur la table, à côté de Frank.

— Moi, je n'en aurai plus besoin, désormais. Cette arme était réservée au meurtrier de mon mari. Je te la laisse. Peut-être en feras-tu meilleur usage que moi.

Et sans se retourner, elle se dirigea vers la porte. Au-dehors, Salvador l'observait.

— Tu savais tout depuis le début, toi, n'est-ce pas ?

L'Indien baissa la tête.

— Je savais ce que le patron m'a raconté.

La journaliste réalisa que c'était la première fois qu'elle entendait l'Indien prononcer une phrase complète.

— Tu devrais le laisser seul pour le moment, Salvador.

— Je pense, au contraire, qu'il a besoin de moi.

— Accorde-lui quelques minutes, insista Catherine.

Salvador hésita, mais la jeune femme ne paraissait pas décidée à lui céder le passage.

— Qu'attendez-vous de lui, maintenant ?

— Nous allons le savoir dans un instant.

Une lueur d'inquiétude s'alluma dans les yeux de Salvador, mais Catherine lui barra l'entrée de la maison. Elle écouta, un doigt posé sur les lèvres, pour imposer silence. Au bout de quelques minutes, elle dit :

— Je crois que tu peux y aller maintenant, Salvador. Cet homme n'a vraiment aucune dignité, aucun courage.

— Vous n'étiez pas là quand il a trouvé ces salauds en train de se délecter de son enfant.

Catherine ne prit pas la peine de répondre et se dirigea vers sa voiture. Elle allait démarrer quand Salvador saisit le mors des chevaux.

— Le patron a assez souffert comme ça. Je vous en prie... votre Dieu enseigne le pardon, n'est-ce pas ?

— Malheureusement, je ne crois plus en Dieu depuis longtemps, Salvador.

Et elle lança ses chevaux au galop. Le vent de la nuit balayait les larmes sur son visage. Elle avançait sans être bien consciente du chemin qu'elle empruntait. Quand elle réalisa qu'elle approchait de la maison de John Vancamp, elle ralentit le pas. Oui, c'était le destin qui l'avait dirigée vers le Hollandais et elle comprenait parfaitement pourquoi.

Quand John Vancamp vit Catherine Tourneur debout sur le seuil de sa porte en habits d'homme, il fronça les sourcils. La jeune femme le repoussa et entra dans son salon sans y avoir été invitée.

— Tu veux toujours m'épouser, John ? demanda-t-elle.

Le Hollandais paraissait totalement ahuri.

— Oublie tout ce que je t'ai dit, tout à l'heure, reprit Catherine. Je le pensais, et je le pense toujours, mais c'est désormais sans importance. Veux-tu toujours m'épouser, John ?

— Bien sûr, Catherine, répondit le Hollandais.

— Alors, fais publier les bans dès demain.

John Vancamp ignorait ce qui avait précipité la décision de sa maîtresse, mais il se prit à songer qu'il avait eu raison de croire que leur histoire ne pouvait s'achever ainsi.

— Seulement, il y a une condition.

— Acceptée d'avance, dit-il.

— Je veux que tu détruises Frank Bartleby. Je veux que tu le pousses à la ruine. Je veux qu'il ait des dettes jusque par-dessus la tête. Je veux qu'un jour, sa vie soit devenue un tel enfer qu'il y préfère encore l'enfer de l'au-delà. Je veux l'acculer au suicide, John !

— C'est comme si c'était fait, ma chérie, jura le Hollandais avec une jubilation profonde. Et puis, je songe à une petite délicatesse qui pourrait lui faire encore plus de mal que la ruine.

La jeune femme fronça les sourcils.

— Il a bien une fille, non ? Virginia. Elle a épousé un avocat, Lloyd Torn, qui se rêve déjà gouverneur. Je crois que Frank adore sa fille.

Catherine resta un long moment songeuse, puis, avec un sourire mauvais, elle dit :

— Je comprends maintenant pourquoi je ne t'ai jamais quitté malgré le mépris que tu m'inspires, John.

25

Thomas avait la tête en feu. Il n'arrivait pas vraiment à assimiler tout ce que lui avait dit Catherine Tourneur. Il s'était trouvé au paradis et l'instant d'après, plongé en enfer. Il s'efforçait de songer que, somme toute, il avait de la chance. Il avait retrouvé une mère aimante. Une mère qu'il pourrait, enfin, aimer et respecter. Mais pourquoi fallait-il que cette mère fût la femme dont il était tombé éperdument amoureux ? Et pourquoi fallait-il que l'homme qu'il avait toujours considéré comme son père fût le meurtrier de son véritable géniteur ?

Le jeune homme dévalait Russian Hill sans prêter la moindre attention aux somptueuses demeures qui s'y érigeaient désormais. De certaines émanaient les échos de réceptions, mais le seul bruit qu'il percevait était celui du sang qui battait à ses tempes.

A force de marcher, Thomas se retrouva dans le quartier du port. Il n'avait encore jamais mis les pieds dans cette partie de la ville que l'on avait baptisée la côte de la Barbarie. Ici, entre les quais et East Street à l'est, Clay et Commercial Street au sud, Broadway au nord et Grant Avenue et Chinatown au sud, il ne faisait pas bon s'égarer. Surtout la nuit. C'était le quartier le plus mal famé de la ville avec ses criminels et ses maisons closes sordides. Les ruelles y étaient étroites et sombres ; certaines portaient des noms très évocateurs comme Murder Point ou Dead Man's Alley. Il y régnait en permanence une odeur pestilentielle.

Le *Call* avait consacré un article à cette côte de la Barbarie. Il la présentait comme le paradis de la débauche et le havre de la destruction. Un lieu « pour les blasés et les nymphes du pavé ». Les habitués du coin n'avaient pourtant aucun point commun avec les Sydney Ducks ou les Régulateurs. Ils ne semaient pas la panique dans la ville, mais le bourgeois qui s'égarait dans leur domaine ne devait pas être surpris s'il s'en revenait plus léger qu'il n'était arrivé. Et la police s'estimait heureuse si, au petit matin, elle n'avait à déplorer qu'un seul meurtre, le plus souvent un règlement de comptes « entre amis »...

Bientôt, Thomas se trouva environné d'une cacophonie de sons divers. Des innombrables tavernes, salles de danse, caves lui parvenaient des accents de trombones, de pianos, de clarinettes et de violons. Il finit par pousser la porte d'un de ces lieux de plaisir. Il n'était pas habitué à boire de l'alcool mais, ce soir, c'était d'un solide remontant qu'il avait besoin.

Dès qu'il fut installé et qu'il eut commandé de la bière, Thomas fut la cible de bien des attentions. La pratique du shanghaiage était toujours en vigueur sur le port, lequel était quasiment devenu une zone de non-droit où les rabatteurs ne se gênaient pas pour exercer leur métier en toute tranquillité. En 1868, deux des plus célèbres shanghaieurs, « Shanghai » Brown et John Hart, avaient été arrêtés pour abordage illicite d'un vaisseau, mais leur condamnation s'était limitée à une amende de vingt dollars et ils n'avaient pas tardé à reprendre leurs activités.

Certains commandants de navire qui refusaient de se plier aux pratiques des rabatteurs avaient mystérieusement disparu, ce qui avait considérablement découragé ceux qui auraient eu des velléités de s'opposer à ce qui constituait à proprement parler un cartel du crime. Un officier qui avait, malgré tout, porté plainte contre un shanghaieur avait subi de telles menaces qu'il avait fini par retirer sa plainte. Les matelots qui refusaient de se montrer coopératifs étaient drogués ou tabassés ; il n'était pas rare qu'ils se réveillent au large.

Sur ce plan-là, les choses n'avaient guère changé à San Francisco et tant que la police ne se déciderait pas à réagir, elles ne risquaient guère d'évoluer dans le bon sens. Or, comme les policiers étaient toujours aussi corrompus, les honnêtes gens préféraient ne pas s'aventurer sur la côte de la Barbarie après la tombée du jour.

Deux hommes ne tardèrent pas à venir s'installer à la table de Thomas. Ils l'entreprirent aussitôt, lui demandant si cela ne l'intéresserait pas de s'engager pour un voyage au long cours. Un baleinier devait quitter le port dans les trois jours, et il avait besoin d'hommes d'équipage.

— Toi, dit l'un des deux shanghaieurs, t'es pas le genre à traîner dans des rades comme ceux-ci. T'es trop bien fringué pour ça.

— T'as la gueule du mec qu'a un chagrin d'amour, pas vrai ? demanda le second.

Thomas haussa les épaules.

— Rien de tel qu'un voyage en mer pour vous remettre les idées à l'endroit. T'as déjà vu des baleines cracher au milieu de l'océan ?

Thomas reconnut que non, puis il expliqua qu'il n'était pas marin mais dessinateur, et travaillait dans la presse.

— Bon sang, vieux, mais c'est formidable ! s'exclama le second homme. Tu pourrais t'embarquer à titre de journaliste. T'en ferais des dessins là-bas ! J'suis sûr que les journaux te les paieraient un bon prix à ton retour.

— Si tu veux, enchaîna le premier homme, on t'arrange le coup avec le capitaine. On le connaît bien, Sam et moi. C'est un chic type qui m'appelle toujours Slim[1] Jack, rapport au fait que je suis bien trop gros. Tu vois, il a de l'humour, le vieux renard. Tous les gars qui travaillent pour lui l'adorent.

Il fallait vraiment que Thomas ne connût rien à la vie des marins pour croire pareille déclaration. Sur son bâtiment, le capitaine était toujours le seul maître à bord, comme au temps de William Bligh[2]. Le plus souvent, l'expression « seul maître à bord après Dieu » n'était qu'une formule vide de sens. Dieu n'était jamais présent dans ces

1. *Slim :* svelte, mince.

2. William Bligh était le capitaine du *Bounty*, sur lequel sa cruauté provoqua une célèbre mutinerie en 1789.

cas-là. Les châtiments corporels étaient encore fréquents à bord des navires et quelques officiers qui avaient abusé des mauvais traitements s'étaient vus condamner par les tribunaux, mais il s'agissait de cas exceptionnels. Le plus souvent, les responsables de ces actes inhumains passaient à travers les mailles du filet.

Le jeune homme était tellement absorbé par ses pensées et les propos de ses nouveaux compagnons qu'il ne vit pas le Chinois qui ouvrit la porte de la taverne et ressortit après avoir seulement jeté un regard circulaire sur la salle.

— Oui, dit-il, vous avez peut-être raison. Cela pourrait m'intéresser.

Les deux hommes échangèrent un regard entendu.

— Et puis, si tu donnes un coup de main aux copains, tu pourrais en plus te faire un peu de pognon.

Thomas haussa les épaules. L'argent n'était pas son souci premier, pour l'instant.

— Et combien de temps durera cette expédition ?

— Bah, ça dépend si vous tombez rapidement sur les baleines, répondit Sam.

— Tu sais, ça peut durer jusqu'à deux ans, précisa Slim Jack. Mais t'as toujours la possibilité de te faire débarquer, si t'en as marre. Ça ne posera pas de problème.

Les deux hommes savaient fort bien qu'une fois à bord, leur pigeon n'aurait pas l'occasion de sortir son cahier à dessin. Il serait mis à la corvée comme tous les matelots et il était hors de question pour lui de rompre son engagement avant le retour du navire.

— Deux ans, ça me va, dit Thomas. Je ne suis pas pressé de revenir.

— Bien, dit le plus âgé des deux hommes. Tu ne le regretteras pas, vieux. Si tu veux, on t'emmène voir le capitaine, que tu signes ton engagement.

— Rien ne presse, dit Thomas en buvant sa bière.

— Ben, on a d'autres gars à lui livrer... enfin, à lui amener.

Le jeune homme haussa les épaules.

— Après tout, ici ou ailleurs...

Il suivit ses compagnons dans la rue. Ceux-ci lui demandèrent de les attendre quelques minutes. Ils revinrent bientôt avec une charrette sur laquelle trois hommes étaient allongés.

— Qu'est-ce qu'il leur est arrivé ? s'inquiéta Thomas.

— Oh, ils étaient tellement heureux de trouver un engagement qu'ils ont bu plus qu'ils n'étaient capables de le supporter, mais on ne va pas les laisser à quai pour ça, pas vrai ?

Thomas ne répondit pas. En fait, il n'en avait rien à faire, de ces trois hommes. Depuis que ses compagnons lui avaient parlé de ces deux années en mer, il avait le sentiment d'avoir trouvé la solution à ses problèmes. Il éprouvait le besoin de mettre de la distance entre Catherine et lui. Peut-être qu'après une longue absence, il serait capable de la considérer comme sa mère et non plus comme la femme dont il était amoureux.

Le curieux équipage arrivait sur les quais quand un groupe de Chinois armés jusqu'aux dents les entoura. Slim Jack et Sam essayèrent de s'enfuir, mais leurs agresseurs étaient trop nombreux et leur coupaient toute possibilité de retraite. Thomas sortit un couteau de sa ceinture et s'adossa à un mur, prêt à vendre chèrement sa vie.

— Ne crains rien, Earl, c'est moi. Nous sommes ici pour te tirer de là.

— Little Yes ? s'exclama Thomas.

Son ami s'approcha tandis que les Chinois maîtrisaient ses compagnons.

— Catherine a demandé à la vieille Sharon de venir me prévenir : d'après elle, tu risquais de commettre une bêtise.

Le journaliste eut un petit rire grinçant.

— La moitié des gars de Chinatown doivent être occupés à te chercher à travers toute la ville. Par bonheur, on t'a retrouvé à temps. Ces salauds étaient sur le point de te shanghaier.

— Mais pas du tout ! se récria Thomas. Je les accompagne de mon plein gré.

Et il raconta à son ami la manière dont s'était achevée sa soirée, depuis le retour de la journaliste à la Villa Yerba Buena.

— Catherine est ta mère ? s'étrangla le Chinois. Bon sang, je comprends que tu sois bouleversé, Earl.

— Thomas, le reprit le jeune homme.

— Oui, Thomas. En plus, l'homme que tu prenais pour ton père...

Mais son ami l'interrompit.

— Je ne veux plus parler de ça pour l'instant, Little Yes.

— Mais voyons, Tom, tu ne vas pas t'engager sur un baleinier.

— J'ai besoin de temps. Je dois mettre de la distance entre cette ville et moi. Il y traîne trop de fantômes...

— Mais, bon sang, la vie sur un baleinier, c'est l'enfer. Et ces types t'ont menti, tu ne pourras jamais quitter le bord avant le retour du bateau.

Thomas haussa les épaules.

— Je n'en ai pas l'intention. Et rien ne peut être pire que l'enfer dans lequel je me suis trouvé plongé ce soir.

Little Yes voulut poursuivre, mais son ami ne lui en laissa pas l'occasion.

— N'insiste pas, Little Yes, ma décision est prise et personne ne m'en fera changer. Maintenant, si tu es mon ami, va trouver Catherine. Explique-lui ce que je viens de te dire. Dis-lui que j'ai besoin de temps. A mon retour, je serai peut-être capable de l'appeler « maman ». Pour l'instant, c'est impossible. Et puis, si je ne quitte pas San Francisco, je risque de commettre une folie bien pire que ce qu'elle redoute. Qu'elle ne m'en veuille pas. J'ai besoin qu'elle me comprenne. Elle m'a attendu pendant près de vingt ans, elle peut bien en patienter deux de plus. Cette fois, c'est moi qui le lui demande. J'en ai besoin.

Le jeune Chinois secoua la tête. Il n'aimait pas ce qu'il venait d'entendre, mais il sentait chez son ami une détermination que la raison ne parviendrait jamais à ébranler. Or, il se refusait à le ramener à la Villa Yerba Buena contre son gré. Il était probable que, d'ici quelques jours, Thomas regretterait sa décision et que Catherine serait folle de rage, mais il convenait de respecter le désarroi d'un ami.

— Je lui communiquerai ton message, Tom. Mais je crains de perdre son amitié à jamais.

Thomas posa une main sur l'épaule du jeune Chinois avec un petit sourire triste.

— Dis-lui que tu t'es comporté en ami. Que tu as su respecter mon choix. Et puis, surtout… veille sur elle.

Little Yes fit une grimace.

— Je ne suis pas sûr que cela suffise à la consoler. Mais c'est sans importance. Bonne chance, Tom, et tu peux compter sur moi pour veiller sur ta mère.

— Merci, Little Yes, je n'oublierai jamais.

— Pour ce qui est de ces trois types, lança le Chinois à l'attention de Sam et Slim Jack, je crois qu'ils préféreront se réveiller dans un bon lit, même à Chinatown, plutôt que sur un rafiot de malheur.

Il fit signe à ses compagnons qui poussèrent la charrette avec son triste chargement vers la ville. Thomas, lui, reprenait déjà sa route, en compagnie des deux rabatteurs, furieux de se voir privés de trois primes.

26

Il paraissait écrit que San Francisco n'était pas faite pour connaître longtemps la tranquillité. Après les Régulateurs et les Sydney Ducks, c'étaient désormais les *hoodlums*[1] qui faisaient parler d'eux. Ces truands, très jeunes pour la plupart, s'employaient en particulier à semer la terreur parmi la population chinoise.

Ils opéraient sous la conduite d'un « capitaine ». Leur quartier général était situé dans une cabane, sur un quai abandonné, disposant d'une entrée souterraine. Ils volaient tout ce qu'ils pouvaient, puis revendaient le produit de leurs larcins à des receleurs sur la côte de la Barbarie. Ces derniers étaient le plus souvent les patrons des tripots où les *hoodlums* engloutissaient tous leurs gains. Certains de ces gangs comprenaient des jeunes filles, lesquelles étaient parfois choisies comme capitaine par leur bande. Elles étaient souvent encore plus cruelles que leurs homologues masculins.

Outre leurs vols, les *hoodlums* prenaient également un malin plaisir à incendier les laveries chinoises, après avoir rossé leur propriétaire. Pendant l'été de 1868, une bande avait agressé un Chinois qui pêchait des crabes. Ses membres l'avaient dépouillé du peu qu'il possédait, puis ils l'avaient battu avec un bâton avant de le brûler en une

1. Ce terme, apparu à San Francisco en 1872, a été traduit par « truand », mais aucune explication de son origine n'a jamais été jugée certaine. La plus plausible fait référence à une déformation du cri poussé par ces truands au moment où un danger se présentait : *Huddle 'ems !*, en substance : « Planquez-vous ! »

douzaine d'endroits au fer rouge et de lui trancher la langue et les oreilles. Ce genre d'actes gratuits devait se poursuivre pendant toute la décennie suivante sans que la police ne vienne au secours des malheureux Chinois.

Il faut dire que le sentiment antichinois était plus vif que jamais. En 1870, la municipalité de San Francisco avait voté une ordonnance interdisant aux fils de l'empire du Milieu l'accès à la fonction publique. Si, en 1866, une mesure fédérale avait autorisé leurs enfants à fréquenter les écoles, cela restait soumis à l'accord des parents d'enfants blancs. Il faudrait encore patienter près de vingt ans pour que cette mesure devienne effective dans les faits. L'hôpital, quant à lui, ne les accueillait toujours pas.

La fermeture des mines d'argent de Comstock, par suite de l'épuisement du filon, et la fin de la construction du transcontinental avaient placé sur le marché du travail des dizaines de milliers de Chinois qui concurrençaient la main-d'œuvre blanche. Les coolies n'avaient même plus l'excuse d'accepter un labeur dont aucun Blanc n'aurait voulu. Désormais, les Jaunes se trouvaient en concurrence directe avec les Américains bon teint. Et, fidèle à son habitude, la police se gardait de se mêler d'affaires qui la dépassaient.

Les coolies destinés à travailler pour la Central Pacific n'étaient pas les seuls à être arrivés en masse à San Francisco. Chinatown possédait également son monde interlope. Si la plupart des Chinois s'efforçaient désormais de s'intégrer dans leur nouvelle communauté sans faire de heurts, on trouvait parmi eux, comme partout ailleurs, des individus désireux de faire fortune sans s'encombrer de scrupules.

Malgré leur diligence, les Six Compagnies ne pouvaient empêcher le vice de prospérer sur leur territoire. Dès le milieu des années cinquante, les bateaux en provenance de Chine avaient amené des prostituées pour alimenter les tripots locaux. Mais au début des années soixante-dix, ces filles, importées dans des conditions sanitaires aussi lamentables que celles imposées aux coolies, étaient presque au nombre de deux mille. Vendues par leur père, elles débarquaient dissimulées dans des caisses capitonnées, étiquetées « ustensiles ménagers », qui franchissaient sans encombre les contrôles douaniers grâce à la complicité d'employés soudoyés.

Ici, également, les forces de l'ordre restaient discrètes.

En une occasion, pourtant, les Six Compagnies réussirent à contraindre les policiers à fouiller un bateau en provenance de Canton. Ils y découvrirent quarante-trois fillettes âgées de huit à treize ans. Toutes étaient destinées à la prostitution. Elles furent aussitôt confiées aux sœurs de l'Institut du Bon Pasteur et la municipalité annonça fièrement qu'elle leur trouverait du travail sous peu, en tant que domestiques. En définitive, la plupart échouèrent dans les bordels qui auraient dû les accueillir à leur arrivée.

Suey Long mettait toujours le même acharnement à défendre la cause des siens, mais la partie était de plus en plus délicate. Le Chinois n'avait pas rompu ses relations avec Catherine Tourneur lorsque celle-ci avait épousé John Vancamp. Little Yes avait expliqué à son père les raisons qui avaient poussé la journaliste à agir de la sorte.

— Catherine n'est pas devenue mauvaise du jour au lendemain, père, déclara-t-il. Elle est seulement plus malheureuse que jamais. C'est maintenant que nous devons lui apporter notre soutien.

— Elle a épousé l'homme qui a transformé des milliers des nôtres en esclaves ! grondait Suey Long.

— C'est vrai, mais ne le faisons pas plus noir qu'il n'est, père. Ces hommes voulaient venir travailler ici. Ils désiraient fuir une guerre qui a fait des milliers de victimes chez nous. Est-ce qu'ils vivaient vraiment dans des conditions plus honorables en Chine ? Je sais, Vancamp a abusé de leur ingénuité. Mais regarde ce qui se passe chez nous, ici même, à Chinatown. Est-ce que ce ne sont pas des Chinois qui dirigent les maisons de prostitution ? Est-ce que ce ne sont pas des Chinois qui amènent des gamines pas même pubères pour les faire travailler dans leurs tripots ? Et les fumeries d'opium ! Est-ce qu'elles ne sont pas dirigées par des Chinois, elles aussi ? Vancamp a presque l'excuse, par rapport à ceux-là, de ne pas appartenir à notre race. Il n'a pas maltraité les siens.

— Voilà que tu prends sa défense, maintenant ! se révolta Suey.

Little Yes sourit.

— John Vancamp ne m'intéresse pas, père. Moi, c'est pour Catherine que je m'inquiète. Bartleby a tué son mari et enlevé son fils, il y a plus de vingt ans de cela. Lorsqu'elle retrouve Thomas, c'est pour le perdre à nouveau. Les deux années que Thomas devait passer en mer sont largement écoulées et il n'est toujours pas rentré. Dieu sait s'il reviendra jamais. N'a-t-elle pas des raisons de haïr Bartleby, lui qu'elle considérait comme l'un de ses amis les plus proches ? N'a-t-elle pas des raisons de vouloir lui faire rendre gorge ? Or, qui mieux que ce Hollandais de malheur pourrait être suffisamment dépourvu de scrupules pour exécuter sa vengeance ?

Suey Long était resté silencieux un long moment, puis il avait levé les yeux sur Little Yes. Il y avait toujours tellement de douceur dans le regard de cet homme quand il contemplait son fils. Il sourit.

— Ton cœur est baigné de sagesse, mon fils. Tu as raison, nous devons conserver notre soutien à Catherine. Mais je ne suis pas sûr que la vengeance soit un sentiment très honorable, Little Yes.

Le journaliste haussa les épaules.

— Si nous n'éprouvions que des sentiments honorables, père, San Francisco serait un paradis. Et puis, Catherine a davantage souffert que la plupart d'entre nous. Je n'oublie pas non plus que j'ai promis à Thomas de veiller sur elle. Lui aussi a suffisamment souffert comme ça.

La nuit même de l'engagement de Thomas sur le baleinier, Little Yes s'était rendu à la Villa Yerba Buena pour apprendre à Catherine le départ de son fils. La jeune femme avait secoué la tête en s'efforçant de maîtriser son émotion.

« Je le comprends, avait-elle dit. A sa place, j'aurais sûrement fait quelque chose de semblable. »

Sa voix s'était brisée.

« Mais c'est si dur... si douloureux ! »

Comme elle l'avait annoncé, le contrat de Little Yes était prêt lorsque celui-ci s'était présenté au journal, le lendemain, à la première heure. La matinée n'était pas encore arrivée à son terme que le jeune Chinois s'était demandé si cette première journée au *Yerba Buena Star* ne serait pas également sa dernière. Catherine avait rédigé un article mettant en cause l'intégrité de Lloyd Torn, le gendre de Frank Bartleby. A l'en croire, le jeune avocat aurait été coupable de malversations. Il aurait trempé dans le trafic de coolies venus alimenter la Central Pacific. Elle possédait, affirmait-elle, tous les documents appuyant ses dires. En somme, Lloyd Torn, le mari de la si jolie Virginia Bartleby, dont le dévouement aux associations caritatives de la ville était bien connu, n'était ni plus ni moins qu'un esclavagiste.

Lorsqu'il avait lu son article, Eddie Wallgreen avait été incapable de maîtriser sa colère, pour la première fois depuis qu'il travaillait avec la jeune femme.

« Bon sang, Kate, tu connais Frank depuis si longtemps ! C'est notre plus vieil ami. Comment peux-tu faire ça à sa fille ? Tu sais bien que ce que tu as écrit là n'est rien de plus qu'une calomnie de la plus vile espèce. »

Catherine, elle, n'avait pas perdu son calme. Au contraire, son sourire avait glacé le sang de Little Yes, qui s'était approché pour lire à son tour l'éditorial de sa nouvelle patronne.

« Je ne m'en prends pas à Virginia, Eddie. Je dénonce les crimes de son mari. Quant à Frank Bartleby, tu seras gentil de ne plus jamais prononcer son nom devant moi.

— Mais, voyons... »

Le jeune Chinois adressa un signe à Eddie pour lui faire comprendre qu'il valait mieux ne pas insister. Il comptait lui expliquer ce qui s'était passé lorsqu'ils se retrouveraient seuls.

« Quoi qu'il en soit, Catherine, je refuse de laisser passer un tel papier. »

Little Yes intervint à son tour.

« Pardonnez-moi, Catherine, mais je viens de parcourir votre article. Je comprends bien que vous vouliez châtier... cet Anglais, mais ce que vous prétendez là est faux, voyons. Ne vous ai-je pas dit que Suey...

— Justement, le coupa Catherine, toujours aussi glaciale et impavide, si ton père se met à colporter ces ragots, il répandra une idée... reçue, certes, mais erronée.

— Voyons... voulut intervenir le jeune Chinois.

— Je sais que Vancamp n'est pas un ange, c'est même l'un des hommes d'affaires les plus retors de la ville, mais je ne puis le laisser accuser d'une faute qu'il n'a pas commise. Si vous mettez en doute mon intégrité professionnelle, demain, j'apporterai les preuves de ce que j'avance.

— Alors, nous publierons cet article demain ! » lança Eddie.

La jeune femme se tourna vers son ami avec des flammes dans les yeux. D'une voix plus froide et tranchante que l'acier, elle martela :

« Eddie, ne me pousse pas à bout ! Cet article paraîtra aujourd'hui, même si je dois retourner te chercher les preuves à l'instant ! »

Le journaliste demeura figé. Il ne reconnaissait plus son amie. C'était bien elle, mais à la manière d'une plaque de daguerréotype, qui montre l'image inversée de celle produite au tirage. Se pouvait-il que Catherine possédât bien les documents sur lesquels elle prétendait avoir fondé son article ? Il ne l'avait jamais prise en faute. Sa conscience professionnelle n'était-elle pas irréprochable ?

Little Yes n'osait plus prononcer un mot. Il se doutait des motivations de la jeune femme, mais Suey avait-il vraiment pu se tromper sur l'implication de Vancamp dans le trafic de coolies ? Catherine irait-elle jusqu'à déformer la réalité pour se venger de l'homme qui avait assassiné son mari et enlevé son fils ? A son grand regret, le jeune Chinois était tenté de le croire. Pourtant, il n'imaginait pas son amie détruisant la réputation d'un innocent ; or Lloyd Torn n'avait rien à voir dans l'enlèvement du petit Thomas.

La journaliste tourna les talons et se dirigea vers la composition. Elle tendit son texte à un vieil homme qui ne réussissait pas à détacher ses regards d'Eddie Wallgreen, attendant un signe de sa part. Que devait-il faire alors que les deux patrons s'empoignaient ?

« Une dernière fois, Catherine, es-tu sûre de ce que tu avances ?

— Je veux cela en une et au plus vite ! » ordonna-t-elle au vieux typographe, qui prit les feuillets en se mordant les lèvres.

Catherine revint se planter devant son ami et, ses yeux rivés à ceux d'Eddie, elle demanda :

« M'as-tu vue, une seule fois, diffuser une information dont je n'étais pas certaine ? »

Le jeune homme était ébranlé.

« Pourquoi le ferais-je aujourd'hui ? Pour protéger Vancamp ? Je ne l'ai jamais fait à ce jour, et je ne le ferai pas plus à l'avenir… même si, dans quelques jours, je serai devenue sa femme. »

Eddie se crut au bord de l'apoplexie. Little Yes l'accompagna dans son bureau pour lui raconter les événements de la veille.

« Mon Dieu, mais il faut dénoncer Bartleby au shérif ! Ce type mérite la corde. C'est trop horrible !

— Oui, dit Little Yes, seulement je crois que pour Catherine, la corde n'est pas encore assez horrible pour lui.

— Mais elle n'a pas le droit de s'en prendre à lui à travers sa fille.

— Le tout, c'est de savoir si ce qu'elle affirme dans son article est vrai ou pas. »

Le lendemain de la parution de l'éditorial de Catherine Tourneur, Lloyd Torn attaqua le *Yerba Buena Star* pour diffamation. Lorsque l'affaire passa devant le juge, la journaliste, qui était entre-temps devenue madame Catherine Vancamp, produisit les documents que lui avait procurés son époux. Le jeune avocat découvrit ainsi que l'une des sociétés qu'il faisait bénéficier de ses conseils juridiques n'était pas spécialisée dans l'importation de mobilier chinois, comme il l'avait cru, mais dans le trafic d'opium et de jeunes filles destinées aux bordels de Chinatown.

Les preuves étaient accablantes et Lloyd Torn fut non seulement débouté de sa demande de dommages et intérêts, mais encore condamné à une forte amende pour commerce illégal.

En réalité, la compagnie en question était l'une des nombreuses sociétés-écrans de John Vancamp, mais le Hollandais avait pris la précaution de s'en dégager dès qu'il avait mis en marche la vengeance de sa femme. Ses montages étaient toujours si complexes et savants que nul n'aurait jamais réussi à remonter jusqu'à lui.

Le malheureux Lloyd Torn se demandait si le ciel venait de lui tomber sur la tête. Sa jeune épouse l'avait soutenu pendant toute la durée des débats, mais elle n'avait pu s'empêcher de se demander s'il était possible qu'un avocat aussi doué que son mari ait pu se laisser berner de la sorte en toute bonne foi. Frank Bartleby assurait sa fille que Lloyd avait été victime d'une odieuse machination, dont il soupçonnait la source, mais devant son refus d'en dire plus, la jeune femme en était venue à se demander si son père ne trempait pas lui aussi dans cette affaire de trafic. Cela lui ressemblait bien peu, mais elle savait que les notables les plus respectables de San Francisco étaient corrompus. En outre, elle avait si souvent entendu son père lui vanter l'honnêteté de Catherine Tourneur, qui avait été le principal témoin à charge contre Lloyd, qu'elle ne savait plus que penser.

Le ver était dans le fruit.

L'Anglais ne s'était pas manifesté une seule fois pendant la durée du procès, mais il alla trouver Eddie au lendemain du jugement pour l'assurer que son gendre avait été victime d'une machination diabolique de la part de Catherine et John Vancamp.

— J'aurais dû utiliser le colt Dragoon que Catherine a déposé sur ma table, lors de notre dernière entrevue. Maintenant, il est trop tard. Plus rien ne l'arrêtera. Elle a goûté à l'odeur du sang et il lui en faudra toujours plus. Mais, je vous en prie, faites-lui parvenir un message. Je ne suis pas intervenu dans cette affaire, toutefois si elle s'en prend encore une fois à ma fille, fût-ce via son mari, elle me trouvera sur son chemin. Et moi aussi, je puis être impitoyable.

Le journaliste l'écouta sans l'interrompre, mais dès que l'Anglais eut terminé, il déclara :

— Frank, félicitez-vous plutôt d'être toujours en vie. Si Catherine m'avait écouté, on vous aurait déjà passé une corde de chanvre autour du cou. Comment osez-vous la menacer après ce que vous lui avez fait endurer ?

— Catherine connaît les circonstances dans lesquelles j'ai été amené à tuer son mari. Elle sait que je la croyais morte lorsque j'ai emmené son fils. Je crois que j'ai amplement payé mon moment d'égarement. Je crois aussi m'être racheté depuis.

— Je vous en prie, Frank ! N'insistez pas. Nous n'avons plus rien à nous dire. Je me souviens qu'il y a très longtemps j'avais dit à Catherine, en parlant de vous : « Ce type me semble trop parfait pour être honnête. Je ne serais pas étonné si, un jour, on découvrait qu'il cache un cadavre dans son placard. » En ce temps-là, c'était la jalousie qui me faisait parler. Je n'imaginais pas à quel point j'étais au-dessous de la vérité. Je transmettrai votre commission à Kate, mais vous vous attaquez à plus fort que vous. Et croyez-moi, plus vous tenterez de lui opposer de résistance, plus vous renforcerez sa haine et sa rage. Maintenant, faites ce que vous voulez. Cela ne me concerne plus. Sortez. Vous n'êtes plus le bienvenu ici.

27

Après la découverte des mines d'argent et plus encore après la construction du transcontinental, la Californie s'était crue plongée dans un véritable âge d'or. Partout aux Etats-Unis, l'esprit de libre entreprise se développait et chacun était persuadé que, même s'il comportait des travers, ceux-ci se résoudraient d'eux-mêmes.

Jusqu'à cette époque, les terres de l'Ouest appartenaient à la nation. Aucun Etat ne pouvait disposer librement des propriétés fédérales en raison d'une loi votée au lendemain de la guerre d'Indépendance, soit plus de quatre-vingts ans auparavant. Quiconque voulait s'établir sur une terre devait l'acheter. Le produit de ces ventes constituait une source de revenus considérable pour l'Union. En outre, il aurait été impensable de déroger à ce principe, compte tenu de la position des grands propriétaires sudistes, qui ne désiraient pas voir se multiplier les petits fermiers, lesquels auraient probablement adopté le parti des abolitionnistes.

La guerre de Sécession était venue changer la donne. Lincoln avait fait adopter le Homestead Act, une loi par laquelle chaque pionnier désireux d'acquérir une terre se voyait attribuer une superficie de cent soixante ares avec comme seule obligation d'y résider et de la faire fructifier pendant cinq années, au terme desquelles il en devenait le propriétaire à part entière.

Si une initiative de ce genre avait attiré de nombreux pionniers venus aussi bien de l'Est que de l'Europe, elle ne pouvait que favoriser les projets des spéculateurs, qui s'étaient empressés de se procurer des terres en quantité importante grâce à l'intervention d'hommes de paille. Pour répondre aux exigences de la loi, ils y firent construire des cabanes démontables, parfois construites sur roues, pour faciliter leur déplacement. Une fois la terre acquise, il ne leur restait qu'à la vendre à de plus naïfs qu'eux.

Ces derniers y faisaient construire, avec des moyens financiers limités, des maisons en empilant les uns sur les autres des cubes de terre ou en ajoutant une porte et des fenêtres à un flanc de falaise préalablement creusé. Les moins démunis se faisaient livrer des maisons préfabriquées de l'Est. Le bois faisait défaut dans les plaines et, pour se chauffer, il n'y avait d'autre moyen que de brûler des bouses de bison ou des torsades d'herbe séchée.

Confiantes dans le futur, les banques étaient promptes à accorder des prêts à ces aventuriers d'un genre nouveau. L'argent disponible était aussitôt investi pour acheter des outils mécaniques. C'est ainsi que les faucheuses firent leur apparition, soixante ans avant d'être adoptées par les agriculteurs européens. Des éoliennes ne tardèrent pas à permettre la domestication du désert.

L'avenir paraissait écrit en lettres d'or.

Pendant ce temps, San Francisco voyait débarquer nombre de magnats de l'Est dans les nouveaux trains agrémentés de wagons-restaurants, lesquels ajoutaient un confort supplémentaire aux wagons-lits adoptés par Pullman dès 1850. Ces nouveaux riches se déplaçaient avec leurs cuisiniers personnels, lesquels étaient le plus souvent des chefs français. Certains ne tardèrent pas à ouvrir des restaurants dans la ville de la Porte d'Or et l'on vit les artichauts faire leur apparition aux menus. Les huîtres étaient toujours aussi appréciées ; désormais, elles n'arrivaient toutefois plus en conserve, mais fraîches. Les wagons frigorifiques ne disposant pas encore de machines à produire le froid, les trains profitaient de leurs arrêts pour renouveler la glace qui servait à conserver les aliments au frais.

Trois des Big Four, Hopkins, Stanford et Crocker, s'étaient fait construire de véritables palaces sur les versants de Nob Hill. Les ingénieurs de la compagnie ayant résolu les difficultés de la construction à flanc de colline, on vit bientôt leurs somptueuses demeures se dresser sur des assises de granit, soutenues par un mur de retenue aux dimensions impressionnantes. Huntington, lui, continuait à vivre de façon modeste.

Mais pareil éden ne pouvait durer indéfiniment.

En 1873, le pays dut faire face à la plus terrible crise économique de son histoire. Jay Cooke, un financier qui s'était enrichi pendant la guerre d'Indépendance, avait décidé de construire une nouvelle ligne transcontinentale reliant Chicago à l'Oregon. Cooke, qui disposait de bureaux en Europe, réussit à attirer des capitaux anglais, allemands et hollandais. Malgré des difficultés de trésorerie, le financier continua de payer leurs dividendes aux actionnaires afin de masquer sa situation délicate. Malheureusement, deux années de suite, les sauterelles détruisirent les récoltes des premiers pionniers, qui se trouvèrent dans l'incapacité de rembourser leurs dettes. Cooke, qui leur avait accordé des prêts, fut obligé de mettre la clé de sa banque sous le paillasson.

Ce fut la panique dans tout le pays. Par ailleurs, les voies ferrées ayant été construites dans la précipitation et à moindres frais, il devint impérieux de refaire le ballast et de consolider les voies. Presque toutes les compagnies en subirent le contrecoup, d'autant que le trafic tardait à se développer en raison de tarifs prohibitifs.

Le seul à tirer son épingle du jeu fut un nouveau venu, J. P. Hill. Cet excentrique, qui tenait un commerce de bois et de charbon à St Paul, dans le Minnesota, aimait passer ses soirées installé sur une chaise devant son magasin, à rabâcher de mirifiques projets. Lui aussi rêvait de se lancer dans la construction ferroviaire. Par bonheur, un dirigeant de la Hudson Bay souhaitait relier le Manitoba canadien au Minnesota. De passage dans la région, il tendit l'oreille aux projets de Hill et décida de lui allouer les fonds nécessaires à cette grande entreprise.

Hill était un homme circonspect et prudent. Il adopta une manière de faire totalement différente de ses prédécesseurs. Non seulement il veillait à la qualité de la construction des voies, mais encore il ne les faisait progresser qu'en construisant des lignes secondaires. Celles-ci recouvrirent bientôt des régions entières, notamment les districts miniers du Montana. En outre, Hill préféra contourner les montagnes plutôt que les aborder de front. Les pentes de ses voies étant relativement douces, les convois lourds n'avaient aucun mal à les emprunter et, lorsque la ligne fut inaugurée, elle ne tarda pas à se révéler rentable.

Regardant toujours vers l'avant et fort de sa réussite, Hill se lança aussitôt dans une nouvelle aventure. Il entreprit de livrer le coton américain au Japon en d'en importer de la soie. Là encore, son calcul se révéla judicieux.

Le dirigeant de l'Hudson Bay n'avait pas été le seul à savoir écouter les délires de Hill. John Vancamp, qui disposait désormais d'agents dans tout le pays, avait lui aussi eu vent des projets de cet homme courtaud, bavard et borgne. Avec son sens aigu des affaires, il ne tarda pas à flairer le bon coup et, pressentant les difficultés qui ne tarderaient pas à se poser aux compagnies ferroviaires, il décida d'investir dans la ligne de l'excentrique de St Paul. Lorsque la crise frappa de plein fouet ses concurrents, le Hollandais passa une fois de plus à travers les gouttes. Certes, il avait enregistré quelques pertes liées à ses avoirs dans diverses compagnies, mais celles-ci s'étaient trouvées largement compensées par les profits générés grâce à l'intelligence de Hill.

Vancamp réussit en outre à mener à bien un autre de ses projets. Il revendit les terres qui entouraient le ranch de Frank Bartleby à Leland Stanford, pour la moitié du prix auquel il les avait achetées. Il mit toutefois une condition à ce sacrifice financier :

— Mon cher Leland, je consens à vous revendre ces terres à perte si vous m'assurez que vous-mêmes, vous ne les vendrez qu'à Frank Bartleby et à personne d'autre.

— Au prix où vous me les avez achetées ? s'inquiéta Stanford.

Vancamp éclata de rire.

— Non, mon ami, faites comme avec tous les autres acheteurs. Retardez le moment de la signature de l'acte définitif, et là, vendez-les-lui au prix fort.

Stanford se gratta la tête.

— Je ne vous comprends pas, John...

— Ne cherchez pas à comprendre, Leland. Promettez-moi seulement de respecter votre engagement.

— Quand il s'agit de plumer un pigeon, mon vieux, je ne suis pas regardant sur son identité. Vous avez ma parole.

L'Anglais put ainsi réaliser son rêve de développer sa propriété, et comme tous les fermiers qui avaient répondu aux sirènes des compagnies ferroviaires, il entra dans une rage sans nom le jour où il découvrit le prix auquel la Central Pacific entendait concrétiser les ventes.

— Voyons, rétorquèrent Stanford et ses associés aux mécontents, nous étions bien convenus de vous les vendre au prix du marché. Sans le transcontinental, vos terres seraient toujours dépourvues de valeur. Vous devriez nous remercier au lieu de nous accabler de votre fureur.

Et, comme les autres fermiers, Bartleby n'eut d'autre solution que de signer les actes de vente au prix exigé, faute de perdre des terres qui auraient été des plus rentables si la Central Pacific n'avait imposé des tarifs prohibitifs. La compagnie des Big Four s'était en effet assuré le monopole du transport de biens par terre et par mer.

Un vent de révolte se mit à souffler parmi les fermiers.

Un vent de révolte soufflait également au *Yerba Buena Star*. Catherine avait pris le parti des compagnies ferroviaires contre les fermiers, ce qui ne plaisait pas du tout à son associé Eddie Wallgreen.

— Bon sang, Kate, je comprends ta haine envers Frank. Je conçois que tu veuilles lui faire payer tout ce qu'il t'a fait endurer. Je te l'ai déjà dit, mais ne te trompe pas de cible, je t'en conjure. Si les compagnies voulaient la mort des fermiers, elles ne s'y prendraient pas autrement.

Pourtant, Catherine ne voyait pas la situation du même œil. Selon elle, la Central Pacific avait accordé des facilités aux fermiers en leur permettant de s'installer sans avoir à débourser un cent. Certes, ces lopins ne valaient pas grand-chose à l'époque, mais les fermiers n'étaient pas des enfants de chœur. Ils avaient fort bien compris, d'emblée, que seule l'installation de la voie ferrée valoriserait leur propriété. Il paraissait donc normal qu'ils partagent les frais de sa construction.

Eddie s'efforça, pendant quelque temps, de faire entendre raison à son amie, mais Catherine semblait partie pour entreprendre une nouvelle croisade. Cette fois, les fermiers étaient les mécréants qu'elle avait décidé de crucifier. Le jeune homme ne pouvait laisser le journal dans lequel il s'était investi autant que son associée prendre une orientation aussi opposée à ses propres convictions.

— Catherine, déclara-t-il un jour, nous ne pouvons pas continuer ainsi. Les lecteurs vont finir par ne plus s'y retrouver. Tu défends une ligne et moi, une autre.

— N'est-ce pas cela, la liberté de la presse, Eddie ?

Le jeune homme se mordit les lèvres. Il savait que lorsque son amie se montrait de mauvaise foi, il n'était pas de taille à lutter avec elle. Pourtant, cette fois, il était bien décidé à faire valoir ses convictions.

— Je suis désolé, mais je ne peux pas cautionner un point de vue aussi diamétralement opposé au mien. Tu sais...

— En somme, tu veux me censurer, l'interrompit Catherine.

Eddie sentit une vague de froid lui parcourir l'échine. Le ton même de son amie s'était modifié depuis la nuit où elle avait tout à la fois retrouvé et perdu son fils. Il avait l'impression d'être à nouveau en présence de la jeune femme qui était arrivée à Fort Sutter avec une lueur de meurtre dans le regard. Il percevait le désarroi de Catherine, mais il savait que, désormais, il ne pouvait plus rien pour elle.

— Non, je ne tiens pas à te censurer. Ne prends pas les choses sur ce ton, Catherine, je ne suis plus le gamin qui a fondé ce journal avec toi.

— Je ne t'ai jamais considéré comme un gamin, Eddie. J'ai toujours eu beaucoup d'estime et d'affection pour toi, murmura la journaliste.

Eddie en fut troublé. L'espace d'un instant, la voix de Catherine était redevenue presque amicale.

— Mais il semble qu'aujourd'hui, nous soyons arrivés à la croisée des chemins, pas vrai ?

Elle avait déjà repris son ton cassant.

— Je le crois, fit Eddie. Je compte quitter le journal, Catherine.

La jeune femme resta un moment silencieuse, la tête penchée, puis elle se redressa et plongea son regard dans celui de son ami. Eddie eut soudainement envie de la prendre dans ses bras et de la serrer contre son cœur. Ce regard que posait sur lui Catherine lui faisait songer à celui d'une bête traquée.

— Non, murmura Catherine, non, Eddie. En fait, c'est toi qui restes le plus fidèle à la mission que nous nous étions fixée. Défendre les démunis. C'est vrai, aujourd'hui, les plus démunis, ce sont les fermiers. Pourtant, je ne peux pas prendre leur défense...

Elle secoua la tête et reprit d'un ton presque douloureux :

— Non, je ne le peux pas.

Eddie voulut l'interrompre, mais elle lui fit signe de la laisser poursuivre.

— Je sais, tu vas parler de ma vengeance... et quand bien même ? Seulement, il n'y a pas que ça. Je comprends le point de vue des fermiers, mais je partage également celui des... Big Four, comme vous les appelez.

Elle marqua un temps, prit une profonde inspiration et ajouta :

— Et puis... *Yerba Buena Star*, cela n'a plus vraiment de sens pour moi. Eddie, je sais que tu as les moyens de racheter mes parts dans le journal, n'est-ce pas ? De toute façon, je ne serai pas exigeante... ce ne serait pas loyal.

Eddie sentait les larmes lui monter aux yeux, mais il fit un effort pour se maîtriser.

— Catherine, c'est toi qui as eu la volonté et l'énergie de monter ce canard. Sans toi, je n'y serais jamais parvenu. Tu te souviens, à l'époque, le moindre clou se vendait une fortune ! Toi, il te suffisait d'un sourire et...

— Je t'en prie, Eddie, arrête. Tu deviens larmoyant !

Eddie sourit. Les mots de son amie se voulaient blessants, mais tout son être démentait la méchanceté dont elle cherchait à les charger.

— Tu as raison. Si tu savais comme j'ai envie de laisser libre cours aux larmes qui me... mais ce serait hors de propos. Si quelqu'un doit reprendre ce journal, c'est toi.

Catherine Tourneur secoua la tête.

— Tu ne comprends pas, Eddie... tu ne comprends décidément pas. Il faut bien préserver quelque chose de ce naufrage.

Dès le lendemain, Catherine Tourneur vendait ses parts dans le capital du *Yerba Buena Star* à son ami et associé. Eddie ne réussit même pas à la convaincre d'accepter le prix qu'il lui proposait.

— La somme que tu demandes est ridicule, Catherine. Ce journal vaut beaucoup plus que...

— La question n'est pas là, Eddie. Signe et finissons-en, veux-tu ?

Eddie Wallgreen continua de faire figurer le nom de Catherine Tourneur dans l'ours du journal pendant une semaine, puis, à la demande expresse de la jeune femme, il le fit disparaître. Il continua à mettre sa plume au service du combat des fermiers contre les grandes compagnies ferroviaires, mais au moment où allait paraître son premier roman, après deux nouveaux recueils de nouvelles, il décida de lancer une revue consacrée aux lettres et aux arts et de s'y consacrer pleinement, en confiant la direction du quotidien à Ernest Walpole et Charles Jordan, les deux collaborateurs de la première heure.

Catherine ne se relança pas tout de suite dans la presse. Pendant quelques mois, elle parcourut le pays, circulant dans les meilleurs wagons et disposant de l'accès gratuit au restaurant. C'était John Vancamp qui lui avait organisé ce périple, lequel ne correspondait pas exactement à une partie de plaisir. Par ses agents, le financier s'était procuré des informations sur différents organes de presse connaissant des difficultés financières et avait proposé à Catherine d'aller rencontrer leurs directeurs afin de se faire une opinion sur les chances de redresser la barre.

Au terme de son voyage, Catherine et Vancamp avaient fait le point ensemble. La jeune femme avait retenu six journaux qui valaient la peine d'être rachetés.

— Ils sont gérés en dépit du bon sens, mais ils ont réussi à fidéliser un lectorat appréciable. En outre, chacun couvre un large territoire, de sorte qu'avec celui que je compte lancer ici, nous devrions être présents dans tout le pays.

— Je connais des gens capables de reprendre en main la gestion de ces canards, intervint Vancamp.

— Et moi, je connais ceux qui seront à même de diriger le rédactionnel, sans dévier de la ligne qui leur aura été fixée. Les idées que nous entendons défendre, John, parviendront jusque dans le plus petit bled des Rocheuses et au fin fond de l'Iowa.

Un éclair brillait dans le regard de la jeune femme. Le Hollandais aimait la voir ainsi. Dans ces moments-là, la haine qui la consumait lui aurait permis d'embraser le monde entier. Mais, dans ces moments-là, le seul être qu'elle désirait embraser, c'était son mari, cet individu dont elle ne se demandait plus si elle l'aimait ou si elle le méprisait, car elle ne le considérait plus que comme un outil de vengeance et de plaisir.

Le temps de procéder au rachat des journaux sélectionnés par Catherine et de mettre en place les nouvelles équipes éditoriales, la veuve d'Eugène Tourneur se retrouva à la tête d'un véritable empire de presse qui se mit entièrement au service des intérêts des grandes compagnies ferroviaires.

Même si la Française affirmait le contraire, le nom du nouvel organe de presse, *Trans*, affichait ouvertement la ligne qu'elle entendait suivre. Dans son premier éditorial, reproduit dans l'ensemble des éditions, elle expliquait pourtant que ce titre traduisait l'esprit d'un pays qui, grâce au courage et à la volonté de milliers d'hommes, avait réussi à tendre un pont entre les deux côtes.

Le dévouement inconditionnel du *Trans* aux intérêts de la Central Pacific et de ses consœurs s'exprima de manière particulièrement évidente au début de la décennie suivante. La tension était alors à son comble entre des fermiers excédés par les prix exigés pour véhiculer leur production et des hommes d'affaires toujours plus âpres au gain. Les fermiers avaient beau rappeler qu'ils avaient souvent été sur le point de mourir de faim lorsqu'ils s'étaient installés sur des terres désertiques et qu'ils ne s'en étaient sortis qu'en installant un système d'irrigation des sols, les constructeurs du transcontinental ne voulaient rien entendre. Ils exigeaient ce qu'ils estimaient leur être dû en arguant du coût engendré par l'entretien des voies, lequel venait augmenter celui de la construction proprement dite.

Le 10 mai 1880, un groupe de pionniers qui avaient été chassés de leurs terres dans la vallée de San Joaquin, faute d'avoir pu payer leurs traites, entreprit de déloger à leur tour ceux qui les en avaient dépossédés et d'incendier leurs maisons. La Central Pacific réagit en envoyant des hommes armés, à qui on promit des terres gratuites s'ils parvenaient à les débarrasser des fauteurs de troubles.

Dans les affrontements qui s'ensuivirent, cinq fermiers trouvèrent la mort, ainsi que deux des hommes de main de la compagnie ferroviaire. Cet affrontement allait entrer dans les annales de l'Ouest sous le nom de « bataille de Mussel Slough[1] ».

Pour la première fois depuis qu'il avait lancé sa revue littéraire, Eddie Wallgreen reprit la plume dans le *Yerba Buena Star* pour attaquer son ancienne associée. Il dénonça avec véhémence la désinformation dont le *Trans* se rendait coupable. Dès le lendemain, Catherine lui adressait une lettre lui signifiant que seul le souvenir de leurs années d'amitié la retenait de provoquer en duel l'auteur de si calomnieux propos.

Sandy Winnycott, qui avait donné un deuxième fils à son mari – un petit John, en hommage amical à Sutter –, consola Eddie en lui rappelant que la souffrance de Catherine devait être bien grande pour l'aveugler à ce point.

1. Celle-ci serait immortalisée vingt ans plus tard par Bret Harte dans son roman *La Pieuvre* (expression désignant la Central Pacific), et par Josiah Royce dans *The Feud of Oakfield Creek.*

— Je sais, répondit-il, et vois-tu, c'est cela qui m'attriste le plus.

Si Catherine avait sacrifié ses idéaux à sa haine, il n'en demeurait pas moins que lorsqu'il n'était pas question de saigner les fermiers, elle demeurait fidèle à ses sympathies. Little Yes l'avait ainsi accompagnée dans sa nouvelle aventure. Le jeune Chinois lui avait seulement demandé le droit de n'avoir pas à traiter de sujets relatifs à la guerre que se livraient les fermiers et la Central Pacific.

— Ne t'en fais pas, Little Yes, ce combat est le mien. Je ne laisserai personne d'autre que moi le mener. Pour le reste, tu garderas toujours ta liberté de parole.

Et elle avait respecté son engagement. C'est ainsi que lorsque Chinatown s'était à nouveau embrasé, Little Yes avait eu tout loisir de défendre les siens.

28

Isabelle François avait revendu le Gai Paris. L'ancienne demi-mondaine ne retirait plus aucun plaisir de l'existence superficielle qu'elle avait menée jusque-là.

« Je me sens lasse, avait-elle confié à la fidèle Manon. Je vais bientôt avoir quarante-cinq ans.

— Tu n'as jamais été plus belle, Isa, dit son amie avec un sourire.

— Oui, mais tu me vois avec les yeux de l'amour, ma chérie. Quand je me regarde dans ma psyché, crois-tu que je ne remarque pas les rides qui se sont formées autour de mes yeux et de mes lèvres ? Et puis, ma vie me semble bien vide.

— Pourtant, tu as réalisé ton rêve. Le Gai Paris est l'un des endroits les plus courus de la ville. Tu as tes entrées dans le grand monde et... »

Isabelle avait interrompu Manon.

« Tu as raison, mais maintenant que je m'y déplace à ma guise, dans ce grand monde, comme tu dis, il m'apparaît totalement dénué d'intérêt. Les gens qu'on y fréquente ne songent qu'à gagner de l'argent, toujours plus d'argent. Et même quand ils ont amassé une fortune telle qu'ils n'auraient jamais osé en rêver, cela ne leur suffit pas encore. Oh ! je sais, j'ai été comme eux dans mon jeune temps, mais mes rêves ne sont plus ce qu'ils étaient, Manon. J'aspire à une existence calme, paisible. Tu n'ignores pas de quelle manière je me suis procuré mes biens, or aujourd'hui, mon crime me pèse. Je n'ai pas la conscience tranquille. Je songe que, tôt ou tard, il me faudra rendre des comptes. Il est probable que je me retrouverai alors face au fantôme du juge Malot. Ce jour-là, il risque de ne pas se montrer aussi clément que lors de notre première rencontre.

— Voyons, Isa, tu ne vas pas te mettre à croire à toutes ces bondieuseries. »

L'ancienne demi-mondaine avait caressé le visage de son amie avec un petit sourire triste.

« Je ne sais pas, Manon. Il m'arrive de me réveiller au milieu de la nuit parce que je revois le cadavre de ce brave Malot. C'était un homme honnête et généreux. Il ne demandait qu'à m'aimer.

— Il a vécu heureux auprès de toi. C'est ça qu'il te faut retenir de votre liaison, Isa. Et puis, tu sais, il a lui-même fait couper tellement de têtes qu'il ne sera peut-être même pas là pour te juger. »

Les bonnes paroles de Manon ne parvenaient toutefois pas à chasser les démons qui hantaient Isabelle François depuis plusieurs années déjà.

« Je crois que je vais me retirer et consacrer ma fortune à faire le bien autour de moi. Il est possible que cela soit pris en compte au moment du grand jugement.

— Je ne te savais pas croyante, Isa.

— Moi non plus, avait dit la jeune femme. Mais aujourd'hui, je ne suis plus capable de passer devant une église sans en franchir la porte. Au début, je restais dans le fond, debout près du bénitier. C'est à peine si j'osais respirer. Aujourd'hui, je m'avance jusque devant l'autel, je m'agenouille sur un banc et je prie ce Dieu que je connais si mal.

— Quoi que tu décides, Isa, je serai toujours à tes côtés, l'avait rassurée Manon.

— J'y compte bien, ma chérie, avait répondu Isabelle en prenant son amie dans ses bras. Il n'y a qu'avec toi que je me sens heureuse. Je vais te dire quelque chose qui va te surprendre : je t'aime, Manon. Je t'aime comme tu l'as toujours désiré. »

Elle sentait le corps de sa compagne agité de sanglots. Manon avait attendu si longtemps cet instant.

San Francisco n'avait pas cessé de se modifier au fil des ans. La ville était entourée d'eau et on avait vu s'y développer toutes sortes d'activités maritimes, dès que la fièvre des débuts se fut dissipée et que les gens eurent enfin le désir de profiter paisiblement de leur fortune. En 1869, un yacht-club avait vu le jour, fréquenté par la crème de la société. La plupart de ses membres préféraient piloter leur voilier eux-mêmes, plutôt que d'engager un équipage comme cela se faisait dans les villes de la côte est. Ils avaient fait construire un club-house sur Long Bridge et y avaient bientôt organisé les premières régates. Lorsque la crise avait frappé le pays, ils avaient revendu le site à la Central Pacific, mais en avaient construit un nouveau à New Sausalito, en 1873.

Un autre groupe, le Pacific Yacht Club, à qui cet emplacement ne convenait pas, s'était installé à Shelter Cove. Ses membres, qui désiraient afficher leur aisance de manière plus ostentatoire que ceux de Long Bridge, se mirent à confier la direction de leur yacht à un équipage toujours tiré à quatre épingles.

C'était en quelque sorte comme si la manie des joueurs d'antan, qui affichaient leur richesse de la façon la plus visible qui fût, avait contaminé l'ensemble de la population. Cette tendance s'observait dans l'habillement mais surtout dans l'architecture des nouvelles résidences. San Francisco ne connaissait pas la retenue puritaine de la Nouvelle-Angleterre. Ici, on s'autorisait tous les excès et toutes les folies. Ainsi, les demeures qui dominaient désormais Nob Hill, où s'étaient installés les Bonanza Kings[1], entre Jones, Powell, Clay et Pine Street, valurent à l'endroit d'être baptisé la colline aux Palais.

James C. Flood, un charpentier de New York qui avait réussi en tant qu'agent de change à San Francisco, au lendemain de la ruée vers l'or, et avait par la suite amassé une

1. Expression désignant ceux qui avaient fait fortune grâce aux mines d'argent.

fortune colossale grâce aux mines d'argent, s'était fait construire plusieurs hôtels particuliers remarquables par leur luxe. En 1877, il avait commandité une sorte de fantaisie architecturale, Linden Towers, dont la façade était garnie de tourelles et de créneaux. La bâtisse était si originale que les habitants de la ville l'avaient surnommée le « gâteau de mariage ».

Isabelle, quant à elle, ne recherchait pas l'ostentation. Cela faisait longtemps qu'elle aimait parcourir les environs de la ville en compagnie de Frank Bartleby. Lorsque l'Anglais venait lui rendre visite, ils partaient souvent dans sa voiture pour aller pique-niquer dans des sites encore vierges de toute construction. C'est au cours d'une de ces balades que la jeune femme avait découvert les hauteurs de Pacific Heights. Les premiers habitants du lieu avaient été des éleveurs de bovins, qui invitaient souvent leurs amis à venir chasser sur leurs terres. Mais la municipalité avait racheté l'ensemble des terrains en 1867. Le quartier avait alors été baptisé Western Addition, parce qu'il devait permettre l'extension de la ville vers l'ouest. Son accès malaisé en l'absence de tout moyen de communication lui valut de demeurer largement inhabité jusqu'en 1878.

Mais cet isolement ne dérangeait pas Isabelle François. Bien au contraire, elle y voyait un attrait supplémentaire. La jeune femme s'adressa à une entreprise spécialisée dans la construction de maisons préfabriquées réalisées dans le style victorien, la Real Estate Associates. Ces maisons aux façades colorées possédaient tout le confort moderne de l'époque : éclairage électrique, chauffage central, eau courante et sanitaires. Elles ne tarderaient pas à se multiplier à San Francisco et leur construction provoquerait la disparition des forêts de séquoias qui existaient de tout temps dans la baie.

Lorsque Isabelle put prendre possession de la sienne, elle fit lentement le tour du propriétaire. Un couloir latéral desservait chacune des pièces, préservant l'intimité si chère aux habitants de la baie. Au rez-de-chaussée, auquel on accédait par un escalier de douze marches, il y avait un salon de réception, une salle de musique, où elle espérait apprendre le violon maintenant qu'elle disposait de temps libre, puis une salle à manger et la cuisine tout au fond. L'étage était occupé par un salon privé, deux chambres et une salle de bains avec baignoire.

— Nous serons bien ici, conclut-elle à l'intention de Manon.

Dans le salon privé, une cheminée reproduisait les motifs de la façade et son ton vert d'eau. Les fenêtres donnant sur la rue étaient décorées de vitraux aux motifs floraux qui dispensaient une lumière feutrée dans la pièce.

— Au sous-sol, annonça la jeune femme, j'ai fait installer une cave à vins. Je compte en importer de France... des grands crus, ce sera notre petite folie.

Lorsque Frank Bartleby vint rendre visite à la jeune femme pour la première fois, il observa :

— C'est étrange, Isabelle. Toi aussi, tu as choisi de t'installer dans un lieu désert.

— Il ne le restera pas bien longtemps, soupira la jeune femme. Crois-moi, ils ne tarderont pas à construire une ligne de *cable car*[1] qui amènera jusqu'ici toute une faune à laquelle je n'ose songer. J'aspire tellement au calme, Frank.

En 1872, Andrew S. Hallidie avait trouvé un nouveau moyen pour véhiculer le minerai depuis les mines jusqu'à l'usine de traitement. Ce système présentait l'avantage d'être peu onéreux ; il utilisait des câbles et une espèce de crémaillère qui permettait de hisser les voiturettes au sommet de collines inaccessibles aux moyens de transport traditionnels. Hallidie eut alors l'idée de perfectionner son procédé de manière à l'adapter à la circulation dans les rues de San Francisco.

Les omnibus étaient tirés par des chevaux, or ceux-ci ne parvenaient pas à grimper jusqu'au sommet des collines, ce qui posait de plus en plus de problèmes à la municipalité maintenant que les habitations se multipliaient sans compter sur ces hauteurs. Si les câbles avaient déjà été utilisés dans les transports en commun, personne n'avait jamais

---

1. Les trams à crémaillère qui circulent toujours à San Francisco, et lui confèrent un charme particulier.

réussi à résoudre le problème posé par la déclivité des collines.

Hallidie, lui, trouva le moyen d'intégrer à son propre système une invention de l'ingénieur Benjamin H. Brook et, bientôt, le premier *cable car* gravit Clay Street, depuis Kearny jusqu'à Jones. Ce tram révolutionnaire fut inauguré le 1er août 1873. Une seconde ligne entra en fonctionnement en 1878. Ses premiers passagers n'étaient autres que trois des Big Four, Leland Stanford, Mark Hopkins et Charles Crocker, lesquels avaient bâti leurs prestigieuses résidences au sommet de Nob Hill.

La ville était désormais dotée d'éclairages alimentés au gaz et, tous les soirs, des allumeurs de réverbères parcouraient les rues pour allumer ceux-ci et tirer San Francisco des ténèbres dans lesquelles la nuit la plongeait autrefois.

Les boutiques spécialisées dans les articles pour dames se multiplièrent à la même époque. On y trouvait notamment des manteaux de fourrure, ceux en peau de phoque étant tout particulièrement appréciés : ces mammifères marins abondaient alors dans la région. A l'angle de Polk et Pine Street, les frères Livingston avaient ouvert un grand magasin qui proposait une riche variété de produits de mercerie et de tissus. C'était là qu'Isabelle François croisait parfois Catherine Tourneur.

— Quand tu dis que « moi aussi », j'ai choisi de m'installer dans un lieu désert, tu songes à Catherine Tourneur, n'est-ce pas ? demanda la jeune femme à Frank Bartleby.

L'Anglais fit la grimace.

— Oui, c'est vrai, je songeais à elle. Lorsqu'elle s'est installée sur Russian Hill, elle n'avait pour tous voisins que les cadavres de Russes décédés quelques décennies plus tôt. Et aujourd'hui, elle est entourée de riches villas.

— Tu es toujours amoureux d'elle, n'est-ce pas ? s'enquit la jeune femme.

Frank eut un petit sourire las.

— Non. Je ne supporte pas ce qu'elle est devenue. Je ne la reconnais plus. Il est vrai...

Il fut incapable de poursuivre. Hormis Eddie Wallgreen, l'Anglais ne s'était jamais ouvert à personne de la confrontation qu'il avait eue avec son ancienne amie, la nuit de la disparition de Thomas.

— Crois-moi, insista-t-il, c'est une page définitivement tournée.

Frank avait ensuite demandé à Isabelle de l'épouser, mais elle avait repoussé sa demande.

— Isabelle, je sais que je ne suis pas toujours un partenaire très joyeux, mais j'éprouve une affection sincère pour toi.

— Moi aussi, Frank, j'éprouve une affection sincère pour toi, seulement ce n'est pas de l'amour. Et puis...

Elle avait hésité à poursuivre, mais elle ne souhaitait pas laisser s'installer de malentendu entre l'Anglais et elle, aussi elle reprit :

— Je ne suis pas la femme que tu imagines, Frank. Tu ne sais rien de mon histoire.

Isabelle François entreprit, pour la première fois, de dévoiler à son ami ce qu'avait été sa vie passée. Manon elle-même n'avait jamais eu droit à tant de détails.

Isabelle était née dans un petit hameau de la Seine-Inférieure, à Calibours. Son père, Achille Rebeaudon, était un modeste bouilleur de cru. Il parcourait la campagne avec son alambic monté sur roues et tiré par un cheval. De ferme en ferme, il allait proposer ses services et transformait en calvados une partie de la récolte annuelle de pommes. Il avait épousé en secondes noces la fille d'un berger pauvre. Pour Odile, de quinze ans sa cadette, un mariage avec un entrepreneur, aussi modeste fût-il, représentait une promotion sociale.

Le couple eut bien vite une fille qu'ils prénommèrent Agnès, en hommage à la mère qu'Achille avait à peine connue ; celle-ci était morte, alors qu'il avait à peine cinq ans, à la suite d'un accident en usine. Les Rebeaudon n'étaient pas de mauvaises gens, mais le travail les accaparait. La petite Agnès reçut un peu d'amour, mais guère de tendresse. Elle grandit livrée à elle-même.

Il ne lui fallut pas bien longtemps pour réaliser qu'elle n'était pas plus tentée par les études que par la vie misérable que lui proposaient ses parents. Elle ne tenait pas à passer toute son existence dans une filature, comme ses frères et ses sœurs. Si elle ne se considérait pas comme une beauté, elle avait remarqué que les hommes ne paraissaient pas partager son opinion. Dès qu'elle eut obtenu son certificat, elle décida que, puisque les hommes la trouvaient à leur goût, ils pourraient fort bien lui offrir une existence plus plaisante que celle qui l'attendait à la campagne. Elle avait lu dans la presse l'histoire de ces demi-mondaines qui réussissaient à faire fortune à Paris. Ces récits riches en parfums enivrants, draps de satin et sensualité ne pouvaient manquer de séduire la sauvageonne.

Elle n'avait pas osé se rendre directement à la capitale. La grande ville l'effrayait encore. Pour se déniaiser, elle avait gagné Rouen et avait trouvé à exercer ses talents dans une maison de la rue des Charrettes, dont les gens comme il faut évitaient soigneusement de prononcer le nom, mais pas de s'y rendre. Elle allait sur ses seize ans, mais en paraissait presque vingt. Après avoir fait ses classes en province, la jeune délurée se sentit prête à affronter la grande ville et gagna Montmartre, où elle loua un coquet studio avec ses petites économies. C'est à cette époque-là qu'Agnès Rebeaudon prit le nom d'Isabelle François.

— Par respect pour mon père, précisa-t-elle.

La jeune Isabelle s'était mise, dès lors, à fréquenter les boulevards et les studios d'artistes. Elle avait assez vite réussi à se constituer une clientèle d'habitués. Lorsque l'un d'eux lui avait proposé de l'installer dans un hôtel particulier où il entendait profiter seul de ses faveurs, elle avait refusé, car elle désirait conserver son indépendance. Pourtant, une amie du pavé avait su lui faire comprendre que le métier d'horizontale n'avait qu'un temps. Quand le corps n'était plus de première fraîcheur, les clients, même les habitués, se tournaient vers de plus jeunes et l'on voyait se profiler de bien maigres vaches à l'horizon.

Lorsque, quelques mois plus tard, un autre client lui avait proposé de l'installer, Isabelle n'avait pas refusé l'offre, mais elle avait mis une condition à son acceptation. Elle désirait que l'hôtel soit acheté à son nom. L'homme s'était fait tirer l'oreille, mais il avait fini par céder. En fait, d'hôtel, Isabelle n'eut droit qu'à un appartement, mais celui-ci ne manquerait pas de lui constituer une petite rente lorsque son client se serait lassé d'elle, ou elle de lui.

Avaient alors commencé pour Isabelle François quelques années fastes, lesquelles s'étaient achevées par la rencontre avec le juge Malot.

Arrivée à ce stade de son récit, Isabelle se demanda si elle devait poursuivre ou en rester là. Mais elle qui n'avait jamais trouvé le courage de se confesser à un prêtre songea que le moment était venu de se confier à un ami. Elle raconta donc par quel moyen détestable elle était devenue la légataire universelle du seul homme qui l'avait probablement aimée d'amour.

— Tu vois, Frank, je ne suis pas une personne très recommandable.

L'Anglais poussa un soupir.

— Ce que tu me racontes là me rassure presque, Isabelle. Moi aussi, j'ai une confession à te faire. Tu verras que je suis un être encore plus méprisable que toi.

Bartleby raconta à son tour son histoire, sans en omettre un seul détail. Quand il eut terminé, Isabelle lui prit la tête dans ses mains.

— Tu ne veux tout de même pas que je te condamne, Frank ? Je sais ce que tu peux vivre, aujourd'hui. Tu as mené une vie tout à fait respectable. Tu as essayé de racheter ton crime par une profonde honnêteté. Comme je crois l'avoir fait moi-même. Seulement, nos victimes ne peuvent pas prendre cela en considération. Elles ne voient que nos crimes, pas notre repentir. Et, de toute façon, qu'est-ce que cela changerait ? Nous savons ce que nous avons fait et nous-mêmes ne trouverons jamais grâce à nos yeux.

Elle sourit.

— Peut-être est-ce pour cela que nous sommes allés l'un vers l'autre. Nous nous sommes, en quelque sorte, reconnus frères et sœurs dans le crime.

Frank renouvela alors sa demande en mariage, mais Isabelle secoua la tête.

— Malheureusement, c'est trop tard, Frank. Il fut un temps, sans doute… mais ton cœur n'était pas disponible alors. Aujourd'hui, c'est le mien qui ne l'est plus.

— Tu aimes toujours ce Hollandais de malheur ?

Isabelle éclata de rire.

— Non, Frank. Aujourd'hui, je me demande même comment ce personnage a jamais pu m'inspirer de l'amour. Non, ce n'est pas lui. Pourtant, je ne suis pas sûre que tu apprécies plus la personne avec qui j'ai décidé de partager ma vie désormais.

— Tu vas te marier.

— Oh, aucun prêtre n'accepterait jamais de nous unir, Frank.

La jeune femme tourna la tête vers un guéridon sur lequel trônait une photo de son amie.

— Manon ? s'exclama l'Anglais.

— Cela te choque, Frank ? Manon est la seule personne qui ait toujours été là quand j'allais mal. Elle m'a toujours donné son amour sans jamais rien demander en échange. Moi, je prenais sans vraiment donner. Elle ne s'est jamais lassée. Elle ne m'a jamais trahie ni abandonnée. Je ne sais pas si c'est sa constance… toujours est-il qu'aujourd'hui, je l'aime comme je n'aurais jamais cru qu'une femme pouvait en aimer une autre. Je suis désolée si tu me juges mal, Frank.

L'Anglais caressa le visage de son amie.

— Te juger, Isabelle ? De quel droit ? Et pour quelle raison ? Si tu es heureuse, tu m'en vois sincèrement ravi.

— Nous serons toujours amis, n'est-ce pas, Frank ?

Bartleby se força à rire.

— Tu n'es pas très exigeante en matière d'amitié.

Isabelle posa un tendre baiser sur les lèvres de l'Anglais.

— Je regarde l'homme que tu es aujourd'hui. Celui des Truckee Meadows est mort depuis longtemps.

29

Dix ans s'étaient écoulés depuis le départ de Thomas, et Catherine se prenait à désespérer de jamais revoir son fils. De son côté, John Vancamp se montrait un époux plus constant qu'elle ne l'avait supposé. Entre eux, l'amour n'était plus aussi passionnel qu'au cours des premières années de leur relation ; en revanche, le Hollandais se montrait désormais tendre et attentionné. A vrai dire, il s'était retiré de toutes les sociétés-écrans qu'il avait multipliées au fil des ans. Si quelqu'un avait pris la peine d'éplucher ses comptes, il serait apparu que John Vancamp était devenu un homme d'affaires intègre. Quasiment une exception à San Francisco.

Catherine lui avait fait observer qu'il n'avait pas à changer ses habitudes pour la séduire. Vancamp avait souri.

« Ne crois pas que je sois devenu un saint, Kathy. Il y a plusieurs raisons à mon… revirement. D'abord, je possède déjà plus d'argent qu'il ne m'en faudrait s'il m'était donné de vivre encore cent ans, et il y a peu de chances que ce soit le cas. Ensuite, j'avoue que toutes ces combines ont fini par me lasser. »

Le Hollandais avait observé son amie avec un sourire carnassier.

« Il y a une autre raison à cette grande lessive, Kathy, et celle-ci est directement liée à toi. Si nous voulons mener à bien ta vengeance contre Bartleby et ses proches, j'ai besoin d'être parfaitement irréprochable. Vois-tu, Lloyd Torn n'est pas la victime consentante que d'aucuns auraient pu croire. Figure-toi qu'il est allé se renseigner auprès de Leland

Stanford pour savoir qui avait gelé les terres que convoitait Frank pendant toutes ces années. Leland ne lui a, bien évidemment, pas répondu. Mais il a tenté de lui remonter le moral en lui expliquant que la corruption était si répandue parmi les notables de la ville que sa malencontreuse affaire de trafic d'opium et de filles ne troublait personne, sinon lui-même. Il lui a même dit qu'il avait été idiot de te poursuivre en justice. Il y avait perdu de l'argent et tout le monde s'en foutait, parce que le trafic ne cesserait pas pour autant. »

A vrai dire, Lloyd Torn était sorti du bureau du patron de la Central Pacific en se sentant plus humilié encore qu'à l'issue de son procès. Il s'était juré de prendre sa revanche. On le croyait naïf ? Il allait leur démontrer qu'ils se trompaient. Vancamp, le premier !

Mais le Hollandais avait surtout été le premier informé des projets du gendre de Frank Bartleby.

« Ma méthode est peut-être trop lente à ton goût, ma chérie, avait-il dit, seulement crois-moi, je vais leur pourrir la vie sur plusieurs générations. »

Catherine aurait effectivement aimé voir les effets de sa vengeance se manifester plus rapidement, mais elle ne disposait plus d'assez d'énergie pour livrer la lutte elle-même. Elle s'en remettait à son mari et celui-ci se plaisait à entortiller Lloyd Torn dans une série de combinaisons politiques et financières dont le jeune homme aurait toutes les peines du monde à s'extirper le moment venu.

Ce soir-là, le Hollandais s'était retiré dans sa résidence de Nob Hill et Catherine, qui aimait rester de temps en temps seule à la Villa Yerba Buena, prenait le frais sur la terrasse d'où elle avait une vue imprenable sur la baie et sur l'île d'Alcatraz. La nuit était tombée et les lumières de la ville dispensaient une atmosphère apaisante sur la région. Tout à coup, un bruit la fit sursauter.

— Qui est là ? demanda-t-elle.

— Maman ?

La journaliste sauta sur ses pieds.

— Thomas ?

Le jeune homme s'approcha d'elle. Il affichait un large sourire, mais Catherine nota au premier regard qu'il n'avait plus grand-chose à voir avec le caricaturiste débutant qui lui avait déclaré sa flamme.

— Décidément, tu as l'art de me surprendre, dit-elle.

— Pardonne-moi. Je viens d'arriver en ville et je n'ai pas voulu attendre jusqu'à demain pour venir te voir.

Elle s'approcha de cet homme au corps solide et aux épaules carrées. Elle le serra sur son cœur en s'efforçant de maîtriser son émotion.

— Tu as bien fait, Thomas.

Elle recula et le regarda longuement avant de demander :

— Pourquoi es-tu resté absent pendant tant d'années ?

Ce fut au tour de son fils de la prendre par les épaules.

— Parce que, aujourd'hui, je peux te serrer dans mes bras et t'appeler maman. Il m'a fallu tout ce temps pour en arriver là.

Elle lui caressa le visage puis, lui prenant la main, l'entraîna vers un siège où elle le força presque à s'asseoir. Elle s'installa en face de lui.

— Raconte-moi ce que tu as fait pendant toutes ces années.

Thomas éclata de rire.

— C'est une bien longue histoire.

Après son engagement sur le baleinier, le jeune caricaturiste avait vite compris qu'il ne devait pas s'attendre à une partie de plaisir. Sam et Slim Jack l'avaient consciencieusement berné. Il n'était pas question pour lui de paresser à bord, son carnet de croquis sur les genoux. Il devait se mettre au travail comme tous les autres membres de l'équipage. En fait, Thomas n'avait pas rechigné et, en dépit de la difficulté de la tâche, il s'était vite adapté à sa nouvelle existence.

— Je crois que c'est la fatigue – on pourrait même parler d'épuisement pour certains jours – qui m'a aidé à tenir le coup. Avec tout ce qu'il y a à faire à bord d'une baleinière, je n'ai pas eu le temps de songer à mes soucis. Et tu n'imagines pas à quel point ça pue ! En revanche, une baleine qui crache au milieu de l'océan… oui, c'est un spectacle qui vaut d'être vu.

Le jeune homme avait résisté pendant les deux années sans jamais se plaindre. Quand il avait enfin regagné la terre ferme, il avait réalisé qu'il n'était toujours pas capable de songer à Catherine comme à une mère.

— Il aurait été absurde et douloureux de revenir à San Francisco dans ces conditions.

Il s'était alors embarqué à destination de la France.

— C'était le pays de mes parents, tu comprends, dit-il avec un sourire si empreint de tendresse qu'il fit fondre le cœur de la jeune femme.

Au Havre, il avait pris le train pour Paris. Là, il avait fréquenté les cercles artistiques. Il s'était inscrit à l'École des beaux-arts, mais l'académisme des professeurs l'avait vite découragé. Aussi, lorsqu'il avait entendu parler de la communauté de Barbizon, il n'avait pas hésité à reprendre le train. Le grand mouvement touchait déjà à sa fin, mais les peintres qu'il avait rencontrés l'avaient aidé à trouver sa voie.

— Pour la plupart, c'étaient des paysagistes et des animaliers. Pas plus que moi, ils n'étaient intéressés par les sujets historiques ou mythologiques qui passionnaient les académistes. Eux, c'était la nature qui les passionnait. Certains avaient parcouru toute la France pour y trouver l'inspiration. J'ai tout de suite compris que c'était une forme d'expression qui me convenait, mais la France n'était pas mon territoire. Je me suis donc inspiré des paysages de chez nous, enfin d'ici, ainsi que des images que j'avais emmagasinées pendant mes deux années en mer.

Les artistes de Barbizon apprécièrent le travail de Thomas Tourneur, même s'ils ne s'y retrouvaient pas vraiment. Eux peignaient in situ. L'invention récente des tubes de peinture leur offrait une totale autonomie de travail. Contrairement à leurs aînés, ils n'étaient plus prisonniers de l'atmosphère confinée des ateliers. Ils pouvaient communier avec la nature. Thomas, lui, peignait une nature remodelée à partir de ses souvenirs.

Pourtant, l'exotisme des tableaux du jeune Américain avait trouvé un public et il s'était acquis une clientèle fidèle.

— Il y a un an, j'ai épousé un modèle, Amélie Desmoines. Il y a trois mois, elle m'a donné une fille que nous avons baptisée Catherine. C'est alors que j'ai compris qu'il était temps pour moi de revenir ici. J'étais en mesure de comprendre ce que tu avais éprouvé pendant toutes ces années.

Catherine aurait aimé pouvoir pleurer, mais en dépit du bonheur que lui procurait le retour de son fils, elle sentait que quelque chose était mort en elle. Elle devait même faire un effort pour n'en rien laisser paraître.

— Tu me présenteras ta femme, n'est-ce pas ? Et ta fille, bien sûr.

— Elles m'attendent à l'hôtel. Nous viendrons te rendre visite demain.

Thomas voulut savoir ce qui s'était passé pendant son absence. Catherine s'efforça de lui tracer un récit sobre des événements, mais elle ne put cacher qu'elle avait décidé de pourrir l'existence de Bartleby, qui n'avait pas eu le courage de se donner la mort lors de leur confrontation.

— Ne laisse pas la haine te durcir le cœur, maman.

Elle sourit.

— C'est trop tard, mon chéri.

Catherine s'était imaginé que le retour de son fils la libérerait de ce poids de rancœur qui la rongeait depuis tant d'années, mais elle devait se rendre à l'évidence : il ne contribuait qu'à renforcer sa rage en lui faisant encore mieux prendre conscience de tout ce qu'elle avait perdu. Sa douleur fut encore plus vive lorsqu'elle put tenir dans ses bras sa petite-fille, qui devait avoir sensiblement l'âge de Thomas lorsqu'il lui avait été enlevé.

Thomas, lui, n'avait pas l'intention de reprendre du service dans le journalisme.

— Ne crois pas que ce soit à cause de ton combat contre Frank. Mon père – enfin, l'homme que j'ai si longtemps considéré comme tel – ne m'est plus rien, désormais. Tu sais, même lorsque j'étais petit, je ne me suis jamais senti proche de lui. Il aurait dû mieux me protéger de la folie d'Emily. Seulement, vois-tu, le journalisme ne m'intéresse plus. Je veux me consacrer entièrement à la peinture. C'est là que je trouve mon bonheur. C'est là que je me sens épanoui.

Catherine entreprit aussitôt de faire construire pour son fils une maison avec un atelier où il pourrait travailler en toute quiétude. Le jeune homme se montra d'abord réticent, mais elle réussit à vaincre ses scrupules.

— Tu as trente ans, Thomas, et je n'ai jamais pu te gâter comme ton père et moi l'aurions voulu. Je t'en prie, ne me refuse pas ce plaisir.

Le jeune peintre ne s'attela pas tout de suite à la tâche. Il se rendit à Chinatown pour retrouver son ami Little Yes. Les deux hommes tombèrent dans les bras l'un de l'autre. Pourtant, malgré sa joie de retrouver son ami, le jeune Chinois ne parvenait pas à masquer sa peine.

— Mon père est mort, dit-il. Il a été assassiné il y a trois jours.

La situation à Chinatown était pire que jamais. Le 5 avril 1874, plus de vingt mille personnes s'étaient rassemblées dans les rues de la ville pour demander l'expulsion immédiate de tous les Chinois. Des copies de leurs exigences avaient été adressées sous forme de pétition au président Grant par un comité spécial. Il y était reproché aux Chinois de n'avoir amené en Californie que des filles de petite vertu, de n'avoir jamais acheté de terrains, de ne rapporter aucun bénéfice aux banquiers ni aux importateurs. Les Six Compagnies étaient accusées d'avoir organisé leurs propres tribunaux et d'avoir construit leurs propres prisons. L'alimentation même des Chinois, qui ne consommaient que du riz, du poisson et des légumes, leur était tenue en grief.

Quelques mois plus tard, les Six Compagnies avaient adressé au président Grant un moratoire dans lequel elles niaient toutes les charges retenues contre elles par le comité spécial. Elles affirmaient que les Chinois possédaient pour huit cent mille dollars de propriétés foncières rien qu'à San Francisco et qu'ils payaient plus de deux millions de dollars de frais de douane tous les ans, sans compter les taxes diverses auxquelles ils étaient soumis comme tous les autres citoyens de l'Etat, sans parler de celles qui leur étaient propres. Quant à l'absence de femmes honnêtes, il s'agissait également d'un mensonge, puisque plusieurs centaines de familles s'étaient déjà établies en ville. En outre, plusieurs centaines d'enfants avaient vu le jour sur le territoire américain.

Les présidents des Six Compagnies reconnaissaient la présence de nombreuses prostituées chinoises, mais c'étaient des individus dépourvus de principes qui les avaient fait venir pour satisfaire le plaisir des Blancs. Ces derniers étaient, pour la plupart, des notables de la ville, qui auraient dû lutter contre le vice au lieu de l'encourager, du fait même de leur position officielle. Des commerçants chinois avaient même essayé de renvoyer ces filles au pays, mais un avocat, qui n'était autre que l'un des auteurs de la pétition demandant l'expulsion des fils de l'empire du Milieu, s'était opposé à cette mesure. Si les policiers et l'Administration n'étaient pas aussi corrompus, cette situation aurait été réglée depuis longtemps par les Chinois eux-mêmes.

Seulement, les Blancs n'étaient pas les seuls à semer la terreur parmi la communauté chinoise. Des gangs, appelés *tongs*, se livraient une guerre sans merci. Chacune de ces organisations employait des tueurs professionnels, les *boo how doy*. Ils se livraient de véritables batailles rangées avec des revolvers, des mitraillettes et parfois même des bombes. Au printemps 1875, deux gangs s'étaient livré un combat sans merci dans Waverley Place. Tous les habitants s'étaient barricadés chez eux. Des détachements de policiers s'étaient précipités sur les lieux, à grand renfort de coups de sifflet, de sorte qu'à leur arrivée tous les *tongs* avaient disparu. Il n'y avait pas eu de morts parmi les opposants, mais de nombreux blessés.

La police n'avait jamais réussi à identifier les fauteurs de troubles.

— Mon père a toujours tenté d'apaiser les esprits, mais il y a trois jours, alors qu'il rentrait chez lui, il s'est fait surprendre par des tueurs. Ils ne lui ont laissé aucune chance. Quand je l'ai retrouvé, son corps était criblé de balles.

Le jeune Chinois serra les poings.

— J'en viens à détester cette ville. Je souhaiterais la voir disparaître au fond de l'océan ou partir en flammes.

— Décidément, les choses ne changeront jamais ici, soupira Thomas.

— Pas tant que nous ne disposerons pas de politiciens sérieux, mais ici, ils ne songent qu'à s'enrichir sur le dos des honnêtes gens. Ils n'ont jamais tout à fait guéri de la fièvre de l'or.

Little Yes éclata d'un rire cynique.

— Tu ne connais pas la meilleure ! Ils ont organisé des promenades dans Chinatown pour les visiteurs de la ville en quête de sensations fortes. Ils emmènent ces braves gogos dans des espèces de tunnels artificiels dont ils prétendent qu'ils s'enfoncent sous la terre sur dix étages. Ils leur font visiter des fumeries d'opium et des tripots où ces imbéciles peuvent se faire peur pour pas cher. Quand ils s'en repartent, ils parlent des odeurs pestilentielles qui règnent partout à Chinatown et de la crasse omniprésente. Mais bon Dieu, pourquoi ne leur montre-t-on pas le vrai visage de notre quartier !

Le jeune homme était désespéré.

— Ta mère est formidable, elle me laisse toute liberté pour défendre ma communauté, mais que peut-on faire contre la mauvaise foi ?

Thomas posa une main sur l'épaule de son ami.

— Je te comprends, mais ce qui fait agir ces gens, c'est plus la peur d'un univers qu'ils ne connaissent pas que la méchanceté proprement dite.

— Tu as raison, grinça Little Yes, mais ce n'est pas la peur qui a tué mon père, c'est la conséquence de toutes ces campagnes de dénigrement. Si la municipalité soutenait le combat des Six Compagnies, nous réussirions à nous débarrasser des *tongs* et nous pourrions nettoyer Chinatown de tous les tripots, fumeries et bordels qui sont la cause de nos maux. Je ne sais plus ce qu'il faut faire, Thomas.

— Continuer, Little Yes. Envers et contre tout. Continuer à dire la vérité. Un jour, quelqu'un l'entendra. Et si personne ne l'entend, peut-être que Dieu se décidera à faire périr cette ville dans les flammes ou à l'engloutir sous les eaux. Il y a des précédents dans la Bible.

Le jeune Chinois posa un regard incrédule sur son ami, mais le sourire qui illuminait le visage de Thomas lui fit comprendre qu'il plaisantait. Il sentit la tension se diluer aussitôt et, serrant le revenant dans ses bras, il s'exclama :

— C'est drôlement bon de te revoir, vieux frère.

30

Les tensions entre la population blanche et la communauté chinoise devaient déboucher sur un véritable mouvement de contestation populaire qui allait s'étendre à tout le pays. Les ouvriers se mirent à manifester aux quatre coins des Etats-Unis. Des confrontations violentes entre travailleurs et employeurs eurent notamment lieu à Pittsburgh, Buffalo, Cincinnati, Baltimore et New York, en particulier dans l'industrie ferroviaire et dans les usines.

A San Francisco, les cent cinquante policiers renforcés par douze cents membres de réservistes se révélèrent bien vite insuffisants pour faire face aux émeutes. Le 23 juillet 1877, des hommes d'affaires et des propriétaires terriens se réunirent pour étudier les mesures qu'il convenait de prendre d'urgence afin de protéger la vie et les biens des citoyens de la ville.

Signée par son président, William T. Coleman, une pétition fut adressée au secrétariat de la Guerre pour réclamer d'urgence des armes supplémentaires. Dans les vingt-quatre heures, la demande fut satisfaite. Une force de cinq mille hommes put ainsi être mise sur pied. Le gouverneur accorda les pleins pouvoirs à Coleman, y compris sur les détachements militaires. Un comité de sécurité fut aussitôt constitué. Si celui-ci n'avait rien à voir avec les comités de vigilance des années cinquante, puisqu'il travaillait en collaboration avec les autorités, il n'en bénéficia pas moins de l'expérience de ses prédécesseurs.

Pendant sa période d'activité, plusieurs accrochages sérieux eurent lieu entre ouvriers et Chinois ; de nombreuses laveries furent incendiées et deux hommes furent assassinés. Le 28 juillet, des incendiaires mirent le feu à une réserve de bois de construction sur les quais de Pacific Mail. Un navire, le *City of Tokio*, venait d'accoster avec, à son bord, cent trente-huit émigrants chinois. Des combats féroces firent rage. Des incendies furent signalés en plusieurs endroits de la ville et les passants risquaient à tout moment d'être victimes de balles perdues.

En quelques jours, le comité de sécurité réussit à rétablir l'ordre. Des banquiers, parmi lesquels John Vancamp, réunirent une somme de cent mille dollars afin de permettre à la municipalité de doubler l'effectif des forces de police.

La manière dont la ville avait appréhendé la situation donnait à penser que San Francisco avait acquis une certaine maturité au cours des vingt dernières années.

Lloyd Torn, qui avait retenu la leçon de Leland Stanford, avait vu dans ces événements l'occasion de se distinguer et de prendre une position plus conforme à ses ambitions dans la vie politique locale. L'explosion de fureur ouvrière qui avait embrasé la ville et l'ensemble du pays était un mouvement spontané, qui ne répondait au mot d'ordre d'aucun syndicat.

Le gendre de Frank Bartleby comprit qu'il pourrait acquérir un pouvoir considérable s'il réussissait à canaliser ce mécontentement en un véritable mouvement soigneusement organisé. Il rassembla autour de sa personne des responsables ouvriers et leur fit comprendre que le « péril jaune » n'était qu'un aspect du problème. Il convenait d'élargir le mouvement pour lutter contre les monopoles, notamment celui de la Central Pacific, et contre la démagogie politique sous toutes ses formes.

Le jeune avocat se rapprocha de Kearney, qui avait attiré l'attention sur lui en lançant le slogan « Les Chinois doivent partir ! ». Cet orphelin d'origine irlandaise avait été membre d'une des brigades mises sur pied par Coleman, mais lorsque le comité de sécurité eut ramené l'ordre, Kearney avait retourné sa veste et, après avoir servi les patrons, il avait entrepris de dénoncer la corruption des politiciens et des hommes d'affaires. Pour Lloyd Torn, c'était le partenaire idéal. Ensemble, ils mirent sur pied le Parti des travailleurs et réussirent à fédérer des mouvements dans l'ensemble du pays, de sorte qu'aux élections de l'automne 1879 seize de leurs membres firent leur entrée à l'assemblée, onze au Sénat et cinq à la Cour suprême. L'un d'eux, le révérend Isaac Kalloch, fut même élu maire de San Francisco.

Ce jeune parti remporta de beaux succès. Celui dont il s'estimait le plus fier fut d'avoir fait voter l'Exclusion Act, une loi interdisant l'immigration chinoise. Ainsi, le « péril jaune » était enfin enrayé. Cependant, avec le retour d'une période de prospérité, au début des années quatre-vingt, le Parti des travailleurs perdit de son attrait auprès des électeurs. Des luttes intestines amenèrent en définitive sa disparition. Kearney retourna à l'anonymat, mais Lloyd Torn n'avait pas dit son dernier mot.

Virginia était fière de son époux. Elle le voyait comme le défenseur des pauvres et des opprimés. Une sorte de Robin des Bois moderne. Celui qui aurait suggéré en sa présence que Lloyd était au moins aussi corrompu que presque tous les politiciens de la ville se serait immanquablement attiré le courroux de la jeune femme. La fille de Frank Bartleby élevait ses deux fils, Frank Junior et Tennessee, dans le culte de leur père.

Pourtant, Lloyd avait compris que l'honnêteté ne payait pas dans un pays qui s'était bâti l'arme au poing et à force de coups fourrés. Tous ceux qui avaient tenté avant lui de respecter les règles avaient été balayés par la canaille en place. La mort de John Sutter vint le lui rappeler à point nommé.

Le vieil ami de Frank Bartleby avait connu misère sur misère depuis son départ de San Francisco. Après avoir vécu quelques années paisibles à Hock Farm, avec sa famille retrouvée, au milieu de vignobles, de vergers et de jardins aux plantes rares, la fatalité l'avait rattrapé. Des hors-la-loi lui avaient volé son bétail et des squatters avaient envahi ses terres, allant jusqu'à le traîner en justice pour contester ses titres de propriété. Le tribunal avait dans un premier temps donné raison au Suisse, mais la Cour suprême avait cassé le jugement et remis en cause la légitimité de certains de ses titres. Quelques années plus tard, des brigands avaient mis le feu à sa maison, dont il ne devait rester qu'un tas de cendres fumantes.

Sutter s'était alors rendu à Washington avec son épouse pour demander la restitution de ses biens, ainsi que des sommes que lui avait coûtées la guerre contre le Mexique. En vain. Bien décidé à ne pas lâcher prise, il s'était installé avec Annette dans la petite ville de Lititz, en Pennsylvanie. Lloyd lui avait prêté son concours. Il s'était rendu à Washington pour plaider la cause du Suisse. Le jeune avocat avait rappelé à ces messieurs que sans John Sutter, le pays n'aurait jamais bénéficié de la manne que représentait la découverte d'or sur ses terres. Mais il avait prêché dans le désert.

En définitive, le 16 juin 1880, le Congrès avait ajourné sa séance juste avant de voter une ordonnance par laquelle il accordait à John Sutter un dédommagement de cinquante mille dollars. Deux jours plus tard, l'homme qui se trouvait à l'origine d'une ruée vers l'or qui ne lui aurait attiré que des malheurs s'éteignait, aigri, déçu, ayant perdu la foi dans le système américain. Son épouse ne lui survécut pas six mois.

31

Eddie Wallgreen ne voulait plus entendre parler de politique. Il avait définitivement tourné le dos au *Yerba Buena Star* ; quant à la revue littéraire qu'il avait créée, c'était son fils John qui la dirigeait, désormais. L'aîné, Francis, s'était rendu dans l'Est afin d'y suivre des études de médecine.

Eddie avait publié plusieurs romans et sa renommée commençait à se répandre en dehors du pays. Depuis plusieurs années, il entretenait une correspondance suivie avec divers écrivains anglais. En 1880, alors qu'il venait de fêter son cinquantième anniversaire, Eddie avait connu de petits soucis de santé et il s'était rendu à Calistoga, où l'infatigable Sam Brannan avait ouvert une station thermale. Là, il avait fait la connaissance d'un Anglais à la mine souffreteuse et sombre avec qui il n'avait pas tardé à sympathiser.

Robert Louis Stevenson était arrivé à San Francisco quelques mois plus tôt. Après avoir passé plusieurs mois dans la région de Monterey, le jeune Ecossais atteint de tuberculose s'était installé à San Francisco, au 608, Bush Street. Il y avait épousé Fanny Osbourne avant de quitter les brumes de San Francisco pour aller se soigner à Calistoga.

Eddie Wallgreen avait lu les deux premiers livres publiés par Stevenson, deux récits de voyage. Le premier, *Voyage sur les canaux et rivières*, racontait sa descente de la Sambre et de l'Oise en canoë ; le second était le récit d'un *Voyage avec un âne dans les Cévennes*. Au cours d'une de leurs discussions, Eddie Wallgreen parla au jeune Ecossais de la mine abandonnée de Silverado et dès qu'ils quittèrent la station thermale, Stevenson et Fanny allèrent s'installer sur les flancs du mont St Helena, où ils résidèrent pendant deux mois. Le climat clément de la région permit à Stevenson de se refaire une santé et lui procura la matière d'un roman qu'il publierait quatre années plus tard, *Silverado.*

En 1882, Eddie avait rencontré le jeune Charles Dickens junior, qui était venu à San Francisco lire des extraits de l'œuvre de son père. La ville lui avait réservé un accueil enthousiaste et s'était entichée de ce jeune homme si simple, qui lisait avec tant de bonheur et faisait montre d'une si belle humilité. Eddie avait eu l'occasion de lui faire découvrir le Golden Gate Park et Dickens s'était émerveillé devant le plus grand nénuphar au monde.

Au début des années soixante-dix, William Hammond Hall avait entrepris de remplacer une étendue de dunes par un parc de mille acres. En 1876, la municipalité avait toutefois coupé ses subsides et le parc n'avait pu être achevé. En 1887, John McLaren, un jeune jardinier écossais, avait réussi à redonner un nouveau souffle au projet initial, grâce au soutien politique de Hall. McLaren ne s'était pas contenté d'achever le plan dessiné par Hall, il y avait apporté des aménagements personnels. Ainsi, grâce à son excellente connaissance des plantes, il avait fait planter des herbes, des arbres et des bosquets sélectionnés pour leur capacité à résoudre les problèmes posés par les sables mouvants. En ménageant des sources souterraines, il avait transformé une étendue désertique en un jardin qui devint bien vite la fierté des habitants de San Francisco. Ceux-ci aimaient venir s'y divertir au bord des lacs ou sur les terrains de jeu.

L'Ecossais était un homme de caractère qui réussit non seulement à imposer ses vues, mais encore à s'opposer à certains projets qui ne rencontraient pas son agrément. Sur le chantier, il refusa à ses collaborateurs le droit de fumer ou de porter des gants pour travailler. Il lutta en outre avec fermeté contre l'installation de panneaux interdisant aux promeneurs de marcher sur l'herbe. Cet amoureux de la nature avait les statues en horreur, de sorte qu'il s'employa à masquer par de savants agencements de massifs celles que ses commanditaires avaient réussi à lui imposer.

Si les allées du parc furent interdites aux voitures automobiles dès que celles-ci firent leur apparition, elles étaient en revanche le paradis des cyclistes lorsque ce nouveau véhicule déclencha les passions dans les années quatre-vingt et quatre-vingt-dix.

En 1894, la Midwinter International Fair, qui s'étendit sur deux acres du parc, rassembla plus de deux millions cinq cent mille visiteurs attirés par les merveilles techniques du monde entier. La foire fut inaugurée par des concerts du groupe de Philip Sousa et de l'orchestre de Vienne sous la direction de Fritz Scheel. Ce fut à l'occasion de cette foire que virent le jour l'Académie des sciences ainsi que le Jardin de thé japonais, qui faisait alors partie d'un authentique village du pays du Levant.

Eddie Wallgreen était si heureux de partager ce moment de détente dans un lieu aussi paisible avec le fils de l'auteur d'*Oliver Twist* et de *David Copperfield* qu'il ne put se retenir de lui parler de la visite d'Oscar Wilde, lequel avait précédé Dickens de peu. Eddie s'était fait une telle joie de rencontrer cet homme dont il admirait la poésie ! Wilde avait été invité aux Etats-Unis par Rupet D'Oyly Carte, producteur de l'opéra comique *Patience* signé par le duo Gilbert et Sullivan, lequel remportait un vif succès dans tout le pays. L'écrivain irlandais devait donner une série de conférences sur l'esthétisme, mais il n'avait pas su plaire à son public.

Il portait les cheveux longs, des lavallières et ornait les boutonnières de ses costumes d'un œillet, d'un lis ou d'un chrysanthème. Hélas ! si cette originalité vestimentaire avait amusé, ses conférences, elles, n'avaient réussi qu'à engendrer l'ennui. La presse locale ne s'était pas fait défaut de dire tout le mal qu'elle pensait de ce dandy prétentieux. Ambrose Bierce avait été le plus féroce de tous ; il était allé jusqu'à exprimer un profond mépris à l'encontre de ce poète à l'élocution déplorable.

Charles Dickens Junior s'était contenté de sourire sans faire le moindre commentaire, ce qui avait fini de séduire Wallgreen.

Le cofondateur du *Yerba Buena Star* ne regrettait pas d'avoir renoncé au journalisme. Il se plaisait en la compagnie d'auteurs dont il avait le sentiment de toujours apprendre quelque chose. Le seul qui ne trouvait pas grâce à ses yeux était Jack London. Eddie ne lui pardonnait pas son racisme et ne pouvait oublier que lorsque John L. Davie avait voulu s'opposer au monopole de la Central Pacific, cette dernière avait engagé des hommes de main pour terroriser Davie, et que London était au nombre de ces truands.

Depuis qu'il s'était fait installer le téléphone, Eddie Wallgreen avait renoué le contact avec Catherine. Il l'avait appelée pour lui avouer qu'il regrettait profondément leur différend. Somme toute, il n'éprouvait plus la moindre sympathie pour Bartleby et en était venu à la conclusion que les fermiers ne valaient guère mieux que les Big Four. Il avait appris que certains avaient manœuvré au Sénat de manière éhontée pour que les terres qu'ils avaient mises en valeur leur soient attribuées sans qu'ils aient un sou à payer à la Central Pacific. Ils fondaient leur requête sur le fait que ces terres appartenaient à la nation et n'auraient jamais dû être cédées à quelque compagnie privée que ce soit.

« Tu vois, chacun ne songe qu'à son propre intérêt. Tout ça me dégoûte. Il ne reste plus une cause juste à défendre. J'en viens à me dire que Little Yes a raison quand il voue cette ville à la destruction. »

Par ailleurs, Leland Stanford, dont la fortune dépassait désormais les dix millions, avait offert à la ville une université dont chacun s'accordait à vanter les mérites. Le millionnaire avait opté pour une rupture avec la tradition des universités en place. La Stanford University ouvrirait ses portes aux filles comme aux garçons et ne dépendrait d'aucune structure religieuse. En outre, elle entendait accorder la part belle à la littérature, car son créateur avait observé que les hommes d'affaires qui ne possédaient pas une solide culture générale réussissaient moins bien que les autres. « L'imagination, avait-il déclaré, doit être cultivée et développée si l'on veut réussir dans la vie. » Cela suffisait à le racheter, tout au moins en partie, aux yeux d'Eddie, lequel s'était vu proposer une chaire de littérature par Jane Stanford, l'épouse du magnat, cofondatrice de l'université. L'écrivain l'avait acceptée et était devenu l'un des professeurs les plus estimés et les plus aimés des étudiants.

« Où sont nos belles illusions ? avait demandé Catherine.

— En tout cas, il semble que tu aies eu un effet positif sur Vancamp. D'après ce que je sais, il serait rentré dans le droit chemin.

— Comme quoi, tout le monde a droit à une seconde chance dans la vie. »

Eddie savait que depuis le retour de son fils, Catherine avait retrouvé le sourire et une certaine joie de vivre. Thomas était devenu un artiste dont le talent était reconnu à travers tout le pays. Il menait une vie heureuse avec sa jeune épouse, Amélie Desmoines. Ce qu'Eddie ignorait, c'était que son amie et Vancamp n'avaient jamais renoncé à leur vengeance.

Le Hollandais avait réussi à convaincre son épouse qu'il serait plus terrible de laisser Lloyd Torn se hisser jusqu'au sommet avant de scier la branche sur laquelle il se croyait confortablement installé.

« Et au rythme auquel il a grimpé, Lloyd devrait bientôt être mûr. Crois-moi, chérie, il va tomber de haut.

— Oui, mais le temps passe, John. J'atteins la soixantaine.

— Voyons, regarde Frank, cet homme n'est déjà plus que l'ombre de lui-même. Depuis qu'Isabelle François a refusé de l'épouser, il a sombré dans l'alcool et, grâce à la bonne influence de certains de mes amis, il a renoué avec sa passion pour le jeu. Il est contraint de vendre ses terres, hectare après hectare. Bientôt, il n'aura d'autre choix que de vendre sa maison. Il ne lui restera plus qu'à aller supplier sa fille et son gendre de le recueillir. Or, Virginia refuse de voir son père depuis plusieurs mois. Elle a essayé de l'arracher à ses vices, mais il n'est plus en état d'écouter qui que ce soit. Le jour où il ira frapper à leur porte, les Torn ne lui ouvriront même pas. Au fait, sais-tu que l'asile de Francfort ne veut plus s'occuper d'Emily ? Elle est paraît-il trop agitée. »

Le Hollandais sourit.

« Là aussi, j'ai mes entrées. Mais comment Frank pourrait-il encore prendre soin de sa femme ? Même si, à vrai dire, la folie d'Emily est tout à fait bénigne. C'est Virginia qui s'est chargée de toutes les formalités. Aujourd'hui, Emily Bartleby est internée à l'asile Agnew, près de San Jose. Le monde s'écroule autour de cette famille, si… attachante. Et je te le répète, ce n'est qu'un début, ma chérie. »

32

Tout au long des années soixante et soixante-dix, les marins avaient tenté de s'organiser en syndicat afin de lutter contre les mauvais traitements qui leur étaient infligés en mer, mais ils s'étaient chaque fois heurtés à une opposition trop forte de la part des armateurs. En 1885, une réduction des salaires avait, toutefois, permis à un militant de l'Association internationale des travailleurs, Sigismund Danielwicz, de rassembler deux cents hommes au sein d'un Syndicat des marins côtiers. Cela représentait encore peu de choses, mais cette initiative suffit à entraîner dix mille manifestants dans les rues.

Un tel mouvement ne pouvait laisser Lloyd Torn indifférent. D'autant que le maire de la ville, James Phelan, n'avait pas hésité à lancer les forces de l'ordre contre les contestataires. Les affrontements qui s'en étaient suivis avaient fait plusieurs centaines de morts et dressé une bonne partie de la population contre son premier magistrat. Cette décision de recourir à la force pour briser la contestation syndicale allait coûter à Phelan sa réélection. Pourtant, ce banquier irlandais était un vrai démocrate et un réformateur dans l'âme. Il avait été l'initiateur de nombreuses améliorations notoires, notamment en matière de parcs et d'aires de jeux.

Il s'était, en outre, montré un mécène avisé pour de nombreux artistes. Un tableau de Thomas Tourneur ornait d'ailleurs son bureau. Cela n'avait pas empêché Catherine de critiquer sa décision de faire ouvrir le feu sur les manifestants dans un article cinglant. A vrai dire, Phelan ne lui avait jamais été sympathique car, pour asseoir sa popularité auprès de son électorat, il avait souvent fait des déclarations incendiaires à l'encontre des Chinois.

Lorsqu'en 1900, les premiers cas de peste bubonique apparurent en ville, le maire ordonna la fermeture de Chinatown. Le quartier pullulait de rats et ceux-ci étaient considérés comme responsables du fléau. Mais Phelan ne prit aucune mesure pour protéger les Chinois contre l'épidémie. Les médecins de la ville reçurent pour seule instruction de veiller à ce que le foyer de l'épidémie soit bouclé de manière hermétique. Deux ans plus tard, le Congrès votait une prolongation illimitée de l'Exclusion Act, qui interdisait l'émigration chinoise, y compris à Hawaï.

La défaite de Phelan devait marquer l'apogée de Lloyd Torn. Le gendre de Frank Bartleby avait compris que si les syndicats représentaient une force potentielle, celle-ci n'avait pas encore atteint son plein épanouissement. En revanche, le Parti d'union des travailleurs lancé par Abraham Ruef paraissait offrir de bien plus belles perspectives.

Ruef, Français d'origine, était un pur produit de la faculté de droit de l'université de Californie, dont il était sorti major de sa promotion. Ce spécialiste des langues anciennes avait consacré une thèse à *La Pureté en politique.* Ses camarades appréciaient son idéalisme et sa volonté de réformer un système corrompu.

A sa sortie de l'université, alors qu'il n'avait que vingt et un ans, il avait rejoint le Parti républicain et y avait participé à la constitution d'un groupe de réformateurs qui militait pour de meilleures lois et un gouvernement assaini.

Mais la réalité lui avait tôt fait comprendre qu'il existait un véritable fossé entre la théorie et la pratique. Plus il s'élevait dans la hiérarchie du parti, plus les frustrations devenaient grandes. Les racines du mal étaient beaucoup trop profondes pour qu'on puisse espérer les extirper. Confronté à l'adversité, Abraham Ruef n'avait guère eu de mal à modifier son orientation de départ. D'idéaliste, il s'était fait opportuniste.

Torn et lui étaient faits pour s'entendre, désormais.

Le parti créé par Ruef, et que Lloyd Torn s'était empressé de rejoindre, avait réussi à faire élire Eugène E. Schmitz à la mairie et à placer plusieurs de ses membres à des positions stratégiques. Ainsi Torn lui-même se retrouva-t-il à la tête de la Cour suprême.

Lorsque Ruef avait compris que James Phelan n'avait aucune chance d'être réélu, il s'était tourné vers son parti pour trouver un candidat susceptible de succéder au maire sortant. En définitive, c'était à l'extérieur qu'il l'avait trouvé.

Eugène Schmitz n'était pas un politicien professionnel, tant s'en fallait. C'était un violoniste et un chef d'orchestre autant apprécié pour son talent que pour sa bonhomie. C'est à l'issue d'un concert, en 1901, que Ruef l'approcha.

L'idée de cette candidature venait, à vrai dire, de Lloyd Torn. L'avocat avait compris qu'il valait mieux exercer le contrôle sur la justice que de se charger des destinées de la ville. Un président de la Cour suprême pouvait s'avérer très précieux si certains se risquaient à attaquer la gestion du maire. En outre, de par sa position, celui-ci était moins exposé. A la mairie, il lui paraissait plus sage de placer un homme de paille qu'il serait aisé de manipuler à sa guise.

Schmitz avait des origines irlandaises par sa mère et germaniques par son père, qui avait construit la première maison en brique de San Francisco. Ses racines lui conféraient une certaine crédibilité au sein de ces deux communautés, qui étaient les plus importantes de la ville. En outre, Torn avait eu l'occasion d'écouter Schmitz défendre ses positions lors de discussions mondaines. Le musicien ne cédait jamais. Même lorsqu'il avait tort, il continuait à avancer ses arguments de manière imperturbable.

« Si nous parvenons à le convaincre de rejoindre nos rangs, nous lui ferons faire tout ce que nous voulons, affirma l'avocat. Or, crois-moi Abbie, ce type réussirait à vendre de la glace à un esquimau. »

Dans un premier temps, Schmitz avait éclaté de rire lorsque Ruef lui avait proposé de se lancer dans la politique. Il considérait ne pas posséder l'expérience nécessaire pour devenir maire. Il ne connaissait rien aux affaires municipales. Il n'avait jamais fait de discours en public et ne se sentait pas capable de mener à bien une campagne électorale.

Mais Ruef lui avait assuré qu'il possédait au moins autant d'expérience et de connaissance que la plupart des politiciens, et bien plus que certains de ceux qui avaient occupé le poste avant lui. En outre, Ruef se faisait fort de lui procurer les fonds nécessaires. Quant aux discours, il disposait en la personne de Lloyd Torn de la personne idéale pour les rédiger.

« En outre, reprit Ruef, bien que membre de notre parti ouvrier, vous nous serez très utile, car, compte tenu de votre notoriété, vous pourrez faire appel aux éléments plus conservateurs, lassés de tous les conflits sociaux qui déchirent la communauté. »

Même s'il n'avait jamais entendu parler de la fable du corbeau et du renard, Ruef ne s'était pas privé pour vanter la prestance du musicien.

« Entre deux candidats, les électeurs – qui sont des veaux, il faut le savoir, mon cher – choisiront de préférence celui qui leur semble le plus fort et le plus séduisant. Le programme importe peu dans une campagne électorale. Ce qui compte, c'est de séduire ! Vous saurez les séduire ! »

Schmitz était en fait un homme de belle prestance, qui arborait un air affable et chaleureux sous une barbe noire toujours bien taillée.

En outre, avait insisté Ruef, si le musicien acceptait de faire campagne pour la mairie, tous ceux qui venaient le voir diriger l'orchestre au Columbia Theater ne parleraient plus que de lui, et cela représenterait des milliers de personnes prêtes à faire bénévolement sa publicité.

Schmitz avait demandé le temps de la réflexion. Celle-ci n'avait pas été bien longue. Il gagnait cinquante dollars par semaine en tant que musicien, beaucoup moins que la plupart des politiciens. En outre, le maire était, de tous, celui qui pouvait espérer les plus gros revenus. C'était l'homme le plus puissant, or la puissance n'appelait-elle pas l'argent ? En outre, un voyant lui avait prédit qu'il occuperait un jour un poste élevé dans sa ville natale.

Et surtout, Schmitz se souvenait d'avoir toujours entendu dire que peu importait la manière dont on gagnait de l'argent, l'essentiel étant de faire fortune. « Si vous êtes riche, personne ne vous demandera jamais comment vous l'êtes devenu. » Il avait donc décidé de déposer sa baguette de chef d'orchestre pour se mettre en campagne. S'il manquait de discipline, au goût de Ruef et Torn, le musicien avait l'art d'agrémenter à sa mode les discours que lui préparait l'avocat, et sa faconde séduisait les électeurs, ainsi que Ruef l'avait prévu. Il s'habillait en outre avec élégance mais sans extravagance, donnait l'impression d'être partout à la fois et n'avait pas tardé à développer une confiance en soi qui allait se révéler communicative.

Le nouveau poulain du Parti d'union des travailleurs avait remporté les élections haut la main, notamment grâce à son vieil ami William Randolph Hearst, qui lui avait apporté le soutien de son journal, le *San Francisco Examiner*. En fait, Hearst entendait ainsi renvoyer l'ascenseur à Schmitz qui avait lui-même appuyé la candidature au Congrès du patron du grand groupe de presse.

Le *Trans* avait lui aussi soutenu la candidature de l'ancien chef d'orchestre, Catherine ayant cédé, à contrecœur, à l'insistance de John Vancamp.

« C'est la dernière marche que Torn doit grimper, chérie. Bientôt, la chute sera terrible pour ce petit imbécile. »

Catherine Tourneur, qui était une vieille dame, désormais, ne reconnaissait plus son mari. Le Hollandais avait totalement renoncé à ses magouilles. Il était devenu si affable que même ses anciennes victimes, du moins celles qui étaient encore en vie, le saluaient avec respect dans la rue et n'auraient jamais admis que l'on médise de lui. Catherine se demandait parfois si John ne cherchait pas à lui faire oublier sa vengeance à force de reporter toujours à plus tard le moment où il ferait tomber le couperet sur le cou de Torn.

Bien sûr, Frank Bartleby avait payé ses crimes. Sa fille Virginia n'avait pas supporté de voir son père dilapider son argent comme il le faisait. En outre, la déchéance de l'Anglais risquait d'avoir des répercussions négatives sur la carrière de Lloyd. A la suite d'une crise d'éthylisme de son père, la jeune femme l'avait fait interner à l'asile Agnew.

« Il ne pourra pas y être mal, avait-elle déclaré, puisqu'il y retrouvera sa femme. En outre, avec la vente de ce qui reste de sa ferme, j'ai assuré à mes parents de bonnes conditions de séjour. Ils ont chacun leur chambre et seront bien traités. »

Salvador était mort depuis sept ans et n'avait pu venir en aide à son patron. Seul Thomas allait parfois rendre visite à ceux qu'il avait si longtemps considérés comme ses parents. Le jeune peintre, qui éprouvait de la compassion pour Frank et Emily, n'approuvait pas la décision de Virginia, mais la jeune femme lui avait rappelé qu'il n'avait pas voix au chapitre, puisqu'en réalité, il n'était pas son frère.

« Ne t'en fais pas, mon garçon, lui avait dit Frank. C'est peut-être mieux ainsi. Ici, je ne risque plus de boire et de dilapider mon argent au jeu. En outre, je peux veiller sur Emily. Tu sais, je n'ai sans doute pas été un père idéal, mais j'aimais vraiment ma femme. Si seulement tu l'avais connue avant le drame de la sierra Nevada ! Mais, c'est vrai, cela n'aurait rien changé, elle n'est pas ta mère. »

Frank avait tenu à raconter à son fils comment les choses s'étaient passées dans les Truckee Meadows.

« Tu sais, pour que des hommes en viennent à se nourrir de chair humaine, il fallait vraiment que nous ayons tous perdu la tête.

— Tout ça, c'est du passé, dit le peintre. Je ne sais même pas si Catherine t'en veut toujours. Pour ce qui me concerne, je ne me reconnais pas le droit de te juger. J'ignore ce que j'aurais fait en pareilles circonstances. La mer m'a appris qu'un homme est capable de bien des choses pour survivre. »

Emily regardait son mari et Thomas avec un petit sourire absent. Lorsque le peintre prit congé du couple, elle le retint par la manche et murmura :

« Tu sais, Dieu n'est pas bon. Ce n'est pas vrai, ce qu'on nous enseigne au catéchisme. Si ce Dieu existe, il fait plus de mal que de bien.

— Ce n'est pas Dieu qui est mauvais. Ce sont les hommes qui ne comprennent rien à la vie », dit le peintre.

La vieille dame secoua la tête.

« C'est Dieu qui m'a enlevé deux enfants dans la sierra Nevada. Deux innocents. Pourquoi me laisse-t-il vivre si longtemps ? Gregory et George ont besoin de moi. Il aurait déjà dû me rappeler pour que je puisse enfin m'occuper d'eux, comme j'aurais tant aimé le faire dans cette existence. »

Emily secoua sa chevelure dans laquelle le soleil tressait désormais des fils d'argent. Thomas et Frank échangèrent un regard. Cette femme était-elle vraiment folle ?

Si John Vancamp prenait son temps pour accomplir la vengeance de sa femme, il n'avait à aucun moment négligé la finalité de toutes ses actions. C'est dans cet esprit qu'il noua une relation d'amitié avec Fremont Older, l'éditeur du *Bulletin*, dont la plume était l'une des plus appréciées de San Francisco. Older y était considéré comme un croisé du journalisme. Son style était flamboyant et son cheval de bataille, la lutte contre la corruption.

— Le *Bulletin* est un concurrent, grogna Catherine. Pourquoi lui donner des informations avant même de me les communiquer à moi ? Le *Trans* n'est plus assez bon pour toi ?

La vieille journaliste était devenue une femme aigrie et acariâtre. Elle ne quittait plus la Villa Yerba Buena, mais continuait à diriger, seule, son empire de presse de chez elle. Elle donnait ses ordres par téléphone et était obéie aussi sûrement que si elle avait été présente dans chacune des salles de rédaction des quotidiens qu'elle dirigeait à travers le pays. Comme Hearst, elle se trouvait à la tête d'un puissant empire de presse, désormais.

Vancamp lui prit la main et sourit.

— Je distille mes informations, ma chérie. Les gens ont de la mémoire. Et plus personne n'ignore, aujourd'hui, les motifs de ta haine envers les Bartleby. Si le *Trans* était le seul journal à traîner la municipalité dans la boue, certains n'hésiteraient pas à prétendre que tu harcèles Lloyd Torn par vengeance personnelle. Le *Bulletin* est notre caution morale.

En 1905, la machine politique de Ruef et Torn avait non seulement réussi à faire réélire Schmitz, mais encore à monopoliser l'ensemble des sièges de conseillers municipaux. Torn conservait, quant à lui, la présidence de la Cour suprême. San Francisco se retrouvait ainsi aux mains d'une véritable mafia. La municipalité monnayait en effet sa protection aux salles de jeux et aux saloons ainsi qu'aux souteneurs et aux prostituées. La Compagnie de gaz et d'électricité du Pacifique, les compagnies de chemins de fer et de *cable cars* ainsi que tous les services publics dépendant de la mairie étaient devenus de véritables vaches à lait.

Au cœur même de Chinatown, Ruef disposait d'un comparse qui lui avait permis de placer la communauté chinoise sous sa coupe. Fung Jing Toy, plus connu sous le patronyme de Little Pete, était un vrai dandy qui exhibait ses diamants, sa montre en or et son porte-cigarettes incrusté de pierres précieuses. Tous les matins, ce chef des *tongs* de la famille Sum Yop consacrait deux heures à brosser et lisser sa queue-de-cheval. Ensuite, il jouait de la cithare ou écrivait des comédies. Il n'avait eu aucun mal à faire monter ces dernières, puisqu'il était le propriétaire du Jackson Street Theatre.

Mais ce n'étaient pas ces activités artistiques qui avaient valu à Little Pete sa plus grande renommée. En réalité, ce jeune truand aimait à se pavaner en compagnie de ses gardes du corps blancs et de ses *boo how doy*, pour aller rançonner les tenanciers de tripots et de fumeries d'opium. Il possédait également ses entrées à l'hippodrome où c'est à peine s'il prenait la peine de se cacher pour droguer les chevaux et fausser les résultats des courses à son profit.

Malheureusement pour lui, Little Pete n'avait pas le sens de la mesure. Se sachant protégé par le maire de la ville et sa clique, il poussa son avantage trop loin. Il ne se souciait plus d'acheter des filles pour ses bordels, il les volait à une autre bande de *tongs*. Les Sue Yop ne pouvaient se laisser faire sans risquer de perdre la face devant la pègre chinoise.

Ils déclarèrent donc la guerre aux Sum Yop et il s'ensuivit l'un des affrontements les plus sanglants de Chinatown.

A la suite d'une véritable bataille rangée, l'un des tueurs de Little Pete fut arrêté. Le dandy commit alors une erreur dont John Vancamp ne manqua pas de tirer profit. Pour obtenir la libération de son homme de main, le *tong* tenta de soudoyer les jurés, le procureur général et le juge lui-même. Informé par Vancamp, le *Bulletin* s'empara de l'affaire et Ruef ne put que s'incliner. Il aurait été beaucoup trop dangereux de soutenir son homme de main chinois. Little Pete fut condamné à passer cinq ans à San Quentin.

Chinatown demeurait une source de profit considérable pour la nouvelle municipalité, mais elle nécessitait d'être traitée avec une grande prudence. Plus d'une centaine de cas de peste bubonique y avaient été décelés au cours des dernières années. C'était le secret le mieux gardé d'Eugène Schmitz. La maladie se propageait à cause de la multiplication des rats porteurs de puces infectées. Or, ces rats arrivaient en ville dans les cales des navires en provenance de l'empire du Milieu. Il aurait été facile de s'appuyer sur l'Exclusion Act pour interdire leur entrée dans la baie, mais Schmitz ne voulait pas en entendre parler.

En réalité, ces bateaux amenaient nombre de jeunes filles aux tripots du quartier chinois et la municipalité prélevait sa dîme sur chacune de ces nouvelles arrivantes. Si la population de San Francisco avait eu vent du risque d'épidémie, elle aurait contraint Schmitz à prendre des mesures qui auraient eu des répercussions dramatiques sur ses finances. Le maire ne voulait pas courir ce risque. Qu'importait la mort de quelques dizaines de Jaunes ?

Grâce aux accointances de Little Yes auprès des Six Compagnies, Vancamp eut connaissance de cette situation scandaleuse. Il possédait désormais suffisamment d'atouts pour déclencher la grande offensive. Il convoqua donc Fremont Older, l'éditeur du *Bulletin*, et lui expliqua qu'il connaissait personnellement William Langdon, le procureur général.

— Je me demande comment un type aussi intègre a réussi à décrocher un tel poste dans l'administration la plus corrompue que nous ayons jamais eu à subir – ce qui n'est pas peu dire ! observa-t-il. Toujours est-il que Langdon est bien décidé à faire tomber Schmitz, Ruef, Torn et leur clique. Vous comprendrez que je ne puisse m'impliquer personnellement dans ce combat qui me tient à cœur. Il me paraît inutile de vous expliquer les raisons qui m'empêchent de prendre une part active à cette mise à mort, n'est-ce pas ? Vous, en revanche...

Il n'en avait pas fallu plus à Fremont Older pour organiser une réunion secrète à laquelle il convia James Phelan, l'ancien maire, à qui les articles de Catherine avaient coûté sa réélection, ainsi que Rudolph Spreckels, un millionnaire qui devait sa fortune au sucre. Older s'était adressé à ce dernier parce que Vancamp lui avait fait part d'une démarche de Ruef auprès du millionnaire.

« C'est Rudolph lui-même qui m'en a informé, avait-il précisé. Il me semble que le moment est bien choisi pour lui proposer d'apporter son aide à une grande purge. »

En fait, Ruef avait contacté Spreckels, quelques semaines plus tôt, pour lui proposer de soutenir un emprunt lancé par la ville. Le financier avait tout naturellement voulu savoir quelle garantie la municipalité pouvait lui apporter. Ruef avait souri. Il se faisait fort d'acheter, avec l'aide de Spreckels, la majeure partie des obligations émises à un prix plancher pour les revendre ensuite au prix fort.

« Mais comment pouvez-vous être certain de réussir semblable opération ? s'était inquiété le millionnaire. Cela me paraît bien aléatoire. »

Il n'y avait rien de plus facile, au contraire. Ruef ferait en sorte qu'une grève des transports paralyse la ville quelques jours avant l'émission de l'emprunt. La confiance des citoyens serait alors au plus bas. Ils bouderaient l'emprunt dont les obligations se vendraient dès lors à un prix ridiculement bas. Il suffirait ensuite de laisser le maire régler l'affaire calmement pour voir la confiance revenir et le prix des obligations s'envoler.

« Vous ne pouvez pas être sérieux ! » s'était exclamé le millionnaire, outré.

Ruef avait aussitôt compris qu'il avait misé sur le mauvais cheval. Son hôte était beaucoup trop guindé pour marcher dans une telle combine. Il avait éclaté de rire. Bien sûr qu'il plaisantait, voyons. Mais Spreckels n'était pas naïf. Cet incident avait fini de le convaincre que le moment était venu de nettoyer la ville de la mafia qui la dirigeait.

Dès qu'il eut connaissance des projets d'Older, Spreckels se déclara ravi de pouvoir apporter son soutien à une initiative aussi salutaire. Il proposa spontanément de verser une contribution de deux cent cinquante mille dollars pour permettre la constitution d'une commission d'enquête.

— Et si cette somme ne suffit pas, comptez sur moi pour ajouter ce qu'il conviendra, ajouta le financier. Je suis décidé à aller au bout de cette affaire, quoi qu'il doive m'en coûter !

L'éditeur du *Bulletin* ne perdit pas de temps. Fort du soutien de ses amis, il se rendit aussitôt à Washington et demanda une entrevue au président Theodore Roosevelt. Fremont Older était un orateur convaincant et il n'eut aucun mal à obtenir du président qu'il dépêche deux agents fédéraux à San Francisco avec pour mission d'éplucher les comptes de la ville.

Dans les premiers jours d'avril 1906, San Francisco vit ainsi débarquer William J. Burns, le chef des services secrets du département du Trésor, et Francis J. Heney, l'un des plus fameux procureurs du gouvernement fédéral.

TROISIÈME PARTIE

Déclin

33

Le 17 avril 1906, John Vancamp rayonnait.

— L'heure a sonné, ma chérie, annonça-t-il à son épouse. Demain, la clique à Ruef sera entendue par les agents fédéraux. J'ai fait en sorte que ceux-ci disposent de toutes les pièces nécessaires pour prononcer des inculpations. La cellule de ces messieurs est déjà retenue à San Quentin.

Catherine contempla son mari avec un petit sourire.

— Tu es arrivé à tes fins, n'est-ce pas ?

Vancamp posa un baiser sur les lèvres de sa femme. Celle-ci fronça les sourcils avant de demander :

— Je suppose que tous ces braves gens iront assister à la représentation de *Carmen*, de Bizet, au Grand Opéra, ce soir.

— Je suis certain que pas un d'entre eux ne voudra manquer la prestation d'Enrico Caruso. Ruef demeure convaincu qu'il réussira à démontrer que, comme il l'a toujours prétendu, l'administration de Schmitz est la plus propre et la plus morale de tous les Etats-Unis...

Prenant un ton déclamatoire, le Hollandais ajouta une formule dont Ruef était friand :

— ... « aussi claire que la lumière du jour et aussi pure qu'un lac de montagne ». Il ne s'attend pas à ce qui va lui tomber sur la tête. Cette fois-ci, il n'a aucune chance de s'en sortir.

Vancamp éclata de rire.

— Lloyd Torn, en revanche, va je crois passer une bien mauvaise nuit. Je me suis arrangé pour qu'il ait une petite idée des éléments qui se trouvent dans notre dossier. Il est juriste, il sait qu'il est cuit.

— Il risque donc de ne pas se rendre à l'opéra, ce soir. Dommage.

— Tu te trompes, ma chérie. Il est plus important que jamais pour lui de donner le change. En ce moment, il doit se creuser la cervelle pour trouver le moyen de jouer son va-tout. Ce genre d'individu ne renonce jamais, crois-moi, je sais de quoi je parle.

Catherine se leva de son fauteuil et vint à son tour poser un baiser sur les lèvres de son mari.

— Dis-moi, John, Eddie a-t-il toujours une loge à l'opéra ?

Le Hollandais fronça les sourcils.

— Je suppose, oui.

— Voudrais-tu être assez gentil pour l'appeler et lui demander s'il nous y accueillerait, ce soir ?

— Tout de suite, ma chérie. Moi aussi, j'aimerais assister à la dernière parade de ces messieurs.

— Le seul qui m'intéresse, c'est Lloyd Torn, John. Les autres n'existent même pas.

Lorsque Isabelle François et Manon arrivèrent à l'opéra, l'ancienne tenancière du Gai Paris observa la salle. Il lui sembla qu'il y régnait une atmosphère de tension inhabituelle.

— Je crois que, pour une fois, ce n'est pas nous qui attirerons les regards.

Lorsqu'il avait été de notoriété publique que les deux femmes non seulement vivaient ensemble, mais encore constituaient un couple uni, les bonnes âmes de San Francisco en avaient fait des gorges chaudes. Les femmes n'avaient jamais vraiment pardonné à Isabelle la séduction qu'elle avait autrefois exercée sur leurs maris. Quant à ces derniers, qui s'étaient toujours vus éconduits, ils n'hésitaient pas à déverser leur rancœur sur celle qu'ils avaient adorée.

— Une tempête dans un verre d'eau, commenta Manon. De toute façon, Ruef et ses ruffians s'en tireront comme toujours. Ils contrôlent toute l'Administration.

— Je ne suis pas sûre que cela suffira, en l'occurrence. Les agents fédéraux ont été dépêchés par Roosevelt lui-même et, cette fois, le président de la Cour suprême se trouvera sur le banc des accusés. Il lui sera difficile de s'en tirer.

Manon fit la grimace.

— Cette ville est corrompue depuis l'origine. Il faudrait un miracle pour que les choses changent.

Isabelle prit la main toute ridée de sa compagne et murmura :

— Dieu finit toujours par se réveiller, mon cœur. Souviens-toi de Sodome et Gomorrhe...

Lorsque Catherine pénétra dans la loge de son vieil ami, Eddie Wallgreen ne la reconnut pas tout de suite. Combien d'années s'étaient écoulées depuis leur dernière rencontre ? S'ils se parlaient régulièrement au téléphone, ils ne s'étaient pas revus depuis bien longtemps. Depuis qu'elle s'était constitué un véritable empire de presse, la Française menait une vie de recluse. Hormis son mari, qui se partageait entre la Villa Yerba Buena et sa résidence de Nob Hill, elle n'accueillait que son fils et sa belle-fille. Elle ne recevait plus le coursier qui lui apportait tous les jours les épreuves du *Trans* ; celui-ci avait pour consigne de les déposer sur le guéridon de l'entrée et de revenir les chercher deux heures plus tard au même endroit. Little Yes lui-même devait se contenter du téléphone pour avoir des nouvelles de sa bienfaitrice.

Catherine avait toujours fière allure, avec son maintien altier et cette masse de cheveux auburn qui ruisselait sur ses épaules dont pas un ne semblait avoir blanchi. A soixante-seize ans, elle conservait la silhouette d'une femme de quarante ans. En revanche, la peau de son visage n'était plus qu'un parchemin fatigué. Des lèvres charnues, qui avaient toujours été l'image même de la sensualité aux yeux de l'écrivain, il ne restait plus que deux fins traits à peine perceptibles. Quant à ses grands yeux noisette si lumineux, ils étaient profondément enfoncés dans deux cavités sombres.

Il y avait quelque chose du cadavre dans les traits de Catherine Vancamp. Après avoir réussi à maîtriser son émotion, Eddie installa son amie à côté de son épouse Sandy.

— Tu n'as pas résisté au plaisir de venir écouter maître Caruso, n'est-ce pas ? Il semblerait que la soprano, Olive Fremstad, soit très bien dans le rôle de Carmen, même si elle est plus habituée aux opéras de Wagner. Je suis heureux que tu aies pensé à m'appeler, Kate.

La vieille dame se retourna vers son ami et, sans un sourire, elle dit :

— Non, Eddie, Caruso lui-même n'aurait pas réussi à me faire sortir de ma tanière. En revanche, j'avais très envie d'assister à l'ultime parade de monsieur Lloyd Torn et de sa ravissante épouse Virginia.

Puis, dirigeant son regard vers la loge où le président de la Cour suprême et sa femme étaient en train de prendre place, elle ajouta :

— C'est vrai qu'elle est toujours ravissante, cette petite cruche.

Eddie Wallgreen sentit un frisson lui parcourir l'échine.

— Mon Dieu, Kate, ne me dis pas que tu n'as toujours pas pardonné.

Son amie ne lui répondit pas. Elle observait avec un sourire satisfait le président de la Cour suprême qui avait blêmi en l'apercevant. Lloyd saisit la main de sa femme, mais Virginia Torn se dégagea d'un mouvement brusque.

— Je t'ai accompagné parce que tu ne m'as pas laissé le choix, Lloyd, mais ne me touche pas.

— C'est maintenant que j'ai besoin de toi, Vir...

Mais la fille de Frank Bartleby l'interrompit.

— Je suis là, mais ne m'en demande pas plus. J'ai cru en toi, Lloyd, mais tu n'es qu'une immonde crapule. Quand je pense que je n'ai jamais voulu prêter l'oreille à tout ce qui se colportait sur ton compte ! Quelle idiote j'ai été ! Ah ! tu t'es bien joué de moi, comme de tous les autres, monsieur le président. Je te méprise.

Lloyd Torn plissa les lèvres.

— De quel droit me juges-tu, toi, la fille d'un assassin ?

Virginia se leva, mais Tennessee lui saisit le bras et la contraignit à se rasseoir.

— Bon sang, au moins ne vous donnez pas en spectacle ! Vous allez me faire regretter de n'être pas resté à la maison avec Frank Junior.

Au parterre, Thomas et son épouse, Amélie Desmoines, saluaient Catherine.

— Ma mère qui se décide à sortir de sa retraite ! observa le jeune homme. Je n'en reviens pas. Ce jour est à marquer d'une pierre blanche.

William J. Burns et Francis J. Heney prenaient place dans la loge du procureur William Langdon. Ils furent bientôt rejoints par Fremont Older, Rudolph Spreckels et James Phelan. Ruef et un Schmitz en sueur arrivèrent ensemble et saluèrent le public comme s'ils étaient en campagne électorale.

— Demain, tout sera réglé, déclara Ruef.

Mais le maire ne partageait pas la confiance de son mentor. Il connaissait la réputation des deux agents fédéraux. Ceux-ci avaient fait la une de tous les journaux du pays pour avoir mis au jour une affaire de corruption en Oregon.

— Nous ne sommes pas en Oregon, Eugène, déclara Ruef. Ici, les gens s'en foutent pas mal que nous nous en mettions plein les poches. La corruption est un mal endémique à San Francisco et nos citoyens aiment l'audace. Que leur importe de devoir nous verser des pots-de-vin tant que nous les acceptons avec le sourire et un certain sens de l'humour. Je vous l'ai dit, mon vieux, vous êtes un séducteur né et vous avez la prestance d'un meneur d'hommes. Il n'en faut pas plus pour les satisfaire.

— Sans doute, mais les agents fédéraux n'en ont que faire de l'esprit de la Frontière. Ce sont des hommes de l'Est.

Ruef poussa un soupir exaspéré.

— Cessez de geindre, Eugène. Vous connaissez un homme qui soit insensible à l'argent ? Moi pas. Il nous faudra peut-être sacrifier quelques dizaines de milliers de dollars, voire quelques centaines, mais c'est grandis aux yeux des électeurs que nous sortirons de cette épreuve. Vous n'êtes pas près de quitter la mairie, c'est moi qui vous le dis.

Dans sa loge, le grand Enrico Caruso ne parvenait pas à décolérer. Pourtant, il était presque heureux d'avoir accepté cet engagement à San Francisco, où il allait se produire avec la troupe du Metropolitan Opera de New York. En principe, il aurait dû chanter à Naples ce soir-là, mais il avait annulé son contrat dès qu'il avait appris l'éruption du Vésuve. Le réveil du volcan avait déjà fait quelque deux cent cinquante morts dans un marché, lorsque le poids des cendres avait fait s'écrouler le toit sur les badauds.

Dans le train qui l'amenait dans l'Ouest, Caruso avait confié au chef d'orchestre :

« Peut-être est-ce la volonté de Dieu qui m'amène ici. Il voulait m'éviter l'épreuve du feu. »

Pourtant, le ténor n'était pas entièrement rassuré par ce déplacement. Il avait entendu dire que la Californie était encore une région sauvage et dangereuse. Il avait donc pris la précaution de se procurer un revolver et une boîte de cinquante cartouches. Pendant une bonne partie du trajet entre New York et San Francisco, il s'était entraîné à charger son arme et à dégainer. On n'est jamais trop prudent.

A son arrivée dans la baie, il avait appris que le nombre des victimes du Vésuve était passé à douze cents. Ainsi, il avait vraiment échappé au pire. S'il n'avait pas annulé son engagement, le célèbre Caruso ferait peut-être l'actualité aujourd'hui, mais dans la rubrique nécrologie.

Le ténor fut accueilli au Palace, un hôtel construit trente ans plus tôt et qui avait acquis une renommée mondiale. Situé sur Market Street, entre les 2e et 3e Rues, il avait été honoré, quelques années plus tôt, par la visite du président Ulysses Grant. Celui-ci avait apprécié le luxe de sa suite avec ses draperies vert et or, ses fauteuils recouverts de brocart chatoyant, sa grande cheminée au manteau de marbre surmonté d'un miroir à l'encadrement doré à l'or fin. Les tapis provenaient de l'une des plus prestigieuses maisons de New York, qui avait installé une succursale dans la cité de la Porte d'Or uniquement pour satisfaire la commande du Palace.

Caruso, lui, n'était nullement impressionné par l'élégance de l'endroit. Il avait séjourné dans des lieux tellement plus raffinés ! Mais que pouvait-on attendre de cet Ouest sauvage ?

Tandis qu'il attendait le lever du rideau, le ténor fulminait, en dépit des exhortations au calme du chef d'orchestre, Alfred Hertz. Pendant la répétition, la soprano, madame Fremstad, avait commis plusieurs couacs pendant son aria. Comment un artiste tel que le grand Caruso pouvait-il donner la réplique à quelqu'un qui n'était même pas capable de chanter juste ? La Fremstad avait eu beau mettre en cause la maladresse de certains musiciens locaux, le ténor n'acceptait pas une aussi piètre excuse.

« Si vous n'exigiez pas des cachets aussi faramineux, s'était récriée la soprano, la compagnie aurait pu engager des professionnels ! J'exige qu'on renvoie ces amateurs ! »

Caruso en était resté blême. Certes, il était payé mille trois cent cinquante dollars par représentation, seulement si son nom n'avait pas figuré à l'affiche, ce soir, la salle aurait été vide ! Et il ajouta d'un ton sans réplique que si un seul artiste était renvoyé, il ne chanterait pas.

La critique consacrée, le jour même, à *La Reine de Saba* n'était pas faite pour le rassurer. Un journaliste n'était-il pas allé jusqu'à titrer : « De mauvais chanteurs pour un mauvais opéra » ? Même si Caruso ne participait pas à ce spectacle et même s'il estimait que ses collègues méritaient pareil blâme, il ne se demandait pas moins si le public barbare de San Francisco serait à même d'apprécier sa performance. Ces nouveaux riches considéraient sans doute l'opéra comme un lieu où venir se pavaner et non comme un temple de l'art lyrique.

Il fut pleinement rassuré dès la fin de sa performance. Le public était debout et l'ovationnait de « bravos » enthousiastes.

Lui-même devait reconnaître qu'il n'avait jamais aussi bien chanté.

Une automobile le ramena au Palace Hotel, où des vins de qualité furent servis aux artistes parmi les majestueux palmiers du jardin. Ensuite, le ténor et quelques notables allèrent souper de spaghettis au restaurant Zinkand, où la jeune Elsa Maxwell, future virtuose renommée, interpréta au piano un pot-pourri des plus célèbres airs d'opéra. Le grand Caruso termina la soirée en faisant, à la demande, la caricature de ses amis sur un coin de nappe.

A trois heures du matin, il regagna le Palace d'excellente humeur. Il était impatient de lire les critiques.

Il ne serait pas déçu. Le *Call* le qualifierait de « magicien ». Quant au journaliste de l'*Examiner*, au risque de perdre son emploi, il refuserait de céder à la pression de William Randolph Hearst. Le magnat avait une dent contre le Metropolitan Opera et n'entendait pas qu'on encense un de ses spectacles dans les colonnes de son journal.

— Veux-tu que nous fassions un saut à la réception organisée au Palace ? demanda Vancamp à sa femme en sortant de l'opéra. Je suis certain que tous nos « amis » auront tenu à se faire photographier aux côtés du ténor.

— Non, répondit Catherine en glissant son bras sous celui de son mari. Ramène-moi à la maison, John. Cette soirée fut magnifique et je ne regrette pas d'avoir entendu Caruso, c'est vraiment le plus grand. Seulement, je ne me sens pas très bien. Je crois que j'ai besoin de me reposer.

— Tu veux que j'appelle un médecin ? s'enquit le Hollandais.

— Non, mon chéri, je crois que je n'ai tout simplement plus l'habitude de ce genre de sorties. Je suis devenue une vieille femme, tu sais ?

Vancamp posa un baiser sur le front de Catherine.

— La plus délicieuse des vieilles femmes que je connaisse, chérie, dit-il.

Lloyd Torn s'était éclipsé pendant l'entracte. L'avocat ne supportait pas de sentir posé sur lui, en permanence, le regard cynique de la journaliste. Il avait le sentiment que la terre s'ouvrait sous ses pieds.

Alors que le Hollandais et son épouse regagnaient leur automobile, Fremont Older vint les saluer.

— Demain, dit l'éditeur du *Bulletin*, le 18 avril 1906, sera une date que les habitants de San Francisco ne sont pas près d'oublier, mes amis.

34

Fremont Older ne croyait pas si bien dire.

En quittant l'opéra, Ruef avait insisté auprès de Virginia Torn pour que Tennessee et elle-même l'accompagnent à la réception donnée en l'honneur de Caruso au Palace. La fille de Frank Bartleby avait commencé par refuser, mais l'implacable politicien ne l'entendait pas de cette oreille.

— Virginia, votre mari a commis une belle idiotie en s'esquivant à l'entracte. Les gens vont croire qu'il a peur de ces agents fédéraux. Or, qui a peur, sinon un coupable ? Le moment est mal venu pour prêter le flanc.

— Mais Lloyd est coupable, Abbie, rétorqua la jeune femme. Vous vous êtes bien joué de lui.

Ruef sourit.

— La rivière de diamants qui orne votre cou est ravissante, chère Virginia. Cependant... croyez-vous vraiment qu'un avocat, fût-il devenu président de la Cour suprême, aurait pu vous offrir cela avec ses seuls honoraires ?

Virginia Torn se mordit les lèvres.

— Vous devriez nous accompagner, Virginia, intervint Eugène Schmitz. Votre présence sera un démenti aux rumeurs. Vous savez, nous ne sommes peut-être pas des enfants de chœur, mais notre gestion des affaires municipales n'est pas plus déplorable que ne l'ont été celle de Phelan ou de ses prédécesseurs. Aujourd'hui, James joue les purs, les redresseurs de torts, mais moi je n'ai jamais fait ouvrir le feu sur des ouvriers !

— Allons, mère, avait glissé Tennessee à l'oreille de Virginia, finissons-en, veux-tu ? Quand le vin est tiré, il faut le boire. Si nous avons toujours bien vécu, c'est grâce à père. Il est bien temps de faire la fine bouche ! Aujourd'hui, il a besoin de nous. Nous ne pouvons pas lui faire faux bond.

Virginia finit par céder devant l'insistance de son fils. Elle était furieuse. Jamais Frank Junior ne lui aurait imposé pareille épreuve. D'ailleurs, il avait refusé de venir parader à l'opéra, lui. Il était seul à la maison et cela l'inquiétait. Elle sentait qu'il ne supporterait pas la honte de la déchéance. Il allait quitter la maison. Peut-être irait-il jusqu'à fuir San Francisco. Que deviendrait-elle alors ?

Lorsqu'ils arrivèrent au Palace, la femme du président de la Cour suprême s'efforça de faire bonne figure. Elle alla se mêler à un groupe composé de bienfaiteurs du Grand Opéra. Avec ces amoureux d'art, elle se sentait déjà plus à l'aise. Eux au moins ne risquaient pas de parler de politique. Elle serra les dents quand Eugène Schmitz vint la rejoindre, accompagné de Lloyd Torn.

— Votre mari a vraiment le sens du devoir, lança le maire à la cantonade. Figurez-vous qu'il nous a quittés à l'entracte pour aller travailler sur un dossier urgent à la Cour.

Lloyd avait encore plus de mal à donner le change que sa femme. La nuit fut interminable pour les Torn, car Ruef entendait que tout le monde accompagnât le grand Caruso chez Zinkand. Quand, à trois heures du matin, le ténor regagna le Palace, Ruef insista pour ramener ses « amis » chez lui.

— Une soirée aussi mémorable ne s'achève pas ainsi, n'est-ce pas ? Allons, un dernier verre entre amis !

Le ton n'était pourtant pas celui d'un ami. Il n'admettait pas la réplique. Lorsque le maire et le président de la Cour suprême accompagné de son épouse et de son fils se retrouvèrent dans le salon du véritable maître de la ville, ce dernier prit son temps pour mettre les choses au point. Il était évident que tous étaient embarqués dans le même navire.

— Et il est un peu tard pour s'apercevoir qu'il y a des rats dans les cales, madame Torn. Si l'un de nous tombe, tous les autres l'accompagneront dans sa chute. En revanche, si nous demeurons solidaires, ces agents fédéraux repartiront bredouilles à Washington et Rudolph Spreckels en sera pour son quart de millions de dollars.

Pendant près d'une heure, Abraham Ruef asséna des vérités auxquelles il était seul à croire, désormais. En définitive, Tennessee Torn se leva.

— Monsieur, je crois que chacun a compris ce dont vous entendiez nous convaincre. Vous m'excuserez, mais ma mère et moi ne sommes pas membres du conseil municipal, nous n'avons donc pas à supporter plus longtemps vos péroraisons. D'ailleurs, vous feriez mieux de songer à prendre quelque repos, comme chacun d'entre nous ; vous en aurez besoin demain pour affronter ces agents fédéraux.

Le jeune homme s'approcha de sa mère et lui tendit le bras. Au moment de franchir le seuil de la maison, il se retourna vers Lloyd :

— Père, je crois que vous avez également le droit de prendre congé, n'est-ce pas, monsieur Ruef ?

Le président de la Cour suprême avait déjà rejoint son fils.

— Et... monsieur Ruef, reprit Tennessee, tâchez de vous montrer plus persuasif, demain. Nous aimerions beaucoup voir mon père rentrer à la maison. San Quentin ne lui réussirait guère.

Abraham Ruef, le maître occulte de San Francisco, regarda la porte se refermer sur ses comparses. Schmitz avait suivi le mouvement, sans lui demander sa permission. Les derniers mots du maire avaient été :

« Il ne reste plus qu'un miracle pour nous tirer de là, Abbie. Il est toujours permis d'espérer, n'est-ce pas ? On a vu des choses plus folles se produire. »

Personne n'avait jamais traité Abraham Ruef de la sorte. Tous ces poltrons le regretteraient.

Isabelle François et Manon, elles, avaient fini la nuit chez les Wallgreen. Depuis la publication du premier recueil de nouvelles d'Eddie, une amitié était née entre l'ex-journaliste et l'ancienne tenancière du Gai Paris. Sandy, qui était entièrement dépourvue de préjugés mesquins, n'avait jamais trouvé à redire à la liaison des deux Françaises. Ce soir-là, la conversation avait porté sur la rancune tenace de Catherine Tourneur. L'éditrice du *Trans* n'avait eu d'yeux que pour la loge des Torn pendant toute la durée de l'opéra.

— Cette fois-ci, elle tient enfin sa vengeance, soupira Isabelle.

— Mais à quel prix ! observa Sandy. Voyez son visage, il semble tout rongé par la haine. Elle qui était si belle ! C'est à croire qu'il est devenu le miroir de son âme.

— C'est bien triste, cette femme a été tellement exceptionnelle, se prit à rêver Eddie.

Et pendant plus d'une heure, l'écrivain entreprit d'évoquer les souvenirs de ses débuts à San Francisco avec une Catherine Tourneur toute de passion et de dévouement.

— C'est cette image-là que je veux conserver d'elle, conclut-il. La femme d'aujourd'hui n'est pas un monstre, c'est tout au contraire une victime.

Puis, après un temps de réflexion, il ajouta :

— Un jour, il faudra que je lui consacre un livre. Il n'est pas permis que les gens se méprennent sur son compte. Ils ne doivent pas oublier la femme débordante d'idéal que fut Catherine Tourneur. Qu'elle demeure au plus profond d'elle, j'en suis sûr. Oui, c'est à moi de lui rendre cet hommage avant qu'un autre ne décide de la traîner dans la boue.

Tandis qu'elles regagnaient leur maison à pied, les deux vieilles dames croisèrent le sergent de police Jackson, qui faisait sa ronde. Le policier les salua et leur montra un jeune homme dont le cheval semblait particulièrement nerveux.

— Il le sent, dit-il.

— Que sent-il, sergent ? demanda Manon.

Le policier leva le doigt en l'air.

— Vous les entendez... ils aboient de tous côtés. Eux aussi, ils le sentent.

Isabelle fronça les sourcils.

— Vous voulez dire qu'un nouveau tremblement de terre se prépare, sergent.

L'homme secoua la tête.

— Vous pouvez en être sûres, mesdames. Les animaux, eux, ils savent sentir ces choses-là. C'est nous qui sommes des brutes, quoi qu'on en dise. Vous savez, moi, ça fait près de quarante ans que je parcours les rues de cette ville. Je sais reconnaître les bruits de la nuit.

— Bah, fit Manon. On commence à en avoir l'habitude, maintenant, de ces tremblements de terre.

Le sergent se découvrit la tête et tendit l'oreille, comme si le fait d'avoir le sommet du cuir dégarni l'aidait à mieux entendre.

— Vous n'entendez pas ce grondement sourd... ? M'est avis que vous devriez rentrer chez vous au plus tôt, mesdames. Restez bien à l'abri. Ouais, m'est avis que celui-ci, il va vraiment nous gâter.

Le sergent Jackson reprit sa ronde. Isabelle s'appuya sur le bras de Manon en souriant.

— Allons, l'air est doux. As-tu remarqué ce petit vent vif, hier soir ? Il a dissipé le brouillard qui donnait grise mine à la baie. Maintenant, on revoit distinctement le ciel étoilé et... tiens, la lune est pleine. Ma chérie, qu'importent les tremblements de terre ! Le printemps est de retour et nous... nous aurons eu une belle vie, en définitive.

Manon posa sa main sur celle de son amie.

— Elle n'aurait pu être plus belle, murmura-t-elle.

Pour les habitants de San Francisco, les séismes faisaient partie intégrante de l'existence et ils ne s'en effrayaient guère plus que les gens de l'Est ne s'effrayaient d'un orage. Un journaliste avait expliqué dans ses colonnes que « nous nous y sommes habitués, comme les habitants d'une cité assiégée finissent par se faire à l'explosion des obus ennemis ».

A vrai dire, San Francisco s'étendait entre deux failles, celle de Hayward et la terrible faille de San Andreas, la plus longue du monde. Une faille transformante, comme celle-ci, est en quelque sorte une frontière entre deux plaques tectoniques. Lorsque ces deux plaques se mettent à bouger en sens contraire, elles libèrent des ondes sismiques qui peuvent grimper jusqu'à 8,9 sur l'échelle de Richter, laquelle ne compte que neuf gradations.

Catherine Vancamp avait demandé à son mari de la laisser seule cette nuit-là.

— Ne crois pas que je veuille savourer cet instant en égoïste, John, seulement... je ne sais pas ce que j'ai, vois-tu, je me sens toute bizarre.

— Tu ne veux vraiment pas que j'appelle un médecin ?

— Non, John, tu es gentil, mais cela va passer. Tiens, installe donc mon rocking-chair face à la baie. Je veux m'endormir en regardant le jour se lever.

Lorsque son mari eut posé un baiser sur son front, la vieille dame lui saisit la main. Elle leva les yeux et, d'une voix très faible, elle dit :

— John, j'ignore toujours qui tu es, en réalité. L'être méprisable qui a brisé tant de vies humaines, envoyé des milliers de coolies crever à la tâche et des centaines de filles croupir dans des maisons sordides... ou l'époux fidèle et aimant qui a mené à bien ma vengeance.

— Celui-là aussi est un cynique, ma chérie, glissa le Hollandais avec un petit sourire.

Catherine posa deux doigts sur les lèvres de son mari.

— Je suis sérieuse, John. Vois-tu, ce soir, je voulais te dire... et cela n'a rien à voir avec ma vengeance, je t'assure... ce soir, si j'étais capable de ressentir de l'amour, je te dirais que je t'aime. Seulement, mon chéri, je ne serais pas honnête si je prononçais ces mots, car je ne peux plus aimer depuis... soixante ans. Oui, cela fait très précisément soixante ans.

Une larme perla à la paupière de la vieille dame.

— C'est une bien triste vie, John. Plus d'un demi-siècle sans réussir à éprouver le moindre sentiment d'amour. Seulement, je voulais que tu saches que depuis que nous sommes mariés... enfin, pas tout de suite, cela m'a pris un peu de temps, je l'avoue, mais... je me suis sentie aimée, grâce à toi. Pour cela, plus encore que pour cette soirée, je tenais à te remercier.

Lorsque les Torn rentrèrent chez eux, un spectacle épouvantable les attendait. Frank Junior se balançait au lustre du salon. Sa langue déjà bleue, presque noire, ne laissait aucun doute sur le fait que la vie l'avait quitté depuis plusieurs heures.

Virginia se jeta sur son mari et le roua de coups.

— Tout est de ta faute ! hurla-t-elle. Tu es un monstre !

Le président de la Cour suprême repoussa vivement sa femme et, sans un regard pour le mort, il se rendit dans son bureau. Là, il prit son revolver et le chargea consciencieusement. Lorsqu'il se redressa, il aperçut son fils qui l'observait, appuyé au chambranle de la porte.

— C'est cette garce qui a tout manigancé, gronda Lloyd. C'est elle qui est responsable de tout ! Je vais le lui faire payer.

— C'est stupide, lâcha Tennessee. Tu as déjà assez d'ennuis comme ça. Et si tu cherches des coupables, regarde plutôt du côté de tes amis.

— Je t'en prie, ne me fais pas la morale, Tennessee ! Je ne le tolérerai pas ! Qui a payé vos études ? Qui a satisfait tous vos caprices pendant toutes ces années ? Et les toilettes et les bijoux de ta mère ? Et cette maison ? Ah ! quand tout allait bien, on savait fermer les yeux. J'étais un héros. Mais aujourd'hui que le bateau coule, les rats quittent le navire, pas vrai ? Eh bien, soit ! Moi, je n'oublie pas à qui je dois l'arrivée de ces deux agents fédéraux ! Cette garce ! C'est elle qui a passé la corde au cou de ton frère ! Alors, maintenant, ne reste pas dans mon chemin ! Je me fous de ce qui peut advenir, désormais.

Le jeune homme haussa les épaules.

— Tu auras décidément tout faux jusqu'au bout.

Mais son père ne l'écoutait plus. Il traversa la maison sans un regard pour Frank Junior ni pour Virginia effondrée aux pieds de son fils mort.

— Cette salope, elle va payer ! hurla-t-il comme un dément en sortant de la maison.

35

Frank Bartleby avait pris sa décision. Il sentait bien qu'il ne lui restait plus beaucoup de temps à vivre. A bientôt quatre-vingts ans, il n'entendait pas pousser son dernier soupir au milieu des hurlements des fous furieux avec qui il était contraint de partager son ordinaire depuis de trop longs mois déjà.

Pour partir, il attendrait que le ciel commence à s'éclairer un petit peu. C'était risqué, mais il ne pouvait laisser Emily toute seule dans cet asile. Seulement, depuis certains événements dans la sierra Nevada, Emily avait peur de la nuit, il ne pouvait donc pas partir trop tôt. A vrai dire, il n'avait aucune idée de l'endroit où ils iraient. Peut-être Thomas accepterait-il de les héberger pendant quelque temps.

— Comme c'est étrange, murmura Frank. Cet enfant que j'ai enlevé au berceau est le seul qui se soucie encore de moi aujourd'hui, quand tout le monde me tourne le dos.

Il était près de cinq heures quand l'Anglais se leva et sortit de sa chambre. Avoir de l'argent aidait, surtout dans un endroit comme celui-ci. Emily et lui n'avaient pas à partager le dortoir avec les patients les plus calmes – les autres, les dangereux, dormaient en cellule. Emily et Frank disposaient chacun d'une chambre presque décente.

Il traversa les couloirs en prenant soin de ne pas faire de bruit et poussa tout doucement la porte de la chambre de son épouse. Emily ne dormait pas. Elle était installée dans un fauteuil et regardait, par la fenêtre, la vallée de San Jose. Frank s'approcha et lui expliqua son projet d'évasion.

— Voyons, mon chéri, répondit-elle, ne sommes-nous pas bien ici ? Où pourrions-nous être mieux ?

— Fais-moi confiance, Emily.

— Voyons, Frank, c'est impossible, de toute façon… Nous ne pouvons pas partir sans les enfants.

L'Anglais ferma les yeux.

— Je t'en prie, chérie, ne recommence pas. Tu sais bien que les enfants sont…

La vieille dame l'empêcha de poursuivre d'un geste de la main.

— Frank, ce que les gens appellent « la vérité » n'existe pas. Elle n'est que ce que nous voulons qu'elle soit. Les enfants jouent dans le jardin, si tu le veux. Et moi, voilà soixante ans que je le veux, mon chéri.

Frank demeura sans voix. Emily avait un sourire rayonnant. Il approcha une main tremblante de la joue de sa femme et la caressa avec une infinie tendresse, puis il se rapprocha de la porte et dit :

— Alors, ma chérie, allons dans le jardin jouer avec les enfants.

La vieille dame se leva avec un sourire lumineux et, s'appuyant sur sa canne, elle rejoignit son mari. Bras dessus, bras dessous, ils se dirigeaient vers la sortie quand Brad Dulberg, un des infirmiers de jour qui venait prendre son service, les interpella.

— Ne t'occupe pas de lui, chérie, murmura Frank. Dans notre réalité, il n'existe pas.

Il était cinq heures du matin et le soleil commençait à se lever à l'horizon. Dulberg allait rattraper les deux fuyards quand, brusquement, la terre se mit à trembler. Le choc fut soudain. Brutal. Sans le moindre signe précurseur. D'une violence inouïe. Le bâtiment qui abritait l'asile Agnew fut soulevé comme sous la poussée d'une main géante. L'infirmier, sidéré, vit, comme par la vitre d'un train, le paysage se déplacer à travers l'ouverture de la porte que les Bartleby venaient de franchir. C'était comme si l'institut tout entier s'élevait en pivotant sur lui-même.

Le couple, lui, s'éloignait, main dans la main. Dans leur réalité à eux, la terre ne tremblait pas. Ils marchaient en chantant une berceuse, un sourire aux lèvres.

Lorsque le géant laissa retomber l'immeuble, les murs commencèrent à craquer dans un bruit assourdissant. Il n'était plus question de courir après deux fuyards, mais de s'occuper des centaines de déments qui, ne comprenant rien à l'événement, hurlaient leur désarroi. Dulberg se précipitait vers le bureau du directeur afin de prendre ses ordres quand un pan de mur s'écroula devant lui, faisant apparaître une créature furieuse qui rassemblait toutes ses forces pour briser sa camisole.

Au même instant, à Point Reyes, un train fut arraché à ses rails et alla percuter un pont qu'il entraîna avec lui dans le petit cours d'eau de Paper Mill Creek. La secousse se propageait tout au long de la côte pacifique depuis Coos Bay, dans l'Oregon, jusqu'à Los Angeles ; vers l'est, elle fut ressentie jusqu'au centre du Nevada.

Dans la baie, les navires étaient ballottés d'une manière que les membres d'équipage, inconscients de ce qui se passait sur terre, ne parvenaient pas à s'expliquer. Le capitaine du *John A. Campbell* écrivit dans son carnet de bord : « Mouvement soudain. Choc ressenti, comme si le bateau avait heurté un obstacle avant de se retrouver sur une terre meuble... » En réalité, le capitaine Svenson ne pouvait savoir que son navire avait été soulevé par une secousse sismique, laquelle se déplaçait vers le sud.

Presque toutes les bâtisses en brique de Santa Rosa s'effondrèrent dès les premiers instants. Des cuisinières alimentées au gaz provoquèrent des explosions et déclenchèrent un incendie qui allait détruire l'ensemble du quartier d'affaires de cette petite communauté. Le campus de l'université Stanford lui-même ne fut bientôt qu'un désert de ruines.

Le séisme allait atteindre San Francisco à cinq heures treize minutes.

Le maire Schmitz fut réveillé en sursaut. Etaient-ce déjà les chiens de l'ordre qui venaient le secouer pour l'entraîner en prison ? Il se leva, se précipita à la fenêtre et constata qu'il ne s'agissait de rien de plus que d'un nouveau tremblement de terre. Il s'habilla en hâte et alla faire le tour de sa maison, située sur Fillmore Street, au cœur même de la ville. A première vue, la bâtisse n'avait subi que des dommages mineurs : le premier magistrat de la ville pouvait retourner se coucher. Il n'y avait aucune raison de se rendre à l'hôtel de ville plus tôt que d'habitude.

Tennessee Torn tentait de décrocher son frère du lustre quand le séisme frappa. Le jeune homme se retrouva plaqué au sol sous le cadavre et le lustre. Lorsqu'il eut repris ses esprits, il dégagea le corps de Frank Junior des gravats qui le recouvraient, l'étendit sur le sofa et évalua l'ampleur des dégâts. Il avait de la chance de s'en être tiré à si bon compte. Sa mère, toujours prostrée, n'avait pas remué un cil, comme si le monde ne pouvait lui réserver pire calamité que la mort de son fils.

— Maman, dit Tennessee, en principe, la maison est solide. Il ne peut rien t'arriver ici. Attends-moi, je vais tenter de retrouver père.

— Ne me laisse pas seule avec... un cadavre, supplia la dame en s'accrochant à la manche du jeune homme.

Celui-ci se dégagea.

— Ce cadavre est celui de ton fils. Occupe-toi donc de lui ! Moi, je vais voir ce que je peux faire pour empêcher père de commettre une idiotie de plus.

Tandis qu'il tentait de gagner Russian Hill, Tennessee Torn ne pouvait en croire ses yeux. Si leur maison avait bien résisté à la secousse, il n'en allait pas de même pour toutes les autres. De certaines, il ne restait déjà plus qu'un tas de débris entassés les uns sur les autres ; d'autres menaçaient dangereusement de s'effondrer d'un instant à l'autre. Laissant son regard courir le long de Washington Street,

Tennessee vit les immeubles en pierre de taille de Russian Hill se balancer comme autant de navires à la surface d'une mer démontée.

Treize minutes après la première secousse, qui avait duré quarante secondes, un second choc, plus sauvage, plus violent encore, ébranla la ville pendant vingt-cinq infinies secondes de terreur.

Mais l'enfer n'avait pas encore libéré tous ses démons.

De tous côtés, les gens se précipitaient dans la rue. Les uns, hagards, à moitié habillés, incapables de prononcer un mot, étaient comme tétanisés ; les autres bafouillaient des phrases incompréhensibles ou pleuraient comme des enfants ; d'autres encore étaient à genoux et priaient. Une femme avait pris le temps d'enfiler son chapeau et ses gants, mais avait oublié tout le reste, ce qui ne paraissait pas la troubler le moins du monde.

Le fils du président de la Cour suprême aperçut Thomas Tourneur, qui tentait de rentrer chez lui en courant. Le peintre aimait se rendre à l'aube au sommet de quelque colline ou sur une dune pour peindre la nature, comme il avait appris à le faire avec ses amis de l'école de Barbizon. Ce matin-là, dès la première secousse, il avait abandonné son chevalet, ses toiles et sa peinture pour se précipiter chez lui. Il devait protéger Amélie.

Tennessee l'interpella.

— Mon Dieu, mais il semble que ce soit la fin du monde ! s'exclama Thomas.

— Je ne crois pas, répondit Tennessee très pragmatique. Juste un tremblement de terre plus sérieux que les autres, mais on s'en remettra comme par le passé, tu verras. On se remet de tout à San Francisco. Dis-moi, Tom, mon père se rend en ce moment chez ta mère. Il est décidé à la tuer.

Le peintre resta sans voix.

— Frank Junior s'est suicidé, cette nuit. Lloyd tient ta mère pour responsable de son geste. Il est persuadé que Catherine est à l'origine de l'enquête diligentée par Washington. Or Frank Junior était un garçon fragile, il ne pouvait pas supporter l'humiliation d'un père enfermé à San Quentin.

— Voyons, c'est absurde, intervint Thomas.

— Tu as raison, la mort de mon frère est aussi absurde que le reste. Et celle de ta mère ne le sera pas moins, si nous ne faisons rien pour l'éviter. Je comptais retrouver mon père et l'empêcher de commettre un crime, mais puisque je t'ai rencontré... à toi de jouer, maintenant.

— Mais... Amélie ? commença le peintre.

Tennessee tendit la main autour de lui.

— Tom, regarde... il faut aider ces gens... On ne peut pas les laisser comme ça. Combien y a-t-il de malheureux enterrés vivants sous ces gravats ? Il faut au moins essayer de les tirer de là.

Le jeune homme posa un regard éperdu sur le peintre, puis il partit d'un grand éclat de rire qu'il eut bien du mal à maîtriser.

— Mon Dieu, Tom, dit-il enfin, tout ça est tellement absurde. Mon père... ta mère... mon frère... et ça... regarde tout ça ! Le monde est devenu fou.

Et Tennessee Torn se dirigea vers un immeuble effondré d'où émanaient des pleurs. Il marchait en tournant sur lui-même et en répétant au milieu d'éclats de rire :

— Tout est absurde, Tom ! Tout est tellement absurde... C'est merveilleux ! J'aime la vie, Tom. J'aime la vie...

Puis il entreprit de dégager des gravats autour d'une main qui s'agitait comme celle d'un noyé sur le point de couler pour la dernière fois. Thomas reprit sa course vers la maison où il espérait retrouver Amélie vivante. Catherine devrait attendre.

Isabelle François et Manon venaient de se coucher quand leur maison fut saisie de tremblements sourds. Manon voulut se relever, mais Isabelle lui saisit le bras. Dans toutes les pièces, de la vaisselle, des objets, des miroirs, des bibelots tremblaient avant de tomber et de se briser dans un vacarme assourdissant.

— La terre tremble ! s'exclama Manon. Nous ne pouvons pas rester couchées ici sans rien faire.

— Pourquoi, chérie ? demanda son amie. Serons-nous plus en sécurité dans la rue ? Ou peut-être dans le salon ? A moins que ce ne soit dans la cave ?

Ebahie, Manon contemplait Isabelle. Elle ne l'avait jamais vue aussi rayonnante. Il n'y avait pas la moindre trace d'inquiétude dans le regard de l'ancienne demi-mondaine, mais une sérénité presque troublante.

— Je ne sais pas où nous serons le plus en sécurité, admit Manon.

— Alors, pourquoi ne serait-ce pas ici même ? Ce lit vaut bien un autre endroit, non ? Et puis, si notre heure a sonné, la mort nous trouvera où que nous allions nous cacher. Moi, si je dois mourir, j'aime autant que ce soit dans tes bras, ma chérie. Qu'en penses-tu ?

Manon ne parvenait pas à articuler un mot tant sa gorge était nouée par l'émotion. La lumière du jour, filtrée par les vitraux jaunes de la fenêtre, rehaussait le blond presque blanc de la chevelure d'Isabelle et dessinait comme une auréole autour de la tête de la vieille dame. Quand son amie retrouva sa voix, ce fut pour murmurer :

— Je crois que tu es une sainte.

Isabelle éclata de rire et, tout en lui tendant les bras, elle déclara :

— Une sainte bien profane, ma chérie.

Manon se blottit dans les bras tendus, elle posa la tête sur l'épaule d'Isabelle et ferma les yeux en souriant.

Western Addition, où Isabelle François avait fait construire sa maison, était devenu un quartier résidentiel envahi par la classe moyenne. Il s'étendait au milieu de dunes qui conduisaient jusqu'au Presidio et à l'océan Pacifique. L'avenue Van Ness était bordée de maisons aux façades pastel qui conféraient un air de gaieté au quartier.

Lorsque le lourd lustre en fer forgé tomba sur les corps enlacés d'Isabelle François et de Manon, les deux vieilles dames n'avaient jamais éprouvé un tel sentiment de plénitude de toute leur existence. La mort les saisit en état de grâce.

Tandis qu'il s'efforçait de gagner la Villa Yerba Buena, Lloyd Torn se fit arrêter par une femme qu'il ne reconnut pas tout de suite.

— Je vous avais prévenu, monsieur le président. Je vous avais prévenus, vous et les vôtres !

Torn tenta de se dégager. Il venait de retrouver le nom de cette folle : Mary McDermitt. Un illuminé de Benton Harbor, dans le Michigan, qui se faisait appeler Prince Benjamin, l'avait envoyée en tant que missionnaire à San Francisco pour annoncer la bonne parole.

— Je vous l'avais annoncé, reprit Mary McDermitt, un tremblement de terre, un incendie et la peste si vous ne vous amendiez pas !

C'était vrai que la garce l'avait annoncé, songea Torn.

— Vous ne vous êtes pas amendés. Mais, faites attention, monsieur le président... la nuit de Noël de 1916, à trois heures dix du matin, ce sera la fin du monde, par votre faute. Repentez-vous tant qu'il en est encore temps !

Torn repoussa la missionnaire et reprit sa route.

C'est vrai que Mary McDermitt avait annoncé le séisme ; pourtant ce Prince Benjamin n'était lui aussi qu'un escroc ! Il proposait de faire construire une arche semblable à celle de Noé pour accueillir les cent quarante-quatre mille justes qui seraient sauvés des flots. Les candidatures d'immigrants ne pouvant justifier d'une année de résidence sur le territoire américain ne pouvaient être prises en compte. En revanche, l'argent des pêcheurs repentants pouvait être adressé au Prince, qui intercéderait auprès du malin afin qu'il ne se montre pas trop cruel envers ces généreux donateurs.

— Un escroc, votre Prince Benjamin ! hurla Torn en se retournant.

Au même instant, il vit les façades des petits immeubles entre Montgomery et Samsone s'effondrer au milieu de la rue, écrasant les hommes qui travaillaient, à cette heure matinale, sur les divers marchés à la viande et au poisson.

Il se mit à courir comme un dément, brandissant son revolver au-dessus de sa tête.

Catherine Vancamp regardait le jour se lever. Elle n'avait pas fermé l'œil de la nuit. Elle ne se sentait pas très bien. Pourtant, elle était presque heureuse. Elle revoyait le visage de Lloyd Torn dans sa loge à l'opéra. Il avait l'air si pitoyable. Pourquoi s'était-elle à ce point acharnée sur lui ? N'avait-elle pas retrouvé Thomas, somme toute ? Il ne lui manquait plus qu'Eugène. Mais elle avait John, désormais.

La vieille dame sourit. N'était-ce pas de l'amour, finalement, que cette pulsion qu'elle ressentait subitement en songeant à son mari ? Elle tremblait avec une telle violence, subitement... Elle avait l'impression que c'était toute la maison qui tremblait, au point que la vaisselle en grelottait dans les placards. Allons, c'était absurde. Elle avait la fièvre. Une espèce de brume montait de la ville vers le sommet de la colline. Quelle était cette douleur qui lui nouait la poitrine depuis la veille ? Quelle était cette fièvre qui faisait trembler les murs autour d'elle ? Se mettait-elle à avoir des hallucinations ?

Mon Dieu, son corps était si las ! Pourtant, elle se sentait si bien. Sereine. Elle avait envie de prendre le téléphone pour appeler John et lui demander de venir la rejoindre, mais sa main ne voulait pas lui obéir. Son bras refusait de se tendre vers l'appareil. Bah ! c'était aussi bien, ce cher John avait besoin de se reposer.

Il était près de six heures quand deux adjoints vinrent tirer le maire de son lit. La situation était plus grave que celui-ci ne l'imaginait.

— Cette fois, c'est la bonne, annonça John T. Williams. Il ne va pas rester grand-chose de la ville.

— Voyons, n'exagérez pas, John. Un tremblement de terre de plus, voilà tout. Nous all...

Mais son adjoint l'interrompit. L'hôtel de ville ressemblait à une immense cage aux oiseaux, seule l'armature métallique tenait encore debout.

Eugène Schmitz n'en croyait pas ses oreilles. L'hôtel de ville avec son dôme majestueux ! De cet immeuble, dont la construction avait duré plus de vingt ans, qui était le bâtiment le plus grand et le plus spectaculaire de Californie, il ne subsistait plus qu'une gigantesque cage aux oiseaux... !

— Le séisme ne fait pas le détail entre les puissants et les faibles, monsieur le maire, commenta Clive Weller, le second adjoint.

Schmitz, qui s'était habillé à la hâte, se demandait si le miracle qu'il avait évoqué la veille n'était pas en train de se produire. Il allait prendre la direction des opérations. Il allait montrer de quoi il était capable. Il allait sauver la ville et ses habitants ! Qui oserait encore envoyer en prison un héros ?

Dans la rue, une voiture attendait le maire. Pour gagner l'hôtel de ville, elle dut se frayer un passage au milieu d'une foule de sans-abri qui fuyaient dans toutes les directions. Le maire fit arrêter la voiture lorsqu'il aperçut les troupes du capitaine Walker qui avaient quitté leur garnison à Fort Mason.

— Que faites-vous là, capitaine ? demanda Schmitz.

Le général Funston avait ordonné à ses hommes de descendre en ville pour maintenir l'ordre. Furieux, le maire pria le militaire de se rendre à l'hôtel de ville pour y recevoir « ses » ordres. Il n'était pas question de laisser le général revendiquer la gloire d'avoir sauvé la ville.

De l'hôtel de ville ne restaient debout que la structure métallique et deux colonnes corinthiennes qui conféraient à l'ensemble l'aspect d'une ruine antique.

— Comment un tel bâtiment a-t-il pu s'effondrer aussi vite ? demanda le maire.

— Souvenez-vous, Eugène, dit son adjoint, nous nous sommes efforcés de réduire les frais de construction en prenant des matériaux de seconde qualité.

Le maire imposa silence à Williams. Le moment était mal choisi pour de telles réflexions. Il convoqua un petit groupe de notables et accepta la proposition du millionnaire J. Downey Harvey de constituer un Comité des cinquante, sorte de cabinet d'urgence.

— Vous avez raison, Downey, qu'on appelle James Phelan et les deux agents fédéraux. Je veux qu'ils soient des nôtres.

— Doit-on prévenir Ruef ? demanda Williams.

Le maire réfléchit.

— Non, dit-il enfin.

Le moment était venu pour lui de se désolidariser de son mentor. Désormais, c'était chacun pour soi. S'il en était encore temps, il ferait retomber le blâme sur Ruef et réussirait à sauver sa tête.

— Trouvez Lloyd Torn, en revanche.

Même s'il était aussi compromis qu'eux, Torn était le président de la Cour suprême et il serait bon de l'avoir dans sa manche.

Le maire ordonna aux policiers et aux soldats de patrouiller dans les rues.

— Tirez sur les pilleurs sans sommation, ordonna-t-il. Il faut prendre des mesures pour protéger le quartier des affaires, ainsi que les collines Russian et Nob.

En clair, il convenait de protéger les personnalités les plus riches de la ville. Mais si la terre avait cessé de trembler, un nouveau danger menaçait. Un peu partout, des foyers d'incendie étaient signalés. Les locaux du *Call*, de l'*Examiner* et du *Trans* étaient déjà la proie des flammes.

John Vancamp avait le sommeil lourd. Les secousses n'avaient pas réussi à le réveiller. Lorsqu'il sortit de chez lui pour se rendre chez Catherine, il demeura figé sur le pas de sa porte. Des flammes s'élevaient de plusieurs quartiers de la ville. Il se précipita vers son automobile et la lança en direction de Russian Hill. Arrivé en ville, il s'arrêta pour demander ce qui se passait.

— Vous sortez d'où ? lui demanda un homme en chemise. La terre a tremblé. Paraît que Chicago a été englouti par une lame de fond et qu'à New York la situation est pire qu'ici. Salt Lake City a été rayé de la carte et plus personne ne sait où se trouve Seattle. C'est la fin du monde, mon vieux.

Les rumeurs les plus folles circulaient et il se passerait plusieurs heures avant qu'elles ne soient démenties. Les lignes téléphoniques avaient été coupées et le télégraphe avait rendu l'âme. L'homme en chemise voulut s'engouffrer dans la voiture du financier, mais celui-ci avait déjà relancé son moteur.

— Dieu vous damne ! hurla l'homme en chemise.

Comme si le ciel l'avait entendu, une explosion se produisit dans un immeuble voisin, et celui-ci s'écroula d'une pièce sur la voiture du Hollandais. John Vancamp était mort avant d'avoir compris ce qui lui arrivait.

A Chinatown, Little Yes s'efforçait de calmer ses congénères, qui hurlaient que le Dragon de Terre s'était réveillé. Le quartier était encore épargné par les flammes et n'avait pas subi trop de dégâts. Comme il approchait de Portsmouth Square, le journaliste vit un bœuf qui galopait dans sa direction, des flammes dans les yeux. Il recula sous un porche. C'était un mauvais signe. Se pouvait-il que cet animal fût l'un de ceux sur le dos desquels la tradition chinoise voulait que reposât le monde ? Des Chinois lançaient des pierres en direction de l'animal pour le faire fuir. Certains lui assénaient des coups de couteau ou de machette. Un policier sortit son arme et abattit l'animal.

Little Yes reprit sa course vers les locaux du journal. Il ne fallait pas se laisser gagner par de vieilles superstitions. Il était un journaliste et un événement pareil méritait une édition spéciale. Près des quartiers en flammes, la chaleur était telle que le papier s'enflammait spontanément. Des immeubles s'embrasaient à trente mètres des foyers d'incendie car la température y dépassait les six cents degrés.

Le Chinois arrêta un pompier.

— Nous ne pouvons rien faire ! s'écria celui-ci. Plusieurs réservoirs ont été engloutis dans l'ouverture de la faille.

Ceux qui ont résisté sont inutilisables par manque de matériel. Le chef Sullivan avait prévenu la municipalité, mais ce salaud de Schmitz trouvait l'investissement trop grand. Il préférait mettre l'argent des contribuables dans ses poches. Regardez maintenant où nous en sommes.

Avant la fin de la journée, plus de cent mille personnes se retrouvèrent sans abri. Sur les collines, des curieux observaient le désastre en riant. Ils avaient bien de la chance, eux, d'être à l'abri. Mais, lorsque les flammes se lancèrent à l'assaut des hauteurs, les rires se transformèrent en hurlements de terreur. Il était déjà trop tard pour fuir.

Thomas avait retrouvé Amélie, terrifiée devant les ruines de leur maison. La jeune femme tremblait, mais elle était sauve.

— Viens, dit-il, il faut nous mettre à l'abri.

Il saisit la main de sa femme et sans prononcer un mot de plus, il l'entraîna à sa suite. Ils marchaient depuis une heure quand le jeune homme aperçut Little Yes, effondré sur un tas de décombres.

— Il ne reste plus rien des locaux du *Trans*, sanglotait le Chinois.

— Tu dois me rendre un service, Little Yes, déclara Thomas en aidant son ami à se relever. Conduit Amélie au Golden Gate Park. Là, vous devriez être à l'abri des flammes.

— Où vas-tu ? hurla la jeune femme terrifiée à son mari.

— Je vous rejoins. Je dois aller chercher ma mère, Lloyd Torn se rend chez elle pour la tuer. Je vous expliquerai.

Lloyd Torn ne savait plus où il était. Il ne reconnaissait plus la ville et se sentait envahi par une terreur incontrôlable. Il regardait son revolver sans plus savoir ce qu'il comptait en faire. Alors qu'il passait devant un immeuble effondré, il vit des policiers en sortir, les bras chargés d'objets divers. Schmitz avait distribué des étoiles à deux mille citoyens avec l'ordre d'éviter les pillages, mais ceux-ci avaient souvent été les premiers à se servir dans les ruines.

Un des hommes aperçut l'arme à la main de Torn. Il sortit la sienne et tira sans poser de question. Son compagnon courut vers sa victime.

— Bon Dieu, t'as descendu le président de la Cour suprême, dit-il.

Blême, l'autre demanda :

— Il est mort ?

— Non, mais il est mal en point. Conduisons-le à l'hôpital St Luke.

— Il est détruit. Il y a des milliers de patients et de médecins enterrés sous des tonnes de débris, répondit son compagnon. Les survivants ont été conduits au Pavillon des Sciences. Amenons-le là-bas et tirons-nous.

Tandis que le feu ravageait l'église St Ignace, peut-être la plus belle église jésuite au monde, les deux pilleurs confiaient le corps de Lloyd Torn à un médecin de la Croix-Rouge.

— Il a surpris des pilleurs, expliqua l'homme qui avait tiré sur le président de la Cour suprême. Nous sommes intervenus trop tard.

Le médecin secoua la tête. Le feu approchait du pavillon. Il allait falloir évacuer ceux qui étaient en état d'être transportés.

— Docteur, que fait-on des autres ? s'enquit une infirmière.

Le médecin baissa la tête.

— Nous ne pouvons pas les laisser brûler vivants.

Trois cent cinquante blessés furent ainsi chloroformés par les médecins et les infirmières ou fusillés par les soldats en un geste de clémence.

— Et lui ? demanda l'infirmière en désignant le juge de la Cour suprême.

— Il ne supporterait pas le transport. Chloroforme.

Lorsque Thomas arriva au sommet de Russian Hill, il poussa un soupir de soulagement. La maison était toujours debout. Il poussa la porte et se précipita dans le salon où sa mère contemplait toujours la baie. Catherine tourna la tête. Elle l'aperçut, sourit et murmura :

— Eugène, enfin, te voici.

Puis, tendant la main vers la fenêtre, elle dit :

— Regarde, mon amour, Yerba Buena.

La main de la vieille dame retomba sur ses genoux. Quand Thomas la saisit, ce fut pour constater que le cœur de sa mère avait cessé de battre.

Epilogue

Pendant quatre jours, sept incendies détruisirent une partie importante de la ville. En définitive, la pluie vint en aide aux pompiers privés d'eau. Le docteur John C. Branner, de l'université Stanford, dénombra trois cent quarante-cinq failles provoquées par le tremblement de terre dans un rayon d'un kilomètre et demi. Du bureau de poste situé à l'angle de la 7e Rue et de Mission, il ne restait pas grand-chose. Les murs étaient effondrés et les couloirs en marbre fendus sur toute leur hauteur ; les mosaïques jonchaient le sol. Un mur de l'American Hotel s'était écrasé sur le poste de pompier numéro 4.

Cent trente-cinq secousses furent enregistrées le 18 avril et vingt-deux le 19. Le temple maçonnique à l'angle des rues Montgomery et Post fut lui aussi détruit, mais les frères l'avaient évacué à temps et aucune victime ne fut à déplorer. L'hôtel Winchester s'effondra à onze heures. Le Palace possédait des réservoirs d'eau sur son toit. Ceux-ci auraient dû lui épargner la destruction, mais les pompiers avaient réquisitionné l'eau pour sauver d'autres immeubles et l'hôtel qui avait accueilli le grand Caruso périt dans les flammes.

Le ténor avait été évacué en état de choc. Il ne cessait de répéter : « Le Vésuve… le Vésuve ». Les dieux l'avaient préservé du volcan, mais pour le confronter à une catastrophe encore plus terrible. Enrico Caruso ne devait plus jamais revenir à San Francisco.

L'immeuble construit par le magnat Randoph Hearst se consuma dans les flammes, de même que le Pavillon des

Sciences et l'hôpital St Mary. Tout le quartier des finances, derrière le palais de justice, brûlait à treize heures.

Cinquante cadavres furent enterrés par la police à Portsmouth Square, à dix-sept heures, parce que la morgue était pleine. Des tentes furent amenées d'urgence pour accueillir les dizaines de milliers de sans-abri.

Un incendiaire mit le feu au restaurant Delmonico, ce qui entraîna la destruction de tout le centre-ville ainsi que de Nob Hill, où il ne resta bientôt plus que des cendres, là où se dressaient les somptueuses résidences des Big Four. Le général Funston télégraphia au département de la Guerre pour signaler plus d'un millier de morts. Cent soixante-seize prisonniers furent transférés de la prison municipale à Alcatraz ; quelques-uns réussirent à s'échapper pendant le transfert.

Le grand incendie atteignit l'avenue Van Ness dans la soirée. L'armée fit dynamiter des immeubles encore debout pour arrêter la progression des flammes. Si le quartier de la Mission put être préservé, ce fut grâce au dévouement de trois mille volontaires et de quelques pompiers qui avaient pour seuls outils des sacs, des balais et un peu d'eau.

Le 23 avril 1906, le général Pardee déclara à un reporter : « Le travail de reconstruction de San Francisco a commencé et je peux vous annoncer que vous verrez bientôt se dresser ici une métropole encore plus magnifique que celle que vous avez connue. »

Quelques mois plus tard, le maire Eugène Schmitz et Abraham Ruef furent jugés pour corruption et condamnés à quatorze années de prison. L'enquête avait notamment révélé qu'ils touchaient des pots-de-vin de l'United Railways, ce qui était d'autant plus révoltant qu'ils dirigeaient un parti qui avait conduit une grève contre la direction des chemins de fer.

Le juge déclara à Schmitz :

— Cette condamnation va vous coûter le respect et l'estime de tous les honnêtes citoyens.

En quoi il se trompait. Certes, Schmitz était un escroc, mais il s'inscrivait dans la bonne vieille tradition de l'Ouest ; en outre, c'était un homme affable et bien intentionné, qui avait fait montre d'un courage exemplaire pendant la catastrophe. Un courage qui lui valut de voir sa condamnation abrogée, ainsi qu'il l'avait espéré. Ruef, qui n'avait pas quitté son yacht pendant les événements qui avaient suivi le tremblement de terre, ne bénéficia pas d'une telle clémence.

Mais Ruef était un finaud. Du fond de sa prison, il réussit à convaincre jusqu'à ses plus implacables détracteurs, parmi lesquels Fremont Older lui-même, que s'il avait mal tourné, c'était uniquement par dépit. Il avait sincèrement voulu lutter contre la corruption, au temps de sa jeunesse, et c'était la perte de ses illusions qui l'avait conduit à hurler avec les loups. Il fut, en définitive, libéré après avoir passé sept ans à San Quentin.

Thomas et Amélie Tourneur quittèrent San Francisco un mois après l'enterrement de Catherine. Le couple rentra s'établir en France, où le peintre poursuivit sa carrière avec un succès jamais démenti. Little Yes, quant à lui, accepta de rejoindre le groupe de William Randolph Hearst et continua à militer pour la tolérance à l'égard des siens, ce qui ne déplaisait pas outre mesure à son employeur, voyant dans les articles du Chinois une manière de s'attirer la sympathie d'une communauté qui demeurait importante aux Etats-Unis en dépit de la prorogation infinie de l'Expulsion Act. Tennessee Torn dut patienter trois ans avant d'être nommé à son tour président de la Cour suprême.

Personne n'entendit plus jamais parler de Frank et Emily Bartleby. Quant à Eddie Wallgreen, il ne survécut que trois mois à la mort de son amie Catherine.

Bibliographie

ASHBURY (Herbert), *The Gangs of San Francisco*, Arrow Books, 2004

San Francisco, coll. « Terre des Villes », Belin, 2003

DEGAS (Jacques), *Histoire de l'Ouest américain*, Nouvelles Editions latines, 1969

KURZMAN (Dan), *Disaster, The Great San Francisco Earthquake and Fire of 1906*, William Morrow, 2001

LOTCHIN (Roger W.), *San Francisco, 1846-1856, from Hamlet to City*, Oxford University Press, 1974

MUSCATINE (Doris), *Old San Francisco, The Biography of a City*, Putnam, 1975

PICKLEHAUPT (Bill), *Voleurs d'hommes. Les Shangaïés de San Francisco*, Editions l'Ancre de Marine, 2004

RANSOMENEVILLE (Amelia), *The Fantastic City*, Houghton Mifflin Company, 1932

SOULE (Frank), GIHON (John H.) et NISBET (James), *The Annals of San Francisco*, Lewis Osborne, 1966

PRODUCTION JEANNINE BALLAND

Romans « Terres de France »

Jean Anglade
Un parrain de cendre
Le Jardin de Mercure
Y a pas d'bon Dieu
La Soupe à la fourchette
Un lit d'aubépine
La Maîtresse au piquet
Le Saintier
Le Grillon vert
La Fille aux orages
Un souper de neige
Les Puysatiers
Dans le secret des roseaux
La Rose et le Lilas
Avec le temps...
L'Ecureuil des vignes
Une étrange entreprise
Sylvie Anne
Mélie de Sept-Vents
Le Secret des chênes
La Couze
Ciel d'orage sur Donzenac
La Maîtresse du corroyeur
Un horloger bien tranquille
Jean-Jacques Antier
Autant en apporte la mer
Marie-Paul Armand
La Poussière des corons
Le Vent de la haine
Le Pain rouge
La Courée
tome I *La Courée*
tome II *Louise*
tome III *Benoît*
La Maîtresse d'école
La Cense aux alouettes
Nouvelles du Nord
L'Enfance perdue
Un bouquet de dentelle
Au bonheur du matin
Le Cri du héron
Victor Bastien
Retour au Letsing
Henriette Bernier
L'Enfant de l'autre
L'Or blanc des pâturages
L'Enfant de la dernière chance
Françoise Bourdon
La Forge au Loup
La Cour aux paons
Le Bois de lune
Le Maître ardoisier
Les Tisserands de la Licorne
Le Vent de l'aube
Patrick Breuzé
Le Silence des glaces
La Grande Avalanche
Nathalie de Broc
Le Patriarche du Bélon
La Dame des Forges
Annie Bruel
La Colline des contrebandiers
Le Mas des oliviers
Les Géants de pierre
Marie-Marseille
Jean du Casteloun
Les Amants de Malpasset
Michel Caffier
Le Hameau des mirabelliers
La Péniche Saint-Nicolas
Les Enfants du Flot
La Berline du roi Stanislas
La Plume d'or du drapier
Jean-Pierre Chabrol
La Banquise
Alice Collignon
Un parfum de cuir
Didier Cornaille
Les Labours d'hiver
Les Terres abandonnées
La Croix de Fourche
Etrangers à la terre
L'Héritage de Ludovic Grollier
L'Alambic
Georges Coulonges
Les Terres gelées
La Fête des écoles
La Madelon de l'an 40
L'Enfant sous les étoiles
Les Flammes de la Liberté
Ma communale avait raison
Les blés deviennent paille
L'Eté du grand bonheur
Des amants de porcelaine
Le Pays des tomates plates
La Terre et le Moulin
Les Sabots de Paris
Les Sabots d'Angèle

La Liberté sur la montagne
Les Boulets rouges de la Commune
Yves Courrière
Les Aubarède
Anne Courtillé
Les Dames de Clermont
Florine
Dieu le veult
Les Messieurs de Clermont
L'Arbre des dames
Le Secret du chat-huant
L'Orfèvre de Saint-Séverin
Paul Couturiau
En passant par la Lorraine
Annie Degroote
La Kermesse du diable
Le Cœur en Flandre
L'Oubliée de Salperwick
Les Filles du Houtland
Le Moulin de la Dérobade
Les Silences du maître drapier
Le Colporteur d'étoiles
La Splendeur des Vaneyck
Les Amants de la petite reine
Alain Dubos
Les Seigneurs de la haute lande
La Palombe noire
La Sève et la Cendre
Le Secret du docteur Lescat
Marie-Bernadette Dupuy
L'Orpheline du bois des Loups
Les Enfants du Pas du Loup
La Demoiselle des Bories
Elise Fischer
Trois Reines pour une couronne
Les Alliances de cristal
Mystérieuse Manon
Le Soleil des mineurs
Laurence Fritsch
La Faïencière de Saint-Jean
Alain Gandy
Adieu capitaine
Un sombre été à Chaluzac
L'Enigme de Ravejouls
Les Frères Delgayroux
Les Corneilles de Toulonjac
L'Affaire Combes
Les Polonaises de Cransac
Le Nœud d'anguilles
L'Agence Combes et Cie
Suicide sans préméditation
Fatale Randonnée
Gérard Georges
La Promesse d'un jour d'été
Les Bœufs de la Saint-Jean
L'Ecole en héritage
Michel Hérubel
La Maison Gelder
La Falaise bleue
Tempête sur Ouessant
Le Démon des brumes
Denis Humbert
La Malvialle
Un si joli village
La Rouvraie
La Dent du loup
L'Arbre à poules
Les Demi-Frères
La Dernière Vague
Yves Jacob
Marie sans terre
Les Anges maudits de Tourlaville
Les blés seront coupés
Hervé Jaouen
Que ma terre demeure
Au-dessous du calvaire
Les Ciels de la baie d'Audierne
Guillemette de La Borie
Les Dames de Tarnhac
Jean-Pierre Leclerc
Les Années de pierre
La Rouge Batelière
L'Eau et les jours
Les Sentinelles du printemps
Un amour naguère
Hélène Legrais
Le Destin des jumeaux Fabrègues
La Transbordeuse d'oranges
Les Herbes de la Saint-Jean
Louis-Jacques Liandier
Les Gens de Bois-sur-Lyre
Les Racines de l'espérance
Jean-Paul Malaval
Le Domaine de Rocheveyre
Les Vignerons de Chantegrêle
Jours de colère à Malpertuis
Quai des Chartrons
Les Compagnons de Maletaverne
Le Carnaval des loups
Les Césarines
Grand-mère Antonia
Une maison dans les arbres
Dominique Marny
A l'ombre des amandiers
La Rose des Vents
Et tout me parle de vous
Pascal Martin
Le Trésor du Magounia

Le Bonsaï de Brocéliande
Louis Muron
Le Chant des canuts
Henry Noullet
La Falourde
La Destalounade
Bonencontre
Le Destin de Bérengère Fayol
Le Mensonge d'Adeline
L'Evadé de Salvetat
Les Sortilèges d'Agnès d'Ayrac
Le Dernier Train de Salignac
Michel Peyramaure
Un château rose en Corrèze
Les Grandes Falaises
Frédéric Pons
Les Troupeaux du diable
Les Soleils de l'Adour
Jean Siccardi
Le Bois des Malines
Les Roses rouges de décembre
Le Bâtisseur de chapelles
Le Moulin de Siagne
Un parfum de rose
La Symphonie des loups
Bernard Simonay
La Fille de la pierre
Jean-Michel Thibaux
La Bastide blanche
Le Secret de Magali
La Fille de la garrigue
La Colère du mistral
L'Homme qui habillait les mariées
La Gasparine
L'Or des collines
Le Chanteur de sérénades
La Pénitente
Jean-Max Tixier
Le Crime des Hautes Terres
La Fiancée du santonnier
Le Maître des roseaux
Marion des salins
Brigitte Varel
Un village pourtant si tranquille
Les Yeux de Manon
Emma
L'Enfant traqué
Le Chemin de Jean
L'Enfant du Trièves
Le Déshonneur d'un père
Blessure d'enfance
Louis-Olivier Vitté
La Rivière engloutie
Colette Vlérick
La Fille du goémonier
Le Brodeur de Pont-l'Abbé
La Marée du soir
Le Blé noir

Récit « Terres de France »

Albine Novarino
George Sand ou l'Amour du Berry

Collection « Sud Lointain »

Sylvie Anne
L'Appel de la pampa
Jean-Jacques Antier
Le Rendez-vous de Marie-Galante
Marie-Galante, La Liberté ou la Mort
La Dame du Grand-Mât
Le Sixième Condamné de l'Espérance
Erwan Bergot
Les Marches vers la gloire
Sud lointain
tome I *Le Courrier de Saïgon*
tome II *La Rivière des parfums*
tome III *Le Maître de Bao-Tan*
Rendez-vous à Vera-Cruz
Mourir au Laos
Jean Bertolino
Chaman
Fura-Tena
Anne Courtillé
Le Mosaïste de Constantinople
Paul Couturiau
Le Paravent de soie rouge
Le Paravent déchiré
L'Inconnue de Saigon
Les Amants du fleuve Rouge
Le Pianiste de La Nouvelle-Orléans
Alain Dubos
Acadie, terre promise
Retour en Acadie
La Plantation de Bois-Joli
La Baie des maudits

Elise Fischer
L'Enfant perdu des Philippines
Hubert Huertas
L'Orque de Magellan
Hervé Jaouen
L'Adieu au Connemara
Eric Le Nabour
Orages sur Calcutta
Sonia Marmen
La Vallée des larmes
La Saison des corbeaux
Dominique Marny
Du côté de Pondichéry
Les Nuits du Caire
Cap Malabata
Juliette Morillot
Les Orchidées rouges de Shanghai
Michel Peyramaure
Le Pays du Bel Espoir
Les Fleuves de Babylone
Les Tambours sauvages
Bernard Simonay
Les Tigres de Tasmanie
La Dame d'Australie
Jean-Michel Thibaux
La Fille de Panamá
Tempête sur Panamá
La Pyramide perdue
Colette Vlérick
Le Domaine du belvédère

Romans

Alain Gandy
Quand la Légion écrivait sa légende
Hubert Huertas
Nous jouerons quand même ensemble
La Passagère de la « Struma »
Denis Humbert
Un été d'illusions
Dominique Marny
Mes nuits ne sont pas les vôtres
Michel Peyramaure
Pacifique Sud
Louisiana
Le Roman de Catherine de Médicis
Jean-Michel Thibaux
Le Roman de Cléopâtre

GROUPE CPI

Achevé d'imprimer en avril 2006
par **BUSSIÈRE**
à Saint-Amand-Montrond (Cher)
N° d'édition : 7366. — N° d'impression : 061596/1.
Dépôt légal : mai 2006.
Imprimé en France